MW00882042

Sofie de Sangendrup

Y EL CASTILLO DE LAS SOMBRAS

GRACIELA OTRANTO

Otranto, Graciela

Sofie de Sangendrup y el Castillo de las Sombras.

ISBN 9798386100285

Ilustración y diseño de cubierta: **Francisco Etchart**

Diseño Interior: Daniel O. Gomez

Papeles & Cartulinas

2da Edición, Junio 2019

Para mi hija, Sofía

Agradecimientos:

A Dios, el motor de mi vida.
El único digno de recibir la gloria, la honra y el honor.

A mi esposo, Luis Omar Pussetto, por el gran esfuerzo con el que luchó para que mis sueños se hicieran realidad. Por la fuerza y el amor con que los llevó adelante. ¡Gracias, Luis! Sin tu ayuda nunca lo hubiese logrado.

A mis queridos hijos, Daniela, Estefanía, Darío y Sofía, por alentarme para que siguiera más allá de mis posibilidades y recursos. Estefanía fue la primera en leer el manuscrito; me contagiaste tu entusiasmo, ¡gracias!

Índice

1

Febrero 1864
Ángeles en tiempo de guerra, hambre y dolor

Hay momentos en la vida en que parece que todo se pone patas arriba. En un abrir y cerrar de ojos, se produce un cambio inesperado, inexplicable y abrupto.

Y uno se siente desorientado, perdido. Como una brújula que no indica el norte o una paloma mensajera que ha extraviado el rumbo. Momentos en que todos los signos de orientación han variado y se tiene la extraña sensación de flotar a la deriva.

En uno de esos instantes, Sofie comenzó a cuestionarse si su vida espiritual estaba fundada solo sobre una cantidad de frases teóricas, aprendidas religiosamente de memoria, o sobre una confianza sobrenatural en Aquel que sostiene el universo. Entonces recordó las palabras de su madre: «Habrá circunstancias en la vida que pondrán a prueba tu confianza en Dios. Pero es precisamente ahí donde tendrás que sostener con fuerza las riendas de tu fe. Porque, ¿qué es la vida sin fe? Un infierno».

Había guerra en Dinamarca... y eso lo cambiaba todo. Sofie recordó cuando, días atrás, se había despedido de su padre a la sombra del pórtico de Blis, la imponente casona familiar. Aunque durante años mantuvieron una relación fría y distante, ahora lamentaba su partida.

Blis había quedado desolada en medio de aquel inhóspito paisaje blanquecino. La hierba había desaparecido de los prados y descansaba bajo la nieve, a la espera de una nueva primavera. El sol, que de tanto en tanto se desperezaba, dejaba que sus difusos y apenas cálidos rayos (que se desvanecían sobre la superficie) derritieran en forma irregular el hielo resbaladizo de los senderos. Las tinieblas, dueñas mezquinas del prolongado invierno de Dinamarca, se resistían a marcharse. Se habían instalado de manera tenaz sobre la aldea y solo la tenue luz de las velas, que se dejaba ver con timidez detrás las ventanas, daba insignificantes destellos de vida, irradiando una sensación de esperanza, de gozo, de renacer...

Súbitamente, la atmósfera escondió todos sus encantos y mutó de aroma y de color. La guerra produce cambios inexorables y profundos, marcas y cicatrices que en algún momento dejan de doler, pero nunca desaparecen. Transforma todo, a veces lo peor y otras lo mejor de las personas. Pero el nombre de Sofie de Sangendrup estaba asociado a una joven insensible y ambiciosa, que solo se interesaba por lo suyo. Y cuando uno cuenta con una reputación como esa, es imposible revertir las cosas fácilmente.

La voz de Trudy la rescató de sus oscuros pensamientos.

–Sofie, en la puerta está un señor que exige el pago de una deuda.

–Hazlo pasar al despacho de mi padre –le indicó, intrigada por saber quién podría haber venido en ese día tan destemplado a Blis, cuando la gente en general prefiere no salir.

El hombre que la esperaba observaba con disimulado atrevimiento el recinto. Se trataba del secretario del señor Alexander, hombre ruin y despiadado que custodiaba con celos los intereses de su amo. Era de mediana estatura y vestía con ropas de buena calidad pero gastadas, como si originariamente no hubiesen sido suyas, sino procedentes de la caridad del señor Alexander, considerando que ese «señor» pudiera cobijar una virtud tan noble como esa. Sostenía unos papeles en la mano y, ni bien la vio, se puso de pie con respeto.

–Disculpe, señorita Bjerg Eriksdatter –le dijo con falsa cortesía, a la vez que extendía los papeles hacia ella–..., pero el señor Alexander exige el pago de estos documentos que ya están vencidos.

–¿El señor Alexander exige? ¡Pero qué atrevimiento! Exigir en estos tiempos, ¡vaya hombre sin corazón! –exclamó Sofie examinando lo que le había entregado y sacando unos rápidos cálculos mentales–. ¡Y con intereses!

El secretario bajó la cabeza, avergonzado.

–Usted sabe cómo son estas cosas... –se disculpó, aunque pensaba que ella era la menos indicada para hablar de ética y consideración.

–El señor Alexander es un sinvergüenza, ¡despojar a los desposeídos! Se merece el fuego del infierno –profirió sin quitarle la mirada de encima.

–Señorita..., me parece que es usted demasiado dura...

–¿Dura? Duro será Dios cuando estén frente a frente. A pesar de todo, estaré orando para que el Señor tenga misericordia... Misericordia de los pobres que caen en sus manos –continuó de manera implacable–. Dígaselo, por favor.

El visitante asintió con la cabeza. Era evidente que le importaba muy poco su opinión y mucho menos transmitirle ese desafortunado comentario a su amo. Ella sacó una pequeña bolsa con dinero que escondía en el bolsillo de su saco y lo miró fríamente a los ojos. Pero antes de dejarla caer en sus manos, preguntó:

–¿Cuánto le deben los aldeanos?

–¿Los aldeanos? –replicó extrañado. ¿Qué le podía importar a ella la deuda de los campesinos? Pero como Sofie seguía esperando la respuesta y le había clavado la mirada, él respondió en voz baja–; los aldeanos deben mucho.

–¿Cuánto?

El asistente del señor Alexander extrajo otro fajo de documentos y se los mostró. Ella calculó rápidamente el total. En verdad era mucho, más de lo que se imaginaba.

–Espere acá –le ordenó tajante–. Alguien tiene que ponerle fin a esto. No es justo apretar el cuello de los pobres.

El hombre tosió incómodo y bajó la cabeza.

–Tranquilo, que a pesar de su admirable fidelidad, usted también debe ser una de sus víctimas.

Después, sin intención de mantener ningún dialogo con él, le pidió que espere unos minutos y subió a la habitación. De allí regresó con un sobre amarillento, pero bien conservado.

–Este dinero será suficiente para saldar por el momento gran parte de la deuda de todos los aldeanos.

–El señor Alexander se va a poner contento… –respondió él, con evidente satisfacción.

–Dígale al señor Alexander que se ponga contento cuando su nombre esté escrito en el Libro de la vida. Porque todo esto es pasajero.

Y sin agregar otra palabra, abrió la puerta y lo condujo en silencio hacia la salida. El hombre se dejó guiar complacido, convencido de que su amo lo felicitaría por la excelente gestión de esa mañana. Y para él, eso significaba un gran honor.

Ese tal señor Alexander era un impío, un ser despreciable que abusaba de la situación de desventaja que vivían los aldeanos. Un embaucador que los ilusionaba con falsas expectativas con respecto a la compra de importantes parcelas de tierras y nueva maquinaria agrícola para hacer frente a la demanda del mercado externo, sobre todo, el que se mantenía con Inglaterra. Para eso, les ofrecía créditos que nunca podrían cancelar. Las cosechas difícilmente fueran suficientes para afrontar semejantes compromisos y, entonces, los extorsionaba. ¡Pobre gente, caer en manos de ese canalla! Ahogados en sus finanzas, los campesinos acabarían sin tierra y sin dinero para comprar maquinarias o granos para las próximas cosechas, lo que volvía su situación realmente paupérrima.

¿Y su padre? ¿Qué tipo de relación mantenía con un personaje como ese? ¿En virtud de qué le había firmado aquellos documentos? Seguramente se debía a deudas de juego, porque desde hacía unos años, se le había dado por apostar compulsivamente. Y lo hacía en la sala de juegos del Castillo de las Sombras.

Trudy asomó su carita pálida por la puerta y preguntó:

—¿Se marchó?

—Sí, Trudy, se marchó. Pero tú no le debes tener miedo a personas como esas.

—Es que él es malo…, se le nota en la mirada… Y ahora estamos tan solas, Sofie…

—No estamos solas, Trudy, Dios está con nosotras. Y si Dios está con nosotras…

—Sí, ya sé… —dijo con una sonrisa cargada de inocencia—. ¿Quién podrá contra nosotras?

—¡Bien dicho, Trudy! Y ya deja de escuchar las mentiras que el temor te susurra al oído. Tú eres una niña de fe.

Ella sonrió halagada, mostrando sus dientes blancos, y se olvidó del asunto.

Desde que comenzó la guerra (ya hacía de eso casi un mes), se había producido una situación avasallante, inestable e incierta, lo que daba lugar a que granujas como el señor Alexander rondaran como buitres, a fin de sacar alguna ventaja. Era necesario andar con mucho cuidado, ya que estas personas saben perfectamente cómo manipular la necesidad y la inocencia de la gente en bien de sus propios intereses. Y aunque en general se esperaba que los enfrentamientos bélicos en Jutlandia no se dilaten demasiado, ¿quién podía medir el costo que significaba una guerra para la ya bastante empobrecida sociedad danesa?

¿Qué pasaría si además perdían esos territorios?

Las penurias habían borrado los sueños de muchos y, seguramente, también tenían la intención de llevarse la esperanza. Pero, gracias a Dios, todavía quedaba una reserva, insignificante y lastimada, en el corazón de la gente. De no ser así, hubiera sido una verdadera tragedia para todos.

Blis se veía desierta, como desamparada en medio del paisaje. Los hombres se alistaron en el Ejército y las mujeres regresaron a los hogares, por lo menos ocasionalmente, hasta ver cómo organizaban la familia y los quehaceres de la granja mientras estaban solas. Querían cuidar lo poco que tenían y Sofie no pudo oponerse a eso, hubiera sido demasiado cruel. Solo el señor Laust daba vueltas por Blis, atendiendo las necesidades más urgentes. Él era un hombre huraño y parco que hacía su trabajo en soledad. A veces llegaba acompañado de algún ayudante, pero, por lo general, prefería hacer las cosas solo.

Es verdad, la guerra lo cambia todo…, pero solo Dios sabía cuántas guerras se habían librado en el corazón de Sofie antes de 1864. Aunque eso era un secreto entre ella y Dios, ya que nunca había tenido la oportunidad de conversarlo con nadie. Había perdido la confianza y el aprecio de la gente, y ellos estaban empecinados en tratarla con implacable antipatía. Hasta el momento, ese desenlace era absolutamente inevitable.

Trudy la miró de reojo, Sofie parecía una persona dura, pero ella sabía que era solo en apariencia.

Hacía mucho frío dentro de aquella casona de ambientes grandes y techos altos; razón por la que decidieron refugiarse, por el momento, en la cocina. Aquel espacio agradable caldeado por la chimenea les permitiría mitigar el intenso frío del invierno.

La cocina, en oposición a lo que uno pudiera imaginar, era un lugar espacioso y muy acogedor, especialmente decorado por su madre. El techo con vigas a la vista y el piso de madera, al más puro estilo campestre, le otorgaban al ambiente una calidez muy especial. Las cortinas estampadas tenían un volado muy atractivo en la parte superior. Las sillas de madera, con asientos de enea y un vistoso mantel con motivo floral, vestían con verdadera coquetería aquel recinto. Por el momento, y dadas las circunstancias de la guerra, Sofie había hecho ubicar un amplio sofá a un costado de la chimenea, así como también un pequeño mueble con sus libros preferidos. Había lámparas, más libros y otros utensilios sobre las repisas. Era grato y confortable estar allí. Trudy arrojó unos troncos a la estufa y de inmediato se escuchó cómo crujían bajo el fuego.

–Trudy, ¿nos queda leña todavía?

Ella asintió levemente con la cabeza.

–De todos modos, habrá que economizar, porque puede que el invierno demore en despedirse... –comentó ojeando (no demasiado concentrada) la página del libro que leía.

–¿Y qué será de mis amigos? –preguntó la niña con una actitud de desaliento.

–Dios siempre piensa en los pobres... Él los ayudará...

–Ah..., Dios...Yo pensé que tú los podrías ayudar...

Trudy la miró con decepción y Sofie entendió que su mirada le decía muchas más cosas que su voz. Era una niña de buenos sentimientos, por eso todos en Sangendrup la querían.

–Seguro, Trudy, nosotras también vamos a ayudar. Tú me enseñarás cómo hacerlo, porque tienes un corazón muy noble...

–Tú también lo tienes, Sofie..., pero antes... ¡Líbreme el cielo cuando te enojabas! –exclamó con espontaneidad e, inmediatamente, la miró asustada, porque sabía que había dicho algo inapropiado–. Perdóname, Sofie. Tú también eres buena, pero me parece que a veces no sabes cómo demostrarlo.

Sofie sonrió por semejante ocurrencia, Trudy tenía razón; ella era bastante temperamental y, de hecho, su conducta había dejado mucho que desear en otro tiempo. Ahora se sentía avergonzada de eso.

—¿No te parece que exageras, Trudy?

Trudy puso cara de santa para librarse de una reprimenda y siguió con su tarea.

La pequeña era todo lo que Sofie tenía. Habían pasado diez años desde que la dejaron en la puerta de Blis. Gemía muerta de hambre, envuelta en una frazada vieja y mugrienta en un rincón oscuro del portal.

Once meses después, murió la señora Marianne y Sofie se hizo cargo de la pequeña. «¿Qué hubiera sido de mi vida sin Trudy?», pensó viendo cómo la niña sacaba los panes del horno y hacía malabares con la fuente para no quemarse los dedos. Sofie corrió inmediatamente a socorrerla. En ese momento, Tosh comenzó a ladrar de manera insistente, señal de que andaba algún desconocido por allí. Tosh era un perro vagabundo que entró en la propiedad y nunca más se quiso marchar, fue imposible sacarlo.

Trudy corrió a buscar un palo que le entregó a Sofie, el arma de defensa que tenían a mano. Y se ocultaron detrás de la puerta, a la espera de que aparezca el intruso. La puerta chirrió despacio, quien la abrió lo hizo con cautela. Tosh ladraba impidiendo que avanzara.

—Shhhhhhhhh —chilló suavemente alguien desde afuera—. Solo quiero un poco de pan —dijo en voz baja, como si el animal entendiera.

—¡Jan Jorn! ¿Qué haces acá? —gritó Trudy tomándolo por sorpresa—. ¡Tuviste suerte de que te haya reconocido la voz porque, si no, hubieses recibido un golpe bien merecido!

El chiquillo miró con pavor el palo que Sofie todavía sostenía en la mano.

—No, por favor, no me pegue, no he hecho nada malo… —suplicó protegiéndose la cabeza. Conocía la reputación de Sofie y esperaba lo peor.

—¡Anda, toma tu pan y vete! —le dijo, simulando estar muy enojada, porque buen susto se habían llevado las dos—.

Pero recuerda que, si otra vez entras a robar, no te dejaré ni un pelo en la cabeza.

El muchacho cogió unas tortas de pan y salió despavorido. Tosh le siguió los pasos, ladrando, hasta que dejó la propiedad.

–¡Perro malo como su dueña! –gritó Jan desde lejos.

–Tú no serías capaz de hacerle eso, ¿verdad? ¿No dejarías sin pelos al pobre Jan? –le preguntó Trudy mirándola con enojo.

–¿Y tú qué crees?

Trudy se encogió de hombros antes de contestar. Recordaba que alguna vez Sofie hubiera sido capaz de una reacción como esa. Pero ahora, le parecía que no se atrevería a hacer un daño semejante.

–Yo creo que no, porque él es solo un pobre muchacho hambriento.

Sofie ocultó una sonrisa y no le contestó. Sabía que Trudy tenía razón.

Ella había observado que Jan estaba descalzo y hacía frío. Eso le hizo sospechar que la situación era más difícil de lo que se imaginaba. La pobreza, en complicidad con la guerra y el invierno, afectaba de manera especial a los desprotegidos.

–Trudy, ¿Jan es tu amigo?

–Sí –respondió de manera seca, porque todavía parecía disgustada por la forma en que Sofie lo había tratado.

–¿Y no tiene calzado?

Trudy volvió a encogerse de hombros antes de responder.

–Me parece que están rotos, porque siempre anda descalzo. Y sus hermanitos también.

–Tengo una idea, Trudy…

La niña frunció la cara con desconcierto.

–Mientras no sea cortarle los pies –dijo y rio con una risa sonora, infantil.

Sofie esbozó también una sonrisa, aunque simuló sentirse ofendida por el comentario que escuchó. En realidad, le complacía ver cómo Trudy había salido en defensa de su amigo. La lealtad era una virtud que ella valoraba sinceramente. Y la misericordia es un don de Dios difícil de hallar en el corazón del hombre, sobre todo en tiempos como los que vivían.

–Todavía hace mucho frío para que los niños anden descalzos o con el calzado hecho pedazos, ¡y nosotras no nos quedaremos de brazos cruzados aquí! Así que irás a la casa de Jan y traerás todo el calzado roto que encuentres.

–¿Para qué? –preguntó Trudy, abriendo los ojos enormemente.

–Intentaremos arreglarlos.

Los pies desnudos de Jan se veían rojos y entumecidos del frío. Ignorarlos hubiera sido una verdadera crueldad y una conducta indigna de su parte.

Trudy se quedó pasmada, la miraba con la boca abierta. ¿Podía ser que el frío hubiera conmovido el corazón de Sofie? ¿O deliraba por alguna extraña enfermedad? ¿Preocuparse por los pies descalzos de los niños de Sangendrup? Eso era lo más insensato que Trudy había escuchado en su vida. ¡Era una locura!, sobre todo si venía de la boca de Sofie de Sangendrup. Solo esperaba ver la cara de horror que pondría cuando viera la carga de zapatos rotos que traería a cuestas.

Pero Sofie estaba decidida, así que buscó una bolsa grande de tela y se la entregó.

–Esta noche, irás a la casa de Jan y me traerás todos los zapatos que necesiten compostura –le dijo con determinación–. Y mañana harás lo mismo, pero en las otras viviendas.

Trudy había quedado como atontada, todavía no lograba asimilar aquella ocurrente decisión.

–¿Tienes miedo? ¿No lo quieres hacer? Ten por seguro que, si pudiera, yo lo haría por ti. Pero ya sabes cuánto me desprecian en la aldea. Sería un verdadero escándalo si me vieran.

–No, no tengo miedo, solo me preocupa que algo salga mal..., hacer alguna cosa que todavía pueda perjudicarte más... y entonces qué será de Sofie de Sangendrup...

–Nadie sospechará de ti, ellos te consideran como de la familia.

–Sí, tienes razón... Entonces se hará como tú digas.

–Ahora vete a descansar, que en pocas horas tendremos mucha tarea por delante. Antes de que aclare tendrás que devolver los zapatos remendados.

–Sofie –repuso Trudy divertida–. Cuando tu padre regrese de la guerra, ¿te podrá reconocer? ¡La duquesa de Sangendrup remendando zapatos! Jajaja –rio con ganas–. No me quiero perder la cara de espanto que pondrá el señor Gregor cuando se entere de que te has convertido en una zapatera.

–¿Zapatera? Será un honor para mí arreglar el calzado roto de los chiquillos de Sangendrup.

–¿De verdad, Sofie?

–Sí, de verdad...

–Pellízcame entonces, para comprobar que estoy realmente despierta...

–Anda, ¡vete a dormir, chiquilla impertinente!

–Chiquilla impertinente, chiquilla impertinente... – repetía Trudy muerta de risa, mientras se tapaba con unas mantas y se acomodaba en el viejo y cómodo sofá, disfrutando del calor que manaba de la chimenea.

Sofie se ajustó el chal sobre los hombros y caminó ligero hacia el cobertizo, sin cuidarse de pisar los charcos de agua, ahora transformados en lodo. Buscó un carro corto, de dos ruedas, que usaban, por lo general, para realizar las tareas dentro de la hacienda. Luego pasó revista a los caballos y, finalmente, se decidió por Ramus, el viejo percherón, porque era un animal manso y obediente, que no iba a ocasionar problemas. Así que lo enganchó al carro, en el que cargó media bolsa de harina de centeno, algo de carne de ternera, huevos y mermelada, para que Trudy lo deje todo junto con los zapatos.

Cuando llegó la hora de marcharse, Trudy todavía estaba soñolienta, pero se desperezó enseguida, entusiasmada con la aventura que tenía por delante. Sofie la obligó a ponerse un echarpe y una gorra de lana que le cubría toda la cabeza, solo se le veían los ojos. Iba tan arropada como para soportar una tormenta de nieve en Siberia. La despidió desde el umbral de la cocina, con la intención de esperarla despierta. Sabía que no iba a poder descansar hasta que no la viera regresar. La próxima vez, iría con ella y harían el trabajo en conjunto. «La disparatada idea de Sofie se parece a un maravilloso cuento fantástico, lleno de emoción», pensó Trudy a la vez que azuzaba al viejo Ramus con las riendas y salía misteriosamente de Blis.

2

Comienza la aventura

Tosh le siguió los pasos. En la cocina había poca luz, una vela que se extinguía y el ligero resplandor que daban los leños de la chimenea.

Sofie se acomodó en el sillón después de revolver las brasas para avivar el fuego. Estaba intranquila. En ese momento, reconoció que todo aquello podría ser un desatino, una locura, algo que nunca se le debía haber ocurrido. De pronto la asaltaron la incertidumbre y la ansiedad. Se sentía absolutamente responsable y eso le generó una angustia imposible de soportar, ¡no podía permanecer sentada esperando a que Trudy regresara! El reloj de péndulo de la sala principal marcaba impasible los minutos en el sosiego sepulcral de Blis. Así que, con una lámpara en la mano, se dirigió al cuarto ubicado al final del corredor, donde hallaría los enseres que necesitaba para la tarea.

Cuando cruzó por la sala, percibió un leve movimiento en el picaporte de la puerta principal. El miedo no es buen amigo de los pensamientos, así que se acercó sigilosamente y apoyó el oído contra la madera gruesa y lustrosa de la entrada señorial a Blis, la que no se había vuelto a abrir desde que su padre se marchó a la guerra. El único cobarde que no se había alistado con ellos era ese tal Alexander, pero eso no tenía importancia ahora.

Plantada ahí, esperó el tiempo suficiente como para

comprobar que no ocurría nada anormal, pensando que, seguramente, el viento le había jugado una mala pasada. Aunque seguía afectada por aquel momento de tensión y se sentía perseguida por las sombras que danzaban al compás de la vela encendida, fue en busca de los utensilios que iba a necesitar: hilos y agujas de diferente grosor, clavos, tijera y cuero. Cinturones, carteras, abrigos y sombreros en desuso.

Mientras tanto, el carro tirado por Ramus marchaba con lentitud por el camino del bosque. Pocas veces en su corta vida Trudy había conducido sola y de noche, pero la emoción por llevar adelante aquella hazaña fue superior al miedo que pudo haber sentido. A pesar de las recientes nevadas, el camino estaba en buenas condiciones y la noche, llamativamente serena.

Antes de entrar en la casa de Jan, espió por la ventana. A simple vista, parecía que el abuelo era el único que todavía no se había acostado. Sentado en el sillón, el señor Jorn cabeceaba vencido por el sueño. Seguramente, pensaba en la guerra; en los hombres que se fueron, en los amigos que ya no volverían y en sus hijos, entre los que estaba el padre de Jan. Trudy se sentó en un tronco, detrás de unos matorrales. A pesar del frío y la humedad de la noche, esperó con paciencia hasta que se apagara la última luz.

Cuando finalmente sucedió, demoró todavía un rato en acercarse a la casa, hasta que por fin se armó de valor y abrió con cuidado la puerta.

—Tú te quedas aquí —le ordenó en voz baja a Tosh, haciéndole una seña de autoridad con el dedo, ya que el perro también tenía intenciones de ingresar.

Tosh reconoció la orden, bajó las orejas y se echó a un costado de la casa. Los zapatos estaban al alcance de sus manos, justo al lado de la puerta, por lo que no tuvo problemas para recogerlos. Pero en ese momento, sintió una imprudente curiosidad por subir a las habitaciones. Y sin medir las consecuencias, comenzó su osada aventura.

Subió de puntillas la escalera, las maderas estaban resecas y chirriaban a medida que ascendía. Si la descubrían, ¿cómo explicaría su presencia allí?

Con movimientos lentos, para evitar que alguien se despertase, empujó suavemente la puerta y entró en la habitación. Los niños dormían, parecían angelitos con esas caritas tan tiernas, incluso Jan, que era bastante travieso, tenía una serena expresión de paz. «¡Ah, no! Este no es un ángel. Se metió en el paraíso, pero no es ningún angelito», pensó Trudy al recordar alguna de sus fechorías y contuvo la risa y unas ganas tremendas de darle una buena zurra, ahora que lo veía tan indefenso (en pago por todas las burlas que había tenido que soportar de su parte). Pero sabía que eso no era correcto y que Dios no aprobaba de ninguna manera una actitud como esa.

En ese momento, alguien se movió y tosió. Ella se agachó rápidamente y, en esa posición, esperó hasta estar por completo segura de que todos seguían dormidos. Tenía la sensación de que el corazón se le salía por la boca; había cometido una tremenda imprudencia, que podría costarle demasiado caro. Entonces, temerosa salió a hurtadillas del dormitorio.

Una vez que llegó a la planta baja, metió todos los zapatos en la bolsa, porque todo el calzado se veía muy dañado. Y con el mismo cuidado con el que había ingresado, salió.

No había nadie en la calle, ya era medianoche. Sofie esperaba ansiosa la llegada de Trudy. Su figura delgada y esbelta se había pegado a la ventana y aguardaba expectante, sobresaltándose ante cualquier movimiento que pudiera producirse afuera. Cuando sentía que ya no le quedaba una gota más de paciencia, escuchó los ladridos del perro y el sonido del carro; suficiente motivo para salir de la casa y correr al encuentro de Trudy.

La niña estaba exhausta, pero no tanto como para olvidarse de contarle (mientras bebía con gusto una taza de leche caliente) los pormenores de su riesgosa aventura en la casa de Jan.

–¡Mira todos los inconvenientes que pudo haberte traído la curiosidad! Aprende a controlar tus emociones, sobre todo aquellas que te traerán grandes dolores de cabeza –la regañó a medida que ordenaba el empobrecido calzado sobre un tablón ubicado junto a la ventana.

Trudy se había envuelto en una manta y dormitaba en el sofá, cerca del calor de los leños encendidos.

–Descansa, porque todavía te queda mucho trabajo por delante. –Y mirándola con ternura, agregó–: ¡Gracias por hacerlo, Trudy!

–Aprendí muchas cosas de ti, Sofie; más de las que te imaginas –susurró vencida por el sueño–. ¡Ah! Mira que no podemos demorarnos, ¿qué pensarán los niños si se despiertan y descubren que sus zapatos no están allí?

Sofie examinó el calzado, algunos se veían peor que otros, pero todavía se podía hacer algo por ellos. Primero los limpió con un trapo húmedo para quitarles el polvo y comenzó a trabajar con aquellos que solo necesitaban una costura. Los de Jan eran los que estaban en peor estado. «¡Pobre muchacho!», pensó al examinar los agujeros de sus botas. Entonces, tuvo el repentino impulso de desecharlas por inservibles, pero inmediatamente cambió de parecer, porque quizá ese era el único calzado de Jan.

Hacer los remiendos necesarios le llevó más tiempo del que había calculado, pero al final vio con satisfacción que su esfuerzo bien había valido la pena. Por último, untó el calzado con una generosa capa de grasa y recién entonces disfrutó de la obra terminada.

Las horas pasaron volando. Trudy dormía profundamente cuando ella la despertó.

La niña saltó del sillón sobresaltada. Sofie la ayudó a calzarse las botas y ponerse el abrigo, el gorro, los guantes y la bufanda.

Trudy estaba encantada de colaborar.

–Espero que no se me haya hecho demasiado tarde.

¿¡Cómo pude quedarme tan dormida!? –se lamentó todavía soñolienta. Y al girar la vista hacia donde estaban los zapatos remendados, exclamó fascinada–: ¡Cielos! ¡Si parecen nuevos! Los Jorn se quedarán sorprendidos cuando los vean.

No había tiempo que perder y ambas lo sabían. Aun así, Sofie pronunció una breve oración antes de despedirla. Luego se acercó a la ventana y limpió con la mano el cristal empañado, entonces descubrió un cielo colmado de estrellas.

–No te demores, ni te entretengas con nada –le recomendó–. Y tú, Tosh, la acompañas y la cuidas.

El perro gruñó como si entendiera. Cuando abrieron la puerta, entró una bocanada de aire helado que las hizo estremecer.

–Gracias, Sofie, en nombre de todos los niños de Sangendrup –le dijo Trudy con la voz cargada de emoción.

Subiendo con rapidez al carro, advirtió que el cielo lucía ligeramente claro, lo que le sugirió urgencia. Tenía que terminar con la tarea cuanto antes, no debía arriesgarse. Sofie había trabajado demasiado duro como para que, por una imprudencia suya, al final todo se arruine.

En la cocina, Sofie se dispuso a acomodar el desorden que había quedado sobre la mesa. Estaba cansada, pero se sentía satisfecha, plenamente feliz.

Cuando Trudy llegó a la casa de Jan, vio que ya había luz en el establo, eso indicaba que era la hora de ordeñar las vacas y que el abuelo ya estaba haciendo la tarea. Avanzó despacio para que nadie perciba su presencia y se cuidó de no despertar a ningún animal que pudiera ponerlo en alerta.

Temerosa, miró hacia un lado y hacia otro para constatar que no hubiera peligros a la vista. Recién entonces abrió sigilosamente la puerta, teniendo la precaución de asomar apenas la cabeza para dar un rápido vistazo a la sala antes de ingresar. Suspiró aliviada, todo estaba en paz, había mucho silencio, así que supuso que los niños seguían durmiendo. Era el momento de poner el calzado en el mismo lugar del que lo había retirado. En ese instante, se le cruzó un pensamiento nefasto por la mente: ¿y si el abuelo se dio cuenta de que los zapatos no estaban allí? ¿Y si la estaban espiando? ¿Y si le tendieron una trampa para prenderla como si fuera una ladrona? Sintió pavor. Apurada por marcharse lo más rápido posible, hizo un movimiento desafortunado y un ruido seco estalló como un trueno en aquel impecable silencio, ¡jamás pensó que podía ocurrirle una desgracia como esa! Se quedó tiesa, el mismo miedo la paralizó. Hasta que, después de unos breves minutos de silencio, comprobó que, gracias a Dios, nada de lo que temía había ocurrido.

Todavía no estaba repuesta de tamaño susto cuando le pareció escuchar que alguien se acercaba. Caminó rápido en puntas de pie, a esconderse en el hueco oscuro, debajo de la escalera.

El lugar era pequeño y estaba lleno de cachivaches, por lo que su silueta menuda apenas cabía. El abuelo había regresado imprevistamente y, junto con él, entró un gato sucio y oscuro.

–¿Quién anda por ahí? –preguntó con sospecha.

Ella enmudeció. Contuvo la respiración.

–Debe ser alguno de los niños –susurró como para sí el anciano–. ¡Vuelvan a la cama, sabandijas! Ustedes ni cuando duermen se portan bien –profirió antes de cerrar nuevamente la puerta para volver al establo.

La chimenea estaba encendida, el abuelo acababa de tirar unos troncos secos, y el gato se había echado a dormir aprovechando la tibieza de la alfombra. Pero cuando percibió la presencia de un extraño, se desperezó y fue directamente hacia aquel oscuro y minúsculo hueco donde ella estaba escondida. Se paró en el lugar y comenzó a maullar. De nuevo, Trudy se puso nerviosa, pero no pensaba dejarse vencer por ese minúsculo animal de pelaje oscuro y ojos vivaces que la miraba con desconfianza y gruñía con enojo.

Antes de dejarse atemorizar, llamó con dulzura al felino y le acarició la cabeza, tal vez el animal la reconoció, porque acostumbraba verla cada vez que ella pasaba a saludar a Jan. Finalmente el gato, complacido con los mimos de Trudy, dio unas vueltas más y terminó echándose a un costado de su falda, en una cómoda posición. Así fue que la situación no pasó de ser un gran susto y nada más que eso.

Trudy se tomó unos minutos antes de salir de su escondite. Acarició una vez más al gato, para ganarse definitivamente su confianza, y prestó atención por si el abuelo regresaba o los niños hubieran escuchado algo. Cuando se sintió segura, se despidió del animal que apenas alzó su cabeza cuando ella se puso de pie y, en absoluto silencio, salió de la casa.

Todavía tenía que bajar del carro los alimentos que Sofie había mandado para la familia, pero lo hizo sin demorarse y los dejó en la parte de atrás de la vivienda, debajo del alero.

En Blis, Sofie dormitaba sobre las duras tablas de la mesa. Cuando Trudy abrió la puerta, se despertó sobresaltada.

–¡Trudy, me asustaste! Pero ven, cuéntame cómo te fue…

–Me fue muy bien –respondió cansada y resuelta–, pero solo porque Dios me ayudó. Esto me está empezando a gustar –dijo animada y en sus labios se dibujó una sonrisa de satisfacción–. A la noche continuaremos trabajando.

–Siempre que se hace el bien, se siente una paz y un gozo muy especial. El fruto del amor siempre es muy saludable, Trudy.

Durante todo el mes, Trudy repitió su aventura. Cada vez lo hacía con más gusto y mejor. Había aprendido cuál era el camino más corto y las horas en que corría menos riesgos. Supo también cuáles eran las familias que atravesaban mayor necesidad y duplicó la carga de alimentos para abastecerlas. Descubrió algunos secretos que nadie conocía, como por ejemplo que Larine Bohr era sonámbula, ¡buen susto se llevó con Larine! Esa noche se le paralizó el corazón. Creyó que había sido descubierta. Pero cuando se dio cuenta de lo que pasaba, la condujo con delicadeza a la cama. Larine volvió a quedarse dormida y sus botas arruinadas pudieron ser devueltas impecablemente reparadas.

En otros casos, la tarea resultó más sencilla, porque muchos dejaban los zapatos afuera, debajo del alero. Lo más complicado resultaba cuando algún ganso la descubría y despertaba a la familia con su graznido ensordecedor, entonces ella debía ocultarse hasta que retornara la calma. No pasaba lo mismo con los perros, porque ellos generalmente la reconocían y no ladraban demasiado. Hubo veces en que estos le facilitaron la tarea, trayendo en la boca el calzado de sus dueños.

La aldea de Sangendrup estaba convulsionada. Se tejieron cientos de historias fantásticas. Trudy las escuchaba con asombro. Iba de aquí para allá, entraba en un comercio y luego en otro. Se detenía con disimulo cerca de la gente que conversaba y oía las maravillosas anécdotas que contaban. Se mostraban los zapatos en público y observaban los arreglos. La gente estaba fascinada con los zapatos remendados y con los alimentos que milagrosamente aparecían. «Un regalo del cielo», decían, porque nadie podía explicar lo que estaba sucediendo. Episodios y noticias como estas, ocurridas en tiempo de guerra, hambre y dolor, resultaron muy favorables para el ánimo de la gente. Que el cielo estuviera interesado en ellos, al punto de enviar ángeles para atender sus necesidades, trajo un alivio muy grande y les ayudó a sostenerse en la fe.

Una mañana Trudy regresó agitada de la aldea, tenía urgencia por contarle a Sofie los chismes frescos que había escuchado en la tienda de la señora Larsen.

—Sofie —le dijo sofocada—. ¡Ni te imaginas lo que se cuenta por ahí!

—¿Qué se cuenta por ahí? —le preguntó Sofie, que hacía un esfuerzo por contener la risa al ver la expresión de tragedia con que Trudy decía las cosas.

—Cuentan que los ángeles dan vuelta por la aldea —exclamó como si nunca hubiese escuchado algo más descabellado—.

¡Qué ocurrencia! ¿Y ahora qué haremos?

—Nada, ¡si esa es una excelente noticia!

—¿¡Qué!? Andan todos alarmados, dicen que vieron ángeles, que son zapateros, que hacen maravillas y no sé cuántos disparates más. Que vieron canastos llenos de mercadería descender del cielo... —Trudy hablaba atropelladamente. Estaba desbordada—. Pero nosotras sabemos que no se trata de ángeles, sino de que Sofie de Sangendrup se lastima todos los dedos zurciendo los zapatos y clavando las tachuelas.

—Shhhh, que nadie debe saberlo... —susurró Sofie, rodeando de misterio el secreto que tenían—. Si creen que son ángeles, ¡mejor! Porque ellos dormirán tranquillos y tú harás el trabajo sin estorbo.

Trudy se quedó callada con la mirada perdida, sumida en lo que acababa de escuchar.

—¡Igual me parece una injusticia! ¡Mira tus manos! La verdad es que no me gusta nada que ellos piensen que son los ángeles, cuando en realidad todo se debe a nuestro esfuerzo y a tu trabajo.

—Deja las cosas en las manos de Dios, que Él está enterado de todo y eso es lo único que importa. Y ahora dime, ¿quedan todavía muchos niños con los zapatos rotos?

—Sí, quedan, pero menos que antes.

—Entonces todavía tenemos tarea. ¿Qué otra noticia me traes de la aldea?

—Otra vez anda molestando el secretario del señor Alexander. Parece que sigue afligiendo a las familias, cobrándoles deudas que han acumulado intereses que los aldeanos no pueden pagar.

—¡Otra vez ese sinvergüenza! Es una persona sin misericordia, un malvado...

—La gente le tiene miedo, sobre todo las mujeres. Quedaron pocos hombres en la aldea para defenderlas, todos se fueron a la guerra y los demás están enfermos o ya son muy ancianos... y los niños son niños..., tú ya sabes,

Sofie…

—¡Definitivamente ese señor se merece un escarmiento! Ya me vendrá alguna idea…, ya verás… —musitó enojada.

Pero Trudy no le prestó demasiada atención al comentario de Sofie, porque ella sabía que se dicen muchas cosas cuando se está enojado, pero después se olvidan…

Con los días, se les complicó un poco la actividad secreta y misteriosa, porque el peligro de ser descubiertas se hizo un enemigo real. Entonces, decidieron duplicar la carga de zapatos, lo que significaba más tarea en menos tiempo, para poder completar el trabajo que todavía les quedaba.

De las dos, Trudy era la que corría mayor riesgo, porque era quien recogía el calzado, mientras Sofie la esperaba desde cierta distancia, para ayudarla a acarrear el bulto, que era pesado e incómodo. Aun así, se las notaba gozosas, era evidente que disfrutaban al hacerlo.

—Estas botas… —dijo Sofie a la vez que las hacía girar en el aire y las observaba detenidamente—. Creo que ya no tienen arreglo. ¿Sabes de quién son?

—Creo que… de algún muchacho de los Laurlund…

—La familia Laurlund —repitió Sofie con nostalgia—. ¿Qué será de la familia Laurlund? ¿Sabes algo de ellos?

Trudy se encogió de hombros y, como estaba entretenida limpiando el calzado y pasándole grasa a los que se iban terminando, le restó importancia a la pregunta.

—¿Los Laurlund? No, no sé mucho de ellos…, es una familia numerosa… Así que me imagino que no les será fácil llenar tantos estómagos hambrientos. ¡Deben andar por ahí, muertos de hambre!

—¿Muertos de hambre? ¿¡Qué dices, Trudy!?

—¡Y sí! ¿Cómo quieres que les vaya, si el señor Laurlund sigue en el campo de batalla? No se tienen noticias de él. Y Simón perdió una pierna en un combate —contó a la vez que se esforzaba en hacer brillar unas botas gastadas y viejas.

—¿Cómo dices, Trudy? —preguntó consternada. Aún sostenía la aguja en la mano—. ¿Estás segura de que se trata de Simón Laurlund?

–Me parece que sí, pero segura, segura no estoy – respondió la niña con naturalidad–. ¿Conoces a Simón Laurlund?

Sofie quedó con la mirada detenida en la nada, tenía un zapato en la mano y había pinchado la aguja en su saco de lana. Le costaba creer lo que acababa de escuchar. Recuerdos y vivencias volvieron a su mente..., sintió que el pasado golpeaba a su puerta y entraba sin pedir permiso. Como Trudy la miraba intrigada, finalmente respondió:

–Sí. Hace tiempo él trabajó en esta casa, ¡pero, claro, tú eras muy pequeña para recordarlo! Después su padre discutió con el mío..., aunque en realidad también pasaron otras cosas –dijo con la voz triste–, y el señor Laurlund mandó a Simón a casa de un pariente rico y ya muy anciano que vivía en Copenhague. Él era un muchacho muy inteligente, la única esperanza de progreso que tenía su familia. –Hizo una pausa, dio sin ganas unas puntadas más y siguió contando–. Su pariente le costeó los estudios a cambio de que, más adelante, él se hiciera cargo de sus negocios...

Trudy se sentó a su lado y la escuchó embelesada como si aquello fuera un cuento.

–¿Y? –preguntó, cuando Sofie detuvo su relato.

–Nunca volví a saber de él, hasta esta noche –agregó con voz cansada–. Creí que ya se habría casado, que estaría trabajando en el despacho de su tío.

–Bueno, si se casó no lo sé, pero que está sin una pierna, eso sí lo sé.

–¿Cómo que lo sabes, si recién me dijiste que no estabas segura?

–Ah, sí, segura, segura no estoy.

–Entonces mejor averígualo, antes de andar chismoseando cosas que no sabes si son ciertas.

–Parece que a ti te interesa mucho ese tal Simón Laurlund –expresó en voz baja, ocultando una sonrisa pícara.

Sofie la miró con seriedad pero continuó con su trabajo. Esas botas ya no tenían arreglo. Así que subió al cuarto de su padre y regresó con un par de botas en la mano.

–Llévale estas, las otras no dan más. Están destruidas – indicó simulando desinterés.

–¿¡Pero esas son las botas del señor Gregor!?

–Ya no –replicó Sofie de manera seca–. Ahora son de los Laurlund.

Esa fue otra noche ardua de trabajo, remendaron y clavaron tachuelas hasta que les dolieron las manos. Pero se sentían satisfechas. Y se acostaron en paz, pues la misión estaba cumplida: no habría pies descalzos en Sangendrup, no los habría mientras ellas tuvieran fuerzas para seguir remendando.

3

El último encuentro

Se habían generado sospechas en la aldea sobre la misteriosa intervención de los ángeles remendones.

Sin proponérselo, ellas habían logrado que este incidente distraiga la atención de la gente y la saque un poco de la tristeza que se había alojado en los corazones, consecuencia de las desmoralizadoras noticias que llegaban de la guerra. De todos modos, la ocasión dio lugar a otro tipo de sospechas.

Había quienes planearon permanecer despiertos durante la noche, a la espera de que aparecieran los supuestos «ángeles». Pero no hubo unanimidad en tal decisión. Algunos se negaron, porque pensaban que, al espiarlos, provocarían que nunca más regresaran. Los más desconfiados argumentaban que no se trataba de ángeles, sino de alguien que quería pasar información al Ejército enemigo. Y otros decían que eran intrusos que venían a husmear lo que había en las viviendas para saquearlas por la noche.

En fin..., demasiados inconvenientes innecesarios y peligrosos. Finalmente, ellas optaron por esperar, antes de seguir corriendo riesgos.

Debido a esto, las mujeres de Blis dieron por terminada la tarea de remendar zapatos. Había que evitar levantar sospechas porque la aldea estaba expectante, intentando descubrir de qué se trataba ese hecho tan sorprendente e inexplicable y quiénes eran los responsables. De todas maneras, ya quedaban pocos zapatos por arreglar en Sangendrup.

El secretario del señor Alexander seguía hostigando con sus pretensiones de cobrar grandes sumas de dinero, deudas que en general nadie podía cancelar. En contadas ocasiones también anduvo por Blis, pero Sofie lo despachó enseguida y no con buenos modales.

–¡El señor Alexander y su banda de sanguijuelas son una peste para la región! La próxima vez que nos moleste, le daré tal escarmiento que no tendrá deseos de regresar –le advirtió en una de sus últimas visitas.

Lo cierto era que eso de asustarlo era muy poco probable, porque Sofie no tenía tanta habilidad como para lidiar con un personaje de esa calaña. Y además, ningún susto sería suficiente para amedrentar a personas como esa.

Aun así, estaba decidida a llevar adelante su advertencia. Alguien tenía que tomar valor y hacerle frente. Contaba con razones suficientes para eso. Las noticias que traía Trudy eran cada vez más preocupantes y tristes. Además, ella le agregaba tanto dramatismo que a uno se le ponían los pelos de punta.

–¿Dónde escuchaste todo eso?

–En la tienda de la señora Larsen. La gente se reúne allí y no hace más que hablar de las batallas, los prusianos, los muertos, las trincheras donde se esconden los soldados para disparar directamente contra el enemigo. ¡Ay, Sofie, es terrible, desolador! Dicen que al señor Casper, el papá de Nikolaj, una granada le destrozó la cabeza. Al tío de Mette Jarlov le amputaron una pierna y al hermano de…

–¡Basta, Trudy! –gimió Sofie llena de estupor–. ¡Dios salve a Dinamarca! Demasiadas tragedias, Trudy, demasiadas… Será mejor que no sigas hablando y tampoco vayas tan seguido a la tienda de la señora Larsen. Prefiero que te quedes en Blis y me hagas compañía.

—Pero Sofie... Escucha, porque también tengo una noticia tremenda que contarte: se comenta que una dama de mucho coraje, la esposa de un tal señor Stampe, pariente de otro Stampe que vive en Sangendrup, caminó por la playa hasta Fredericia y allí pudo hablar con su esposo y muchos otros conocidos. Ella regresó con su bolsillo lleno de cartas que los soldados le entregaron para sus familiares. También llevó buenas noticias al hogar de un muchacho que, al parecer, habían dado por muerto.

Todo era demasiado triste, aun aquel episodio que acababa de contarle Trudy y que había tenido un buen final fue doloroso para Sofie. Pensó en la lucha de la señora Stampe por encontrar con vida a su esposo e inmediatamente comparó esa actitud valerosa con la abominable conducta del señor Alexander y sintió que el corazón se le salía del pecho. ¿Cómo podía ese hombre, en situaciones tan trágicas, afligir a los campesinos y no aplicar un poco de misericordia? Sucedía que él no era danés, ni austríaco, ni siquiera alemán. ¡Vaya a saber uno en qué cueva de áspid había nacido!

Resultaba casi imposible apaciguar la tensión de los aldeanos ante el temor de que los austríacos pudieran entrar en Sangendrup y llevar a cabo los mismos destrozos y crueldades que habían hecho en Fredericia o en Sonderborg, donde quemaron granjas y hospitales e hirieron y mataron a muchos hombres, mujeres y niños.

El impacto de esos hechos fue tan espeluznante sobre la población que les costaba serenarse y reconocer que la distancia que los separaba del foco del combate no era poca, lo que hacía improbable que llegaran a Sangendrup. Aunque, a decir verdad, ¿quién podía estar seguro de eso?

El miedo permanecía latente.

Impaciente, Sofie dio vueltas por la sala, sentía el pecho cerrado y le costaba respirar. Una mezcla de angustia, temor e incertidumbre hacía que le resultara asfixiante permanecer en Blis. Consideraba que era una inmoralidad que los soldados estuvieran sufriendo en las trincheras y ella continuara su vida plácidamente allí. ¿Dónde había quedado su patriotismo? ¡Una actitud como esa era digna de repudiar!

Con la audacia con la que enfrentaría al mismo diablo –que era el señor Alexander–, ahora estaba decidida a ir a la zona de combate. No le importaban los obstáculos y nadie se lo podría impedir porque, de cualquier modo, lo haría. El deber ardía en su corazón y el amor por los suyos se había hecho superior a todo.

Aunque se trataba de una decisión precipitada, de repente sintió que la angustia se evaporaba y llegaba un alivio que, como un bálsamo, le confortó el corazón. En cuestión de segundos, se puso en marcha para hacer los preparativos, tenía que irse lo más rápido posible, porque cada segundo que permanecía en Blis significaba un tiempo lastimosamente perdido. Sabía que allá había mucho por hacer y se reprochaba con dureza permanecer al margen de esa situación.

En ese momento, un pensamiento fugaz le cruzó por la mente y percibió que aquello se parecía más a una huida que a un gesto de solidaridad. ¿Por qué tanto apuro? ¿De qué escapaba en realidad? Lo cierto era que no tenía tiempo, ni ganas de responderse esos interrogantes tan íntimos. No era momento para eso.

Un segundo después, comenzó a hacer planes y a organizar las cosas. Tenía que dejar los asuntos bien ordenados en Blis.

Lo primero que debía resolver era en manos de quién iba a dejar a Trudy. Pensó y descartó por lo menos una decena de opciones; hasta que por fin se convenció. Hablaría con el reverendo para que le hiciera un lugar en la casa parroquial durante su ausencia. ¡Y asunto terminado!

Sofie tenía la seguridad de que él aprobaría la decisión que había tomado. Entonces suspiró tranquila; en apariencia, ya no quedaban obstáculos que pudieran impedir que se marchara.

Se sentía terriblemente incómoda en Blis mientras sus hermanos padecían privaciones, necesidades, hambre y enfermedad luchando por su amada tierra de Dinamarca. Así que estimó que cualquier tarea que se le asignase en el campamento era preferible a la zozobra de permanecer en Blis. Lo que no sabía todavía era cómo decírselo a Trudy. Aunque ella apreciaba al reverendo y se sentía dichosa entre la gente de la aldea, el hecho de que Sofie se marchase de una manera tan repentina, y nada menos que al escenario de la guerra, sin duda le provocaría una tremenda incertidumbre. Por lo que Sofie decidió que debía orar antes de darle la noticia. Trudy era solo una niña y había que tener mucho tacto con ella.

Pero, a veces, el destino precipita los tiempos y eso fue lo que ocurrió aquella pacífica tarde, al comienzo de la primavera.

Mientras Trudy jugaba muy entretenida en la sala, alguien golpeó a la puerta. Tosh dio aviso con sus ladridos insistentes. Es que no estaba acostumbrado a las visitas.

Trudy corrió a mirar por la ventana.

–¡Es el reverendo Olsen! –gritó con entusiasmo e inmediatamente le abrió la puerta y lo invitó a pasar.

Sofie también lo recibió con alegría. ¡No podía ser más oportuna la visita del reverendo! Se acercó y lo abrazó con cariño. Él era como de la familia. Antes, acostumbraba visitarlas más seguido, pero últimamente el reuma había afectado tanto su salud que ya casi no podía caminar.

Con mucha dificultad y apoyándose en un bastón, a duras penas pudo llegar hasta el sillón. Trudy hizo un gesto de dolor al ver que arrastraba penosamente su pierna izquierda. Sofie también lamentó que la enfermedad hubiese avanzado hasta ese extremo. Pero, a pesar de eso, notó que el sufrimiento no había podido borrar la paz que siempre irradiaba y la sonrisa afectuosa con que miraba a las personas.

Sofie quería disfrutar de la visita del pastor Olsen y esperaba que la conversación fuera como en otros tiempos, de consuelo para su vida. Hizo lo posible para que él se sintiera cómodo y supiera que su visita era un regalo para ellas. Enseguida le ofreció una taza de té y algunas masitas dulces. Pretendía poder hablar cuanto antes del asunto que inquietaba su corazón. Aquello era increíble, Dios había acelerado su viaje al traer ese mismo día al reverendo Olsen en persona. Ya no tenías dudas: esto provenía de Dios.

–¡Qué alegría que tengo de verlas, muchachas! –El anciano hablaba de manera pausada, como si se sintiera cansado–. He venido a saber cómo andan las cosas por acá. Y a despedirme –agregó con un tono sombrío. Se lo notaba fatigado.

Ellas no esperaban recibir esa noticia aquella tarde. Y mucho menos Sofie, quien de pronto vio arruinadas sus aspiraciones más abnegadas.

Él era la única persona que la podía ayudar. Y si ahora se iba, ella tendría que quedarse indefectiblemente en Blis. Sofie estaba aturdida, le costaba reaccionar y asimilar la noticia que acababa de recibir.

–¿Cómo que a despedirse? ¿¡Se va de Sangendrup!? – preguntó pálida y desolada. Le ardía la cara, pero sentía un frío tremendo que le congelaba las manos y los pies.

El anciano asintió con la cabeza.

–Como dice la Escritura, mis amadas niñas de Blis –dijo con simpatía para restarle un poco de seriedad al asunto–…, todo tiene su tiempo debajo del sol…, y el mío como pastor de la iglesia de Sangendrup ha concluido.

–No, reverendo Olsen, usted no puede dejarnos –imploró Sofie consternada, casi sin voz–. Si usted se marcha, todo será más difícil para nosotras.

Ella vivía una pesadilla. ¡No podía ser cierto! No en ese momento…

–Estoy demasiado viejo, Sofie, y enfermo. Ya no puedo cumplir con mis deberes pastorales –hablaba con pesar–.

Y ahora más que nunca los hermanos necesitan un sólido apoyo espiritual.

—Usted es todo para la gente de Sangendrup, no puede marcharse... ¿Qué haremos sin su predicación y su consejo en momentos tan dramáticos como estos? ¿A quién vamos a recurrir?

Sofie necesitaba hacerlo cambiar de opinión, que él postergase por un tiempo su viaje. «Debe quedarse solo una temporada más, con eso será suficiente», pensó con ansiedad, queriendo retenerlo para que sus planes no se frustrasen.

El día se había nublado repentinamente y afuera una brisa suave movía los árboles y dejaba entrar por las ventanas entreabiertas el dulce perfume del bosque que había empezado a florecer. Aun así, el corazón de Sofie se llenó de tristeza.

—No te angusties, muchacha, porque Dios nunca abandona a sus ovejas. En estos días, llegará un nuevo hombre de Dios, el pastor Niels Jensen —les anunció a la vez que bebía el té que acababa de servirle Trudy—. Le pediré muy especialmente que las visite, como tu padre me encargó que yo hiciera, antes de marcharse. Solo que no he podido cumplir con mi promesa por razones de salud —manifestó casi con remordimiento.

Sofie sabía que alguna vez esto sucedería, pero nunca pensó que sería tan pronto, en el preciso momento en que ella tomaba la decisión más importante de su vida: salir de Blis, dejar Sangendrup. En su mente aparecieron decenas de interrogantes: ¿estaría Dios en medio de todo?; ¿sería circunstancial o providencial la noticia que acababa de recibir?; ¿por qué Dios se empeñaba en oponérsele, meterse en el medio e irrumpir en su vida para obligarla a cambiar de planes?; ¿se tendría que ir a pesar de todo?; ¿habría alguna otra salida que no fuera permanecer en Blis?

Por primera vez, aparecieron en su vida los cielos de bronce, impenetrables, cerrados. ¡Qué opaco y oscuro veía su futuro! ¡Qué sola se quedaba!

—No hay soledad que Dios no pueda llenar con Su presencia, mi querida.

Parecía como si el pastor Olsen le hubiera leído el pensamiento. Pero Sofie no se animó a seguir hablando. ¿Qué derecho tenía de agregar una carga más sobre los hombros del anciano?

—Tiene razón, reverendo.

—Todo se resolverá a su tiempo, ya lo verás…, aunque yo no estaré aquí para compartir esa alegría –dijo con un tinte de nostalgia, simulando un entusiasmo que en realidad no tenía–. ¡Pero no vamos a ponernos tristes ahora! Ya bastante tenemos con la guerra –repuso el hombre, a la vez que intentaba contener su emoción–. La oración mueve montañas, hija mía. Mientras tú oras, el cielo trabaja a tu favor.

La mirada cálida del reverendo la hizo sentir repentinamente bien, como si todo fuera posible y sus problemas se pudieran esfumar como la niebla del alba.

Él también estaba apenado, sabía que quizá nunca más volverían a encontrarse. Examinó por un momento su rostro. Sofie era una muchacha hermosa, sensible y determinada. Se apasionaba por llevar adelante lo que creía que era justo y bueno. Él se sentía muy satisfecho con eso, porque su esposa, la señora Anine, fue el instrumento que Dios usó para que se produjera esa transformación. Fue ella quien la llevó a conocer al Señor, a tener intimidad con Dios. Felizmente, Sofie estaba ahora muy cambiada, era una nueva criatura, pero con muchas cicatrices en el alma.

El reverendo Olsen conocía los detalles de su historia: ella tuvo que llorar en su temprana adolescencia la muerte de su madre, lo que la dejó bajo la tutela de un padre autoritario, frío e indiferente. Durante un tiempo demasiado largo y penoso, cargó con el desprecio de toda la aldea de Sangendrup, desprecio que se tradujo en actitudes dañinas y palabras hirientes. Razones y pretextos la privaron del afecto de muchos, casi de todos. Y por una imprudencia absurda e inconsciente (la que lamentaría el resto de su vida), perdió la amistad de su fiel y entrañable amigo, quien un mal día se fue ofendido, dio un portazo y nunca regresó, a pesar de que el reverendo Olsen mismo, a escondidas de Sofie, había intervenido a su favor, sin obtener ningún resultado provechoso.

Y ahora tenía que padecer la soledad llevada al extremo más cruel, con una guerra en el medio, que la había dejado completamente sola y sin ayuda en Blis, sin ninguna otra compañía más que la pequeña Trudy, el precario servicio del campesino Laust y el viejo Tosh, que parecía un perro bravo, aunque en realidad no lo era tanto.

A Sofie de Sangendrup no le quedaba nada, era tan pobre como la persona más pobre de este mundo. Entonces pensó en la desdicha de los ricos, los que parece que lo tienen todo pero, en lo secreto y en lo íntimo, saben que eso no es así.

El reverendo Olsen la observó detenidamente, mientras ella permanecía distante con la vista perdida hacia el lago. Había empezado la primavera, pero en el corazón, Sofie estaba viviendo su invierno más helado. Solo Dios conocía lo que se agitaba en su interior.

Él, ajeno a sus confusos sentimientos, siguió con la conversación:

—Sé que llevas mucho tiempo sin asistir a la iglesia..., y bien sabes que te comprendo, Sofie. Pero no lo apruebo, hija mía...

Sofie lo miró distante y le sonrió con tristeza. En ese momento, los separaba una distancia abismal. Él ignoraba que su inesperada decisión la obligaba a renunciar a sus planes y a sus sueños, algo que ella necesita imperiosamente hacer. ¡Sabe Dios cuánto lo necesitaba!

—Lo siento, reverendo, usted tiene razón, hace muchos años que no escucho su predicación en la iglesia...

Él la miró con desaprobación, pero lleno de misericordia.

–Eso no está bien, Sofie.

El reverendo Olsen sabía que una actitud como esa no resolvería los dilemas de su vida, ni la furia que se movía en su interior. Aunque, en un primer momento, dio la impresión de ser el camino menos traumático, ahora quedaba claro que no había sido el mejor.

–Si me hubiese presentado en la iglesia... –replicó Sofie con la mirada distante–, creo que el templo se hubiese vaciado, reverendo.

–Eso sería porque ninguno se siente pecador y no porque tú hayas entrado. Ese es el drama de muchos cristianos: en el fondo, no se sienten pecadores y hacen de cualquier excusa una razón suficientemente buena para abandonar la iglesia. Y, con lentitud, se apartan del Señor.

Ella aprobó con la mirada lo que acababa de escuchar. El reverendo tenía razón. Pero paradójicamente, la idea de volver la atemorizaba. No tenía ninguna intención de pasar por lo mismo una vez más, ni tampoco que se repitieran las malas experiencias sufridas en el pasado. La decisión estaba tomada y era firme. Nunca volvería a la iglesia de Sangendrup, y punto.

A su manera, vivía tranquila en Blis, se protegía. Por lo menos, no tenía que soportar las maldades que le hacían y el evidente desprecio de la mayoría. Aunque sinceramente debía reconocer que así tampoco era feliz. La iglesia es una parte importante en la vida de todos los daneses. Las actividades de la comunidad se centralizan allí y la palabra del reverendo es muy valiosa a la hora de resolver cualquier conflicto. No formar parte de esa actividad era como no ser parte de Dinamarca y, en este caso en particular, de Sangendrup.

–Debes regresar, Sofie. Esta es una batalla que te pertenece y la tienes que pelear. Se tiene que terminar. Y no lo harás atrincherada en Blis.

–Me está pidiendo demasiado, reverendo...

–Mi tiempo ha terminado –él se expresaba con una fuerza

interior poderosa, en contraste con la debilidad física que mostraba–..., pero el tuyo recién comienza. Este no es tu lugar. Tu lugar es Sangendrup y no solo Blis.

–Tal vez tenga razón, reverendo..., y mi lugar no sea Blis..., sino Fredericia, Herslev o cualquier otra ciudad donde la guerra está haciendo estragos y matando a nuestra gente... Es ahí donde me necesitan, reverendo... Es ahí donde debería estar...

El reverendo Olsen la miró con ternura. El sol se estaba apagando... y la penumbra que inundaba la habitación le confería una nota de nostalgia. ¿Qué había pasado en Blis que ahora tenía un aspecto tan lúgubre?

–Ese no es un lugar para ti, Sofie... No en este momento...

–Pero es ahora cuando más me necesitan...

Él parecía cansado, había llegado hasta allí solo para despedirse, pero era evidente que Dios lo había llevado con otras intenciones. De nuevo, el Señor lo sorprendió, todavía tenía una tarea por delante antes de dejar definitivamente Sangendrup. Y quizá fuera la más importante de toda su labor pastoral.

–Sofie, ¿y si Dios puso en tus manos el futuro de tu pueblo?

Ella lo miró azorada mientras lo escuchaba hablar:

–Él te ha confiado una misión y es en Sangendrup y no lejos de aquí. Este es el tiempo, Sofie. Sí, este el tiempo...

«¿Cómo estaba él tan seguro de eso?; ¿y a qué misión se refería?; ¿qué era lo que tenía que hacer?», esperaba preguntarle todo eso antes de que se levantara de la silla, cuando nuevamente lo escuchó decir:

–Esta es tu tierra por herencia y por voluntad de Dios. Es acá donde está tu tarea, Sofie.

Ella se sintió contrariada.

–No entiendo a qué se refiere, reverendo. Tampoco sé si estoy preparada... y mucho menos si todavía me interesa la gente de Sangendrup. Me han dañado demasiado...

–Es verdad, Sofie, te han dañado, pero tú no eres de las

que se resignan a vivir una vida escondida en el rencor. ¡Ah, no, hija mía, tú no eres de esas!

Ella apretó con rabia el pañuelo que tenía entre las manos y lo miró vacilante a los ojos, mientras él seguía hablándole.

–¡Yo no tengo dudas, Sofie! Sí, te interesa, yo sé que te interesa.

Hablaba con autoridad, con firmeza. La conocía tan profundamente que se permitía esa licencia, solo él podía hablarle de esa forma, la que ni siquiera a su padre le hubiese permitido.

–Pero te has metido en una prisión. Observa estas paredes, Sofie. ¿Huele a cárcel o a Blis este lugar? Usa tu sabiduría espiritual y podrás percibir la diferencia. La frialdad, la oscuridad y la ausencia de alegría serán tan claras para ti como la niebla matinal que cubre los campos de Sangendrup. ¡Basta, Sofie, sal de aquí! Los escondites son para los valientes solo sitios pasajeros. No te engañes a ti misma. Sé sincera, esta no es la vida que tú quisieras vivir.

Él tenía razón, como siempre, la absoluta razón. Solo que ella se sentía aterrada con el simple hecho de volver.

–¿Yo me he metido en esta cárcel o ellos me obligaron, reverendo? Tenía que sobrevivir y lo hice como pude…

–Sea como sea, tienes que salir. Dios te abrió la puerta. No más prisión para ti, Sofie. Estás en libertad.

Trudy, que escuchaba atenta la conversación, se acercó a Sofie y le apretó la mano con cariño, sabía cuánto había sufrido y todo lo que se venía por delante si ella aceptaba el consejo del reverendo Olsen.

–Si no lo haces por ti, hazlo por ella, no se merece vivir en este encierro –dijo a la vez que examinaba el lugar, las paredes descuidadas y un ambiente familiar que ya no existía.

–A mí no me molesta, reverendo Olsen… Estamos bien acá –Trudy se animó a contradecirlo. Haría cualquier cosa con tal de proteger a Sofie–, porque de tanto en tanto voy a la aldea… No quiero que la vuelvan a lastimar…

Aquella respuesta inesperada hizo que a Sofie le saltaran las lágrimas.

El reverendo sabía que había hablado demasiado duro, pero tenía la profunda convicción de hacerlo. Ya no habría otra oportunidad, se iba lejos. Esta era su despedida.

Sofie se veía afectada por aquella conversación y, aunque él sabía que era una muchacha fuerte, en ese momento le tuvo compasión, ya que sin negarle su responsabilidad en el asunto, también debía admitir que fue víctima del chisme y de la habladuría de la gente. «Demasiada cizaña», pensó.

—Le prometo que lo pensaré, reverendo.

—No lo pienses, Sofie, porque muchas veces la razón no es una buena consejera. Deja que el Señor gobierne tu vida. Ya deja de hacerlo a tu manera.

Ella se abrazó al anciano y lloró como hacía años que no lo hacía.

—Me quedo tan sola, reverendo… —se lamentó en medio de un llanto acongojado.

—Los hombres siempre nos vamos, Sofie. Dios es el único que permanece.

El reverendo Olsen no se marchó sin antes darles un sinfín de recomendaciones. Y les rogó que no dejasen de visitar al pastor que vendría en su reemplazo. Luego las abrazó con cariño y, con la mirada húmeda, les dijo sus últimas palabras.

—He tenido el honor de ser el consejero de tu madre y ahora tengo el honor de hablarte a ti en el nombre del Señor. Sigue, hija mía, tu vocación y tu llamado, porque no hay satisfacción y honra más grande que esa.

Sofie supo que ese día sería decisivo en su vida. El reverendo no había hablado en vano y sus palabras no caerían en saco roto. Él había tocado las dos cosas que ella más amaba: Dios y Sangendrup. Nada más había fuera de eso para ella, nada más.

—Le prometo que voy a orar —le dijo con un hilo de voz—.

Usted sabe que lo haré. Siempre ha sido así, reverendo.

—Sé que lo harás, hija mía, sé que lo harás…

—Lo vamos a extrañar mucho…

—No hará falta, porque yo siempre estaré en tu pensamiento y en tu corazón.

Desde el pórtico, lo vieron alejarse despacio, el reuma hacía que todos sus movimientos fueran más lentos. Un criado lo ayudó a subirse al carro, prácticamente lo tuvo que alzar en sus brazos y ponerlo sobre la silla.

Antes de atravesar el muro de la entrada, el reverendo giró la cabeza hacia Blis y alzó su mano para darles su último saludo. Ellas lo despidieron con lágrimas y permanecieron en la puerta mirando hacia el camino de los pinos. La imagen se hizo cada vez más pequeña y difusa, hasta que desapareció por completo.

A partir de ese momento, Sofie sintió que se quedaba más sola que nunca y luchó contra la impotencia y el desamparo que quiso alojarse en su corazón. Profundas tinieblas, las que Dios supo disipar rápidamente.

Dadas las circunstancias, Sofie tuvo que resignar su viaje a Jutlandia, pero seguía viva la esperanza de poder hacerlo en algún momento. La ausencia del reverendo Enok Olsen les dejó un vacío difícil de llenar. Tenía sus palabras selladas a fuego en el corazón, porque cuando alguien habla de parte de Dios es un asunto serio, deja un compromiso ineludible. Sabía que no podría tomar aquello a la ligera, que debía reflexionar sobre lo que habían conversado.

No extrañaba las amistades, porque en realidad nunca las había tenido; pero sí añoraba sus primeros años en la iglesia, los que fueron para ella completamente inolvidables. Se llenó de nostalgia al recordar los villancicos de Navidad y los sermones del reverendo Olsen, que nunca resultaban aburridos. Él siempre daba mensajes sencillos, que hasta un niño podía comprender. Era una persona amable y compasiva que poseía la mirada tierna de Dios.

De inmediato, le vino a la memoria su padre, él no sentía

una sincera simpatía por el reverendo, se quejaba de esa costumbre que tenía de andar pidiendo dinero para los pobres. Todo lo contrario de su madre, que era caritativa y servicial.

Pero ella murió cuando Sofie tenía apenas catorce años y su vida quedó lamentablemente en manos de su padre, un hombre autoritario, orgulloso y ambicioso, que nunca quiso relacionarse con la gente de Sangendrup. Él la transformó en una joven vanidosa y pedante, que miraba con desprecio a los aldeanos, como también acostumbraba a hacerlo él.

Hasta que un día…, cuando todos le dieron la espalda, Sofie solo encontró refugio en la esposa del reverendo Olsen. Ella le habló con dulzura y la aconsejó con sensatez.

—Sofie —le dijo sosteniendo en su regazo la cabeza de la joven que no dejaba de estremecerse por el llanto—, tú no conoces al Señor y esa es tu primera necesidad.

Sofie la miró enojada. ¿Venirle a hablar de Dios cuando estaba tan ofendida? ¿Quién pensaba en Dios ahora? Ella estaba indignada y dolorida. Las palabras de la señora Anine le sonaron huecas y vacías, ¿a quién podían interesarle?

—¿Qué tiene que ver Dios en todo esto? —le preguntó secándose las lágrimas con rabia.

La señora Anine, que siempre se mostraba tan paciente y tolerante con los vaivenes de la sensibilidad humana, le habló con sinceridad.

—Escucha bien lo que te voy a decir, lo entiendas o no, porque en este momento tienes un velo de dolor que nubla tu capacidad de comprender y razonar: Dios te está formando, no para planes terrenales, sino con propósitos eternos. —Mientras hablaba la miraba profundamente a los ojos, que en ese momento estaban llenos de lágrimas—. Que esto no se te olvide nunca, Sofie.

Ella no entendía lo que le estaba diciendo. ¿A qué se refería con «propósitos eternos»? En lo más profundo de su ser, se enojó con ella. Y también se enojó con Dios. Atravesaba su momento más crítico, por eso no le importó ni su opinión, ni su consejo. Se hubiese tapado los oídos para no seguir escuchándola. Pero la señora Anine le acarició el cabello con ternura y continuó la conversación.

–Hija, Dios ha permitido este dolor…

Sofie alzó la mirada desconcertada y húmeda hacia ella. ¿Dios era el que había permitido tanto sufrimiento? ¿También Dios le daba la espalda?

–Pero no lo hizo para lastimarte, sino para encontrar un hueco en tu corazón por donde poder entrar. Porque, de otra manera, tú nunca se lo hubieras permitido.

Pero Sofie estaba demasiado herida para entender en ese momento lo que la señora Anine le acababa de decir.

Al morir su madre, que era la legítima heredera de las tierras de Sangendrup, su padre pasó a ser el único propietario. Él no era un aristócrata, pero, mediante el casamiento con Marianne Bjerg Eriksdatter, alcanzó su título nobiliario.

Como dueño de todo, despilfarró de muchas formas a diestra y siniestra grandes sumas de dinero, el que también a ella le pertenecía. Y aún más, desde que el señor Alexander se instaló definitivamente en Sangendrup, también el señor Gregor se enredó en los negocios turbios que él le proponía, en las apuestas que se llevaban a cabo en la mesa de juego del Castillo de las Sombras.

De a poco, su economía comenzó a sufrir un evidente deterioro. Pero el señor Gregor, en lugar de ordenar sus asuntos y poner límite al despilfarro, siguió malgastando su fortuna y aumentó sus tratativas con ese tal señor Alexander, al que ella nunca conoció, un extranjero rico, ambicioso y avaro que se pasaba la vida abusando de la inocencia de los pobres. Había adquirido a costa de engaño y de negocios turbios un lujoso castillo, que en otro tiempo había pertenecido a unos húngaros adinerados, y allí se instaló. De eso hacía poco más de cinco años. La propiedad había permanecido mucho tiempo deshabitada y aún conservaba su aspecto temible con ventanas cegadas y rincones lúgubres invadidos por matorrales y malezas.

El castillo se levantaba en medio de un bosque agreste, oscuro y cerrado de hayas y coníferas. Con el tiempo y durante los años que estuvo desocupado, se transformó en un lugar patético, casi impenetrable.

Tenía un solo acceso a la propiedad y era por un camino estrecho bordeado de pastizales y árboles frondosos, de raíces gruesas y retorcidas que se levantaban temerarias sobre la superficie, dejándose acariciar por las ramas que caían casi hasta rozar el suelo; esto, a simple vista, le daba un aspecto fantasmagórico. De ahí, tal vez, derivó su nombre: «el Castillo de las Sombras». Otros decían que era a causa de los malvivientes que llegaban hasta allí para hacer sus negocios confusos y sus tramposas apuestas, quienes, pretendiendo ocultar su identidad, se movían como sombras para que nadie los identifique. Lo cierto fue que el Castillo de las Sombras se transformó en un lugar tenebroso, al que todos se referían con reserva y desconfianza.

Al estrechar su padre relaciones con el señor Alexander, las reuniones y las jugadas en el castillo se hicieron cada vez más frecuentes. Sofie comenzó a sufrir la soledad y el abandono. Como le había dicho el reverendo Olsen, ella se encerró en un lugar lujoso y seguro. Y, poco a poco, se fue acostumbrando a esa «cárcel» en que se había convertido Blis.

Para justificar el comportamiento de su padre, prefirió pensar que, al no poder sobrellevar la muerte de su esposa (lo que nunca manifestó abiertamente), encontró en el señor Alexander un amigo, sin sospechar que el muy astuto aprovecharía esa ventaja para hacerle invertir su fortuna en supuestos negocios lucrativos, los que hasta el momento nunca le habían aportado una ganancia significativa.

Finalmente, la relación de su padre con el señor Alexander fue el corolario de una penosa historia de soledad y abandono, la que comenzó con la muerte de su madre. Sofie, completamente desprotegida, buscó refugio en la familia del reverendo y encontró consuelo en la señora Anine. Por ese entonces, Sofie ya no era querida en la aldea. La gente, sin disimulo, se hacía a un lado cuando ella pasaba. Cuchicheaban a sus espaldas, se oían risitas burlonas y frases despectivas, las que claramente y de forma despiadada se lanzaban en su contra. Comentarios ponzoñosos y ofensivos, que la desacreditaban abiertamente. No la querían y hacían que eso se notase. ¡Aquello fue muy doloroso! Por esa razón, ella dejó de asistir a las reuniones en la iglesia. La gente le hacía un vacío alrededor y solo los vagabundos se sentaban a su lado. Al final, ella terminaba llena de pulgas y piojos. Ese tiempo fue insufrible para Sofie.

Aun así, ella siempre reconoció que las charlas con la señora Anine le habían cambiado la vida; Dios dejó de estar solo en la Biblia, para estar a su lado. Él llenó todos sus vacíos y sus interrogantes existenciales. En el dolor, Sofie aprendió una lección que la marcó definitivamente: «Todo lo que el hombre siembra, eso cosecha».

Ahora sí, cobraba sentido el desprecio recibido.

Al poco tiempo, Dios también se llevó a la querida señora Anine, ella padecía una larga y silenciosa enfermedad. Pero Sofie tuvo la certeza de que su amiga descansaba en paz en los brazos eternos del Señor.

4

Viejos recuerdos
y nuevas emociones

**La primavera invadió con su agradable perfume
el ambiente de Sangendrup, pero eso no fue
suficiente para atenuar la angustia
y la inquietud que todavía la afligía.**

Sofie aún no se sentía preparada para llevar adelante el desafío que le había propuesto el reverendo Olsen y enfrentarse con los fantasmas del pasado. A pesar de haber puesto toda su voluntad en olvidar, aún sentía abiertas las heridas emocionales causadas por el rechazo y el desprecio que, merecidos o no, la habían afectado de manera profunda. En medio de toda aquella incertidumbre, finalmente tomó la decisión de hacerlo. Lo que aún no había definido era si lo haría bajo otra identidad. Por el momento creía que no, que eso no era lo correcto, pero tampoco pensaba gritar a los cuatro vientos que ella era Sofie de Sangendrup.

Se vistió de manera sencilla, a la usanza de las aldeanas, creyó que así no la reconocerían. De todos modos, se le tendría que ocurrir alguna idea, por si surgían preguntas con respecto a la desconocida. O si algún curioso indagaba más de lo previsto.

¿No hubiera sido mejor hablar antes con el nuevo reverendo? ¿Considerar su opinión, escuchar alguna sugerencia y, sobre todo, pedirle su bendición? Pero eso hubiera sido bastante engorroso también, porque tendría que haberle contado toda su historia. Y en ese caso, su versión sería probablemente muy distinta a la que circulaba por el pueblo. Entonces, tendría un problema más y no un problema menos. Igual, ya era demasiado tarde para contemplar otras posibilidades. Las cosas estaban dadas de esa manera y, una vez decidida, iría hasta el final cueste lo que cueste.

Por precaución, dejó el calesín en la parte trasera de la iglesia y le pidió a Trudy que se le adelantase. Sofie quería disfrutar a pleno de su regreso a la aldea. ¡Había soñado tanto con eso! Ahí estaba todo lo que amaba y ahora quería que aquella imagen quedara plasmada en su retina como si fuera una pintura.

Repentinamente, la asaltó una avalancha de recuerdos: su madre elegante y delicada, siempre amable y considerada con la gente. El reverendo Olsen y la señora Anine, muchas de las damas de la aldea, algunas amistosas y otras totalmente insufribles... Le sudaban las manos y sentía una emoción tan fuerte que la desbordaba, como si de repente hubiera retrocedido el tiempo y se le otorgara el privilegio de rescribir su historia, absolutamente distinta a la pasada. ¡Pero eso era imposible! Se le llenaron los ojos de lágrimas... A pesar de todo, no se sentía una extraña entre ellos, como le habían hecho creer. Sangendrup era su tierra y aquellos, sus hermanos, aunque había mucho sufrimiento en el medio.

Sofie estaba desconcertada, nunca pensó que pudiera experimentar algo tan fuerte y tan profundo. Miró a su alrededor a medida que avanzaba y notó como si una nube de tristeza hubiera tapizado la aldea. Había unos pocos niños que jugaban sin alegría en la calle. Algunas mujeres conversaban en la puerta de los negocios. Y un puñado de hombres heridos, enfermos y apesadumbrados, se reunía en las esquinas, seguramente para comentar los últimos sucesos. La guerra se había instalado en los corazones, en las miradas, en las actitudes, y había usurpado el lugar de las cosas más bellas, como las conversaciones edificantes, la alegría, la risa, la tranquilidad y la esperanza. Sin embargo…, a pesar de eso, se dio lugar a la ayuda solidaria, la unidad de los hermanos, la abnegación y la oración constante y fervorosa.

Ingresó de manera silenciosa en la nave de la iglesia por la puerta lateral. Y se estremeció, era como si su madre la hubiera tomado de la mano y le indicase el sitio que debían ocupar. También recordó su mirada de disgusto cuando ella no saludaba a los hermanos. Pero Sofie lo hacía por timidez, no existía otra razón. Aun así, su madre no negociaba con eso, era inflexible. Ella tenía que saludar y hacerlo amablemente, porque la educación se aprende y las buenas actitudes se cultivan.

El ambiente era poco luminoso, las ventanas largas y delgadas tenían cristales color ámbar. Los bancos diseñados para que quepan hasta cinco personas eran oscuros y los respaldos, altos, de madera sólida. El olor del lugar la envolvió y se despertaron un sinfín de recuerdos, profundas emociones. Desde ahí divisó el púlpito, solemne, sobrio (como lo recordaba de su infancia).

La falda, el calzado y el chal con que se cubrió los hombros eran lo suficientemente sencillos como para pasar desapercibida. Además, ¿quién se podría imaginar que la joven que acababa de ingresar a la hora del servicio era ella? Sofie de Sangendrup nunca se presentaría en la iglesia vestida de una manera tan simple.

Fue instintivo, se sentó en el mismo lugar de siempre, el que ocupaba con su madre, ¡increíble! Recogió el himnario que estaba sobre el banco y eso avivó los recuerdos que creía sepultados. De repente, retumbó en el sacro ambiente de la iglesia el sonido del órgano y la gente comenzó a cantar. La iglesia de Sangendrup tenía mucho de su infancia y de su temprana adolescencia.

Le temblaban las piernas y sentía los labios secos. De

un vistazo reconoció a varias personas, aunque las notó cambiadas. Los niños habían crecido y la gente mayor parecía muy anciana. Ahí estaban Sigrid y Sorine Shavn, convertidas en unas señoritas. La familia Poulsen se había ubicado en uno de los bancos paralelos y todos la miraban intrigados. Pero no la tomó por sorpresa, era predecible que podría ocurrir algo así, porque cuando aparecía un rostro que no les era familiar, despertaba la curiosidad de la gente.

Vio de manera fugaz al resto de la hermandad. Aunque no fijó la vista en nadie en particular, los reconoció a todos. Después de eso, no volvió a levantar la mirada, sino que trató de concentrarse en el sermón.

Detrás de ella se ubicó una familia, no quería darse vuelta para saber quiénes eran, cuchicheaban entre ellos sobre el nuevo pastor. Parecían conformes con él. Unos cuantos bancos más adelante, se había sentado Trudy con sus amigas. Ella era una niña feliz, se reía con facilidad y conversaba con todos. De tanto en tanto y con mucho disimulo, miraba hacia atrás, seguro que con la intención de darle ánimo.

En un momento, percibió que alguien la observaba. No pudo con la curiosidad y alzó apenas la vista para volverla a bajar inmediatamente. Quedó abrumada, un joven se había dado vuelta hacia ella y le clavó la mirada. ¿¡Era Simón Laurlund!? «¡No puede ser! Si Trudy había dicho que le faltaba una pierna…», se dijo turbada, a la vez que desechaba la posibilidad de que fuera él.

Sofie comenzó a sentirse incómoda, le ardían las mejillas, seguro que ya se había ruborizado. ¡Qué horror! Ese hecho la delataría inmediatamente. Aun así, seguía con la mirada hacia abajo, quería escuchar la prédica pero no se concentraba, oía el latido de su corazón que estaba a punto de estallar. Apretó fuerte la Biblia. Se quitó y se puso los guantes una decena de veces. En ese momento, alguien se sentó a su lado. Miró de soslayo, ¡era Pía Stub, la suegra del panadero y la mujer más chismosa de Sangendrup! Se movía impaciente en el asiento para llamar la atención y la observaba con descaro, como quien busca conversación. Se moría por averiguar quién era la desconocida.

Eso fue más de lo que pudo soportar. Dejó su sitio sin mirar a nadie y se marchó rápidamente, pero con disimulo. Se subió al calesín, azuzó las riendas y se alejó de prisa sin volver la vista atrás. No quería regresar sin Trudy, pero a ella, por lo general, la traían los Krock, aprovechando que Blis les quedaba de paso.

Quería huir y lo hizo. Se sentía sofocada, pero a medida que avanzaba por los verdes campos de Sangendrup fue recobrando la serenidad y pudo disfrutar del regreso como si fuera un paseo placentero. El día era hermoso, la primavera le inundó el corazón de notas musicales y, de pronto, revivió situaciones del pasado…, ¿dónde las tenía sepultadas?

El imprevisto incidente con aquel joven que la miró en la iglesia hizo que el tiempo retrocediera bruscamente; pero había cosas que se resistía a recordar, prefería que quedasen en el oscuro encierro del olvido. Estaba exhausta, demasiadas emociones para un día, demasiado pasado de golpe… ¿Sería ese joven realmente Simón Laurlund? Y si era él, ¿la habría reconocido? ¿Por qué parecía tan desconcertado? Seguramente, Trudy le traería más noticias.

Bebía una taza de té y leía la Biblia, cuando Trudy entró de manera atropellada. Se había demorado más de lo previsto y temía que Sofie estuviera enojada. Colgó el sombrero y el abrigo en el perchero, se quitó los zapatos y saludó a Sofie con un gesto de disculpa.

–¿Por qué te demoraste tanto? ¿Qué te quedaste haciendo en el pueblo? ¿No pensaste que yo podría estar preocupada? –Sofie preguntaba de manera precipitada.

Trudy hizo un gesto con la mano para que se tranquilizara, a la vez que se servía una taza de té y se sentaba a su lado para conversar.

–¡Tómate todo el tiempo que quieras! ¡Vaya desvergüenza

la tuya! –protestó Sofie de mal humor–. Tendrás que darme muy buenas explicaciones para disculpar tu demora. ¡Y yo acá muerta de ansiedad! Suficiente tuve con la agonía que pasé en la iglesia –hablaba de manera acalorada–. No me faltan ganas de darte un buen tirón de orejas... que bien merecido lo tienes por tenerme en ascuas...

–Si me dejas hablar, te podré explicar...

Trudy la miró con calma, sabía que ella hablaba mucho pero nunca cumplía sus amenazas, así que, aprovechándose de esa tolerancia, añadió:

–Entonces, Sofie, si me permites, iré respondiendo a todas tus preguntas, pero de una a la vez.

–Pues empieza a hablar...

–¿Qué quieres saber?

–¿Qué pasó? ¿Escuchaste algún comentario? ¿Alguien se percató de mi presencia? ¿Qué dijeron?

Trudy se tomó su tiempo... Parecía tranquila, pero, en realidad, estaba cansada.

–¿Prefieres la noticia más suave o...?

–¡Trudy, por favor! Hazlo como te guste, pero habla.

–Bueno. En realidad..., sí, todos notaron tu presencia.

–¿¡Todos!?

Trudy asintió con picardía.

–Y a la salida, la gente conversaba... y yo estaba ahí, en el medio..., fue por eso que me demoré. Traté de escuchar lo que decían para contártelo, por supuesto, porque bien sabes que no soy chismosa.

–Evita los comentarios mentirosos y ve al grano.

–Todos querían saber quién era la joven desconocida que se sentó en la iglesia y por qué salió tan rápido. Es que te fuiste muy apurada, Sofie, parecía que hubieras tenido una visión espantosa. ¡Líbreme el cielo! –Trudy era muy graciosa al hablar, pero a Sofie solo le interesaba averiguar.

–¿Todos, Trudy?

–Bueno, todos a los que yo escuché. Y como nadie te reconoció, tuve temor de que alguien sospechara. –Se detuvo y la miró como disculpándose–. Entonces se me ocurrió una idea –dijo mordiéndose las uñas.

–¡NO! ¡Tus ideas no son ideas, son locuras, Trudy!

–¡Y sí! –reconoció la niña con la mirada baja, encogiéndose de hombros–…, pero no se me ocurrió otra, sino solo esa.

Sofie la escuchaba expectante.

–Como todos preguntaban de dónde habías salido, que quién eras, y bla… bla… bla…, yo me atreví y dije que eras pariente del reverendo, ¡total, nadie lo conoce demasiado! Ya que él recién acaba de llegar a Sangendrup.

–¡Noooooo!

–Así se quedaron tranquilos y no se habló más del asunto. Claro que les rogué que no comentasen nada de eso, porque el reverendo es una persona muy discreta.

Sofie se había sentado en el borde de la silla y la miraba absolutamente consternada.

–¡No puede ser! ¡No lo puedo creer! ¿Por qué cometiste semejante imprudencia? Ahora sí que se va a armar el gran lío, ¿cómo vamos a hacer para desmentirlo?

–No te preocupes, ya se me ocurrirá otra idea.

–¿¡Qué!? ¡NO! –gritó Sofie fuera de sí–. ¡Nada de nuevas ideas! ¡Te lo prohíbo! Ahora tendremos que ir viendo cómo vamos a arreglar toda esta historia.

Trudy se quedó en silencio, hasta que, con un tono muy suave, del que se usa para disculparse cuando uno comete una travesura, agregó:

–Todavía me falta contarte algo más…

–¿¡Es que todavía hay algo más!?

Trudy asintió con la cabeza.

–¿Sabes quién me trajo hasta aquí?

–Supongo que los Krock…, como siempre…

–Nn…, nn –negó, emitiendo un sonido sordo con los labios apretados, como si con eso pudiera atenuar el impacto de lo que iba a decir–. No fueron los Krock. Fue el mismísimo Simón Laurlund.

–¿¡Queeé!? –exclamó impactada–. ¿Qué dices? Eso no es cierto...

–Es la pura verdad.

Sofie estaba a punto de estallar. Caminaba nerviosa de un lado para otro.

–¿Pero no era que le faltaba una pierna?

–Nn..., nn..., solo la tiene lastimada... y la arrastra.

–¿Y qué pasó? ¿Te preguntó algo?

–Nn..., nn. Nada. Se despidió y se fue.

–¿Me estás diciendo que Simón Laurlund llegó hasta aquí y se marchó sin hacer ningún comentario? –preguntó Sofie turbada–. ¡Basta! Fueron suficientes noticias por hoy. No creo que regrese a la iglesia.

–¿Por qué no? Si todo está clarísimo. Tú eres una pariente del reverendo, ¿cuál es el problema?

–¡Que es una mentira! Una tremenda y absoluta mentira.

–¿Por qué? ¿Acaso no eres una hermana en la fe? ¿No eres parte de la familia de Dios? –preguntó con fingida inocencia–. Y si fuera mentira, solo sería una mentirita piadosa.

–¡Basta, Trudy! Es una mentira y punto. ¡Te voy a dar yo, mentira piadosa! ¡Vaya tontería esa!

–Mi amiga Nanna dice que una mentira piadosa se puede decir...

–¿Pero a quién le haces caso, Trudy, a tu amiga Nanna o a Dios?

Trudy se rascó la cabeza dubitativa.

–Debería ser a Dios, ¿no?

–¡Por supuesto, Trudy! –estalló Sofie indignada.

–Entonces le pediré perdón a Dios y asunto terminado.

–¿Qué es eso de «asunto terminado»? No podemos seguir con esta mentira.

–¡Cielos Santos, Sofie! –repuso Trudy con forzada naturalidad–. Nunca pensé que fuera tan grave para ti. Pero tranquilízate, ya Dios sabrá cómo sacarnos de este embrollo.

–¿Pero quién te crees que es Dios? ¿Tu sirviente?

–¡No! ¡Líbreme el cielo de pensar eso! Dios es mi pronto auxilio. Así que oremos y dejemos que lo resuelva Él, porque sabrá hacerlo mucho mejor que nosotras.

–Por fin has dicho algo sensato. ¡Qué inteligente que eres cuando te lo propones! Y, a partir de ahora, por favor, Trudy, ¡no más travesuras descabelladas!

Las dos se rieron con ganas y, por un rato, se olvidaron del asunto.

Mientras almorzaban, Trudy seguía con su plática. Era difícil mantenerla callada, siempre encontraba algo nuevo para comentar. Uno nunca se aburría con ella y, aunque Sofie a veces la regañaba por ser entrometida, en el fondo a ella también le interesaban las noticias que traía, porque así se mantenía informada de lo que pasaba en la aldea. Por Trudy, supo que el señor Tokesen no había vuelto de la guerra, que lo habían dado por muerto y que la viuda se había marchado a vivir con su familia lejos de allí. Eso fue un golpe duro para todos porque ellos eran gente muy querida en el pueblo. Que Lars cortejaba a Marie Olrik y que su hermano Gren se había enrolado recientemente en el Ejército. También que en unos días cumpliría años Rachel Bendz y que añoraba tener un vestido nuevo para esa fecha, pero ese era solamente un sueño, porque sus padres decían que no eran tiempos para malgastar el dinero en cosas como esas, había que ahorrar y arreglarse con lo que uno tenía.

–Y los Bendz –comentó con tristeza Trudy a la vez que revolvía la comida– lo han perdido todo. Poco a poco, el señor Alexander se fue quedando con su dinero y también con lo demás…

Sofie escuchaba con atención, sobre todo cuando se hablaba de los abusos que cometía el tal señor Alexander. Trudy comentó que la mayoría de las familias pasaban necesidad, pero que se ayudaban mutuamente y se hacían compañía para poder sobrellevar los momentos más amargos.

En la casa de la abuela de los Petersen siempre había

un sitio en la mesa, a la espera de los hambrientos y los necesitados que andaban errantes por los caminos. Contó también que las niñas soñaban con tener una muñeca.

Las mujeres trabajaban sin descanso, ocuparon el lugar que los hombres habían dejado vacío. Una tarea demasiado pesada, pero ellas no se quejaban. «Las danesas son mujeres fuertes y valientes», pensó Sofie con admiración. Pero la realidad era cruda, la situación había empeorado notablemente las últimas semanas. El editor del periódico La Patria, señor Carl Plougmand, publicó la trágica noticia de que Prusia incorporaría a Schleswig a su reino. Y en su primer anuncio a los habitantes de Schleswig, el comisario del Gobierno prusiano, señor von Zedlitz, aclaró que, como resultado de la ocupación de los ducados, había suspendido la autoridad del rey danés. Y los funcionarios daneses no podrían seguir usando el título de «autoridad real» ni tampoco los uniformes reales. Estas noticias trajeron mucho pesar al ánimo de la gente. Era una tragedia para todos.

Y como si esto fuera poco, el recaudador del señor Alexander, de manera implacable, conspiraba contra la economía de los aldeanos cobrándoles intereses abusivos, los que en muchos casos solo se podían cancelar entregando la mercadería que almacenaban para su propio sustento, ¡el canalla les quitaba todo!

A pesar de esas noticias penosas, Sangendrup seguía siendo un oasis en medio de una tierra marcada por la tristeza de la guerra. Nadie ignoraba las penurias y la zozobra que pasaban los soldados: hambre, frío y miseria. La decepción hacía estragos en el ánimo de ellos, se sentían como esclavos o como bestias. Las fortalezas estaban desbastadas y no tenían lugares donde refugiarse. No tenían nada.

Y a todo esto se le sumó todavía la nefasta y terminante declaración de Herr von Zedlitz —«Somos señores de la tierra»–, la que congeló la sangre de los daneses. La gente estaba consternada, no podía aceptar que Prusia tuviera la intención de conquistar la totalidad de Schleswig.

En medio de tanta desazón, las familias esperaban las próximas cosechas para poder aprovisionarse, pero siempre con la incertidumbre de que apareciera la mano negra del señor Alexander para arrasar con lo poco que les quedaba y dejarlos cada día más empobrecidos. O llegaran las patrullas alemanas dispuestas a desabastecer a las familias, exigiéndoles alimentos, caballos, carros y alojamiento. Aunque eso, por el momento, sería lo menos probable.

Sofie no iba a permitir que las venciera el desánimo, estaba decidida a conservar viva la esperanza y darles fuerza aunque las noticias fueran terriblemente deprimentes. En ese instante, recordó el comentario sobre el vestido con el que soñaba Rachel Bendz y, de improviso, midió a Trudy con la mirada.

—Dime, Trudy, ¿Rachel Bendz tiene más o menos tu estatura?

Trudy la miró extrañada, ¿qué importaba la estatura de Rachel? Pero Sofie no esperó la respuesta, sino que salió ligero de la sala y regresó unos minutos después, con algunos vestidos que habían sido de su madre y que todavía estaban en perfecto estado.

—Antes que se los lleve también el señor Alexander, haremos algo con ellos —dijo a la vez que los acomodó sobre la mesa y los examinó calculando los posibles arreglos.

—¿Y para qué los puede querer el señor Alexander? No me lo imagino luciendo uno de esos vestidos —opinó Trudy de manera graciosa.

Había algunos muy bonitos, confeccionados con telas caras. Así que Sofie, con entusiasmo, puso manos a la obra. Cortó allá, cosió acá, frunció volados, pegó puntillas y el bellísimo vestido quedó terminado.

—¿Quién te enseñó a coser? —preguntó la niña, fascinada con la prenda.

—La abuela Bente. En sus ratos libres, ella me enseñaba a coser. Era como un juego para mí.

–¿Y a la abuela Bente quien le enseñó?

–La necesidad.

–¡Queeé! ¿La necesidad?

–Sí, Trudy, la necesidad suele ser, a veces, una buena maestra.

Trudy se rio con ganas, aquello era muy ocurrente: ¡la necesidad!

–Entonces, como la abuela Bente ya no está, tendré que decirle a la necesidad que me enseñe a coser a mí también, porque de veras, Sofie, que tienes manos de ángel, ¡Rachel se pondrá muy contenta con el regalo!

–Espero que a Rachel le guste tanto como a nosotras – dijo mientras examinaba el vestido para comprobar que no tuviera hilvanes o hilachas que desmerecieran la prenda–. Pero te aconsejo que no le pidas a la necesidad que te enseñe a coser. Porque puede ser muy doloroso.

Las dos estaban felices y se veían muy entusiasmadas.

–Tú lo dejarás en la casa de Rachel, como hiciste tantas veces con los zapatos remendados, ¿te animas?

La niña no dudó en aceptar el nuevo desafío. A ella le encantaban las aventuras, más aún cuando se trataba de ayudar a la gente que ahora se veía sumida en un océano de tristeza y de congoja.

–Y prepárate, porque se me acaba de ocurrir una idea… que nos demandará mucho trabajo...

–Ya sé…, me imagino en lo que estás pensando…

–¿Te imaginas?

–Sí, me parece que ya lo sé…, harás regalos para los niños…

–¡Acertaste, muchachita!

–¡Hurra, qué bueno!

–Entonces, ¿estás dispuesta a ayudarme?

–¡Siií!, estoy muy feliz. Sofie, eres como el hada de los cuentos infantiles, pero tú eres un hada de carne y hueso llamada Sofie de Sangendrup y guiada por Dios.

En un abrir y cerrar de ojos, aquel espacio se llenó de

almohadones, telas y ropa en desuso, hilos, agujas y tijeras. La cocina se transformó en un taller de muñecas. Rellenaron los cuerpos con estopa y simularon el cabello con tiras de lana trenzadas. Para corregir cualquier imperfección, le cubrieron la cabeza con unos gorros que ellas mismas tejieron a ganchillo. Cuando vieron las muñecas terminadas, disfrutaron convencidas de que Dios les había dado una habilidad especial para hacer esa tarea.

Sofie propuso guardarlas hasta Navidad.

Un día antes del cumpleaños de Rachel, Trudy planchó el vestido y lo acomodó en una caja. Sofie preparó el carro, esta vez no dejaría que Trudy fuera sola, los días se habían hecho más largos y podían aparecer extraños en el camino.

A Tosh, no hubo forma de hacerlo quedar en Blis. Ladraba y rasguñaba la puerta, hacía tanto bochinche que finalmente decidieron que las acompañara. La noche estaba tranquila y el cielo, despejado.

Debían estar seguras de que todos dormían, para poder ingresar a la casa de Rachel. Así que permanecieron escondidas en la parte de atrás, en medio de los fardos de heno. Un ganso las tomó de sorpresa y comenzó a chillar:

–On, on, on…

Rápido se ocultaron en el granero y cerraron el portón de viejas y endebles maderas por donde se filtraba el aire de la noche; aun así, el ganso porfiado no paraba de chillar. Así que se quedaron quietas, cuidando de no hacer ningún ruido, hasta que el ganso se convenció de que ya no había nadie por ahí. ¡Ese animal lo había arruinado todo! Tosh ladraba enfurecido contra el ganso para defenderlas. Finalmente, Sofie lo llamó junto a ella y el perro se tranquilizó. Por la ventana les pareció ver que alguien espiaba. Nunca había habido un delincuente en Sangendrup, pero la guerra y la miseria son compañeras de muchos otros males.

Aquella noche se hizo eterna, ahora sería cuestión de esperar, seguro que la gente de la casa sospechaba algo, porque todavía había una pequeña vela encendida. Sofie comenzó a sentirse intranquila, no podían demorarse demasiado porque en un rato empezaría a aclarar.

Se había levantado un viento frío, raro en esa época del año, y en el granero había demasiados espacios y agujeros por donde este se filtraba. Trudy estaba desabrigada, tenía los pies y las manos heladas. Y para colmo no podían moverse con libertad, porque al lado estaba el establo y allí había tantos animales como para provocar un escándalo tremendo.

De tanto esperar, Trudy se quedó dormida. Sofie la apoyó en unas bolsas de granos y decidió entrar sola a la casa. Además, ¿para qué arriesgarla? Ella era muy buena y siempre estaba dispuesta a correr peligro por ayudar a otros.

–Tú, Tosh, quédate quieto y cuídala, que yo volveré enseguida –le ordenó al animal, quien pareció entender perfectamente, porque se echó a su lado como si fuera un fiel perro guardián.

Sofie avanzó sigilosamente y, antes de entrar, se quitó el calzado. Con sumo cuidado entreabrió la puerta, solo el espacio suficiente como para poder ingresar. Las bisagras chirriaron al moverse. El salón era amplio y no había ninguna luz encendida. Antes de avanzar, se quedó unos minutos con la espalda pegada a la puerta, atenta a cualquier ruido o movimiento que pudiera escuchar. Recién cuando comprobó que todo estaba tranquilo, caminó a hurtadillas por el corredor hacia el fondo. ¿Cuál de todos los dormitorios sería el de Rachel? Las puertas estaban cerradas, eso complicaba las cosas.

En ese momento, le pareció que entrar en las habitaciones sería correr un riesgo innecesario y reconoció que tampoco era correcto hacerlo. Perfectamente podía dejar el vestido en la sala y, junto a él, la tarjeta que con tanto amor le había redactado Trudy.

Tenía que alejarse de ahí y hacerlo con el mismo cuidado con el que había ingresado. Caminó de puntillas, sus calcetines de lana la hicieron trastabillar ligeramente sobre las maderas, pero gracias a Dios pudo evitar la caída. ¡Eso hubiera sido terrible! Cuando por fin estaba por llegar, distinguió el movimiento de una sombra que iba y venía por la sala. Se le paralizó el corazón. Pálida por el susto, se apoyó contra la pared y aguzó el oído, pero no escuchó ningún ruido, ni nada que la pudiera alarmar. Había silencio, paz. Después de unos minutos de incertidumbre, decidió asomar la cabeza y espiar, entonces descubrió que, por la ventana entornada, entraba una brisa que hacía flotar ligeramente el cortinado.

Recuperada del susto, respiró con alivio y entró en la sala. Con delicadeza, acomodó el vestido en el sofá, ¡se veía tan bonito! A pesar de tantos inconvenientes, consideró que estaba haciendo lo correcto, ¿qué podía darle mayor satisfacción que llevar alegría a una niña pobre, en el día de su cumpleaños?

Pero todo esto le había empezado a generar cierta incomodidad, ¿era necesario que ella tuviera que entrar a escondidas, como si fuera una delincuente?, ¿por qué no podía hacerlo de otra manera? Llegar despreocupadamente a la casa, con un pastel en una mano y el regalo en la otra, golpear la puerta y decir: «¡Feliz cumpleaños, Rachel!». Sonrió con tristeza, ¡qué vanos eran aquellos pensamientos!, ¡qué lejos de la realidad!

Definitivamente, decidió que nunca más volvería a hacer algo así. Si podía hacer las cosas de frente, las haría, pero si no, ¡que Dios se encargara de esas obras de caridad! Pero ¿y si Dios quería aplicar misericordia a través de su mano?, ¿podía ella desoír la indicación de un Dios lleno de amor? Seguro que no, porque el llamado y la vocación es algo que está escrito en la mente y sellado en el corazón. Como escribió el profeta Ezequiel, es como un fuego que a uno lo consume y al que uno no se puede resistir.

Con esa extraña sensación de estar haciendo lo correcto, pero de la manera incorrecta, salió de la casa cuidando que nadie la descubriera. Cuando llegó al granero, Trudy todavía dormía.

—Despierta, Trudy —le dijo en voz baja—. Se nos ha hecho demasiado tarde. No podemos demorarnos más.

Trudy se desperezó, pero no se sentía bien, le dolía la cabeza y tiritaba. Sofie notó que tenía el cuerpo demasiado caliente. Debían apurarse, irse de allí antes de levantar sospechas.

Caminaron un trecho de camino polvoriento y cobraron prisa sobre el adoquinado de la calle Johanesgade hasta llegar al paraje donde dejaron el carro. Por el momento, no detectaron ningún movimiento que las pusiera en alerta, solo lo que el viento arrastraba o el andar de algún perro callejero que las asustaba cuando les salía al encuentro. La aldea se estaba despertando…

Llegaron a Blis desfallecientes. Seguía soplando un viento frío, y Trudy estaba agarrotada. La niña tiritaba. Sofie le sirvió una taza de leche caliente, la cubrió con unas mantas y la pequeña se quedó dormida. Ella también cayó rendida de sueño a su lado.

Cuando despertaron, varias horas después, Trudy se sentía muy mal, le dolía la cabeza y tenía escalofríos, temblaba y tosía. Se la veía cada vez peor. Se estremecía y se ahogaba con los accesos de tos.

Trudy necesitaba urgente que la viera un médico, eso no podía esperar. Así que ensilló el caballo y salió rápido de Blis.

Aunque era temprano, ya había algunas mujeres que aguardaban para ser atendidas, pero Sofie no esperó (se sentía culpable: si no hubiera sido por el vestido de Rachel, nada de eso hubiese ocurrido). Dio unos golpecitos suaves a la puerta del consultorio y la abrió.

—Discúlpeme que lo interrumpa, doctor, pero Trudy está muy mal. Necesito que la vea cuanto antes.

—¡¿Pero tú qué te crees!? —chilló una de las mujeres y se le puso adelante—, ¿que por ser Sofie de Sangendrup tienes más derecho que nosotras?

—Por favor, señora —la interrumpió el médico con serenidad—, déjela hablar.

—Doctor, Trudy tiene fiebre muy alta, si usted no la examina pronto…, ¡no sé lo que le puede suceder!

El tono de voz y el semblante de Sofie le decían más que mil palabras.

—Recojo mis cosas y nos vamos —le dijo, entendiendo que se trataba de algo urgente.

Solo fueron unos minutos, pero a ella le pareció un siglo. La puerta del consultorio había quedado entreabierta y, mientras esperaba, las mujeres que antes habían reaccionado como leche hervida y que después resignadas cedieron su turno ahora se habían enfrascado en una conversación.

—¿Qué me dicen de lo que está pasando?

—Si te refieres a que hay ángeles en Sangendrup… ¡Eso es totalmente disparatado! Debe ser una jugarreta de algún gracioso para tenernos en vilo a todos…

—Pero ¿qué clase de gracioso puede remendar zapatos y hacer vestidos bonitos? ¿Con qué fin haría todo eso?

La señora de voz vibrante pareció dubitativa, como si lo que decía la anciana le sonara coherente.

—Pero… ¿cómo puede el Señor estar interesado en vestidos en vez de intervenir en asuntos más importantes, como la guerra, por ejemplo? —La mujer se expresaba de manera acalorada, intentaba persuadirla y aplastar la ilusión de la anciana. Y por un momento casi lo logra; pero la anciana reaccionó indignada y le respondió de manera terminante:

—¡Vaya presunción la suya, hermana mía, querer decirle a Dios en qué se tiene que ocupar!

La mujer quedó sin palabras. Ofendida, abría y cerraba la boca como si no pudiera encontrar un argumento suficientemente válido para contradecirla.

Otra de las damas, que hasta el momento se había mantenido al margen de la conversación, tomó cartas en el asunto y expresó:

—Sea como sea, Rachel estaba feliz con su bellísimo vestido nuevo. ¡Yo sí creo que a Dios le pueden interesar los sentimientos de una niña pobre en tiempos de guerra! ¿Por qué no habría de importarle?

—¡Tonterías, señoras, tonterías!

—¿Tonterías? ¿Ha visto usted la calidad de la tela del vestido de Rachel? La señora Larsen asegura que ella jamás vendió en su tienda una tela como esa.

—Así que ese vestido solo pudo haber venido del cielo...

—¿Del cielo? ¡Pero recobre la cordura, mi querida amiga! ¿Se da cuenta usted de lo que está diciendo? ¡Lo único que falta es que ahora crean que caen vestidos del cielo! ¡Qué imaginación, hermanas mías! ¡Qué locura!

—Locura o no, el vestido es una prueba contundente y no fruto de nuestra imaginación. De todos modos —prosiguió la anciana a la vez que tosía intentando desprender el catarro que tenía pegado en la garganta—, es cierto que últimamente pasan cosas extrañas en esta aldea, habrá que hablar con el reverendo. ¿No les parece?

¡Todos habían visto el bellísimo vestido de Rachel!

Sofie recibió la noticia con profunda satisfacción, aunque tuvo que reconocer penosamente que eso redundó en el malestar de Trudy.

Entre chisme y chisme, las mujeres volvieron al ataque contra ella.

—¿Será realmente cierto que la niña se encuentra tan mal o es que «la duquesa» se nos quiere adelantar?

—¡Qué se puede esperar de personas como ella!

—¡El doctor no puede dejarnos abandonadas acá! ¡Eso no es justo!

Pero el médico no se detuvo en atender la repentina comidilla de las damas. Se disculpó ligeramente con ellas y, sin ofrecer demasiadas explicaciones, salió hacia Blis. Las mujeres, como cotorras ofendidas, continuaron con la queja. Consideraban que era un agravio que se las dejara esperando como si sus problemas fueran menos importantes que los de Sofie de Sangendrup.

La niña se veía muy mal. El doctor la examinó detenidamente, le auscultó varias veces el pecho y la espalda. Por el momento, su evaluación arrojaba un pronóstico delicado. Aunque era prudente esperar para ver cómo evolucionaba la enfermedad, aun así el médico sospechaba que lo de Trudy era grave.

—Vuela de fiebre —expresó el doctor Bissen en voz tan baja como un susurro—. Ve por un poco de agua, humedece unos paños y aplícaselos por todo el cuerpo.

Sofie lo hizo exactamente como él le indicó y dispuso los paños de tela húmeda sobre el vientre, la nuca y debajo de las axilas.

Mientras esperaban que la niña diera algún indicio de mejoría, el doctor la llamó a un costado del cuarto para conversar en privado.

—Quiero que estés preparada, posiblemente lo de Trudy no será sencillo de resolver —le dijo con aire circunspecto.

Sofie lo miró consternada y, de inmediato, los ojos se le llenaron de lágrimas. Hizo un esfuerzo tremendo para no romper en un llanto acongojado.

—No quiero generarte falsas expectativas, pero tampoco quiero quitarte la esperanza.

La verdad sonaba muy cruda y dolía, aun así Sofie no pronunció una palabra.

—Te haré llegar un poco de aceite de trementina y con eso le frotarás el pecho. Luego le pondrás un paño seco, lo más caliente que pueda soportar. Esperemos que ceda el dolor y que mejoren los síntomas.

Antes de marcharse, le dio otras indicaciones y prometió visitarla diariamente, hasta que superase la etapa más crítica. Pero si todo eso no daba resultado, habría que tomar otras medidas, las que por el momento no quiso mencionar.

Sofie no se despegó ni un momento de ella, pero la fiebre descendía poco y por lapsos breves de tiempo. Ella también se sentía agotada.

Una tarde en que nada parecía hacerle efecto, golpearon a la puerta. Sofie corrió a atender pensando que podría ser el doctor, pero delante de sus ojos apareció el secretario del señor Alexander.

–Buenas tardes, señorita Eriksdatter –la saludó con fingida cortesía a la vez que se apretaba los nudillos, impaciente–. El señor Alexander me manda a cobrar los nuevos documentos vencidos.

–Dígale al señor Alexander que Trudy está enferma y que en este momento no dispongo de esa suma de dinero. Pronto regresará mi padre y seguro que él podrá hacer frente a todos sus compromisos.

–El señor Alexander es un hombre de negocios, no un filántropo. No creo que se conforme con promesas, señorita.

Semejante respuesta la sacó de quicio.

–El señor Alexander no es un hombre, ni un señor ni nada parecido. –Ella había perdido los estribos–. Dígale de mi parte que es un miserable disfrazado de señor y que no hay perfume que pueda tapar el olor nauseabundo que despide... y...

–¡Señorita!... A usted le convendría llevarse bien con el señor....

–A mí no me conviene llevarme bien con ningún infame –lo interrumpió con valentía y le cerró la puerta en las narices.

Estaba por subir la escalera para regresar al lado de Trudy, cuando de nuevo oyó unos golpes en la puerta. Cogió el palo que tenían escondido para defenderse y lo alzó para golpear al desalmado que venía a cobrarle la deuda. Pero al abrir se encontró con la mirada pacífica del nuevo reverendo. Quedó paralizada. No sabía qué decir.

–¡Caray! No pensé que así recibía a las visitas; si no, hubiese venido prevenido –le dijo a modo de saludo, con una chispa de gracia.

–Perdón, reverendo, le pido mil disculpas –se excusó

avergonzada–. Es que acaba de irse una persona muy desagradable.

–Sí, lo vi. Recién nos cruzamos –le respondió, volviéndose para comprobar si el hombre ya se había marchado–. ¿No le parece que es bastante peligroso que usted permanezca sola en Blis? Tal vez podríamos hablar con algunas hermanas de la iglesia para que le hicieran compañía.

Sofie pensó que aquello era un disparate, ¿qué persona de Sangendrup querría venir a hacerle compañía? Pero entendió que el reverendo ignoraba todo acerca de ella y de su relación con la gente de la aldea.

–Gracias por su amabilidad, reverendo, pero por ahora prefiero no hacer ningún tipo de cambios.

Aunque pudo haberle parecido cortante, ese no era el momento para dar explicaciones, aunque tal vez algún día lo hiciera.

–Como usted diga, señorita Eriksdatter, pero le suplico que no deseche la idea –sugirió él, con intención de persuadirla–. Ahora he venido a ver cómo sigue la enferma. El doctor Bissen me contó acerca de su salud.

Ellos subieron a la habitación, Trudy se veía muy mal, su problema para respirar era evidente. La tos la ahogaba y se quejaba de un fuerte dolor en el costado izquierdo.

–Esta niña vuela de fiebre –dijo el reverendo y, sin perder un minuto más, la sacó de la cama y la cargó en sus brazos–. Póngase un abrigo que nos vamos al pueblo, la tiene que revisar inmediatamente el doctor.

Sofie recogió su abrigo y lo siguió sin que fuera necesario que él le repita la orden. Trudy se moría, el reverendo y ella lo sabían.

–Agoniza –gimió con los ojos llenos de lágrimas.

–Sigue orando, Dios siempre escucha una oración desesperada.

Con la voz trémula, Sofie balbuceó:

–Señor, Tú eres mi única esperanza. Por favor, no me dejes sin ella…

Y estalló en un llanto desconsolado. El reverendo le apretó la mano como queriendo darle fuerza y consolarla.

–Ten ánimo, Dios lo hará.

En el consultorio había varias personas cuando el reverendo entró con la pequeña en brazos. Todo fue muy rápido, no le dio tiempo a reaccionar a nadie. Pero por supuesto la noticia corrió como reguero de pólvora por Sangendrup.

El doctor Bissen dejó a la persona que estaba atendiendo y examinó inmediatamente a Trudy. Se veía muy mal.

–Debe permanecer aislada y tranquila –dijo con impaciencia–. Lo que hasta ahora se hizo no ha dado resultado. Tenemos que estar preparados. –Indudablemente, él temía por la vida de la niña. Así que mirando a Sofie agregó–: Tú sola no puedes con todo esto, es demasiado para ti.

–¿Qué tiene la niña, doctor? –preguntó Sofie con gesto de desesperación.

El hombre miró primero al reverendo Jensen y luego a ella.

–Pleuresía –respondió el médico con voz apagada.

Ella supo que la niña se moría y le vino un llanto silencioso, que le brotó desde el alma como un aluvión de dolor… Entonces, comprendió que la vida de Trudy estaba definitivamente en las manos del Señor.

La lucha de Trudy y la soledad de Sofie

El reverendo no se hizo esperar, volvió a cargar a Trudy en sus brazos. Era un hombre joven, alto y corpulento, tenía todo el aspecto de alguien que trabajó en el campo.

–Nos vamos a la iglesia –dijo sin rodeos–. Allí hay un cuarto aislado, ideal para esta muchachita. Será atendida como corresponde y estaremos pendientes de ella. Usted mismo, doctor, podrá pasar a examinarla cuando quiera.

En la sala de espera, había varias personas que seguían expectantes lo que estaba pasando.

–Estaremos orando y lo haremos con fe –dijo el reverendo con la niña en brazos. Luego giró la vista hacia ellos y agregó terminante–: Ustedes deberían hacer lo mismo.

Ni siquiera se subió al carro. El clima era agradable, así que cargó a Trudy y caminó hasta la casa parroquial, sin detenerse a saludar a quienes estaban en la calle y miraban desconcertados. Sofie lo seguía en silencio, tenía los ojos enrojecidos y su rostro daba evidencias de una tristeza muy profunda.

Subieron a una habitación ubicada en el piso superior y allí el reverendo dejó a Trudy en una de las camas, mientras cruzaba unas palabras con Sofie.

–Confía en Dios, en Él podemos descansar. Solo si

nuestra esperanza está puesta en el Señor, tendremos paz –le hablaba de manera familiar.

El lugar era sencillo, de paredes pálidas y buena ventilación. Había dos camas cómodas, una al lado de la otra, separadas por una simple mesita de noche con una lámpara de bronce. Al lado de la puerta, había un perchero y, un poco más allá, un viejo ropero que todavía estaba en buenas condiciones. Sofie reconoció el cuarto, era el que usaba la señora Anine cuando recibía huéspedes o cuando algún necesitado le pedía pasar la noche porque no tenía otro lugar en donde hacerlo.

El reverendo Jensen se despidió amablemente, rogándoles que no dudasen en pedir cualquier cosa que les hiciera falta, y les dijo de manera afectuosa y cortés que la parroquia quedaba a entera disposición de ellas. En verdad, él le inspiró tanta confianza y serenidad que Sofie agradeció a Dios por haber puesto en su camino a un hombre tan comprometido con la misión pastoral como el reverendo Niels Jensen.

Al rato, entró una señora alta y delgada, de mirada seria y semblante duro; traía un plato de sopa y algunas verduras hervidas con lonjas de pescado ahumado.

–Debe alimentarte –le dijo fríamente–. Con llorar y pasar hambre no va a solucionar nada. Sería un problema más para nosotros.

«Un comentario demasiado inoportuno para decirle a alguien que está a los pies de un moribundo», pensó Sofie sin fuerzas para responder. Hay ocasiones en que es preferible callar, pasar por alto la ofensa.

La ventana del cuarto daba a la calle Johanesgade, eso fue como una bocanada de aire fresco para ella. Ahí estaban los comercios, la oficina postal, el boticario, la policía, la panadería, la tienda de la señora Larsen, dos cantinas, un bazar recién instalado, la barbería del pueblo y algunos negocios más. El clima era agradable, por eso la gente permanecía hasta tarde en la calle. Sofie corrió apenas el cortinado para mirar hacia afuera. En pocas horas, su vida había dado un vuelco inesperado. Le parecía un sueño estar en ese lugar. Pero no. Aquello era tan real como el cristal que tenía delante de sus ojos. Entonces, la envolvió un extraño sentimiento de familiaridad…, ya no estaba sola, porque ellos (sus amados aldeanos), por primera vez después de tantos años, se habían acercado, aunque solo fuera físicamente y a la distancia.

Distinguió que en la cantina había varios hombres, parecían resignados y cabizbajos, seguramente hablaban de las desalentadoras noticias que llegaban. La realidad era que, tanto las fuerzas como el ánimo de los soldados daneses se estaban debilitando y en ese momento se hallaban, por desgracia, en el fondo. Sobre todo después de que a mediados de abril los reductos de Dybools sufrieran un daño casi irreparable. Se cuenta que las granadas caían como lluvia sobre los soldados. A diario, los prusianos bombardeaban con violencia las posiciones del ejército danés. Pero a pesar de todo y en la medida en que lo permitía el fuego de Prusia, ellos reparaban los destrozos causados en las trincheras. ¡Honor a los soldados que luchan por la patria, muchos de los cuales han dejado el alma en las heladas tierras de Jutlandia!

Recientemente, el diario La Patria había publicado una nota diciendo que el general Gerlach le había enviado un telegrama al gobierno, en el que expresaba con claridad que el puesto de Dybool ya había perdido su capacidad de recuperación. Pero como se estaba tan cerca de la Conferencia de Londres (donde se trataría de llegar a un acuerdo para recuperar la paz), era difícil y poco probable que el gobierno danés renunciara voluntariamente al último apoyo danés en Schleswig.

–¡Dios salve a Dinamarca! –susurró Sofie apesadumbrada y volteó la mirada hacia la cama de Trudy.

«¡Qué misteriosos son los caminos del Señor! ¿Por qué razón nos encontramos ahora en la rectoría de Sangendrup?», se preguntó intrigada, a la vez que se acercaba a Trudy para ponerle otro paño de agua fría en la frente.

De pronto tuvo la convicción de que Dios estaba ahí y de que Trudy superaría aquella enfermedad. Había capturado su fe, lo que hizo renacer su sensibilidad espiritual. Respiró profundo y sintió un gran alivio, era la confianza extraordinaria de que humanamente se había hecho todo. El resto correspondía al ámbito sobrenatural y soberano del Señor.

La mujer de cara sombría y mirada dura entró repetidas veces al cuarto para comprobar que todo anduviese bien y preguntar si tenían alguna necesidad. De todos modos, Sofie no probó bocado. Dijera lo que dijera esa dama con rostro de piedra, ella no podía tragar ni siquiera un sorbo de agua.

A veces, la mujer se acercaba a Trudy, la examinaba con ligereza y luego se marchaba en silencio. Como si con esa actitud le quisiera demostrar que se mantenía ajena, que no se involucraba con su dolor. Hacía humanamente lo correcto, divinamente lo opuesto.

Esa madrugaba, Trudy tuvo su crisis más aguda. Sofie abrió la puerta y salió descalza por el corredor pidiendo ayuda con desesperación.

De uno de los cuartos apareció la mujer de rostro agrio y facciones indescifrables, sostenía una lámpara en la mano y caminaron juntas y rápido hacia donde estaba Trudy.

–Trudy… –gimió Sofie y se abrazó a la niña a la vez que lloraba compulsivamente sin poder contenerse.

–Todavía respira –respondió la mujer, en un inusual gesto de misericordia–. Ore, para que Dios se compadezca de ti.

Sofie no comprendía a qué se refería, ¿por qué Dios tenía que tener especialmente compasión por ella?, ¿qué pecado tan tremendo podría haber cometido ella, que la sublime gracia de Dios no pudiera redimir? Pero su mente estaba demasiado embotada como para prestar atención a ese comentario insidioso.

La mujer, que se llamaba Inge, se sentó a un costado de la cama. Mojaba paños en agua y constantemente se los ponía a Trudy en la frente y en la nuca. De tanto en tanto, también le frotaba el pecho con aceite de trementina. Sofie recorría la habitación en un ida y vuelta nervioso y compulsivo y no dejaba de orar. La niña parecía inconsciente, de a ratos tosía y se quejaba. Esa noche Trudy peleó por su vida, o Dios peleó por la vida de Trudy.

Exhausta, después de esas horas de agonía, Sofie se recostó al lado de la niña y se durmió profundamente. Cuando se despertó, la mujer ya se había retirado y Trudy descansaba más tranquila.

Desde allí, se oía el ruido y el movimiento que venía de afuera. Sofie se asomó a la ventana, en la calle las personas se saludaban y conversaban amigablemente. Así era Sangendrup y su corazón estaba entre ellos.

Al rato, entró la señora Inge trayendo una bandeja con el desayuno. Ella era una mujer de pocas palabras, se acercó a Trudy y le tocó la frente con la palma de su mano.

—Parece que la fiebre ha descendido un poco. Respira mejor. Es un milagro —repuso sin ninguna expresión—. Le traje el desayuno, será mejor que se alimente.

—Gracias por todas sus atenciones, señora Inge.

—No es más que mi obligación delante del Señor —respondió seca, a la vez que le servía una taza de leche caliente y le ofrecía una rodaja de pan negro tostado.

Sofie estuvo a punto de preguntarle acerca del comentario que había hecho la noche anterior, pero finalmente no lo hizo. Quizá porque tenía alguna vaga sospecha y prefirió ignorarla, ya que lo primordial era la recuperación de la niña. Y en virtud de eso, ¡qué importaba todo lo demás!

Suspiró, en el fondo sabía que cualquier intento por caerle bien a la señora Inge sería absolutamente inútil. Seguro que la mujer ya tenía una opinión formada de ella, la misma que todos tenían en el pueblo. «Los chismes también circulan por la iglesia», pensó con tristeza.

Si bien después de esa noche oscura y tenebrosa la salud de Trudy mejoró, se preveía que su recuperación sería lenta. El doctor Bissen, que las visitó una tarde, aconsejó para desprender el catarro unas cataplasmas de linaza, las que se debían aplicar sobre la espalda y también en el pecho.

Desde el día en que llegaron a la casa parroquial, de eso hacía más de una semana, el pastor no había vuelto a aparecer por el cuarto, ni siquiera por cortesía. Ese fue un gesto que sinceramente la desconcertó, porque él no daba la impresión de ser una persona indiferente.

Pero claro, había que reconocer que la reputación de Sofie era absolutamente negativa en Sangendrup. Solo el doctor venía a diario a controlar a la enferma, pero tampoco cruzaba muchas palabras con ella. Le daba una breve descripción de la evolución de Trudy, le dejaba alguna indicación y se marchaba sin dejar de ser amable y atento, de una manera discreta.

La indiferencia del pastor y la antipatía de la señora Inge (al tiempo se enteró que se trataba de su madre), sumado al trato poco amistoso de la gente y ahora la enfermedad de Trudy, la llevaron a considerar la idea de radicarse lejos de ahí. Su familia materna vivía en el norte y ella estaba segura de que la recibirían con gusto, aunque hacía muchos años que no se veían.

Miró por la ventana. Como el tiempo era templado y oscurecía más tarde en esa época del año, la gente caminaba por la calle, estaba en los negocios, hacía sus compras, conversaba amigablemente, aunque se los notaba preocupados. Pero a Sofie ya no le quedaban fuerzas para cruzarse con ellos y mucho menos para explicarles que las personas cambian y que la vida se encarga de eso. Sus corazones seguían tan cerrados como siempre. «El perdón se les ha perdido dentro de la Biblia y no les interesa encontrarlo», pensó y una vez más se le humedeció la mirada.

En el culto pudo ver al pastor, se lo notaba cansado,

demacrado, como si él tampoco gozara de buena salud. Al igual que otras veces, quedaron espacios vacíos a su lado.

Sofie notó que, durante el sermón, el pastor la miró con afecto, como si quisiera darle ánimo. Su prédica fue acerca del amor a los enemigos, centrado en el Sermón del Monte. Sofie sospechó que ese mensaje podría haber sido intencional, ya que indirectamente hacía alusión a la relación que ella tenía con la gente de Sangendrup. Pero también consideró que era un sermón muy oportuno para tiempos violentos como los que se estaban viviendo, cuando el odio a los enemigos hacía estragos en los corazones de las personas. Sobre todo en razón de los rumores que circulaban acerca de que hasta entre los soldados austríacos y prusianos (quienes siempre habían luchado brazo a brazo contra las tropas danesas) había tensiones y serios incidentes en la calle, peleas, puñetazos y hasta disparos de unos contra otros. Algo desconcertante para todos.

El pastor Jensen tocó un punto neurálgico en su predicación y supo resaltar la prioridad del amor, como el deber de un auténtico cristiano; el que debería ir más allá de las fronteras ideológicas, raciales, religiosas, sociales y políticas...

–Abran sus Biblias, por favor, en el Libro de San Lucas, capítulo 6, versos 27 al 36 –les indicó y comenzó a leer–. Dijo Jesús: «Pero a vosotros los que oís, os digo: amad a vuestros enemigos, haced bien a los que os aborrecen; bendecid a los que os maldicen y orad por los que os calumnian...».

Luego se detuvo específicamente en algunas partes del texto y les habló al corazón, motivándolos al perdón y a sanar las heridas causadas por la guerra, las pérdidas irremediables, las preguntas que no tienen una respuesta inmediata y al tan humano y escondido enojo que uno puede sentir contra Dios.

El pueblo de Dinamarca sufría, pero del otro lado quedaba también un tendal de hogares destruidos, padres que no volverían a abrazar a sus hijos, viudas y huérfanos sin consuelo, familias que nunca más estarían completas. La guerra era una tragedia para todos y Dios estaba, sin lugar a dudas, al lado de cada corazón sufriente, sea de la nación que fuese. Para Él, un danés es igual que un austríaco, un alemán, un prusiano, un chino o un judío. Todos son criaturas suyas, fruto de su amor eterno hacia una humanidad que casi siempre le da la espalda.

Fue evidente que la gente asimiló provechosamente el mensaje, porque salieron emocionados, pensativos... Dios develó lo que había en cada corazón y ellos se sintieron avergonzados y dolidos, pero también confortados. De todos modos, nadie se acercó a Sofie, ni a saludarla, ni a preguntar por Trudy. Pero su percepción espiritual le reveló que, esa mañana, la congregación había sido impactada por el Espíritu de Dios.

Estaba por ingresar a la casa parroquial cuando una joven se le cruzó en el camino.

–Hola –le dijo a la vez que le tendía la mano–. Soy Elle, la sobrina del doctor Bissen. Quería que supieras que estamos orando por Trudy.

A Sofie se le humedeció la mirada, pero solo atinó a responder con una tenue sonrisa:

–Gracias, eso es muy importante para mí.

Antes de entrar al cuarto, se encontró con la señora Inge.

–El pastor me pidió que la invite a almorzar con nosotros –lo dijo de una manera que revelaba que ella no estaba de acuerdo.

–Él es muy amable, pero prefiero quedarme al lado de Trudy.

Ya había soportado demasiado como para tener ahora que ocupar una mesa en la que se iba a sentir verdaderamente incómoda. No veía la hora de terminar con esto cuanto antes. Se sentía asfixiada. En ese momento, se encontró con la mirada compasiva del pastor.

–Sofie, será un gusto que compartas el almuerzo con

nosotros.

Se le hizo un nudo en la garganta, ¿cómo podía negarse después de todas las atenciones que había tenido con ella? Aunque, en ese momento, Sofie estaba disgustada porque él no había tenido la gentileza de visitar a Trudy en toda la semana.

–Es que no quiero dejar a Trudy sola...

–No se quedará sola. Una hermana la cuidará hasta que tú regreses.

Sofie no encontró otra razón convincente para evitar la invitación, así que contra su voluntad se vio sentada a la mesa junto con varias personas, que se sintieron tan contrariadas como ella cuando la vieron.

El reverendo manejó la situación con una capacidad asombrosa, aunque no se podía negar que, a través de la prédica, ya había preparado el camino hacia sus corazones. Y el amor a los enemigos volvió a ser el tema de conversación durante el almuerzo.

Después de hacer una breve oración para agradecer a Dios por los alimentos, el pastor se dirigió al hombre mayor que estaba sentado a su lado.

–Hermano Søren, me gustaría escuchar su opinión sobre la prédica –le dijo, a la vez que aceptaba con agrado la porción de carne asada que le servía su madre–. Para mí es importante saber qué piensan los hermanos.

Sofie creyó que la actitud del reverendo Jensen había sido muy apropiada. Considerar la opinión de un campesino era un gesto de grandeza de su parte. Evidentemente, el hermano Søren también lo recibió de esa manera, porque empezó a halagar la prédica y a repetir muchos de los conceptos que habían sido expuestos.

–Hermano Søren, da gusto predicar con oyentes como usted –opinó el reverendo con satisfacción.

Imprevistamente, tomó la palabra la señora Larsen:

–Reconozco, reverendo, que usted ha dado un mensaje poderoso y que el perdón es un arma divina, con un efecto incomparable sobre el alma humana. Pero ciertas personas no se merecen el perdón, porque sus actitudes son dignas de repudiar. Como lo que le ocurrió al buen pastor de la Rectoría en Gauerslund. Y me refiero a él, solo por dar un ejemplo –dijo Matilda Larsen con un tono de evidente malestar.

Todos escuchaban atentos, mientras la propietaria de la tienda más importante de la calle Johanesgade seguía hablando con una mezcla de indignación y dolor:

–Él intentó resistir a los alemanes que quisieron apoderarse de los caballos y carruajes de su granja, pero uno de ellos le puso una bayoneta en el pecho. ¡Y hubiesen tirado, no lo dude, reverendo, que hubiesen tirado sin contemplar su investidura sacerdotal! Si no hubiera sido porque alguien, un alma de Dios, se interpuso para que eso no sucediera. Finalmente, se llevaron los caballos y seguro que los deben haber usado para aniquilar a nuestros soldados durante el bombardeo.

Se hizo un silencio profundo, como si hablar de la guerra les hubiese quitado el apetito. Sobre todo porque también compartía la mesa un oficial del Ejército danés, Christian Dahl, prisionero de guerra en Schweidnitz, quien había sido liberado los primeros días de mayo gracias a un acuerdo entre Austria, Prusia y Dinamarca, concerniente a los inválidos de guerra. Por respeto a él, la conversación giró discretamente hacia otra dirección.

–No es fácil, no es tan fácil –insistió con disgusto la abuela Gjerta–. Dios nos pide que perdonemos, pero si nos creó con la capacidad de recordar, con me-mo-ria – deletreó, a la vez que se apuntaba maliciosamente la sien con su escuálido dedo–, seguro que es porque no quiere que olvidemos…

–Abuela Gjerta, Dios nos ha dado memoria para que recordemos su Palabra y la pongamos por obra –la corrigió con seriedad el reverendo, en la confianza que le daba la familiaridad.

Ella no respondió, sabía que su nieto tenía razón y que no debía confundir las cosas. Pero aun así siguió mascullando entre dientes, sin enfrentar la mirada de nadie.

—Si los recuerdos están llenos de odio y de resentimiento, no sirven. Son solo armas dañinas usadas por el diablo para seguir generando odio. Pero si al recuerdo que inevitablemente ha quedado grabado en nuestra mente se lo mira a través de la gracia infinita y perfecta de Dios, entonces vamos a poder edificar un mundo mejor...

Todos clavaron la mirada en la persona que hablaba: era Sofie. Los ojos del oficial Dahl se enfocaron en ella con dolor; sinceramente él tampoco sabía si algún día sería capaz de perdonar a los prusianos, a los gobiernos de las naciones que llevan a multitudes de inocentes a morir y a Dios, quien en última instancia debería poner freno a la demencia y a la avaricia de los que tienen autoridad.

—Hubiese preferido morir por la patria, a verme en esta humillante condición –dijo en voz baja Christian Dahl–. Siento vergüenza y mucha impotencia.

Sus palabras produjeron una conmoción en los que oían. El hermano Søren aprovechó que estaba a su lado y le palmeó el hombro, como una forma de demostrarle su aprecio y su respeto.

—Has sido un muchacho muy valiente, Christian, es una honra que compartas esta mesa con nosotros. Tú has estado allí, has peleado la guerra, la has vivido. Y Dinamarca te agradece por eso. Tú has luchado por esta tierra con cuerpo, alma y espíritu..., nosotros no. Tú has sido parte de la historia, nunca nadie se podrá olvidar del oficial Christian Dahl.

Ninguno sabía cómo seguir, se podría decir que la comida se les atragantó en la garganta y ahora se sentían inapetentes. Inesperadamente, la opinión de un niño distendió el dramatismo que se había generado:

—Yo no puedo perdonar al secretario de ese tal señor Alexander –dijo Mikkel, el pequeño hijo de la señora Eva–.

Cuando llama a la puerta de nuestra casa y nos exige el pago, se me atraviesa en la garganta como un hueso de pollo.

A pesar de que era triste que un niño hiciera ese tipo de comentarios, fue tan gracioso al decirlo que les sacó una sonrisa a todos los convidados.

–No manches tu corazón, Mikkel, con un sentimiento como ese. Algún día, Dios hará justicia –le dijo el pastor Jensen, mostrando una sincera empatía con el niño.

Sofie estuvo a punto de opinar, se podía imaginar la indignación y el temor de Mikkel frente al abuso y a la prepotencia de aquel tirano. Cuando se apropian de lo poco que se tiene e intimidan con crueldad a los más débiles, exigiendo, exigiendo, exigiendo hasta quitarle la comida de la boca. Por eso, llena de compasión le acarició la cabeza y le dijo al oído:

–Tranquilo, Mikkel, que él es un cobarde.

El niño sonrió y, aunque todos esperaban saber qué le había dicho, nadie se enteró. De pronto la voz de la señora Eva volvió a apuntar específicamente en una dirección…

–La guerra es la guerra y, por desgracia, allí los códigos son otros y la ética y la moral pasan a un segundo plano. Es cuestión de vida o muerte, los soldados obedecen órdenes y tienen que sobrevivir, que defenderse. Pero reconozco que, en lo cotidiano, en la vida que a diario transitamos, me cuesta mucho pasar por alto la arrogancia y el orgullo, porque una persona orgullosa nunca se siente pecadora. Tal persona piensa que es la única que posee la razón y es la dueña absoluta de la verdad, por lo que se cree con derecho a humillar a los demás. ¿Qué piensa usted, reverendo? –preguntó, a la vez que saboreaba un trozo de pastel y esperaba ansiosa la opinión del reverendo.

Aunque la pregunta fue dirigida a Niels Jensen, la abuela Gjerta se apresuró a responder:

–Estoy totalmente de acuerdo con usted, hermana Eva.

Extraña actitud la de la señora Eva, reconocía su falta

pero mantenía su postura rígida e intolerante. El resto asintió con la cabeza a la vez que expresaba con gestos y miradas lo que no se atrevía a decir en voz alta. Si tocaron el tema del orgullo, evidentemente fue porque todos tenían en mente a Sofie de Sangendrup. La armonía del ambiente se tensó.

El reverendo Jensen intervino de manera magistral:

–¿Le parece hermana, Eva, que el orgullo y la arrogancia son pecados mayores que el rencor, la amargura, la indiferencia y la crítica? ¿Será que para usted, hermana Eva, todavía sigue rigiendo el ojo por ojo y el diente por diente?

La mujer frunció la nariz con disgusto; no estaba dispuesta a reconocer que estaba equivocada y menos en una ocasión como esa, aunque el argumento dado por el pastor había sido claro e irrefutable.

El reverendo iba a seguir hablando, justo cuando el hermano Søren se le adelantó:

–Lamentablemente, los cristianos tenemos una facilidad extraordinaria para ver la paja en el ojo ajeno y no la viga que atraviesa el nuestro –habló de modo pacífico, a la vez que su mirada seria desnudó los oscuros pensamientos de los que compartían la mesa.

El clima de la reunión colgaba de un hilo muy delgado, dependía de cómo lo pudiera manejar el reverendo. Si inclinaba la balanza deliberadamente hacia un lado, alguien podía sentirse ofendido o salir lastimado. El corazón de Sofie comenzó a acelerarse, era consciente de que su presencia les generaba mucha incomodidad. Y que esa había pasado a ser la oportunidad que estaban esperando para descargar contra ella todas sus cuentas pendientes.

–La verdad es, queridos hermanos –se oyó la voz del hermano Søren–, que si no fuera por la maravillosa gracia de Dios, todos estaríamos perdidos...

–E iríamos a parar al mismo infierno..., y allí chirriaríamos como un huevo frito.

El pequeño Mikkel concluyó de una manera muy graciosa la frase que todavía estaba en la boca del anciano. La respuesta infantil, tan sincera e ingenua, los dejó sin palabras.

Era evidente que la señora Inge estaba molesta; la señora Eva, muy incómoda y la abuela Gjerta se movía nerviosa en la silla, como si le hubieran dado cuerda y no pudiera quedarse quieta.

El pequeño Mikkel alzó la vista hacia Sofie y le sonrió con afecto, se notaba que se había puesto incondicionalmente de su lado.

Sofie repasó de manera furtiva los rostros antes de pronunciar las siguientes palabras:

—Sangendrup es un pueblo que no perdona. —Entonces, se puso de pie con delicadeza–. Y yo, reverendo Jensen, no voy a ofender el honor de esta mesa con mi presencia. Así que, por favor, hagan como que nunca estuve sentada en este sitio y sigan macerando odios y viejos rencores, que al fin de cuentas es distintivo de Sangendrup.

Con la elegancia de una dama, dejó la servilleta sobre la mesa, pidió disculpas, dio media vuelta y salió del lugar. A su espalda, se oían murmullos y comentarios.

—¡Qué vergüenza, reverendo, que su invitada le haga semejante desaire! —masculló molesta la señora Eva.

—Por lo visto, aquí hay varios hermanos que se consideran libres de pecado, por eso han arrojado sus lacerantes piedras de sospecha y viejas rencillas… ¡Qué tragedia! —se oyó la voz serena y pausada del hermano , que nuevamente los exhortaba.

Sofie entró en la habitación y se apoyó contra la puerta, sentía que le estallaban las sienes. Tenía los labios secos y las manos húmedas. Respiró profundo y recién entonces miró hacia la cama donde descansaba Trudy. Sabía que no podía abandonarla, pero no quería quedarse ni un minuto más en la aldea. Más tarde lo conversaría con el reverendo Jensen.

La mujer que cuidaba a Trudy dormitaba en el sillón.

–Perdón –se sobresaltó cuando la vio–, me dormí, pero es que... como la niña descansa tranquila...

–Está bien, hermana, no hay motivo para disculparse –le respondió con amabilidad–. Bastante la hemos molestado ya.

La mujer recogió su tejido, lo metió en su bolsa y agregó antes de marcharse:

–Señorita Sofie, después del servicio vino el doctor Bissen, quería saber cómo seguía Trudy y, gracias a Dios, la encontró mucho mejor –expresó con una cálida sonrisa–. Está convencido de que ya ha pasado el peligro y dijo que, si continúa así, pronto podrá regresar al hogar.

Aquella era la mejor noticia que pudo haber recibido. Sofie le agradeció por su atención y su cuidado.

–Estoy para servirla, señorita Eriksdatter –se despidió cortésmente y, antes de salir, le apretó la mano de manera afectuosa.

Esa mujer fue la única que en años la trató con amabilidad. «¡Cuánto hacía que nadie me llamaba señorita Eriksdatter!», pensó y meneó la cabeza como queriendo alejar tantos recuerdos, ¡qué pena que ella llevó ese «señorita» con tanta arrogancia y presunción!

Cuando la mujer se marchó, Sofie se recostó, pero no se pudo dormir. Pasaban por su mente muchas historias, de las que había sido protagonista y, lamentablemente, responsable. Su padre se encargó de darle cátedra acerca de los honores y compromisos de una dama. Ella era la hija de los duques de Sangendrup, lo que le confería un privilegio especial. Y la obligación de no mezclarse, ni relacionarse con la gente sencilla y simple de la aldea. Pero sí tenía la responsabilidad de generar vínculos y lazos de amistad con la aristocracia. «¡Qué insensatez!», pensó indignada. Si hubiera estado su madre, seguro que nada de eso habría sucedido. Pero desgraciadamente, en esos momentos no tuvo a nadie que la aconsejara, ni que le hable con cordura y con sabiduría. Excepto, ¡claro!, el reverendo Olsen y su esposa. Pero ellos estaban tan desacreditados por su padre que ella prefirió no hacerlo.

En ese momento, Trudy balbuceó unas palabras, entreabrió los ojos y le sonrió débilmente. Sofie le acarició la mano con suavidad y comenzó a entonar (en voz baja) la canción de cuna que a ella la hacía dormir cuando era muy pequeña.

De pronto, la señora Inge abrió impetuosamente la puerta y, desde el umbral, la increpó con enojo.

–¡Parece que se siente complacida con el incidente que provocó en la sala!

–Madre, no la mortifique, déjela tranquila. –Era la voz del reverendo Jensen, que intervenía para protegerla.

–Tú siempre la defiendes, así nunca la vas a corregir. Y tu deber como religioso es hacer volver al pecador de su camino.

–Madre, con misericordia y verdad es como se corrige al pecador.

Ella la miró con altivez y furia, antes de salir. Sentía una antipatía evidente por Sofie y no podía tolerar que su hijo tuviera la osadía de defenderla y desacreditar una vez más la coherencia de su opinión.

–Discúlpala, es una mujer demasiado estricta…, seguro que se debe a la crianza que tuvo y a una infancia que no fue nada sencilla…

–O quizá es así porque todavía no ha conocido al Señor.

Él la miró con tristeza y susurró:

–Eso es lo que me temo…

Sofie fue tan sincera como imprudente, pero no lo lamentó. Ver las facciones desencajadas de odio en el rostro de la señora Inge la desbordó. Sabía que su presencia en la vicaría exponía al reverendo a situaciones tensas y él no se merecía eso, mucho menos ahora, que recién estaba afianzando su reputación y su credibilidad en el ministerio de Sangendrup.

Pasaron las horas y la habitación fue quedando en penumbras. Sofie miró por la ventana y vio que en la calle ya había poca gente. Necesitaba caminar, respirar un poco de aire fresco. Trudy parecía tranquila. Había mejorado de la tos y ya no estaba fatigada.

–Trudy, necesito respirar un poco de aire fresco, para despejar la mente y recobrar fuerzas... ¿Crees que podrías quedarte sola mientras salgo?

–Estoy bien, Sofie, puedes ir tranquila.

–¡Gracias, Trudy! Te prometo que regreso enseguida... El Señor se quedará contigo y te hará compañía.

Trudy asintió con la cabeza, sabía que aquellas no eran solo palabras para conformarla, sino la certeza de un Dios que siempre la cuidaba. Se sentía mejor, aunque todavía tenía signos evidentes de debilidad.

Sofie caminó silenciosamente por el pasillo hasta llegar a la parte de atrás de la iglesia y salió. No había necesidad de que nadie la viera, ni avisar para que cuidaran a Trudy.

Afuera la envolvió una brisa saludable. El cielo desenrollaba lentamente su terciopelo oscuro lleno de estrellas. Los negocios todavía estaban concurridos, algunas personas la reconocieron y ella los saludó de manera breve y cortés. Aspiró el aire puro hasta que se llenaron sus pulmones... ¡Era tan agradable y vivificante caminar por el campo!

Llegó hasta las partes menos transitadas, donde se abren los senderos que conducen al bosque. Cruzó por algunas granjas, en las que percibió un evidente abandono, ¡cómo le hubiese gustado llegar a esos hogares y conversar con aquellas mujeres para ofrecerles su ayuda y su amistad! Entonces recordó lo que le dijo el reverendo Olsen: «Sofie, quiero hablarte de parte de Dios: Él te ha confiado una misión y es en Sangendrup y no en otro lugar. Ya es el tiempo, Sofie, ya es el tiempo... Sé sincera, esta no es la vida que tú quieres vivir».

Indefectiblemente, el reverendo Olsen tenía razón:

ese era su lugar, lo sentía en lo profundo de su ser, tenía que admitirlo. Todo lo que ella amaba estaba allí, fuera de Sangendrup no había nada.

Aunque el aroma que venía del bosque era dulce, la atmósfera irradiaba un inconfundible olor a tristeza. «¿Podría la tristeza tener olor?», se preguntó aturdida. A pesar de toda lógica, no había forma de negarlo, esa era la percepción espiritual que flotaba alrededor.

Entonces recordó que, diez años atrás, la nación se había comprometido en otra guerra similar a esta, para conservar los ducados que hoy nuevamente estaban en conflicto. Aquella fue apenas una victoria parcial porque nunca se llegó a fusionar Schleswig al Reino de Dinamarca. Y conforme a lo que siempre se temió, el 1° de febrero de ese año, Austria y Prusia cruzaron la frontera hacia Schleswig y sus tropas se asentaron en dirección a la posición Danevirke. La noticia fue recibida como una calamidad que azotó el espíritu danés. Los prusianos querían poseer toda la tierra.

Al momento, los informes recibidos eran muy desalentadores. Lamentablemente, Suecia y Noruega no se aliaron a Dinamarca. Y la guerra comenzó con toda su fuerza. Aunque Alemania parecía estar mejor preparada, no pudo opacar a los soldados daneses, quienes luchaban en la campo de batalla con valentía y paciencia, soportando la inclemencia del tiempo, la falta de descanso y todo tipo de privaciones.

Los soldados se habían esforzado en demostrar su fidelidad en servir a su rey y a la nación. A pesar de eso, el diario La Patria fue muy severo y rechazó la explicación de que el duro clima invernal había dificultado la defensa de Dannevirke. Eso no era plausible para ellos, debido a que los alemanes habían podido cruzar las aguas y los pantanos congelados. La crítica del diario no fue prudente, ni oportuna, porque desmoralizó el ánimo de la gente y descalificó al Ejército danés.

De repente, Sofie sintió un leve escalofrío, había

descendido la niebla y la humedad que caía de manera casi imperceptible la hizo estremecer. Entonces supo que tenía que regresar. El paseo, aunque breve, la reconfortó. En ese instante, un carro se alineó a su lado.

–¿Sofie? –preguntó alguien con evidente desconcierto. No tenía dudas, aquella era la voz de Simón Laurlund–. ¿Qué haces a esta hora por aquí? Sube que te alcanzo.

La tomó desprevenida, no le dio tiempo a reaccionar con coherencia. Simón le tendió la mano y ella subió sin decir una palabra. Le había hecho demasiado daño a ese muchacho en otro tiempo como para hacerle otro desprecio nuevamente.

Se hizo un silencio que duró varios minutos. Él era una persona de pocas palabras y ella no sabía qué decir.

–Es peligroso que andes sola a esta hora de la noche, recuerda que estamos en tiempos de guerra –le habló en voz baja sin desviar su vista del camino–. ¿Cómo sigue Trudy?

–Bien. Gracias a Dios, bien. Hoy el doctor nos ha dicho que ya está fuera de peligro –hablaba, escondiendo una profunda turbación. La presencia de Simón la cohibía como nunca–. ¿Y tú? Supe que fuiste herido en…

–Sí, en una pierna…, pero ya estoy mejor…

Se necesitarían muchas conversaciones para llenar el silencio de tantos años, agravado por el daño innecesario que su padre le había hecho a la familia Laurlund, sin quitar tampoco su propia responsabilidad en el asunto. Pero en ese momento prefería no pensar. Aquello formaba parte del recuerdo más amargo de su vida, ¿tendría Simón la capacidad de perdonarla?

Los Laurlund eran una familia sencilla, gente campesina. Demasiado poca cosa para la hija de un «duque», como decía su padre. Ella era muy joven, tenía apenas dieciséis años y ni se imaginaba que esa relación infantil tendría una connotación más profunda.

En ese entonces, entre ellos solo había una sincera y sólida amistad. El muchacho era inteligente, simple y bueno, la cuidaba por pedido de la señora Marianne, como si ella fuera su hermana. ¿Por qué lo tuvo que herir? ¿Por qué fue tan ofensiva? ¡Aquello fue absolutamente cruel e innecesario! Demasiados reproches a sí misma (los que en ese momento le hacían mucho daño), porque ya nada se podía subsanar.

Un par de años después que él dejara definitivamente Blis, los Laurlund se encargaron de divulgar con orgullo que Simón estudiaba Leyes en Copenhague. Un pariente rico, miembro del Parlamento, se había hecho cargo de sus estudios. Por supuesto que no lo había hecho por generosidad, sino en bien de su propio beneficio. Pero esa parte de la historia importaba demasiado poco, ¿a quién le podía interesar?

Ahora Simón estaba ocasionalmente en Sangendrup. Había sido herido en el campo de batalla. Por esa razón estaba de regreso. Su padre y su hermano mayor todavía peleaban en el Ejército danés, por lo que su compañía era más que consoladora para la familia.

De manera brusca, Simón interrumpió sus pensamientos:

–¿Tienes alguna noticia de tu padre?

–Ninguna. Y tú ¿te has cruzado en algún momento con él?

–No.

Su padre volvía a interponerse y esta vez era el mismo Simón quien lo traía a la memoria. Temperamental, obstinado, calculador y frío, su padre se podría definir como un hombre con muchos defectos y pocas virtudes, que ostentaba su título de nobleza siempre que podía. Un título de nobleza que había adquirido luego de su casamiento con Marianne Bjerg Eriksdatter, duquesa de Sangendrup. Duro y orgulloso, ahora pretendía sumar títulos nobiliarios a través de un ventajoso matrimonio entre Sofie y algún miembro de la realeza, importándole poco si ella lo amaba o no. Anotado al nacer como Arend Hansen, recibió al contraer matrimonio con su madre el aristócrata nombre de: Gregor Arend Johan Klaus Bjerg Eriksdatter, duque de

Sangendrup. Blis fue la parte de la herencia que recibió su madre al casarse con un plebeyo. Herencia que la obligó a estar alejada de su familia.

–¿Qué ha pasado con tus finas manos, Sofie de Sangendrup? –le preguntó, después de echarle una rápida mirada.

Con un gesto muy femenino, Sofie las ocultó con disimulo debajo de los pliegues de su falda. Aunque la pregunta podía intimidarla, no la sintió de esa manera. Sabía que Simón era incapaz de una actitud semejante.

–Están muy feas, ¿verdad? –declaró casi con vergüenza, dejándolas ahora a la vista. ¿Para qué ocultarlas, si él ya lo había notado?

–Están tan hermosas como siempre –dijo Simón sin apartar la vista del camino.

El momento resultó muy embarazoso, inesperado. Sofie se sonrojó aunque estaba lo suficientemente oscuro como para que él no lo notara.

¿Y si aquello era una jugada perversa de Simón? Él era incapaz de eso..., pero la vida nos cambia a todos. Ahora la situación estaba a su favor y él tenía derecho a una revancha. Ella estaba en desventaja. Este abogado y hombre de ciudad quizá muy pronto se convertiría en alguien rico y poderoso, heredero de los negocios y la fortuna de ese familiar lejano de su madre. O quizá alcanzaría por sus propios y merecidos méritos un lugar importante en la Corte de Copenhague.

Simón era honrado y su pariente lo sabía. Estaba convencido de que el joven no se quedaría con un solo centavo antes de tiempo. Ella también hubiera puesto las manos en el fuego por Simón. También le hubiese confiado todo. Pero ya era demasiado tarde para eso. Había una larga historia en el medio y muchos recuerdos ingratos.

Siguieron en silencio. Ninguno quería decir demasiado, ni cortar el encanto del momento. El atardecer se escapó velozmente, dejando sobre el firmamento umbroso las estrellas centelleantes a la vista, cómplices silenciosas de aquel maravilloso encuentro.

–Gracias por traerme, Simón –le dijo una vez que descendió del carro–. Recuerdo que siempre estabas cuando te necesitaba.

–Solo cuando tú me lo permitías –balbuceó él a modo de despedida.

Sofie lo saludó de lejos con la mano e ingresó en la rectoría por la puerta de atrás. La señora Inge miraba desde la ventana. Sabía que Sofie había salido y anhelaba saber a dónde, con quién y por qué. Era una mujer estricta, cargada de prejuicios, moralista y severa.

Cuando entró en la habitación, Trudy se veía tranquila. Había dejado de toser y ya no tenía fiebre.

Aunque el encuentro con Simón había sido como un bálsamo suave y refrescante, también movilizó en su interior un montón de sentimientos, algunos muy nuevos para ella. De pronto se encendió una chispa de esperanza, la que se apagó bruscamente ante la duda de que todo hubiera sido un espejismo suyo. ¿Qué era lo que existía todavía entre ellos?, ¿una amistad como la de la infancia o se trataba de algo diferente?, ¿y si él estuviera comprometido? Muchos interrogantes a los que debía encontrarles la respuesta.

Lo urgente, ahora, era hablar con el doctor Bissen para saber si Trudy estaba en condiciones de regresar cuanto antes a Blis. Tal vez el reverendo tuviera más detalles de la salud de la niña, quizá el doctor conversó con él mientras ella estuvo ausente.

El haz de luz que se veía debajo de la puerta le indicó que el reverendo todavía estaba en su escritorio. Golpeó suavemente, por temor a que fuera demasiado tarde para mantener una conversación pastoral. Pero, de inmediato, escuchó la respuesta.

–Pase.

La habitación tenía poca luz, pero era suficiente. Sobre el escritorio había una lámpara encendida y una Biblia abierta, como si él estuviera leyendo.

–¿Ocurrió algo? –le preguntó, extrañado de verla a esa hora.

–No. Nada, reverendo –respondió brevemente Sofie–. Solo quería avisarle que mañana hablaré con el doctor Bissen para saber si Trudy se encuentra en condiciones de regresar a Blis. Creo que es tiempo de volver a casa –lo dijo con timidez porque enseguida percibió que él desaprobaba su decisión. Posiblemente había descubierto que eso de querer volver a Blis eran excusas para huir de una situación que no toleraba y que apenas podía manejar.

–¿Arriesgar la salud de Trudy, después de todo lo que pasó? –Aquello sonó como un reproche.

Ella apretó nerviosa una mano contra la otra.

–Esperaba su comprensión –le dijo bajo.

–¿Quieres que te comprenda? –preguntó mirándola fijo a los ojos–. ¿O prefieres que contemple la situación de Trudy?

Ella estaba tensa, de pie en medio del cuarto.

–Si quieres que te comprenda, ya mismo te abro las puertas y te marchas. Pero si pongo como prioridad la salud de esa niña, te pediría que renuncies a todo egoísmo y permanezcas a su lado y aquí.

No recordaba que él la hubiese tratado alguna vez de una manera tan fría. Le parecía injusto.

–Haz como quieras –le dijo y retomó la lectura–. Tú decides.

–Usted sabe bien cuánto me importa la salud de Trudy. Siempre he vivido para ella y sin ella creo que no sabría cómo seguir –hablaba de manera arrebatada–. En cambio, usted no ha tenido la delicadeza de entrar al cuarto de Trudy hasta hoy. ¿Tan importantes han sido sus compromisos?, ¿no pudo siquiera hacernos un poco de compañía, traernos una palabra de ánimo o de consuelo? –Se detuvo solo un instante para tomar aire y seguir hablando un poco más serena–. Aunque reconozco que, dada mi reputación, usted ha hecho más que muchos en este pueblo.

Él le clavó la mirada, una mirada extraña, mezcla de tristeza y de misericordia.

—Yo te responderé, mocosa insolente —intervino la señora Inge, que había ingresado silenciosamente y estaba detrás de ella.

—Madre, por favor... —le rogó él, tratando de evitar que hablara.

—Le diré dónde estuvo el hombre de Dios que has venido a acusar —la increpó con dureza. Aunque estaba a sus espaldas podía sentir su respiración agitada—. Estuvo aquí, de rodillas delante de Dios, mañana, tarde y noche, mientras esa niña que dice querer luchaba entre la vida y la muerte. Oró y ayunó. Y canceló todos sus compromisos para que nada lo distrajera. ¿Ahora está conforme? —le habló enérgicamente—. No tiene derecho..., no tiene derecho...

—Madre, serénese, esto es una charla pastoral, le pido por favor que se retire.

—Ahora, señorita Eriksdatter —le clavó la mirada sin siquiera parpadear—, ¿podría explicarnos usted, con la misma prepotencia con que expuso su reclamo, por qué abandonó la habitación y dejó sola a la niña?, ¿dónde estuvo y en el carruaje de quién regresó?

—Madre, por favor, no quiero contradecirla, pero este es un asunto pastoral —volvió a repetir con respeto, pero enérgicamente el reverendo.

Ella la examinó desafiante (Sofie tuvo la sensación de que, de no haber estado delante de él, esa mujer la hubiese golpeado). Pero se contuvo y, dando un portazo, se retiró de la habitación.

Sofie no se atrevió a decir ni una palabra, no tenía coraje para hacerlo. Ni siquiera pudo mirarlo a los ojos. Después de permanecer callada unos minutos y sentir que el silencio la ahogaba, se dirigió hacia la puerta, presionó el picaporte y se detuvo. Sin darse vuelta, susurró antes de salir.

—Supongo que todas las disculpas que yo pueda ofrecerle no tienen valor. Aunque espero con todo mi corazón que usted me pueda perdonar.

Llegó a la habitación avergonzada. Sentía que el corazón se le salía del pecho. La injusticia que había cometido no merecía perdón, ella misma no se lo perdonaría. Cuando entró, Trudy estaba sentada en la cama y la recibió con una sonrisa.

Sofie corrió hacia ella y la abrazó con ternura.

—¡Trudy, gracias a Dios que ya estás mejor!

En ese momento, pensó en el reverendo, en su tiempo de ayuno y oración y en la respuesta de Dios; se sintió ingrata, absolutamente en deuda con él.

6

Es tiempo de volver

Dos días después de aquel lamentable incidente, dejaron la casa parroquial.

Sofie no tuvo coraje para despedirse del pastor y mucho menos de su madre. Un rasgo de su carácter que desconocía y que la avergonzaba, porque ella siempre había sido sincera y valiente, capaz de afrontar la situación que fuera, a fin de defender lo que consideraba justo. Estaba por subir al calesín cuando llegó un chiquillo con noticias frescas.

–¡Hay ladrones en Sangendrup! Anoche robaron dos gansos, un cerdo y algunas gallinas, además de queso y algo de kærnemelk de las granjas vecinas –hablaba agitado y se expresaba de manera acalorada.

La gente se había agolpado frente a la iglesia para enterarse del asunto. En unos segundos, se produjo un revuelo tremendo, pero Sofie no alcanzó a escuchar más de lo mucho que decía el muchacho, porque ya se había alejado. Y en esa ocasión, ella no pretendía prestar atención a nada que no fuera salir de allí y regresar a Blis.

Trudy necesitaba cuidado, descanso y buena alimentación, tareas en las que ella estaría abocada las semanas siguientes.

Suspiró aliviada cuando respiró el fresco perfume de los pinos y de las flores silvestres que venían del bosque. A lo lejos alcanzó a ver (pequeñita a la distancia y perdida entre la arboleda), una casona fastuosa que aparecía y se esfumaba. Su corazón dio un salto de alegría: era Blis.

Esa espléndida mañana de mayo le pareció más hermosa que ninguna otra, el calesín andaba sin apuro en medio de los campos. El bosque cargado de vegetación endulzaba el aire con el perfume de sus bellísimas flores. Algo sobrenatural la envolvió. Sofie se estremeció al recordar otros tiempos y una historia tan distinta a la de ahora que le costó identificarse en ella.

Volver a Blis significaba un remanso para ella. Necesitaba descansar y tomarse el tiempo preciso para meditar con calma sobre los acontecimientos recientes, los que por cierto no habían sido nada fáciles. Y también tenía urgencia por retomar las cuestiones que concernían a la administración de la propiedad, la que por fin volvía a manos de una Bjerg Eriksdatter, lo cual le inspiraba una profunda satisfacción, ya que estaba empeñada en restaurarla y devolverle la distinción que siempre había tenido; aun sospechando de antemano que eso podría costarle serias discusiones y un enfrentamiento feroz con su padre. Aunque reconoció que, últimamente y a raíz de la relación con ese tal señor Alexander, él parecía bastante ausente de los asuntos de Blis. Solo se notaba interesado en atender algunas de sus misteriosas cuestiones privadas, las que nunca compartió con ella. De a poco, se fue convirtiendo casi en un extraño, un padre distante al que nada parecía importarle demasiado. Sofie había pasado a ser un recurso, una inversión que, a corto plazo, podría otorgarle excelentes beneficios, a expensas de un conveniente y provechoso matrimonio que le facilitaría riquezas y ventajosas relaciones.

La muerte del ama de llaves y de la abuela Bente, a quienes quería entrañablemente, empeoró su soledad y esa sensación de abandono de la que no se podía deshacer con facilidad. Solo la compañía de Trudy con sus ocurrentes salidas le alegraba la vida. El capataz, el anciano Ulrik, había pedido permiso para marcharse a Svendborg para ayudar a la familia de su hijo, que estaba en el campo de batalla, ocasión que le permitió al señor Laust ocupar su lugar y ¡gracias a Dios que podía contar con él!, ya que, en lo poco o en lo mucho, había alguien que se hacía cargo de la granja.

Aun así, Blis seguía siendo un lugar maravilloso. La edificación, que presentaba una extraña combinación de estilos –entre el nórdico y el inglés, diseño de un constructor que interpretó los caprichos de su abuelo–, se levantaba en medio de un bosque agreste, lleno de abetos, coníferas, cedros y hayas. En un principio, se pensó en construirla como residencia de verano, a fin de disfrutar de las largas vacaciones en familia. Pero después del desafortunado enlace de Marianne con un plebeyo, pasó como herencia a manos de su madre y, poco a poco, el edificio fue adquiriendo un sello más aristocrático. Con el tiempo, y a pesar de que esa no había sido la idea original, Blis se destacó en medio de los verdes campos de Sangendrup como un edificio señorial, con aires de palacio, aunque en realidad distaba mucho de serlo. Por detrás, pasaba un lago de aguas quietas y transparentes.

De las grandes extensiones de tierra que pertenecían a los Bjerg Eriksdatter, una cantidad importante se dividió en parcelas, las que se arrendaron a los campesinos para el cultivo. Y así fueron creciendo las granjas dedicadas a la cría de animales y aves de corral. Se desarrolló la fabricación de queso y se ahumaba la carne y el pescado, con los cuales se abastecía el consumo familiar y también se vendía en el mercado local.

Ahora, con motivo de la guerra, Blis había quedado desolada. Sin gente que se hiciera cargo de las tareas, se deslucía abandonada en medio un paisaje cuya belleza natural contrastaba de manera drástica con ella. Súbitamente, la tristeza se llevó el canto de los trabajadores, cesó el sonido de los molinos. Y la música del campo (tan característica de Blis) se apagó por completo. Solo quedaba: el silencio, el grito de los pájaros y el ruido del viento, como los nuevos inquilinos del lugar.

Todos esperaban que la guerra terminara pronto, pero la ambición de las naciones involucradas en el conflicto no fue fácil de doblegar. Hasta el momento, solo llegaban noticias desalentadoras acerca de las penurias que soportaban los soldados. Las partes interesadas nunca se definían para ponerse de acuerdo en la mesa de negociaciones. En el último tiempo se venía hablando de una tregua y la gente esperaba ansiosa que llegara ese momento, pero ¿en qué tipo de condiciones se daría esa tregua?

Dinamarca estaba interesada en que fuera una tregua temporal en lugar de un alto el fuego indefinido, porque se temía que se les dieran a las fuerzas alemanas ciertas ventajas en la dirección de los ducados, sobre todo ahora que ellos habían ocupado territorio y muchas partes de Jutlandia.

Por su lado, los daneses estaban decididos a mantener su posición con respecto al bloqueo de los puertos alemanes, si estos se empeñaban en seguir ocupando Jutlandia. Un tira y afloja que nadie sabía cuándo iba a terminar.

Los ingleses consideraban que los alemanes no aceptarían ninguna tregua mientras los daneses no levantaran el bloqueo de los puertos. En cambio, creían que si Dinamarca abandonaba el bloqueo, devolvía los barcos capturados y entregaba Als a los alemanes, entonces las potencias alemanas podrían llegar a desalojar Jutlandia.

Pero, para gran disgusto de Lord Russell, la delegación danesa no quedó impresionada ni satisfecha por ninguna de estas propuestas.

Así que solo se podía pensar que Dios era el único que sabía cómo y cuándo se solucionaría el conflicto.

Como si fuera un sueño, Blis irrumpió imponente delante de sus ojos y la obligó a dejar atrás todos esos pensamientos. Su imagen viva y luminosa capturó toda su atención, hasta que Tosh les salió al encuentro demostrando su alegría porque habían regresado.

Ellas sintieron un gran alivio cuando llegaron al hogar, allí había paz. Sofie descorrió las cortinas para dejar entrar el sol que, aunque era débil, bañaba con suaves ráfagas de luz los ambientes y reconfortaba el alma. Luego acomodó las cosas en su cuarto, el que estaba comunicado con el de Trudy por una puerta de sólida madera oscura, la que siempre permanecía abierta, decisión que se tomó desde los primeros años con la intención de cuidar a la niña y después se hizo una costumbre.

Los dormitorios transmitían una imagen romántica, confortable y natural. Las piezas del mobiliario, de un sencillo estilo clásico, conservaban una misma gama cromática de tonalidades en marrón. Las paredes, cubiertas con vistosos papeles pintados de inspiración inglesa, destacaban los imponentes cortinados en color marfil. Aunque, a simple vista, se notaba una discreta diferencia entre las dos habitaciones, porque la de Trudy tenía delicados detalles infantiles.

Había llegado la primavera y el clima era cada vez más saludable para Trudy. De tanto en tanto, el doctor Bissen les hacía una visita para enterarse de la salud de su joven paciente.

Y así fue como, poco a poco, la vida retomó su curso en Blis. Algunas noches, le pareció a Sofie percibir el galope de un jinete que se detenía en las cercanías, pero luego su sonido se esfumaba a lo lejos, hasta que desaparecía por completo.

Los días se hicieron más largos y se tornaron aburridos. ¡Eso no podía ser! Ella no iba a permitir que la soledad y la nostalgia se alojaran en Blis y mucho menos que trajeran su dañina compañía. Así que repentinamente se le ocurrió una idea para aprovechar de manera beneficiosa el tiempo: se pondrían a tejer, utilizando los restos de lana que la abuela Bente había guardado durante años en el desván. Una vez que los rectángulos estuvieran listos, les pasarían una cinta entre los agujeros del borde superior y, al tirar de las dos puntas, se formaría un escarpín vistoso y abrigado. Una prenda muy útil para usar dentro de la casa o para dormir en las noches de invierno.

Mientras trabajaban muy animadas en la tarea, Trudy preguntó qué destino tendrían todos aquellos calcetines, los que ella llamó de manera graciosa: Sofiesokker, ya que la idea había sido de Sofie.

–Serán regalos de Navidad, al igual que las muñecas.

–Espero sentirme bien para poder entregarlos personalmente –comentó la niña entusiasmada con la manualidad.

–Lamento desilusionarte, Trudy, pero esta vez no lo harás tú. Sería una locura exponerte al frío y a la nieve de diciembre.

Trudy la miró con desconcierto y enojo.

–¡Uf, Sofie! Pero… tú no sabrás cómo hacerlo… Además, mira, ya estoy bien –exclamó y dio un brinco sobre el mullido sofá.

–No, no, esta vez la tarea correrá por mi cuenta.

–No estoy de acuerdo contigo –protesto Trudy con una resignación que le costaba asumir–, pero como tú eres la que manda, tendré que obedecer… o escaparme por la ventana…. –dijo en voz muy baja y se cubrió la cara con las manos a la vez que ocultaba una risita pícara.

–¿¡Cómo has dicho!?

–Nada…, nada. Hablaba sola.

–Mira que Dios escucha todo. No lo hagas enojar.

–Dios no se enoja.

–Si te portas mal, yo soy la que me voy a enojar y mucho.

–¡Uy, no! Porque Dios, aunque esté enojado, siempre es bueno. Pero a ti, enojada, no te aguanta nadie.

–Eres muy graciosa, Gertrudis.

–No me llames así, que no me gusta, ¡tú ya lo sabes!

Las dos se rieron y volvieron a la labor.

–Todos los regalos de Navidad que tenemos son para niñas, pero ¿qué hay para los varones?

–No había pensado en eso… Quizá haga bizcochos

moldeados con figuras navideñas.

—¡Es una buena idea! En eso me dejarás ayudarte, ¿verdad?

—En eso sí.

Una vez terminado el tejido, lo acomodaron en dos cajas grandes y se despreocuparon de los regalos de Navidad.

De manera recurrente, volvía al pensamiento de Sofie la injusticia que había cometido con el pastor Niels Jensen. No se podía perdonar semejante ofensa y menos tratándose de un hombre de Dios. Se sentía doblemente pecadora por dejar aquel asunto inconcluso. Es que sentía tanta vergüenza que no tenía valor ni siquiera para dar una vuelta por la iglesia.

Una noche, mientras Trudy dormía, Sofie buscó un estuche que hacía años había dejado en el ropero. Sabía que estaba allí porque ella misma lo había escondido bajo llave en uno de los cajones. Por fin lo vio, apareció detrás de otros objetos que la llenaron de recuerdos. El envase era pequeño y delicado, sobre la tapa tenía grabadas las iniciales del nombre de su madre: M.E.D.B.E (Marianne Elizabeth Dorothea Bjerg Eriksdatter). Ahí estaba toda la herencia que Sofie había recibido, un brazalete de oro con incrustaciones de esmeraldas, de mucho valor. Del resto se había apoderado su padre.

De todos modos, eso no tenía importancia para ella. Y menos en ocasión de una guerra, donde de manera cruda se comprende la futilidad de la vida y la intrascendencia de las cosas materiales, sean costosas o no. En cambio, el legado espiritual que había recibido de su madre, del reverendo Olsen y de la señora Anine sería lo único trascendente. No quería ponerse nostálgica, pero aquella joya le trajo muchos recuerdos...

Miró por última vez el brazalete antes de sacarlo del estuche. Era hermoso, las gemas resplandecían en la penumbra, aun con la escasa luz de la vela. Lo apretó entre sus manos casi hasta lastimarse, costaba desprenderse de él, pero solo por la carga emocional que significaba. Sabía que no poseía más que esa joya para saldar la deuda que tenía con el reverendo, quizá sirviera para darle de comer a los pobres o abastecer las necesidades de los aldeanos. El reverendo sabría qué destino darle. Así que la envolvió en un pañuelo, el que ocultó en el bolsillo de uno de los abrigos que estaban en el armario.

Nuevamente le pareció oír el galope de un jinete, pero esta vez el sonido se escuchó muy cerca y tuvo la impresión de que se detenía en la puerta de Blis. Corrió hacia la ventana y lo vio: era Simón Laurlund.

Simón sobre el caballo, en una noche envuelta por la bruma, era lo más parecido a una visión. Él alzó la mirada y se encontró con ella, pálida, serena, bella.

Demasiado perfecto aquel momento para vivirlo, demasiado celestial para destruirlo. Duró un tiempo indefinido, hasta que Simón azuzó las riendas del caballo y se marchó.

Sofie no pudo desprenderse de esa imagen durante la noche, dio vueltas y vueltas en la cama y, entre sueños y pesadillas, siempre aparecía Simón. Pensó que si volvía no permitiría que se marchase, lo retendría para estar a su lado, para sentir su compañía. Intentaría redimir el tiempo perdido, le pediría perdón una y mil veces. Volverían a caminar por el bosque y pasarían horas conversando. Pero todo tenía que suceder antes del regreso de su padre, lo que podría ocurrir en el momento más inesperado. Esta vez estaba decidida a defender sus sentimientos por Simón, porque solo con él había sido completamente feliz. Jamás se sintió juzgada ni por su mirada ni por sus palabras, él nunca la trató con desprecio, ni la condenó, aunque tuvo mil razones para hacerlo. Toleró sus caprichos de niña consentida y dejó pasar sus desaires de dama presuntuosa, como si nada de eso le hubiera afectado. Pero ¿sería realmente así?

Inmediatamente, recordó el versículo que la señora Anine

la animó a memorizar: «El amor es sufrido, el amor es benigno, el amor no tiene envidia, el amor no es jactancioso, no se envanece, no hace nada indebido, no busca lo suyo, no se irrita, no guarda rencor; no se goza de la injusticia, mas se goza de la verdad. Todo lo sufre, todo lo cree, todo lo espera, todo lo soporta». ¿Habrá sentido Simón por ella algo tan profundo como eso? ¡Y ella había tenido la osadía y la insensatez de despreciarlo! Tenía que averiguarlo, necesitaba sacarse la duda, no podía seguir viviendo con esa espina en el alma. No era justo, ni saludable.

En el fondo, Sofie sabía que Simón le hubiera perdonado todo si, después de aquel lamentable incidente, ella le hubiera ofrecido sus disculpas. Pero su padre se encargó de que eso nunca sucediera, obligándola a soportar una cátedra exhaustiva acerca del honor, las responsabilidades y el temple inquebrantable de una dama.

La acosó emocionalmente con la idea de que una decisión desacertada hubiera desilusionado a su madre. Que Marianne esperaba que ella llevara con dignidad el título heredado. Repetía hasta el hartazgo que su esposa anhelaba un casamiento aristócrata, acorde con lo que ella era, para que su propia y lamentable historia no vuelva a repetirse. La convenció apelando a mentiras, sobornos y manipulaciones, de los que Sofie se percató muchos años después. La aparición repentina de Simón le dejó un sabor amargo, aunque lleno de esperanza, y cientos de interrogantes que irrumpían en su pensamiento a pesar de su tenaz resistencia a ello.

Imprevistamente, una de las últimas tardes de primavera, cálida y agradable, tuvieron visitas en Blis: era Elle, la sobrina del doctor Bissen. Venía, según sus propias palabras, por encargo de su tío, a informarse sobre la salud de Trudy. Elle era una joven encantadora, siempre tenía una sonrisa en los labios y hablaba con amabilidad y cortesía. Sofie recordó aquel encuentro en la iglesia, cuando ella se acercó afectuosamente para estrechar su mano y animarla diciendo que oraba por Trudy. Eso fue muy significativo para Sofie, porque nadie había tenido un gesto tan noble con ella. Son momentos de la vida en que una buena actitud cobra mucho valor, razón por la que Sofie sentía por Elle un sincero respeto y un afecto muy especial.

Aquella visita fue muy importante para las damas de Blis, acostumbradas a pasar la mayor parte del tiempo solas. Era como si una parte de Sangendrup se hubiera acercado. La joven habló de muchos temas, porque era muy conversadora. De sus labios se enteraron de que la gente subsistía como podía, que las granjas seguían funcionando gracias al empeño que ponían las mujeres, que a la abuela de los Petersen (siempre tan generosa con los necesitados) ya le quedaban pocas provisiones, porque también alimentaba a cuanta boca hambrienta pasaba por su casa…

–Dime, Elle, ¿tienes alguna noticia de la guerra?

–En estos momentos, de lo único que se habla es de que la Conferencia de Londres está en marcha y que, durante las primeras semanas, el tema principal ha sido establecer un alto el fuego, para que las negociaciones de paz puedan comenzar –comentó Elle dejando translucir cierto desánimo–. Pero Dinamarca sigue con su postura rígida de no abandonar el bloqueo de los puertos alemanes a menos que Austria y Prusia se retiren de Jutlandia.

–Veo todo demasiado oscuro… –susurró Sofie consternada.

–No eres la única que lo ve de esa manera, la mayoría entiende que el panorama es sombrío, sobre todo porque las potencias alemanas siguen presionando, a tal punto que la delegación danesa tuvo que escribir al Gobierno en Copenhague y pedir permiso para ir a una tregua sin mantener el bloqueo.

–Debe ser muy difícil tomar decisiones políticas bajo tanta presión… interna y externa…

Elle asintió con la cabeza, sin detener la conversación.

–Antes de venir, la señora Ida llegó con un mensaje

telegráfico, el que justamente confirma lo que te estoy diciendo: el concejal presidencial señor Monrad estaría a punto de aceptar un alto el fuego sin mantener el bloqueo...

–Tendremos que ceder... –susurró Sofie con pesar–. Eso quiere decir que estamos a punto de...

–Sí, mi querida Sofie, se estima que se estaría a punto de acordar un alto el fuego en la próxima reunión oficial que se llevará a cabo el 9 de mayo.

–Un alto el fuego a costa de ceder... –se lamentó–, lo que, probablemente, nos obligue a seguir cediendo...

–Aun así, Sofie, la definición de una tregua será un alivio para todos...

–Al final, ¿eso es bueno o malo? –preguntó con inocencia Trudy.

Las dos mujeres se miraron sin saber qué responder.

–Esperemos que sea bueno, Trudy –respondió con un suspiro Elle–. Pero por ahora no nos hagamos vanas ilusiones, porque solo Dios sabe lo que viene por delante.

La compañía de Elle las mantuvo entretenidas, porque siempre tenía algo distinto que compartir, se la notaba feliz de poder comunicar las novedades que se hablaban en el pueblo.

Comentó también que el pastor Jensen se había ido por unos días a Odense por asuntos familiares y que la abuela Gjerta tenía un fuerte resfrío.

–Seguramente se debió a alguna corriente de aire que recibió en la noche, mientras dormía –repuso Elle–. Pero está insoportable... ¡No para de estornudar!

Se rieron mucho con ese comentario, no precisamente por el resfrío de la abuela Gjerta, sino por la forma chistosa en que lo dijo.

Trudy preparó el té y le ofreció algunas masitas dulces que habían horneado como prueba de la masa definitiva que utilizarían para hacer las figuras de Navidad.

–Uhm... ¡Exquisitas! –exclamó Elle a la vez que le hacía una sonrisita de aprobación a la niña que con tanta gentileza se las había servido.

–Fue idea de Sofie, especial para los regalos de Navidad.

–¿Los regalos de Navidad? –preguntó Elle por simple curiosidad, pero sin sospechar nada–. ¡Falta tanto para Navidad!

Trudy, en su inocencia, estuvo a punto de develar todos sus secretos. Pero Sofie la interrumpió a tiempo y se mostró muy interesada en que Elle siguiera con la conversación.

–Ayer regresó un grupo de soldados, enfermos y malheridos. Se teme por la vida de ellos.

Sofie se entristeció profundamente, seguro que los conocía y también a sus familias. Se le hizo un nudo en el estómago cuando pensó que también podría aparecer su padre. De ahí su urgencia por aclarar algunas de sus preocupaciones, antes de que eso sucediera. Sobre todo, lo concerniente a Simón Laurlund, que sinceramente era lo que más le interesaba.

Elle hablaba muy entretenida, parecía el correo de Sangendrup.

–El señor Laurlund, ¡pobre hombre!, él es uno de los que ha regresado muy enfermo. Hoy los he visitado para ofrecerles mi desinteresada ayuda... –dijo bebiendo los últimos sorbos de té.

–¿El señor Laurlund? –preguntó Sofie sin ocultar su curiosidad.

Elle asintió dejando sorpresivamente la taza sobre la mesa. De improviso, se puso de pie y recogió sus cosas.

–Creo que es hora de marcharme, ya se hizo demasiado tarde y no quiero que se preocupen en casa.

Sofie no podía permitir que Elle se fuera en ese momento, necesitaba seguir averiguando, porque si no, ¿cómo se iba a enterar?

–¿Hace mucho que conoces a la familia Laurlund? –le preguntó de forma indiscreta, pero no le importó.

–No. Solo unos meses, desde que estoy en Sangendrup –respondió la joven con naturalidad a la vez que se ponía el abrigo–. Pero Simón y yo nos hicimos muy buenos amigos. Él es una persona excelente y muy guapo... Lo conoces, ¿verdad? –preguntó sin tener un verdadero interés en la respuesta.

–Un poco, historia de niños... –repuso Sofie intentando que no se note su ansiedad.

–Creo que hay pocos jóvenes con el talento de Simón. Es el mejor partido de Sangendrup –le susurró al oído, con una sonrisita pícara. Pero si te interesa la salud del señor Laurlund, te traeré noticias pronto.

–No. No te molestes, está bien... Lo importante es que él se reponga y no que me traigas noticias. Gracias igual por tu buena disposición.

Elle sonrió amablemente y, con unas palabras de agradecimiento por las atenciones recibidas, subió a su carro y se marchó.

Sofie quedó absolutamente abrumada por la confesión de su joven visita, era obvio que a Elle le interesaba Simón y no solo como amigo. Hasta un ciego hubiese percibido que se le iluminó la cara cuando habló de él. Súbitamente, la asaltaron muchos interrogantes: ¿habrá venido Elle por pedido de su tío o su propósito fue ponerla al tanto de sus sentimientos por Simón? ¿Estaría enterada de la relación que había existido entre ellos? ¿Cuáles serían las verdaderas intenciones de Simón, ahora que había alcanzado un nivel económico solvente y un estatus social más encumbrado? ¿Por qué aparecía por las noches en Blis? ¿Se proponía perturbarla o es que sentía un afecto sincero por ella? Eran demasiadas preguntas que, a decir verdad, nadie se las podía responder.

Trudy dormitaba en el sofá, todavía estaba débil y se cansaba con facilidad. El doctor Bissen le había recetado una infusión a base de semillas de lino y miel, especial para desprender el exceso de moco que aún tenía atrapado en los pulmones.

Juntas subieron al dormitorio, Sofie la ayudó a acostarse

y le acarició el cabello con ternura. «¿Qué sería de mi vida sin Trudy?», pensó y volvió a su memoria la última conversación que mantuvo con el reverendo. Sin duda, Dios intervino en la sanidad de Trudy por el tiempo de oración que él le había dedicado.

Sofie sentía una inmensa gratitud hacia Dios y una deuda incalculable con aquel hombre piadoso al que ella ofendió injustamente. Pero esa deuda sí podía ser cancelada y tenía fecha de vencimiento. Pensándolo bien, este era el mejor momento para hacerlo, ya que él estaba ausente, pasando unos días en Odense.

Su mente no paraba de asociar pensamientos y recuerdos, por lo que estuvo despierta hasta muy tarde esa noche, expectante ante la posibilidad de que el misterioso jinete pudiera aparecer por Blis. Pero lamentablemente él no volvió, ni esa noche ni tampoco las otras.

Una semana después de la repentina aparición de Elle en Blis, Sofie no había vuelto a tener ninguna noticia. Pero tampoco estaba dispuesta a esperarlas. Sabía que no debía perder tiempo, porque, sin duda, Elle haría todo lo posible por conquistar el corazón de Simón.

Aun así, Sofie se mantuvo en oración para tener claridad con respecto a los siguientes pasos que tenía que dar. Era evidente que Simón ya era un hombre y no se iba a andar con niñerías, tampoco volvería por ella después de la mala experiencia que había vivido. Por el momento, a Sofie lo único que le interesaba era saber si él todavía la amaba. ¡Y pensar que sería tan fácil averiguarlo! Bastaba con tomar coraje y preguntarle: «Simón, ¿qué sientes realmente por mí?». Pero se sentía incapaz de hacer algo como eso. Se moría de vergüenza con solo pensar en semejante locura.

Por momentos, quería olvidarse de todo y marcharse lejos, pero en el fondo sabía que esa era una reacción infantil y no una decisión sensata tomada bajo la dirección de Dios.

Aprovechó que los días eran más cálidos para disfrutar al aire libre, necesitaba caminar, estar en contacto con la naturaleza y sentir la presencia reconfortante del Creador. Era como una medicina que le despejaba la mente y la ayudaba a reflexionar sobre las decisiones que en breve tendría que tomar. Sobre todo, las relacionadas con el regreso de su padre. Sofie se negaba terminantemente a ceder su independencia y sus derechos sobre Blis.

Más allá de todos esos problemas, temores e incertidumbres, su pensamiento pertenecía a Simón. No había vuelto a tener noticias de él. El doctor Bissen había hecho un comentario al pasar sobre la salud del señor Laurlund. Decía que se recuperaba lentamente, pero que le quedarían secuelas de las heridas de bala recibidas. Y nada más. Poca noticia para su ambiciosa necesidad de enterarse sobre los Laurlund.

En las salidas y cabalgatas fuera de Blis, rara vez se encontraba con alguien. En realidad, porque ella misma trataba de evitar esos encuentros. Temía que pudieran romperse definitivamente los débiles lazos que todavía la sostenían ligada a la aldea. Le asustaba pensar que su historia concluyera de manera abrupta y que se pudiera resumir en una frase breve y lamentable: «Sofie y el resto del mundo (que era la gente de Sangendrup)».

Poco a poco, el ánimo de la población también comenzó a decaer de manera significativa. La batalla de Helgoland debería ser considerada como una importante victoria danesa, ya que los buques austro-prusianos se prendieron fuego en aguas neutrales; sin embargo, la situación estratégica en el Mar del Norte ahora había cambiado drásticamente, porque estaban llegando barcos austríacos, de tal manera que la marina danesa ya no sería capaz de ejercer con libertad un bloqueo de los actuales puertos alemanes.

Sofie dejó de tener su mente ocupada en temas de menor importancia y centró su oración en pedir a Dios consuelo y ánimo para todos los que luchaban por la patria. Según un informe que llegó por telégrafo a manos de la señora Ida,

Dinamarca había sufrido una pérdida de diecisiete muertos y cincuenta heridos, pero muchos soldados quedaron tan lastimados que los médicos se vieron obligados a quitarles las extremidades destrozadas. La fragata Jylland, el barco danés más rápido, había sufrido también una pérdida de catorce muertos y veintiocho heridos.

Llegará el día en que toda la humanidad (victoriosos y derrotados) tendrá que doblar sus rodillas delante del Dios omnipotente, justo y soberano.

Aunque se esté o no de acuerdo con esta guerra, aunque se le quiten a Dinamarca las valiosas tierras de Jutlandia, aunque se tengan que lamentar las pérdidas humanas tan queridas, con todo... Jesucristo es y seguirá siendo el Señor de la historia.

Era tiempo de volver a la iglesia

7

Amor, arrepentimiento y perdón

Esa semana, Sofie no dejó de asistir a la iglesia. Y apreció sinceramente la actitud del reverendo Jensen de dejar que el hermano Søren predique durante su ausencia.

Ella creía que era una de las pocas personas con el peso moral como para hacerlo.

Algunas noticias recientes trajeron cierto alivio al ánimo de los daneses, ya que, después de haberse reunido durante tres semanas, la Conferencia de Londres por fin logró que se aprobase una tregua. El mismo día en que Dinamarca podía preciarse de la victoria en la batalla de Helgoland, fue firmado un acuerdo sobre un alto el fuego con los alemanes. Se había firmado en Londres, empezaría a regir a partir del 12 de mayo y tendría una duración de cuatro semanas.

Las pautas esenciales de este acuerdo tenían que ver con que los alemanes seguirían manteniendo gran parte de los territorios ocupados en Jutlandia y que los daneses deberían interrumpir el bloqueo de los puertos alemanes. Decisiones que preocupaban a la nación, ya que hasta el momento nada era definitivo.

En la iglesia, alguien carraspeó antes de sentarse en el banco de adelante, y eso la sacó de sus pensamientos. Ella lo saludó con una suave inclinación de cabeza a modo de cortesía. Comenzaba el servicio y todos se pusieron de pie, cantaron un himno y volvieron a sentarse.

Sofie ya no se ocultaba y tampoco se sentía una extraña entre los aldeanos. Imprevistamente, tuvo la sensación de que la dura barrera de viejos rencores se había fracturado. Esta vez, algunas personas hicieron un ligero gesto de saludo al pasar a su lado, pero por supuesto la mayoría la ignoró, una agresión encubierta, disfrazada. Ella no esperaba una acogida diferente, eso era lo predecible. Aun así, se percibía en el ambiente un halo de tristeza, los rostros delataban cierto malestar, lo que luego se confirmó por los comentarios que escuchó: la secuela que dejaba la guerra, las deudas, el temor a que las cosechas fracasaran... Y como si eso fuera poco, el señor Alexander había vuelto a molestar. Lo sospechoso era que todavía no hubiera andado por Blis.

En ese ambiente solemne, el hermano Søren comenzó a predicar. Era un hombre sencillo, un campesino, pero se notaba que amaba intensamente a Dios y que sentía gran respeto por Su Palabra. A pesar de ser un hombre fuerte, en ese momento daba la impresión de que llevaba una carga muy pesada. Con una mirada pasó revista a los rostros, ese rápido recorrido le dio un panorama de los que estaban presentes y también de los que, por una u otra razón, ya no estaban.

—Dios bendiga a Dinamarca y sobre ustedes, amados hermanos, repose la paz del Todopoderoso. Nuestra comunidad ha sufrido varias bajas —comenzó diciendo con la mirada triste, pero manteniendo un hablar firme y sereno—. Por eso, hoy debemos estar más unidos que nunca, porque ciertamente la guerra no ha sido fácil para ninguna familia de esta bendita nación. Pero tan cierto como eso es que Dios nos ha sostenido siempre. La realidad es que debemos aprender que lo que se ha perdido en el extranjero debe ganarse en la casa. Y ese es suficiente motivo para comenzar a explotar muchos de los territorios vírgenes, que todavía se mantienen intactos. Toda esa tierra deberá ser cultivada para abastecer a una nación que merece salir adelante y progresar. Pero así como es en lo natural, también deberá serlo en lo espiritual.

Su celeste mirada se posó sobre algunos, seguramente los más sufrientes, aquellos que habían perdido a sus seres queridos.

—Mi querida gente de Sangendrup, sería absurdo negar que estamos «atribulados en todo, mas no angustiados; en apuros, más no desesperados; perseguidos, más no desamparados; derribados más no destruidos». En este texto, el apóstol Pablo describe claramente cómo se siente un cristiano que atraviesa la prueba. En este tiempo de gran zozobra, la eterna Palabra de Dios debería ser nuestro alimento diario, nuestro sostén y nuestra fortaleza, porque, si no, será muy difícil reconstruir el país que, triunfador o vencido, regrese de la guerra. Una guerra nunca es gratuita, mueren muchas cosas en ella y no solo personas. —El hermano Søren se detuvo, se lo notaba conmovido—. Pero esta es la oportunidad que Dios nos pone por delante para llevar esperanza y consuelo. Por eso vuelvo a decirles que todo lo que se ha perdido en el extranjero debe ganarse en la casa. Cada uno de nosotros tendrá la responsabilidad de hacerlo, pero no en nuestras débiles fuerzas humanas, de las que sin duda todos carecemos para una tarea tan gloriosa. Eso se logrará cuando cada hogar se transforme en un sencillo establo, como aquel que le dio lugar al Salvador para nacer. ¿Tendrá lugar en el establo de tu casa, que es tu corazón, para nacer Jesús?

Se hizo un silencio profundo, el hermano Søren demoró unos minutos antes de pronunciar las últimas palabras.

—Hermanos y hermanas de Sangendrup, si en tu hogar no está Jesús, si en tu mesa no se sienta el Maestro, si en tu andar diario no te acompaña el que te guía, te suplico que lo invites sin tardar, porque sin Él, esta guerra será una pesadilla. Estoy persuadido de que todos juntos con Dios vamos a construir una nación justa, libre y soberana, que cuide de los huérfanos, las viudas y los extranjeros, que dé pan al hambriento y que sacie el alma afligida. Queridos hermanos, este es el mensaje que Dios quiso que ustedes reciban en esta mañana. El Señor los acompañe y los guarde.

Nunca una predicación afectó tanto a la gente. Se podría decir que hubo un antes y un después de ese día en Sangendrup. El templo había quedado en completo silencio, hasta los niños esperaban quietos en sus lugares, sin hacer bulla. Nadie sabía cómo continuar después de las palabras del hermano Søren.

Una vez concluido su mensaje convincente, el hombre se sentó en el primer banco y ahí permaneció solitario, mientras otra persona finalizaba el servicio y daba lugar a que se fuera desalojando el recinto.

Trudy esperó a su amiga Nanna y salieron juntas. Sofie permaneció en su asiento hasta que la nave de la iglesia estuvo vacía. Solo quedaban el abuelo Søren y ella.

Entonces, caminó despacio hacia él, sin hacer ruido. El hombre parecía absorto cuando Sofie se acercó de manera cautelosa y le tocó suavemente el hombro.

–Hermano Søren. –Su voz era suave, apenas un murmullo–. Dios nos habló a todos esta mañana y nos ha tocado el corazón. Gracias, hermano Søren. Sangendrup lo necesita.

El hombre alzó su vista cansada hacia ella y le habló de manera contundente.

–También te necesita a ti –la joven pensó que él no la había reconocido, que no sabía con quién estaba hablando, hasta el momento en que completó la frase–, Sofie Bjerg Eriksdatter, duquesa de Sangendrup.

A ella se le llenaron los ojos de lágrimas, se inclinó hacia él y le besó la mejilla con gratitud y profundo respeto, el mismo respeto que se siente cuando uno está frente a lo santo.

–Hoy usted me ha devuelto la vida –le dijo emocionada y se alejó.

En la calle, buscó a Trudy con la mirada, pero no la vio por ninguna parte. Cualquier oportunidad era buena para irse a jugar con sus amigas.

Mientras la esperaba, llegó a sus oídos la charla de unas personas que estaban cerca de ella. Enseguida se dio cuenta de que hablaban del señor Alexander. Interesada en la conversación, se acercó todo lo que pudo al grupo y se le heló la sangre de impotencia e indignación por las cosas que decían. ¡A ese desalmado no le importaba en absoluto el dolor de una nación que padecía la intensa embestida de la guerra! Las fortalezas de Fredericia estallaron en el aire; sus murallas fueron arrasadas; las vallas, arrancadas y quemadas. Los ciudadanos fueron encarcelados y secuestrados... Un horror que estremecía el corazón de todos, menos, ¡claro!, el del perverso personaje del Castillo de las Sombras.

Y aunque el alto el fuego era una realidad, parecía que muchos alemanes no entendían completamente lo que eso significaba. Aun así, a partir de ese momento comenzaron las negociaciones, que se concentraban en la búsqueda de una solución al conflicto entre alemanes y daneses. Muchos de los heridos ya estaban de regreso, entre ellos algunos de la familia de Simón. Entonces, el señor Alexander apuró su estrategia y apretó el cuello de los aldeanos para que pagasen sus deudas e hicieran frente a los compromisos contraídos, lo que en virtud de la situación ellos no estaban en condiciones de hacer. Así que intimidó a la pobre gente, trabajadores y campesinos, para que entregasen sus títulos de propiedad, gran parte del grano almacenado y peor aún: para que empeñasen el fruto de las futuras cosechas. Dinamarca estaba en guerra y Sangendrup, en manos de un villano.

De pronto Trudy salió de su escondite y, ajena a lo que pasaba, le rogó a Sofie que le permitiera seguir jugando con sus amigas. Así fue como las personas percibieron que Sofie de Sangendrup estaba entre ellos. Fue una situación embarazosa, que desconcertó tanto a unos como a otros. Se hizo silencio. Sofie se encogió de hombros como disculpándose. Se sintió avergonzada de participar de una conversación sin estar incluida.

Y sucedió lo inesperado: un grupo se adelantó unos pasos, dejándola fuera de la reunión. Pero los otros se quedaron a su lado, sin saber bien cómo reaccionar, hasta que finalmente también la abandonaron y se sumaron al resto.

En otro momento, una situación como esa hubiera sido motivo suficiente como para dejarla desolada, pero después del encuentro con el hermano Søren, todo pasó a segundo lugar.

—Juega un rato más con tus amigos —le dijo a Trudy, que todavía esperaba la respuesta—, que a mí aún me queda algo por hacer.

Ignorada por todos, ingresó nuevamente a la iglesia. No había señales de que hubiera gente por allí. Caminó por el pasillo lateral; miró hacia un lado y hacia otro, en apariencia no había ningún obstáculo que le impidiera seguir. Entonces, tomó coraje y, al ver que la puerta de la casa pastoral estaba entreabierta, se animó a pasar. En la sala conversaba el hermano Søren con la señora Inge.

Quizá aquella no fuera la mejor idea, pero no tenía otra forma de saldar su deuda con el reverendo Jensen. Aunque reconoció que deudas como esas no se saldan nunca y mucho menos con objetos (por muy costosos que fueran). Cautelosamente, dejó la sala y caminó por el corredor. Con mucho cuidado, abrió la puerta del despacho del reverendo Jensen y entró. ¡Aquel lugar le trajo tantos recuerdos y una inevitable añoranza! Observó la habitación, era tan particular, propia de una persona como él; austera, simple, cálida.

Sobre la silla estaba su abrigo. Seguro que las cosas serían muy diferentes entre ellos, si no hubiera sido por aquel confuso incidente y su inoportuna decisión de rechazar su consejo. Quizá hasta hubiesen llegado a ser amigos, un confidente, que en razón de la edad sabría comprender sus problemas mejor que ningún otro. «Pero esa posibilidad ya no existe. En vista de los hechos, se puede decir que tengo una facilidad terrible para arruinar las cosas», pensó y sintió un nudo en la garganta.

Cuando era niña solía visitar ese lugar acompañada de su madre. La oficina era la misma y aún conservaba muchos de sus muebles, pero el reverendo Jensen había reemplazado unos cuadros por otros. Hizo colgar cortinados nuevos para dar más luminosidad al ambiente y cambió algunos muebles de lugar. Ahora lucía más bonito, tenía un aire más joven, más acogedor, menos estructurado.

Recordó que su querida señora Anine se pasaba horas allí, junto a su esposo, para oír de su boca los reclamos de la gente, la prédica para el siguiente domingo o las necesidades inmediatas que debían ser atendidas. Aquel ambiente le resultaba tremendamente familiar. Se tomó su tiempo, total Trudy jugaba con sus amigos y nadie las esperaba en la casa. A un costado vio la silla de la señora Anine, todavía tenía el almohadón que ella misma había bordado: era verde y en el centro tenía una flor de color amarillo. ¡Cómo le gustaría conservarlo de recuerdo! Como vio que no había nadie que se lo pudiera impedir, se sentó en aquel sillón. El tiempo corría sin que Sofie tomara conciencia de ello, era como si hubiera podido abstraerse del presente y entrar en otra dimensión, en la que se fusionaban todas las vivencias de su infancia. Una tras otra le volvieron a la mente situaciones de tiempos pasados: el autoritarismo irracional de su padre y la absurda sumisión de su madre. El temor y la inseguridad de aquella mujer que, siendo una aristócrata, se sometió a su esposo, quien hacía y deshacía como bien le parecía, sin tener en cuenta ni sus necesidades ni sus sentimientos. Sin duda, ninguna de las dos quiso darse cuenta, reaccionar. Quizá no fuera temor, sino una resignación abrumadora; no había otra salida, no se veía otro camino.

Su madre soportó demasiado, hasta que su salud se quebró y con el tiempo falleció, de tristeza, de impotencia, de miedo.

Pero a pesar de su caprichoso destino, ella siempre confió en Dios y esa fue la mayor herencia que le dejó a Sofie. «Herencia»: esa palabra la hizo reaccionar y recordó por qué estaba allí y a qué había venido. Se puso de pie rápidamente y sacó del bolsillo el brazalete de esmeraldas. Luego caminó hacia el escritorio, corrió hacia adelante el cajón del centro y lo dejó ahí. La puerta se abrió de golpe, violentamente. La señora Inge y la abuela Gjerta estaban delante de ella y la miraban con furia.

–Tienes razón, mamá, hay un ladrón en la casa –dijo sin mirar a la abuela Gjerta, que asomaba la cabeza sobre el hombro de la señora Inge, con una sonrisa de maliciosa satisfacción.

El corazón de Sofie se aceleró, aun así le dio tiempo para empujar el brazalete hacia el interior y ocultarlo debajo de unos papeles.

–¿Me quiere explicar qué hace aquí, ladronzuela? –la indagó con prepotencia–. ¿Qué está buscando? ¿Dinero? ¿Objetos de valor? ¿Algún documento que le pueda interesar? ¿O está como la mujer de Potifar para seducir al hombre de Dios?

–El hombre de Dios no está aquí, así que no entiendo la crueldad de sus palabras –le respondió Sofie mostrando una entereza que en realidad en ese momento no tenía.

–¿Entonces? ¿Por qué se mete en una casa ajena, en una habitación ajena y…?

–¿Por qué me habla de esa manera? ¿Qué sabe usted de mí?

–¿Qué sé de usted? Suficiente con los comentarios que circulan. ¿Tendría la valentía de escuchar lo que se dice de usted? –Y sin darle tiempo a responder, comenzó a enumerar su lista siniestra–: Que es arrogante, perversa. Que es mentirosa, desdeñosa, cruel e insensible –hablaba atropelladamente, cegada por el odio–. Todos sabemos que no tiene escrúpulos a la hora de infligir un castigo, como lo hizo con ese pobre mendigo al que instigó para que lo metieran en la cárcel. Mantuvo una falsa amistad con el joven Toldersen solo porque le convenía y, cuando ya no le sirvió su compañía, lo desechó como se desecha un trapo inmundo. No tuvo compasión de la pobre señora Anine, abusó de su confianza y de su familiaridad. Y se sintió superior a los Laurlund, gente de bien, simplemente porque no... –balbuceó fuera de sí–, porque no eran de su estirpe –escupió finalmente–. Y ahora se metió en esta habitación. ¿Buscando qué? –preguntó con ira–. Pero esta vez le voy a dar su merecido. ¡Aquí se mueren todos tus títulos de nobleza, Sofie de Sangendrup! Ahora no hay nadie que pueda defenderla –le dijo y levantó su mano al aire para golpearla en el rostro.

Sofie retrocedió unos pasos, algunos objetos que estaban detrás se cayeron al piso. Se oyó un estallido estrepitoso, que la irritó aún más.

–Le daré lo que se merece –masculló implacable, apretando los dientes con rabia.

–Es suficiente, hermana Inge –la interrumpió sereno el abuelo Søren.

La mujer quedó paralizada con la mano inmóvil en el aire. No estaba dispuesta a permitir la intervención del hermano Søren.

Al quedar expuesta y no poder llevar adelante tremendo acto de violencia, se enfureció de manera desmedida.

–Hermano Søren, no se tome atribuciones que a usted no le corresponden –le dijo con la voz fría, sin dirigirle la mirada.

–Eso es lo que está haciendo usted, hermana Inge – repuso él, en tono severo, pero conservando la paciencia–. Ha pretendido ocupar un lugar que solo le corresponde a Dios. Él es el que juzga y nosotros, que también somos pecadores, no estamos autorizados para eso.

–¡Pecadora es ella que hizo todo tipo de desprecios y nunca pidió perdón! Sigue siendo tan pedante y orgullosa como siempre.

Hablaba como si la conociera. Seguramente, alguien le había llenado la cabeza con muchas mentiras.

Él giró la vista hacia Sofie y le habló en voz baja.

–Regresa a Blis, muchacha. Ve en paz.

Sofie salió con prisa, encontró a Trudy en la puerta y, sin decir una palabra, la tomó de la mano y la empujó hacia el calesín. Llegó a la casa temblando, con una confusión de ideas en la mente. Acababa de vivir el momento más violento de su vida y estaba turbada. Demasiadas palabras hirientes y muchas mentiras. «¿Quién se permitió la osadía de levantar semejante injuria contra mí?; ¿por qué se tejieron tantas historias absurdas?; ¿y con qué derecho ensuciaban la reputación de una dama?», se preguntó largándose a llorar como una niña desvalida. Trudy la miró asustada. En silencio, le sirvió una taza de té y le apretó la mano para consolarla. Conociéndola, suponía que le había ocurrido algo muy grave, pero no le pareció prudente indagar en ese momento; más adelante, Sofie se lo contaría.

–Parece que mi tiempo en Sangendrup se termina… –le dijo con un hilo de voz.

Pero inmediatamente recordó las palabras del hermano Søren: «Sangendrup también te necesita a ti». Si no hubiera sido por eso, se hubiera marchado esa misma noche. Hubiera empacado y ¡a otra cosa!

Suspiró un poco más relajada, sabía que la vida estaba llena de injusticias y que, tarde o temprano, se tiene que aprender a lidiar con ellas. Acarició la carita de Trudy, que la miraba preocupada, y pensó que no era necesario intranquilizarla más de lo que estaba. Así que suspiró, dio unas palmadas a su falda como quien se sacude la suciedad que se le pegó a la ropa y puso manos a la obra.

–Vamos a almorzar –dijo más animada–, porque me crujen las tripas –agregó pasándose la mano de manera graciosa por la panza, lo que provocó también la risa de Trudy.

Ese había sido un día demasiado oscuro para continuar viviéndolo. Aunque pensándolo bien, el suceso había arrojado mucha luz. ¿De dónde salieron todas esas infamias? ¿Quién inventó los hechos de los que la acusaban? Porque no todos eran ciertos. En realidad, lo único real fue lo ocurrido con la familia Laurlund. Pero el resto era un caldo sucio de falsedades, rencores y prejuicios. Puro chisme.

Por unos días, no hubo demasiadas novedades, no tuvieron visitas y tampoco se animaron a volver al pueblo. Ellas recuperaron la tranquilidad y siguieron con el tejido de escarpines. Las muñecas estaban casi listas, aunque todavía faltaban varios meses para Navidad.

Con la poca ayuda del señor Laust, la huerta estaba descuidada. Trudy arrojaba granos de cebada y trozos de pan mojado a las gallinas, los patos y los gansos. Le gustaba hacerlo.

Una mañana, mientras trabajaban la tierra, vieron que un carro se detuvo a lo lejos y un hombre empezó a caminar hacia ellas. Sofie se limpió las manos en el delantal y le salió al encuentro. En un primer momento, pensó que se trataba del secretario del señor Alexander y se armó de coraje para enfrentarlo, pero a medida que se acercaba se dio cuenta de que se trataba de otra persona: era el hermano Søren.

—Pasaba por aquí y quise saber cómo estaban —le dijo a modo de saludo, respetuoso y un tanto parco—. Y gracias a Dios, veo que están bien, trabajando la tierra y disfrutando de la huerta. Así que me quedo más tranquilo.

Seguramente, el hermano Søren había quedado preocupado por el nefasto incidente que se vivió en la oficina pastoral.

—Si me permite, hermano Søren, quisiera convidarle con una taza de té…

—En otro momento, Sofie, en otro momento —respondió

él, dando evidencia de lo apurado que estaba–. Solo me detuve unos minutos, también quería que supieras que ya está de regreso el reverendo Jensen.

A Sofie se le hizo un nudo en el estómago. ¿Habría encontrado el brazalete? ¿Qué pensaría de eso? Esperó escuchar otro comentario, pero el hermano Søren le dio a entender que estaba de paso y que tenía intención de seguir su camino cuanto antes.

Lo acompañó hasta el carro mientras intercambiaron escuetamente alguna que otra palabra, sin abordar ningún tema específico. Trudy los observó de lejos, aunque sentía un sincero respeto por el hermano Søren, no quería que nadie volviera a entristecer a Sofie, por eso cuando regresó le preguntó:

–¿De qué conversabas con el hermano Søren?

–De nada en especial. Solo pasó a saludarnos y saber cómo andaban las cosas en Blis –le dijo a la vez que retomaba la tarea–. ¡Y ahora a trabajar, muchachita, porque sin trabajo no hay comida!

–Es bueno el hermano Søren, ¿verdad? Me gustaría que viniera más seguido a visitarnos –comentó Trudy, dejando escapar un suspiro profundo, como si añorara la presencia de un abuelo, a la vez que rompía los cascotes de tierra con la mano, para dejar caer el polvo a un costado de las hortalizas.

Hacía tiempo que Sofie tenía una sensación inexplicable de peligro, como si una voz interior quisiera prevenirla misteriosamente de algo. Pero ella desechó esos pensamientos que la llenaban de ansiedad, estaba decidida a seguir adelante y nada impediría que se hiciera lo que tenía que ser hecho.

Había áreas de su pasado que no terminaba de asimilar, sobre todo aquellas que tenían que ver con la ausencia de su madre y la presión emocional que había soportado bajo la mano dominante de su padre. Ahora, por fin, había tomado las riendas de su vida y tenía la oportunidad de hacerse cargo de las cosas que concernían a su absoluta privacidad. Eso incluía a Blis y también las cuestiones que tenían que ver con la gente de Sangendrup.

Con tristeza, reconoció que estaba llena de deudas, algunas difíciles de saldar, porque se relacionaban con sentimientos, recuerdos, orgullo, malas actitudes y peores decisiones. Pero todo debía ser restaurado, a fin de dar vida a una nueva mujer. Ese era un asunto muy íntimo, que quedaba entre ella y Dios, porque solo Él conocía sus miserias, sus temores, sus excusas y todo su sufrimiento.

Había tenido suficientes horas de oración como para poder afrontar los tiempos que se avecinaban y llevar adelante la decisión que había tomado. Ahora estaba en condiciones de hacerlo.

Cuando ellas ingresaron, notaron que la iglesia estaba colmada de gente. Esta vez el calesín quedó visiblemente cerca. Y Trudy se sentó a su lado, ignoraba los planes que tenía Sofie; quizá por eso estuvo sonriente y distraída. Sofie percibió, como siempre, una tensa indiferencia encubierta, la que en realidad escondía rencores, revancha y un malestar oscuro y perverso contra ella. La indiferencia era el único modo viable que encontraron para demostrarle su desprecio. Un arma cruel y despiadada, pero socialmente aceptada. Es pasiva y el sujeto se esconde detrás de ella con total impunidad. Se parece a la nada, pero es un todo, un conjunto de sentimientos malsanos que se aglomeran y se ocultan en una permisiva indiferencia.

La abuela de los Petersen se ubicó con varios niños en uno de los bancos de adelante. La señora Larsen la miró de reojo y frunció la nariz con desagrado. Le extrañó distinguir a Eluf Dohm y a sus cuatro hijos, quietos y en silencio, ¡niños sufridos los de Eluf!, acostumbrados a la vara y a la dura disciplina. Sintió compasión por ellos. También estaba allí Simón Laurlund y, entre su padre y él, se había ubicado Elle, dulce y bonita. Aquella escena la hirió profundamente, porque veía cómo Simón escribía una nueva página de su historia, sin ella. Aunque en medio de semejante golpe a la emoción, pudo percibir que los ojos de Simón se enfocaron (por un instante) en los suyos. Pero no le sostuvo la mirada; «¡Basta!», se obligó a decir. Ese no era momento para debilidades.

Se percató de que Jan la miraba embelesado y le causó gracia, eso le ayudó a aflojar un poco el nerviosismo. Reconoció que se sentía intranquila, así que cerró los ojos y se concentró en el canto.

Todos estaban de pie, el himno que entonaban le estremeció el corazón; era el preferido de su madre. Sofie tenía los ojos cerrados cuando sintió que una mano invisible la arrancó de su lugar y la empujó hacia adelante (donde estaba el púlpito). Se callaron las voces, terminó de entonarse el himno. El pastor Jensen se inclinó levemente para hablar de forma discreta con uno de los hermanos, sentados en la primera hilera. Ella avanzó serena por el costado de los bancos y se paró en el frente, de cara a la congregación. El hermano Søren se aclaró la garganta, nervioso. Y el pastor, cuando vio la escena, se quedó como atontado, era obvio que no sabía cómo reaccionar.

La señora Inge lo miró con furia, exigiéndole con discreción que intervenga. El reverendo Jensen dio un paso hacia Sofie, pero la mano firme del hermano Søren le impidió avanzar. Todo ocurrió en un lapso breve de segundos y fue acompañado por una confusión de emociones y sentimientos. El ambiente estaba tenso, comenzaron a cuchichear. Se oyó el murmullo de la gente y una evidente señal de descontento y sorpresa al mismo tiempo.

Sofie miró detenidamente a la congregación.

–Hermanos, no es fácil para mí estar delante de ustedes –les dijo sin saber de dónde le salía la voz–. Pero es necesario que lo haga.

Se le hizo un nudo en la garganta e, imperceptiblemente, se quebró. Los miró de frente, pero no con arrogancia, sino con la simpleza y la dulzura de una mujer decidida.

Luego se volvió hacia el reverendo Jensen y agregó:

–Le pido disculpas, reverendo, no es mi intención pasar sobre su autoridad, pero hay cuestiones que ya no se pueden dilatar.

–¡Bájate de ahí, insolente! –chilló alguien que después se escondió cobardemente.

Sofie tragó saliva y se esforzó por contener las lágrimas. Desde el púlpito, los reconoció a todos.

–¡Tenía tantos deseos de encontrarme de nuevo con ustedes! –les dijo emocionada y su mirada se posó sobre algunas personas en especial.

Los ojos se Simón se clavaron en ella, como si quisiera atraerla hacia él, evitarle ese dolor, esa vergüenza. Su expresión fue tan clara como un cielo despejado y limpio. Pero Sofie tenía que seguir...

–No crean que me he parado en este lugar tan santo sin el consentimiento del Señor. –Ganada por la emoción hizo una pausa, pero continuó con la voz todavía temblorosa–. He venido, mi amada gente de Sangendrup, a pedirles perdón. Perdónenme todos aquellos a quienes he lastimado, ofendido, avergonzado y maltratado de cualquier forma y en cualquier situación. Tengo la firme intención de reparar el daño que les he causado. –Se detuvo un instante y se mordió el labio inferior para poder contener las lágrimas–. Créanme que los llevo escritos en mi mente y en mi corazón, para hacerles el bien y bendecir sus vidas hasta el último día de la mía. Les agradezco el tiempo que me dispensaron y la cortesía que tuvieron al escucharme.

Serena como lo que era, una duquesa, hizo un gesto de agradecimiento al pastor y a los ancianos que estaban sentados en la primera fila y dejó respetuosamente el sitio. Parecía tan fuerte, tan segura y tan vulnerable e indefensa a la vez. Casi todos la siguieron con la mirada. La abuela de los Petersen dejó su lugar y se acercó a abrazarla. Le acarició con ternura la cara y el cabello.

–Yo quería mucho a tu madre –le dijo en voz baja–. Ella

hoy se sentiría muy orgullosa de ti.

Sofie tenía los ojos llenos de lágrimas.

Mientras la anciana tuvo ese gesto de grandeza, la señora Inge estallaba en un ataque de cólera, pero intentaba guardar su compostura y quedar expuesta lo menos posible. Sabía que el hermano Søren estaba del lado de la joven y ahora la abuela de los Petersen también... y quizá algún otro indecoroso se habría sumado a la lista. Pero ya se tomaría el tiempo de hacer sus averiguaciones... ¡Es que se volvieron locos en Sangendrup! Permitir semejante sacrilegio. ¡Ah, no! Esto no quedaría así, ella se encargaría de conspirar contra Sofie.

—¡Lo único que falta! ¡Qué irrespetuosa! Interrumpir un oficio religioso para arreglar sus asuntos personales. —Furiosa, mascullaba entre dientes todos sus comentarios venenosos, pero no encontró eco en ninguno de los que la rodeaba.

El reverendo Jensen se puso de pie y tomó la palabra, no era tarea fácil hacerlo en una circunstancia como esa. Pero un hombre de Dios sabe en qué está interesado el Todopoderoso. Algo intangible había pasado en la iglesia, a nivel espiritual, que iba más allá del incidente con Sofie, pero que se desprendía de eso.

—Bienaventurados los pacificadores porque ellos serán llamados hijos de Dios. —La voz del reverendo tenía una fuerza notoria. El Espíritu Santo había tocado a todos esa mañana y eso era innegable.

El sermón estuvo enfocado en aquellas personas que construyen la paz, los que se involucran con todo su ser en alcanzar ese objetivo. No en los pasivos, sino en los pacificadores.

Pocas palabras para un gran sermón.

Sofie se aguantó el deseo de aplaudir, el mensaje había sido extraordinario. Demasiado revolucionario para una sociedad como esa. Pero aun así, ella fue la primera en ponerse de pie cuando se dio por terminado el servicio.

Desde adelante, el reverendo Jensen le hizo una seña para que lo esperara (porque percibió que ella tenía intención de marcharse enseguida). Pero la gente no lo dejó avanzar, lo saludaban y lo obligaron a detenerse para conversar. Él respondía con amabilidad, pero de manera escueta, sabía que Sofie se iba y le urgía hablar con ella.

Sofie salió sin apuro, pero también sin intención de demorarse. No quería hablar con el reverendo Jensen y menos en ese momento. Algunas personas la saludaron con timidez, una suave reverencia con la cabeza y una sonrisa austera. Pero para ella fue más que suficiente, sabía que los asuntos del corazón se toman su tiempo.

Afuera, la gente hablaba acaloradamente, se los notaba desbordados y se los veía muy preocupados. El tema se centraba en la presión desmedida que el señor Alexander ejercía sobre ellos: deudas, intereses, créditos, documentos, propiedades. El señor Alexander no tenía temor de Dios, ni misericordia por los hombres.

Sofie agitó las riendas justo en el momento en que el reverendo Jensen apareció en la puerta. Ya era demasiado tarde, el calesín había comenzado a marchar. Trudy se despedía de sus amigas, quienes de lejos la saludaban con la mano.

Lo que tenía que ser hecho se hizo. Ahora sentía paz, una sensación tan extraña como poderosa, era una paz que lo llenaba todo, lo sanaba todo. Por fin el balance de su vida daba positivo, por fin ningún recuerdo doloroso volvería a golpear a su puerta para atormentarla.

Cuando el calesín cambió de dirección y tomó por el bellísimo camino de los pinos hacia Blis, Sofie pudo girar la cabeza hacia atrás y despedirse de Sangendrup con una percepción distinta de las cosas, fue como si Dios le hubiera permitido meter el universo dentro de sus manos para que ella entendiera que con Él todo era posible.

A partir de ese momento, Sofie supo que regresaría.

8

Una reacción inesperada

¡Cuánto deseaba Sofie caminar libremente por la aldea, sin temor a que la reconocieran!

¡Eso era maravilloso! Y ella se sentía satisfecha de haber dado el primer paso hacia la reconciliación. «El milagro espera en la puerta», se dijo emocionada.

Ahora veía todo más claro. Ya no le quedaban dudas, tenía la imperiosa necesidad de brindarles el amor que había reprimido durante tantos años y recibir de ellos las migajas de un afecto que anhelaba fuera creciendo de manera paulatina. No estaba dispuesta a esperar, había desperdiciado mucho tiempo y la desidia no era precisamente una característica de su personalidad.

El día lucía nublado. Miró el cielo y tuvo la certeza de que no existía la más mínima posibilidad de cambio. Gigantescas nubes oscuras, cargadas de agua, corrían rápidamente hacia la aldea. Pero eso no la iba a detener. Algo tan insignificante como una tormenta no impediría que ella siguiera su camino. No pensaba darle el gusto al mal tiempo porque, después de todo, sería solo un obstáculo sencillo de sortear.

Dueña de una voluntad inquebrantable, preparó el calesín y salió de Blis en compañía de Trudy. Sentía como un fuego en su corazón, una convicción profunda y decidida de los pasos que tenía que dar. Iría y se daría a ellos con la espontaneidad, la sencillez y la transparencia con la que siempre quiso hacerlo. Necesitaba que la gente la conociera, para que de una vez por todas se borrara la imagen desagradable que todavía muchos conservaban. Si los amaba intensamente, ¿por qué no demostrarlo?

Pero quedaba claro que aquel no era el mejor día para hacerlo, porque la lluvia se largó con fuerza en cuanto llegaron a la calle Johanesgade.

El aguacero las envolvió por completo y el viento, como un tirano despiadado que aplica con violencia su castigo, sacudía, arrastraba y golpeaba todo lo que hallaba en el camino. De repente, se produjo una estampida de personas tratando de protegerse. Los nubarrones, como salidos del abismo, empuñaban sus relámpagos feroces hacia el corazón de la tierra. La claridad se esfumó y se hizo de noche, noche de tempestad. Desde todas las direcciones, se escuchaban los truenos que estallaban como bombas en el escenario de una guerra.

El negocio más cercano para refugiarse era la tienda de la señora Larsen.

Sofie miró hacia adentro, en la ventana había un pequeño letrero que decía: «Se necesita gente para trabajar en el castillo del señor Alexander. Presentarse y hablar con el capataz». Le pareció extraño lo que acababa de leer, pero no era el momento para detenerse en eso. Ahora tenía urgencia por resguardarse. Cualquier sitio sería bueno, menos ese. Angustiada, una vez más miró hacia todos lados. Ya no quedaba nadie en la calle. Era muy peligroso que Trudy siguiera expuesta a semejante chaparrón, pero Sofie se resistía a entrar y enfrentar una situación incómoda dentro de la tienda. ¿Dónde había quedado toda la valentía que mostró cuando salió de Blis? Era el momento de actuar con osadía y ella seguía indecisa, llena de incertidumbre parada en la puerta del negocio.

—Acá hay demasiada gente… —musitó con desazón decidida a marcharse, en el preciso momento en que vio que Simón y Elle venían hacia allí.

Era evidente que ellos también buscaban un lugar donde protegerse. Eso la obligó rápidamente a ingresar. La gente estaba ensimismada en la conversación, la que a simple vista parecía que los involucraba a todos; razón por la cual nadie se dio cuenta de que ellas (al igual que otras personas) habían entrado en el lugar.

Sofie tomó de la mano a Trudy y la condujo hacia el fondo, a la vez que buscaba con la mirada un sitio donde esconderse para quedar menos expuestas y desde el que, más tarde, pudieran salir sin que nadie notara que ellas habían estado allí.

La gente conversaba a la luz de una lámpara encendida que estaba sobre el mostrador, lo que dejaba en penumbras el resto del salón, apenas iluminado de tanto en tanto por algunos truenos que estallaban contra las ventanas y hacían temblar los cristales. El viento no había mermado en intensidad, arrastraba unos objetos y a otros los levantaba por el aire; generaba verdadera intranquilidad en la gente. Pocas veces se había visto el cielo tan enfurecido, con tantas tonalidades de grises esfumándose dentro del negro.

Sofie le indicó a Trudy que se sentara sobre una pila de frazadas. Luego le quitó las botas empapadas y le secó los pies con una toalla. Después, la envolvió con una manta suave de las que estaban para la venta y recién se sintió aliviada cuando la niña dejó de tiritar.

Más tarde, ella se haría cargo de la deuda, pero ahora sabía que, si las descubrían, se interrumpiría la conversación. Y eso era precisamente lo que no quería.

El mundo se le vino abajo cuando vio que Simón entraba al negocio acompañado de Elle. La joven había quedado cerca de la puerta y se sacudía el abrigo mojado. Él, en cambio, parecía intranquilo. Con disimulo miraba para un lado y para otro, como si buscara a alguien. Quizá las vio cuando ellas estaban en la calle y sospechaba que pudieran estar allí. Refugiada en el lugar donde la penumbra era más densa, Sofie estaba lo suficientemente cerca de la gente como para poder escuchar lo que decían.

—¿¡Dividir el territorio de Schleswig!? ¡Eso es una locura!

—De eso se habla…, aunque todavía no abiertamente, ya que la división de Schleswig representaría una posible solución a la guerra —dijo el granjero Steensen, que había regresado en esos días, por lo que estaba entonces bastante bien informado.

La gente se notaba preocupada, así que, cuando descubrieron que Simón estaba en el lugar, lo abordaron directamente a él.

—¡Muy oportuna su presencia, señor Laurlund! Nos gustaría conocer su opinión sobre este asunto.

Fue obvio que lo tomaron por sorpresa. Pero aun así, él se concentró rápidamente en responder.

—Como usted bien ha dicho, señor Steensen, la división de Schleswig es una solución que muchos de los participantes de la Conferencia de Londres están empezando a evaluar como la única alternativa posible para solucionar este conflicto…

—Pero de ser así, ¿quién determinará la línea divisoria? —lo interrumpió enardecido el joven Blixen.

En ese instante, se acopló un susurro de apática protesta, gestos y frases dichas por lo bajo que expresaban la misma desconfianza e inseguridad.

—Señores —repuso Simón tratando de apaciguar los ánimos—, el Gobierno de Dinamarca está llevando adelante este asunto con suma responsabilidad. Es sabido que, al poco tiempo del alto el fuego, ha habido un marcado cambio en la Junta de guerra danesa, el coronel Lundbye fue dimitido de su cargo de secretario de Guerra y recientemente fue nombrado en su lugar el teniente coronel Reich, un exjefe de personal en Fredericia. Seguramente, él se esforzará en tomar las medidas más convenientes para la nación.

—¿Y por qué se tomó esa decisión con el coronel Lundbye?

La gente preguntaba con verdadero interés y desazón. Porque, en una guerra, nunca se sabe de dónde se va a recibir el siguiente golpe, ni de qué intensidad será.

—No cabe duda de que la fuerte presión que ha tenido que sobrellevar, más la gran carga de trabajo y sus muchas obligaciones como ministro han afectado profundamente su salud.

—¿Y qué cree usted que hará ahora el coronel Reich?

—La verdad es que no lo sé. Pero es muy probable que él intente aplicar una estrategia de guerra más agresiva que antes. Por lo pronto, las tropas danesas esperan que se evite una repetición del asedio sufrido en Dybbol y que se pueda derrotar a los enemigos de Prusia y Austria en campo abierto.

—Todos esperamos eso, abogado Laurlund, porque el ataque a Dibbol ha sido terrible —opinó consternada la señora Larsen, que siempre parecía estar bien informada.

—El Ejército enemigo era muy superior al nuestro... Cuarenta mil soldados prusianos hicieron que los diez reductos del Ejército danés cayeran en pocas horas —recordó apesadumbrado el granjero Steensen—. Por lo que..., mi estimada señora Larsen, usted tiene razón, desde el principio de abril los alemanes bombardeaban Sonderborg violentamente cada día. ¡Eso fue terrible!

—Aun así, no sé si prefiero la guerra o la división de Schleswig. —El joven Blixen volvió a hablar de manera imprudente y eso produjo un escozor en el ánimo de los que estaban reunidos, por lo que uno de los hombres se apresuró a decir:

—De todos modos, confiemos en que Dinamarca no aceptará cualquier tratado de paz que no permita la posesión y el dominio pleno de Schleswig.

—Mis hermanos, creo que lo más sensato será dejar este asunto en manos de Dios, porque es indudable que los temas que conciernen a la guerra y al futuro de Dinamarca son mucho más complejos de lo que podamos disertar aquí, en la tienda de la señora Larsen —dijo en tono conciliador el abogado Laurlund.

—Pidamos a Dios que se firme ese acuerdo de paz, para que no volvamos a sufrir nuevas hostilidades. —La señora Larsen sentía la amenaza de esa posibilidad.

El señor Yonsen, que hasta el momento no había abierto la boca, recogió precipitadamente el diario La Patria que estaba sobre el mostrador y habló de manera acalorada.

—No nos engañemos, hermanos, ni abriguemos falsas expectativas, porque el diario dice que es poco factible que Dinamarca llegue a un acuerdo en cuanto a una división de Schleswig, ya que es de público conocimiento que el ministro Bismarck no quiere a Friedrich de Augustenburg como duque de Schleswig y Holstein. —Luego agitó nervioso las hojas y exclamó—: ¡A Prusia le encantaría incorporar Schleswig a su reino!

—¡Dios salve a Dinamarca! —se lamentó la señora Pía—. Espero que este conflicto no se convierta en una guerra prolongada y nefasta.

—Tratemos de no desanimarnos ya que son muchos los comentarios que circulan en estos días. Por el momento —continuó diciendo el joven abogado—, deberíamos estar conformes con la tregua, Eso ha calmado los ánimos y ha traído nuevas esperanzas.

Simón Laurlund estaba bien informado por sus importantes contactos políticos en Copenhague.

—En la próxima reunión del 2 de junio, el Gobierno danés hará una declaración sobre su propuesta de compartir. Aunque, hermanos, todos sabemos que, más allá de la opinión de nuestro gobierno, las fuerzas alemanas podrían no aceptar la línea divisoria Schlei-Dannevirke, sugerida por Dinamarca.

De repente, se hizo el silencio tenso, era evidente que se sentían apesadumbrados y confundidos.

—Sinceramente, señor Laurlund, estoy desorientado. —El señor Bendz irrumpió el inevitable mutismo que se había producido.

—Señor Bendz, es que no está bien que especulemos sobre temas políticos que solo le compete al Gobierno resolver...

—Bien lo dice usted, señor Laurlund, nosotros no podemos asimilar la magnitud de este conflicto. Lo cierto es que ahora nos queda por delante levantar el ánimo de las familias de Sangendrup, lo que no será nada sencillo, ya que lo han perdido casi todo.

—¿¡Levantar el ánimo de las familias!? —explotó el joven Blixen—. Eso será imposible mientras ese canalla del señor Alexander nos siga apretando el cuello como si fuéramos gallinas.

—¡Gallinas, no! En todo caso, gallos —estalló ofuscado el abuelo Outzen a la vez que se rascaba su barbilla desaliñada.

Esa salida inesperada produjo en todos una carcajada contagiosa, a la que se sumaron Sofie y Trudy, quienes se cubrieron la boca con la mano para reírse libremente sin ser descubiertas.

—Ese tal Alexander es un villano.

—¿Villano? Usted, mi amigo, es demasiado considerado con él, porque en realidad no existe una palabra que pueda definir a esa clase de personas. Pero lo cierto y muy triste es que nos tiene en sus manos —vociferó nuevamente el joven Blixen.

Inquieto, el pequeño Jan miró hacia donde estaban ellas. Trudy le hizo un gesto de silencio con el dedo para que no las delatase y Jan sonrió con picardía.

Pero inesperadamente, Trudy estornudó y entonces quedaron expuestas. Todas las miradas giraron desconcertadas hacia ellas. La señora Larsen examinó con desconfianza a Sofie como pidiéndole explicaciones. ¿Qué hacían ellas escondidas en el fondo de su negocio? Aquello era muy extraño.

—¿Necesita algo, señorita Eriksdatter? —La pregunta estaba llena de recelo.

La gente las miró sorprendida. Esperaban que Sofie

diera una respuesta, se defendiera frente a una actitud tan inverosímil. Simón la observó en silencio, a él no lo tomó por sorpresa. Ella estaba ahí, como él lo suponía.

–¿Necesitar? –respondió turbada. Tenía la cara helada, pero le ardía de vergüenza–. Eh…, no. Bueno, sí –balbuceó incómoda a la vez que buscaba una respuesta rápida y decorosa–. Solo vine a invitarla a usted y a otras damas a tomar el té en Blis, el jueves por la tarde.

–¿¡Con tremenda tormenta!?

Más allá de la explosiva sospecha de Pía Stub, las palabras de Sofie cayeron como un balde de agua fría sobre ellos.

–Bueno, espero que haya pasado para el jueves…

–Me refiero a que… usted se haya animado a salir con tremenda tormenta solo para extender una invitación a tomar el té.

Como toda respuesta, Sofie se encogió tímidamente de hombros.

La lluvia había empezado a menguar; sin embargo, nadie se movía, observaban expectantes. Conociéndolos, Sofie sabía que aquel sería un comentario jugoso en Sangendrup.

Eso fue lo más descabellado que Sofie hizo en años, pero dio buen resultado. Más allá de lo insólito de la propuesta, la señora Larsen, en el fondo, se sintió halagada con la invitación.

–¿Se podría encargar usted, señora Larsen, de invitar a la abuela de los Petersen, a la señora Eva, a Ida, la encargada del correo, y también a Alina, la hermana del boticario? ¡Ah…, y a la esposa del doctor Bissen también! –agregó decidida, observando lo desconcertados que todos habían quedado.

La mujer miró a la gente como si buscara su opinión o su consentimiento. Pero eso no sucedió, porque todos esperaban que fuera ella la que tomara la decisión.

–Bueno, en realidad…, no sé qué decir…

Su voz temblorosa delataba que se había quedado

perpleja. Aquellas palabras sonaban tontas, ¿cómo que no sabía qué decir? De repente, se acrecentó la tensión, cargada de desconcierto. Hasta que, imprevistamente, el señor Brendz exclamó de forma graciosa:

—Déjese de tonterías. Diga que sí y listo.

Todos rieron por la salida del hombre y Sofie aprovechó ese momento para retirarse; pero no sin antes encomendarle a la señora Larsen que no se olvidara de extender la invitación a todas las damas. Y también se comprometió a abonar la mercadería que había usado Trudy.

Justo cuando estaba por salir, ingresó apurada la señora Inge. Parecía muy afligida, daba la impresión de no traer buenas noticias. Sofie era la última persona que esperaba encontrar en la tienda esa mañana. Esta vez la miró ceñuda, pero no se tomó el tiempo para agredirla. Es más, iba tan apurada que casi no la tuvo en cuenta. Sofie sabía que no era casual la presencia de la señora Inge, ya que ella no se hubiese arriesgado a salir con semejante lluvia, si no fuera absolutamente necesario. Por eso, permaneció cerca de la puerta, con intención de escuchar lo que decía:

—¡Ahora le ha tocado el turno a Sundeved! ¡Roban comida, dinero y bienes...! Sundeved ha padecido la presencia de soldados prusianos y todos temen que la población del norte de Jutlandia sufra la misma suerte! —declaró sin aliento, completamente afectada por la noticia.

Detrás de ella entró también la encargada del correo con un papel en la mano.

—Veo que la señora Inge se me adelantó y ya les ha pasado el informe —dijo la mujer con evidente molestia—. Pero lo que más nos entristece es la incertidumbre ante la pérdida de la nacionalidad danesa... Eso nos parte el corazón...

Todos escuchaban compungidos y desorientados.

—Los habitantes de Sundeved sienten lástima por los jutos, porque no saben lo que les espera. ¡Pero, muy zorros, los prusianos les dijeron que se unan a ellos! No les dejaron otra salida... —informó apretando los labios para no llorar—.

¡Qué deshonra!

—¡Dios mío, Dios mío, pobres jutos! —sollozó una anciana de cabello blanco y mirada llena de pavor, agarrándose la cabeza entre las manos temblorosas.

El gemido de los aldeanos llenó el aire frío de aquel recinto de un malestar difícil de describir.

—No, señores, no se equivoquen —intervino Simón alzando la voz—. Los jutos podrán ser muy pobres, pero ellos llevan muy alto su orgullo danés. Los prusianos se podrán quedar con sus tierras, y con todo lo que tienen; saquear sus bienes y sus propiedades. Y ellos, podrán padecer todo tipo de violencia e injusticia, pero no se le podrá privar de sus nacionalidad. Estoy persuadido de que los jutos preservarán la lengua y seguirán conservando las costumbres de nuestro pueblo. Tengo la firme convicción de que para ellos será un honor padecer por amor a Dios y a la patria.

Sofie tenía la mirada húmeda, pero no solo por los pobres jutos que ahora padecían lo indecible en manos del enemigo, sino también por la tristeza de toda la nación, por las innumerables pérdidas humanas, por el abuso hacia los pobres de la tierra, por las familias enlutadas, por la tragedia de los que luchan por la patria y regresan derrotados.

Caía una llovizna suave cuando ellas dejaron el negocio, cuidándose de que ninguno las viera salir.

Sofie vio que se acercaba el reverendo Jensen. Trudy se desprendió de su mano y corrió hacia la ventana, pegó la carita contra el cristal porque quería seguir escuchando lo que se hablaba dentro. Sofie se sentía desvalida, sola. Estaba inmóvil, mojada, aterrada. El reverendo Jensen tampoco esperaba encontrarla allí y no supo qué hacer ni qué decir cuando la vio. De repente, ella caminó hacia él y lloró desconsoladamente en sus brazos. Él era fuerte, aunque en ese momento no lo parecía. Fueron solo unos segundos. Luego, Sofie reaccionó, lo miró a los ojos como disculpándose, lo último que quería era perjudicarlo. Él era una persona demasiado correcta como para que alguien hiciera una mala lectura del hecho. A pesar de la tristeza que todos sentían, siempre puede haber gente maliciosa que lo comprometa innecesariamente y se pueden levantar sospechas que afecten su impecable reputación. Por eso, tomó a Trudy de la mano y se marchó. No hubo palabras, ni siquiera una. No eran necesarias, había mucho dolor.

Esas noticias golpearon profundamente a la nación y cada uno trató de sostenerse como pudo. Había que reponerse y salir adelante, porque ahora venía la parte más dura: acompañar a las viudas y a los huérfanos y, sobre todo, levantar el ánimo de las familias que atravesaban una situación tan devastadora.

Los caminos se encontraban en malas condiciones, la lluvia caída fue de tal intensidad que hundió la tierra formando surcos, zanjas y desniveles peligrosos. Hasta el calesín se hizo difícil de maniobrar.

Regresaron a Blis empapadas y con mucho frío.

—Él te miraba —comentó Trudy, mientras bebía un poco de leche caliente.

—Si te refieres al reverendo Jensen…, ten cuidado con lo que vas a decir…

—Simón te miraba.

Las palabras de Trudy la intranquilizaron, ¿cómo podría entenderse una actitud tan infantil como la de abrazarse al reverendo Jensen?

—¿Y quién más me vio?

—Nadie más, solo él.

—Es que me sentía muy triste, muy sola….

—Yo sé, Sofie, yo sé cómo te sentías… y también sé que el reverendo Jensen es como un hermano para ti, ¿verdad?

—En ese momento sí, fue como un hermano, como alguien de la familia. Por lo menos, él nunca demostró tener malos sentimientos hacia mí.

—Los reverendos no se pueden casar, ¿o sí? Porque el reverendo Olsen era el esposo de la señora Anine…

—Sí, se pueden casar, pero a veces prefieren no hacerlo.

–Y ¿por qué?

–No sé y ese no es asunto nuestro. Así que bebe tu leche y juega con Tosh, que lo tienes muy olvidado al pobrecito.

–Tosh se hizo amigo de mi perrita y ya ninguno de los dos me hace compañía.

Sofie se rio a la vez que continuaba con el tejido. Aquella era una tarde demasiado gris como para seguir echándole cenizas.

–Tengo miedo, Sofie –dijo de pronto Trudy.

–¿Miedo?

–Sí, tengo miedo de que regrese el señor Gregor.

–¿Mi padre?

Trudy asintió con la cabeza.

–¿Y eso te preocupa?

–Sí.

–Ahora nos hemos convertido en dos mujeres valientes. Ya no nos asustará ni mi padre ni tampoco al señor Alexander.

Trudy alzó la mirada hacia ella y sonrió. Sofie le inspiraba confianza, ¡ella parecía tan decidida!

Pero la verdad era que, desde hacía tiempo, a Sofie también le preocupaba el regreso de su padre. Luchaba intensamente con esa incertidumbre de no tener ninguna noticia de él. Parecía que se lo hubiera tragado la tierra. Pero algo le decía que debía estar preparada porque, uno de esos días, llegaría con la presunción de hacer valer sus derechos como el señor de Blis: Johan Gregor Klaus Magnus Bjerg Eriksdatter, duque de Sangendrup.

Aunque, a esta altura de los hechos, ya había corrido demasiada agua debajo del puente, pérdidas irrecuperables, dolores y heridas que solo Dios sabía cuándo y cómo se irían a sanar. La nación ya no era la misma, nada era igual en Dinamarca y ella no sería la excepción: se había transformado en una mujer de hierro, las dificultades habían templado su carácter… Y su padre lo descubriría muy pronto, en cuanto la intentara doblegar.

–¡Oh, Dios! –susurró pensando en la dureza y en la terquedad que lo caracterizaba–. ¿Cómo seguirá esta historia?

9

Visitas indiscretas

**Habían comenzado los días cálidos y
todo parecía más hermoso.**

Un perfume agradable inundaba el ambiente como queriendo tapar el olor a pólvora, el que, si bien no había llegado hasta Sangendrup, estaba en la mente de todos los daneses.El malestar y las sensaciones dolorosas necesitaban ser atenuadas. Y una manera saludable de hacerlo era aprovechar el tiempo dedicándose a alguna labor gratificante.

Así que Sofie decidió invertir su tiempo de ocio en la cocina y preparar las deliciosas masitas «BE», siguiendo la vieja receta familiar.

La tradición indicaba que cada generación debía agregarle algún ingrediente nuevo a la receta original. Su abuela le añadió una generosa cantidad de frutos secos. Su madre, una vez horneada la masa, la espolvoreó con canela. Y ahora le tocaba innovar a ella. «Veamos qué se me ocurre», pensó con un dejo de nostalgia al recordar los tiempos en que realizar esa tarea desataba una verdadera tormenta de polvo en la cocina. Finalmente, terminaban muertas de risa y blancas como estatuas de tiza.

Aunque Sofie trataba de mantenerse serena, no podía evitar sobresaltarse ante el ruido más insignificante. Sospechaba que en cualquier momento se podría presentar su padre con la pretensión de seguir ejerciendo su control despótico y avasallador. Y su mayor temor radicaba en cómo ella pudiera reaccionar. Ya que, si de algo estaba segura, era de que nada volvería a ser como antes.

De repente, Tosh comenzó a ladrar de forma insistente delante de la puerta de la cocina. Eso indicaba que alguien se había acercado. Las dos permanecieron tensas y expectantes, aunque sabían que el señor Gregor jamás entraba por ese lado de la casa. Pero entonces, ¿quién habría llegado a Blis?

Sofie miró por la ventana, el resplandor de aquella mañana soleada le confería un brillo especial a todas las cosas, como si fuera un espejismo en medio de tanto caos.

Seguramente, el señor Laust había olvidado cerrar el corral y los gansos daban vueltas por el terreno, los pavos picoteaban aquí y allá, devorando cuanta comida encontraban en el suelo y las gallinas cacareaban felices después de poner sus huevos.

Los árboles y las plantas habían resucitado dejando atrás el prolongado letargo del invierno, uno de los más crueles que se habían vivido hasta el momento. Aunque Blis parecía ajena a lo que estaba pasando en Dinamarca, en realidad no era así, porque de una manera o de otra, todos padecían esta guerra.

Un ratón se trepó veloz, buscando refugio en el tejado, probablemente asustado por los ladridos de Tosh. Entonces, la vio: frente a la puerta había una mujer. ¡Era Stine! La reconoció de inmediato.

–¡Stine! –exclamó con alegría y corrió hacia la puerta–. Ven, entra, no te quedes ahí...

La mujer, sorprendida por el recibimiento de Sofie, se acomodó con modestia el chal de lana –tejido probablemente por ella– y entró.

Echó una leve y discreta mirada al lugar y suspiró con añoranza...

–Todo ha cambiado demasiado, señorita Sofie... Pero aun así, aquí uno se siente como en casa...

—Me da tanto gusto oírte decir eso, Stine.

Stine había servido a los Bjerg Eriksdatter desde muy jovencita y su madre siempre le había tenido un cariño especial, porque ella era laboriosa, discreta y prolija, remendaba las prendas sin que nadie tuviera que ordenárselo y zurcía impecablemente los calcetines. No se enredaba en chismes, ni en vanas habladurías y estaba siempre dispuesta a correr cuando la ocasión lo requería.

Ahora actuaba con timidez y se mostraba avergonzada...

—Disculpe que haya venido a molestarla, señorita Sofie... Pero... es que no sé a quién recurrir... Y la verdad es que necesitamos la ayuda de alguien.

—Has hecho bien, Stine. Anda, dime.

—Es que... los campesinos... Usted ya sabe cómo son estos tiempos..., hay escasez y hambre..., así que lo poco que usted nos pueda ofrecer será mucho para nosotros. Y le prometo que no la volveré a molestar...

—¡Pero si no me molestas, mujer! Todo lo contrario, me bendices, porque el Señor dice que es más dichoso el que da que el que recibe. —Inmediatamente dio la indicación—. Trudy, ve a la despensa y busca harina, pescado ahumado, quesos, leche, conservas, dulces, hortalizas y salsas. Trae una buena cantidad.

Luego dirigió la mirada a Stine, que permanecía al lado de la puerta con intención de marcharse rápido y no seguir molestando, y agregó:

—Que ellos nunca sepan de dónde vino esta provisión. Y si te preguntan, les dirás que nuestra provisión siempre viene del Señor.

Stine sonrió agradecida.

—Gracias, señorita Sofie.

—Gracias a Dios, Stine, porque Él es el proveedor. Y ahora, tú te quedarás aquí hasta que hayamos terminado de hornear las masitas. Así les llevas algo dulce a los niños.

Sofie llevaba puesto un delantal que ya había ensuciado con harina.

–Yo sé que usted es tan buena como lo fue su madre. Así que, si me necesita como antes, para trabajar…, yo vengo y no debe pagarme, lo hago de corazón.

–¿Cómo crees que voy a abusar de tu situación, Stine? Jamás haría una cosa como esa. Pero si tú quieres volver a trabajar en Blis, se te recibirá con mucho gusto y se te pagará como corresponde, porque el Señor enseña que el obrero es digno de su salario.

Los ojos de la mujer mostraban mucha gratitud, estaba emocionada. Aquella escena hubiera dejado a más de uno sin palabras. Era simplemente inaudita: la aldeana bebía una taza de leche caliente sentada con toda comodidad, mientras Sofie sobaba con fuerza la masa, hasta formar un bollo firme y esponjoso, para preparar las masitas que le había prometido.

Trudy llegó con dos bolsas llenas de alimentos.

–Uff…, cuánto pesa todo esto –jadeó a la vez que dejaba la carga en el piso, al lado de Stine, y echaba con enojo a la perrita que husmeaba entre los paquetes, seguramente por el olor a ahumado que despedía un suculento trozo de pescado.

Esa tarde Stine habló más que de costumbre, quizá por la familiaridad con que la recibió Sofie o tal vez porque necesitaba desahogarse con alguien.

–Me da mucho gusto volver a estar en Blis, me trae tantos recuerdos este lugar… –suspiró profundo, a la vez que miraba con melancolía alrededor.

–Siempre serás bienvenida, Stine… ¡Ya sabes cuánto te apreciaba mi madre!

–Y yo a ella, señorita Sofie, la quería y la admiraba. La señora Marianne era el corazón de Blis. Cuando su corazón dejó de latir, también Blis dejó de funcionar.

Sofie se quedó admirada por ese comentario. ¿De dónde sacaba ella esas palabras tan profundas? Stine tenía una gran sensibilidad, la que ahora quedaba a la vista.

–Pero mi madre ya no está y eso no se puede remediar

–susurró Sofie, reconociendo con pena el vacío que había dejado y cuánto la extrañaba.

–Sí, ella ya no está. Pero ahora Blis la tiene a usted, señorita Sofie, y usted es el alma de Blis... Dios siempre hace las cosas bien, hasta eso.

¡Qué dialogo tan extraño aquel! Sofie sintió como si Dios mismo le estuviera hablando por boca de esa mujer sencilla.

–Gracias, Stine, no te imaginas cuánto valoro tus palabras. Pero ahora, cuéntame, ¿cómo están los aldeanos? ¿Qué está pasando en el pueblo?

–En el pueblo hay mucha necesidad, señorita..., pero lo peor no son las cosechas, ni el invierno ni tampoco la guerra, a pesar de que es terrible para todos... El peor enemigo para los aldeanos de Sangendrup son las deudas.

–¿¡Las deudas!?

–El señor Alexander es un hombre malvado, ahoga a los campesinos y ya se ha quedado con algunas granjas de Sangendrup. Su ambición no tiene límites, él quiere quedarse con todo...

Lo que acababa de oír era muy grave. Sofie dejó por un momento su tarea y se sentó al lado de Stine, apoyó sus manos sucias de harina sobre la mesa y permaneció pensativa.

–Créeme, Stine, que él no se quedará con nada que haya sido de nuestra gente.

–¿Cómo puede estar tan segura, señorita, si él tiene los documentos en su poder?

–Ya lo verás.

–Le ha obligado a la gente a firmar papeles que ni ellos saben de qué se tratan.

–Pero ¿por qué firmaron?

–Miedo, señorita, él les decía a las mujeres que, si no lo hacían, iba a ser todo mucho peor cuando regresaran los hombres.

–¡Eso es extorsión! –exclamó Sofie fuera de sí.

153

La mujer se encogió de hombros.

–Es que las mujeres no sabemos de papeles, ni de ese tipo de cosas... Aunque sospechábamos que el hombre no tenía buenas intenciones, nunca imaginamos una maldad como esa.

–Es un abuso, eso es un abuso... –repetía indignada Sofie, que había vuelto a sobar la masa, a la que le había agregado manzana rallada. Ahora la golpeaba con fuerza como si tuviera en sus manos el cuello del mismísimo señor Alexander.

–Si me permite, señorita, yo la puedo ayudar, porque su mamá me enseñó cómo hacerlo. –Sin esperar respuesta, se puso el delantal y siguió con la conversación–. Las mujeres hicimos lo que pudimos...

–De eso estoy segura...

–Pero, señorita, nosotras lo único que sabemos es cuidar granjas y criar niños.

–Suficiente para ser grandes mujeres. Cobren ánimo y tengan confianza, porque escrito está que el Señor no dará por inocente al malvado. Por lo tanto, tengan la certeza de que tampoco pasará por alto este daño, ni la ventaja que ese malvado sacó beneficiándose de la necesidad ajena.

Mientras hablaba, acomodaba pequeños trozos de masa en una fuente, para llevarlos al horno.

–Eso mismo nos dice el reverendo Jensen, pero todos andamos muy afligidos en la aldea. ¿Y si el señor Alexander termina apoderándose de toda la tierra de Sangendrup?

–¿¡Queeé!? ¡Eso nunca sucederá! ¡Nunca! ¡Ya lo verás, Stine! Cuando él crea que tiene todo en sus manos, Dios se lo quitará.

Stine la observó con admiración. ¡Cuánta entereza, cuánta fe!

–Sí, señorita, debería ser así, como usted lo dice, aunque me cuesta creerlo... Porque mire cómo estamos los pobres... y el señor Alexander duerme en cama de oro, come en mesa de oro...

—Y será enterrado en un ataúd de oro... Pero no irá al cielo, porque ese hombre no tiene temor de Dios.

—¡Eso es verdad! Él mismo se cree un dios. Porque asegura que tiene tanto dinero y tanto poder como para entrar al cielo sin el permiso de Dios. ¡Como si el cielo fuera suyo!

—¡Canalla! ¡Jugar con las cosas santas!

—¡Ay, señorita, da tanto gusto escucharla hablar!

De repente, un exquisito olor a bizcocho cocido las hizo cambiar de conversación. Sofie corrió a retirar la bandeja del horno.

—Mmm... ¡Qué manjar! —Trudy se lamía esperando probar una masita.

—¿Te acuerdas, Stine, de cuando las preparábamos con mamá?

—¡Cómo no recordarlo! Si usted era una niña golosa que se escondía debajo de la mesa y nos robaba masa cruda para comerla con gusto.

Imprevistamente y haciéndose la distraída, Sofie tocó con su dedo enharinado la nariz de Trudy, que todavía seguía con la mirada puesta en la bandeja, esperando a que se enfriasen las masitas para comerlas con deleite. La niña reaccionó de inmediato y, recogiendo un poco de harina, espolvoreó la cara de Sofie y también ensució a Stine, que había quedado atrapada en medio de una batalla de polvo blanco. Al final terminaron muertas de risa, estaban felices.

Sofie puso una abundante cantidad de masitas en una cesta de mimbre y se la entregó a Stine junto con el resto de la mercadería.

—Regresa en unos días y te daremos más —le dijo cuando la acompañó hasta el carro.

—Pero ¿ustedes tendrán suficiente, señorita?

—Dios proveerá, habrá abundantemente para todos, ya verás.

—Entonces, mañana estaré de vuelta en Blis —dijo resuelta—. Pero no para buscar alimentos, sino para ocupar mi puesto de trabajo como antes.

Sofie la miró con aprecio. Estaba muy agradecida.

—¡Serás bienvenida, Stine!

Un segundo después, la mujer azuzó el lomo del caballo con las riendas y emprendió el regreso. Sofie la vio alejarse por el camino de los abetos rojos y sintió un gozo inexplicable porque podría contar nuevamente con la invalorable compañía de Stine.

Parecía que una buena noticia siempre se tenía que opacar con un problema. La realidad era que, si su padre no regresaba, Sofie no sabía cómo iba a hacer frente a la economía de Blis. Él nunca le dijo dónde guardaba el dinero, el oro y las escrituras de las tierras que pertenecían a su madre. Ni siquiera el título de propiedad de Blis. Lo peor era que ella presentía que todo lo había puesto, antes de marcharse, en las manos del señor Alexander. Era evidente que la consideraba incapaz de administrar la fortuna de los Bjerg Eriksdatter. No le tenía confianza, pero sí se la tenía al inescrupuloso dueño del castillo y a toda la pandilla de rufianes con los que trataba.

Los últimos años, el señor Gregor había descuidado mucho la propiedad. Se habían producido goteras que dañaban el tejado, los pisos. Y hasta las paredes mostraban desagradables manchas de humedad. Parte del viejo mobiliario necesitaba ser restaurado; para esa obra se necesitaba de un artesano carpintero, que se contrataba en las grandes ciudades. Las chimeneas, los dinteles de las puertas y la cocina, en mayor o menor grado, también debían ser reparados. La glorieta ya no se veía bella y florecida como en los tiempos de su madre. Ahora mostraba un evidente y triste deterioro, manojos de ramas que crecían a la deriva.

Pero para qué preocuparse tanto, si en cualquier momento iba a aparecer su padre. Y aunque algunos asuntos se resolverían con su presencia, en general, otros se complicarían, porque nada estaba como cuando él se marchó: ni Blis, ni ella, ni Sangendrup, ni Dinamarca…

La guerra lo había cambiado todo. Y ahora, ¿quién se animaría a contradecirlo? Por supuesto que Sofie lo haría, pero a costa de muchos dolores de cabeza, discusiones y quizá de algún azote también, porque él no toleraba que nadie lo contradijera. En los últimos años, el alcohol había empeorado las relaciones, convirtiéndolo en una persona que ya no controlaba la ira sino que, lamentablemente, esta había empezado a descontrolarlo a él.

Esa noche, Sofie estuvo intranquila, dio muchas vueltas en la cama y apenas pudo dormir, por lo que se levantó temprano. Era jueves y esperaba visitas, las damas del pueblo junto con la señora Larsen estaban invitadas a tomar el té.

Stine llegó temprano y juntas trabajaron arduamente hasta que la sala quedó limpia y confortable. A pesar de lo ocupada que estaba, no pudo deshacerse de esa extraña sensación de inquietud, la que asoció con la llegaba de las visitas. Durante todo el día intentó distraerse y esforzarse por tener pensamientos de paz.

Cuando Stine se marchó, todo estaba listo para recibir a las invitadas, que seguro vendrían con el tiempo suficiente como para mantener una larga y amena conversación. Sofie esperaba impaciente. Volver a tener visitar en Blis era absolutamente maravilloso. Trudy las esperaba mirando ansiosa por la ventana. Había pasado un cuarto de hora y Sofie empezó a sospechar que ya no vendrían las invitadas, lo que además era de esperar. La gente en Sangendrup era puntual, porque la tardanza se tomaba como una descortesía y una falta de respeto hacia la familia que los recibía.

Sofie miró decepcionada hacia la mesa servida. Las masitas, el budín de limón y el finísimo juego de té de porcelana Flora Dánica esperaban silenciosos sobre el delicado mantel.

Había empezado a caer una llovizna suave y persistente, que incomodaría de manera especial a las damas (en caso de que ellas estuvieran en camino). Aunque todo hacía pensar que las damas ya no asistirían.

Sofie se acercó a la ventana y confirmó una vez más que el mal tiempo persistía. Aunque ya se había hecho demasiado tarde, Trudy se resistía a perder las esperanzas y siguió pegada al cristal. Sofie cerró algunas ventanas y encendió las lámparas, a pesar de que aún había destellos de claridad. Resignada, comenzó a recoger lo que estaba sobre la mesa, cuando súbitamente escuchó un grito cargado de emoción.

–¡Espera! Oigo ruido de caballos.

Tosh paró las orejas y se levantó yendo hacia la entrada. Sofie corrió a la ventana y quedó pasmada cuando vio ingresar el carruaje de la señora Larsen. Rápidamente, acomodaron la mesa. Trudy echó unas gotas de perfume al aire y, ni bien tocaron a la puerta, se apresuraron a abrir.

–¡Señoras! –exclamó sorprendida Sofie.

Las damas estaban desaliñadas y mojadas.

–Señorita Eriksdatter, el mismo diablo no quería que llegáramos –dijo alborotada, aunque de manera muy graciosa, la abuela de los Petersen–. Al carro se le averió una rueda y quedamos estancadas, no había forma de arreglarla. ¡Encima caía esta llovizna tan incómoda! Y de repente apareció el señor Eluf... –La anciana era muy expresiva, hablaba a la vez que ingresaba en la sala como si fuera su casa–. ¡Vaya carácter el de ese Eluf...! Pero gracias a Dios, después de mucho rezongar, nos arregló la rueda y pudimos llegar.

–Pero hay que reconocer que usted, abuela, oraba insistentemente para calmar la ira de Eluf –comentó la señora Ida, dejando entrever que aquel hecho la había perturbado bastante.

–Es que, en un primer momento, todas nos asustamos un poco…

–Yo no –declaró de manera terminante la señora Larsen.

–¿Ah, no? Usted, Matilda, fue la primera que insistió en que nos arreglásemos solas y dijo que ese Eluf era más peligroso que un lobo muerto de hambre. –La abuela volvió a tener una salida muy graciosa.

–Bueno, eso es cierto…, pero hay que reconocer que Eluf Dohm no inspira confianza. Con solo verlo, a uno le corre un escalofrío por todo el cuerpo –dijo la esposa del doctor, a la que todos llamaban Maggie, como un diminutivo de Margrethe.

–Sin duda es un hombre de pocas pulgas y muy mal genio, pero finalmente y gracias a las oraciones de la abuela, nos arregló la rueda y pudimos llegar –reconoció ya más relajada Matilda Larsen.

La abuela asintió con la cabeza y, después de agradecer la invitación y admirar la sala, a la que ellas le prodigaron múltiples halagos, se fueron ubicando alrededor de la mesa.

El salón, espacioso, de paredes altas y muebles de caoba oscuro, lucía absolutamente distinguido. Junto a una chimenea de estilo señorial estaba el juego de sillones, tapizados en terciopelo marrón. Y del techo, justo a la altura del centro de la mesa, pendía una gran lámpara de araña, la que en ese momento ya estaba encendida.

Las damas se veían animadas, una hablaba sobre la voz de la otra, como si también ellas estuvieran emocionadas de estar allí. En un momento, la casa se llenó de voces, risas, opiniones y comentarios de estas mujeres que tenían mucho que decir y que dieron forma a una reunión muy agradable.

Trudy estaba muy contenta, recordaba escasos momentos como esos. Las mujeres fueron muy amables y se mostraron complacidas con la niña cuando Sofie les contó cuánto la ayudaba e insistió en que su vida hubiese sido muy triste sin su compañía.

Se habló de la señora Marianne y cada una recordó con admiración alguna anécdota que destacaba sus evidentes virtudes.

–Marianne siempre fue una persona amistosa –la elogió Alina, que se expresó como si alguna vez hubiesen sido amigas–. Todavía recuerdo cuando pasaba por la farmacia y conversábamos acerca de los progresos que anhelaba para Sangendrup. Ella siempre demostró un claro interés por cada familia de esta aldea.

Sin duda, la señora Anine, quien fuera amiga y consejera de su madre, había sido una buena influencia en la vida de Marianne. La señora Anine entendía que era muy importante para una aristócrata forjar un vínculo afectuoso con la gente del pueblo. Los aldeanos no se olvidarían de eso y responderían con fidelidad y gratitud, conforme al cariño con que fueron tratados. Lamentablemente, los esfuerzos de su madre se vieron malogrados por el temperamento hostil del señor Gregor; aunque, al parecer, Dios preservó su buena reputación y aun hoy todos la recordaban con cariño.

Por un instante, Sofie tuvo la sensación de que aquella conversación abría la puerta del pasado. Le parecía ver entrar a su madre, con la elegancia y sencillez que la caracterizaba, trayendo una bandeja de exquisitas masas danesas para agasajar a sus queridas invitadas. La voz ligeramente ronca de la señora Larsen la devolvió a la realidad.

–¿Qué noticias tienes de tu padre? –preguntó imprevistamente, a la vez que sorbía el té y aprobaba el exquisito sabor de las masitas.

–Ninguna. Hasta el momento, no he tenido noticias de él.

–¡Qué extraño! –se expresó con suspicacia Maggie.

–Quizá usted, señora Ida, ha recibido alguna noticia de mi padre. Me refiero a algún mensaje que haya llegado a la oficina de correos y que pudiera estar vinculado con él.

La señora Ida caviló unos segundos antes de responder, como si estuviera haciendo memoria, a fin de no hablar a la ligera.

–Nada, Sofie. La verdad es que no recuerdo que haya llegado nada vinculado con el señor Gregor. Porque, tratándose de tu padre, lo hubiese tenido en cuenta. Bueno, eso creo.

–¡Qué misterio! –inquirió intrigada la abuela de los

Petersen, quien al parecer abrigaba alguna extraña sospecha, ya que no tenía una buena opinión del padre de Sofie.

Por un momento, ellas permanecieron en silencio. ¡Solo Dios sabía en qué se habrían quedado pensando! Como un volcán en erupción, subieron al corazón de Sofie un sinfín de sentimientos encontrados: temor, angustia, zozobra, culpa, rabia... Todo, menos amor. Quizá respeto, tal vez misericordia, pero nada más. Agregar algún sentimiento noble hubiese sido deshonesto. Su padre había hecho demasiado daño. En primer lugar, le hizo mal a su madre, que fue el ser más puro que Sofie conoció. Tampoco tuvo reparos en perjudicar la vida de muchos en la aldea. Y no descansó hasta ver su obra maestra terminada: Sofie de Sangendrup, una joven pedante, orgullosa y altiva, odiada por todos en Sangendrup y despreciada muy especialmente por la familia Laurlund.

Sin reparo ni la más mínima consideración, borró de un plumazo toda la labor de su madre. Pero Dios salvaguardó su esencia en el corazón de Sofie. Y eso pudo más que toda la miserable, rica y opulenta vida que le proponía el señor Gregor. Pero ahora era Sofie misma la que no le permitiría a su padre dejar en su carácter ninguna otra huella de su caprichosa voluntad.

—Hablando de noticias y de telégrafos, hermana Ida, ¿qué novedades tiene de la guerra?

—Ah, la guerra..., hermanas mías. Todo está bastante confuso —dijo con evidente preocupación—. Solo se habla de límites y de una lamentable posibilidad de que Schleswig tenga que ser compartida. Las fuerzas alemanas insisten en esta división.

—Pero en definitiva, ¿qué proponen los alemanes?

—Por ahora, ellos se «dignarían a aceptar» una división de Schleswig a lo largo de la frontera de Tonder... Pero sospecho que, en realidad, albergan otras pretensiones...

—¿¡Una división!? —exclamó azorada la esposa del doctor Bissen.

–Sí. Pero habrá que esperar a ver lo que se resuelve, porque de momento las potencias neutrales piensan que esta es una propuesta muy exagerada y consideran que es una concesión demasiado pequeña para los daneses.

–¡Por lo menos algo de sensatez! –suspiró aliviada la señora Larsen–. Pero al no ponerse de acuerdo, lo único que se está logrando es dilatar el fin del conflicto. Y por lo que escuché en la tienda, está cada vez más claro que los ducados de Dinamarca quedarán definitivamente bajo control prusiano y austríaco...

–¡A eso me refería cuando hablé de «otras pretensiones»!

–¡Eso si Dios lo permite! –estalló la abuela de los Petersen desaprobando la opinión de la señora Larsen.

–Usted tiene razón, abuela, porque ayer escuché decir al coronel Brendekilde que la delegación danesa en Londres está pensando en un límite que al menos garantice Flensborg para Dinamarca. –La esposa del doctor Bissen hablaba con la seguridad de quien posee una información fehaciente.

–¡Ya les decía yo que todo se hará si Dios así lo permite!

La señora Ida movió los labios nerviosa; quería hacer otro comentario, pero en realidad no se animaba.

–¿Usted tiene algo más que decir, hermana Ida? – preguntó inquieta la señora Alina.

–Bueno...

–Hable, hermana, que estos no son tiempos de callar. Hagamos caso a lo que nos dice el Señor: «Estén ceñidos vuestros lomos y vuestras lámparas encendidas», para interceder delante del Dios Todopoderoso –dijo resuelta la abuela.

–Es que... no tengo intención de alarmar a nadie, pero la realidad es que ayer un miembro liberal de la delegación ha telegrafiado a Copenhague y recomienda al Gobierno que el límite Schei-Dannevirke debe ser el ultimátum danés. Y que Dinamarca no debe extender el alto el fuego si los alemanes no aceptan este límite.

Inevitablemente, se produjo un silencio cargado de

tensión, el que se vio interrumpido por la voz de la señora Larsen:

—Eso indicaría que, si no se ponen de acuerdo con respecto al límite, volverán los enfrentamientos…, seguirá la guerra… Quizá sea después del 26 de junio, ya que ese fue el plazo que se fijó para el alto el fuego.

—Los hombres comentan que, si la posibilidad de marcar un límite entre la propuesta danesa y alemana no avanza, Inglaterra ha planteado dejar la demarcación en manos de un árbitro. Pero esta idea no es del agrado ni de uno, ni de otro.

Sofie había quedado abstraída en la conversación, el futuro de Dinamarca no se veía nada claro, lo que significaba que los suyos seguirían padeciendo, a la espera de las decisiones de los gobiernos. ¡Demasiada incertidumbre! Ella hubiese querido que se hablara de otros temas, algo menos triste para una reunión tan esperada. Un encuentro que llevaba años añorando…

De repente, la señora Larsen cambió el rumbo de la conversación. Se inclinó suavemente hacia el centro de la mesa, como si fuera a confiarles un secreto, y con voz apagada susurró:

—Tengo algo que contarles… Aunque supongo que ustedes, al igual que muchos en la aldea, ya lo deben sospechar.

Aquello sonó como un relámpago en una serena noche de verano. Ellas la interrogaron con la mirada.

—Creo que hay un noviazgo a las puertas de Sangendrup —dijo finalmente, ocultando una sonrisita cargada de picardía, a la vez que se limpiaba con discreción los labios con una servilleta.

—¿Noviazgo? Cuéntanos, vamos —indagó de manera suspicaz la señora Ida.

—Creo que sería mucho más provechoso escucharlo de los labios de Maggie…, seguramente ella está mejor informada.

Las miradas desconcertadas giraron rápidamente hacia Maggie. ¡Cuánto misterio!

–¿Yo? ¡Yo no tengo nada que contar! Ni andar divulgando indiscreciones de nadie. –Maggie se mostró incómoda y las miró con evidente disgusto–. Quisiera saber a qué te refieres, Matilda.

–Vamos, no seas ingenua. ¿Cómo que no lo sabes, si todos lo sospechan en Sangendrup?

–Es que tú lo sabes todo... –se quejó con enojo.

–No digas eso, porque parece que fuera una chismosa y no es así. –Se defendió ofendida Matilda Larsen–. Es cierto que el negocio es un lugar donde corren muchos rumores..., la gente habla... y bueno..., uno oye. Tengo oídos, ¿no?

–¡Mejor sería que no los tuvieras! –exclamó la abuela de los Petersen–. ¡Chismes! Esas cosas no le agradan a Dios.

–Pero, abuela, el amor siempre le agrada a Dios.

–¿De qué amor hablas? –preguntó acalorada Maggie, que se había puesto roja de indignación.

–Sí, el amor le gusta a Dios. Pero el chisme, no –aclaró con seriedad la abuela–. Y los chismosos no irán al cielo.

–Entonces que lo cierren.

–¿¡Al cielo!?

–No, abuela, al negocio.

–¡Ahhh! Porque lo único que falta es que ustedes crean que el cielo se puede cerrar como si fuera un negocio.

Todas se echaron a reír por la ocurrencia de la abuela.

–¡Vamos! Ahora que comenzaste, cuéntanos. Larga lo que tienes en la punta de la lengua –reclamó la señora Ida, interesada en la noticia.

–Mejor dejemos este asunto... No quiero que anden diciendo por ahí que soy una chismosa.

–¡Nooo, qué va! Habla con confianza, Matilda –expresó con interés la señora Alina–. De todos modos, lo que digas aquí no saldrá de estas cuatro paredes. Te prometemos que guardaremos el secreto. Seremos una tumba.

–Eso espero... –Después de cavilar durante unos minutos

para disimular su evidente ansiedad por contar el chisme, agregó–: Bueno, considerando que son ustedes las que insisten, se los diré. Se trata del joven Laurlund...

–¿De Simón? ¿Qué pasa con Simón? –preguntó sorprendida Trudy, que acababa de llegar con una jarra de leche caliente.

–¿Tú conoces a Simón? –la indagó con recelo Maggie, extrañada por la imprevista reacción de la niña.

Sofie devoró a Trudy con la mirada, señal de que debía callarse la boca.

–Es que él ha sido muy amable al traer una vez a Trudy hasta la casa –aclaró Sofie de manera distraída, restándole importancia a la intromisión de Trudy.

–¡Cuánta gentileza ha tenido contigo, Trudy! –expresó Maggie que, al parecer, escondía alguna sospecha–. ¿Y tú, Sofie, conoces a Simón Laurlund?

–La familia Laurlund es conocida en la aldea. Y con respecto a Simón..., cosas de la infancia... Pero hace años que no he tenido ninguna noticia de él.

–Claro, porque de niños ustedes dos siempre andaban juntos..., eran inseparables...

A Sofie no le pasó desapercibido que la señora Maggie estuviera tan bien informada, eso le indicó que en Sangendrup no hay secretos. Todo se sabe y lo que no se sabe se inventa.

–¡Vamos, Maggie, no distraigas! Deja que Matilda nos cuente...

–Ya sabemos que se trata de Simón Laurlund. ¿Qué más?

–Bueno... Tengo serias sospechas de que entre Simón Laurlund y Elle hay algo más que una simple amistad. –Su voz fue apenas un murmullo.

–¿Lo sabes o te lo imaginas? –reaccionó indignada Maggie–. Sin tener certeza, ¿cómo puedes lanzar públicamente una noticia como esa? ¿No tienes reparos en afectar la reputación de dos personas?

–Pero, querida, si ellos andan siempre juntos. No hay

mucho que adivinar, ¿no? Me parece muy extraño que precisamente tú, que eres la tía de Elle, no reconozcas la «amistad» que hay entre ellos.

–Es verdad, ella parece muy enamorada –musitó con una tenue sonrisa la abuela de los Petersen.

–¡Abuela!

–Ji, ji, ji… –se rio por lo bajo con sana picardía la abuela–. Y bueno, de todas las cosas de la vida, el amor es la más bonita.

La reacción inesperada de la abuela hizo que se distendiera la conflictiva tensión que se había generado entre las damas. Y, unos minutos después, siguieron hablando de manera amistosa.

Aunque el tema del noviazgo (el que todavía no estaba ni definido ni confirmado) no pareció tener más importancia que la de un chisme de pueblo, a Sofie le produjo una profunda inquietud. El resto de la velada estuvo algo distante y desconcentrada, aunque se esforzó por mantener un dialogo amable y conservar la serenidad.

Trudy se había sentado en el sillón y dormitaba con su perrita en el regazo. Tosh se echó debajo de sus pies.

Al final, cuando ya las damas se habían puesto de pie para marcharse, volvió el tema del inescrupuloso señor Alexander y de la ruina que había traído sobre Sangendrup.

–Ruina en todo sentido –expresó la abuela apenada–. Hasta el pastor Jensen anda preocupado.

–¿El reverendo Jensen? ¿Por qué? –preguntó Sofie dejando de lado su momentánea preocupación por el «supuesto noviazgo» de Simón.

–Es que los hombres que han regresado andan tan abatidos y enfermos que no van a la iglesia. Es como que han perdido el interés espiritual.

–¡Pero eso es terrible!

–Eso es bien diabólico, muchacha –estalló la abuela visiblemente preocupada.

–Pobre reverendo –se lamentó Matilda Larsen.

–¿Pobre él? ¡No! Pobres todos en Sangendrup si no hay un verdadero despertar espiritual –profirió con firmeza la abuela–. Se viene algo muy oscuro sobre Sangendrup.

–¡Abuela!

–Así como lo escuchan, señoras. Sin Dios, solo hay ruina y nada más que ruina.

Ellas se quedaron pensativas, calladas. La abuela tenía razón y lo sabían.

La puerta se abrió de golpe y entró un viento fuerte que tiró algunas cosas al suelo y a ellas les produjo un extraño escalofrío.

–Bien lo he dicho. Se viene algo muy oscuro sobre Sangendrup. Hay que volverse a Dios…, hay que volverse a Dios.

–¿Y qué hacemos, abuela? –preguntó estremecida la señora Larsen.

–Solo orar. Y no permitir que nos gane la desesperación. Lo primero será unirnos en oración para que ese tal señor Alexander devuelva todo lo que nos ha robado y que luego se vaya de Sangendrup, con el rabo entre las patas.

–Es usted demasiado optimista, pero eso es imposible… –opinó desanimada la señora Larsen.

–Hay que ser muy ilusa, abuela, para creer que él puede tener semejante gesto de generosidad –expresó Maggie consternada.

–¡Es que no lo hará por generosidad, eso está claro, mis hermanas! Lo hará porque Dios lo obligará a hacerlo –afirmó la abuela con un coraje digno de admirar–. Oren con fe y recibirán el milagro.

–Hay que tener más que fe para esperar que el señor Alexander devuelva lo que nos quitó…

–¿¡Pero cómo pueden decir eso ustedes, mujeres cristianas!? –preguntó crispada la abuela–. Presten mucha atención a lo que voy a decirles: solo Dios puede salvar a Dinamarca, solo Dios. Sin fe, ustedes están vacías, mis hermanas, deberían sentir vergüenza, pero lo manifiestan con desinterés, con apatía. ¡Eso deshonra a Dios!

Sin duda, sobre ellas estaba el abatimiento que, dadas las circunstancias, se había apoderado de todos. Por eso, la miraron con desconcierto, como si no supieran qué decir.

–¡Bien ha dicho, abuela! Usted tiene mucha razón, este no es tiempo de lamentarnos –expresó Sofie mostrando una entereza que las dejó con la boca abierta–. Dinamarca nos necesita llenas de fe, capaces de hacer frente a esta cruda realidad y a toda la tristeza que nos envuelve. Lamernos las heridas no hará que saquemos a la nación adelante.

¿Quién hubiera imaginado que aquella merienda terminaría siendo una ocasión para despertar el espíritu de un insignificante grupo de mujeres danesas que pretenderían encender a toda una nación?

Llovía persistentemente, así que ellas se pusieron las capuchas y se encaminaron hacia la puerta. Era momento de regresar.

Cuando aquellas mujeres se marcharon, la casa quedó vacía, en silencio. Trudy dormía en el sillón abrazada a su perrita. Muchas de las velas ya se habían apagado, pero las palabras de valor que dejó la anciana flotando en el aire llenaron de fuego el corazón de Sofie. A esta altura de los hechos, no iba a negar que amaba a Simón Laurlund, pero mucho más amaba a Dinamarca. Si él había preferido a Elle y su decisión estaba tomada, ella tendría que aceptarlo. Pero no pensaba quedarse tranquila y mucho menos resignarse, viendo cómo los bribones saqueaban la nación y Sangendrup agonizaba en manos de un villano. ¡Ah, no! ¡Ya iba a saber ese tal señor Alexander quién era Sofie, duquesa de Sangendrup, en las manos del Dios vivo!

10

Sofie toma una decisión

La guerra no había terminado, sino todo lo contrario: se presagiaban tiempos oscuros y difíciles sobre la nación.

Ocultar lo que se avecinaba sería bastante absurdo, porque tarde o temprano saldría a la luz. Todos descubrirían que Blis estaba en la ruina y que ellas eran tan pobres como los indigentes que deambulaban por la aldea pidiendo un trozo de pan.

Las dificultades en tiempos de guerra eran apremiantes, pero Sofie todavía contaba con su familia materna y sabía que, en última instancia, podría recurrir a ellos. Temía que su abuelo Nikolaj hubiera fallecido. ¿Y sus tías?, seguro que ellas la recibirían con cariño. De todos modos, ese era un recurso que no pensaba usar por el momento. Sería la última puerta que tendría la osadía de golpear, simplemente no lo haría porque le daba mucha vergüenza tener que confesar que el tesoro de los Bjerg Eriksdatter había caído en manos de un infame y que la herencia de su madre se había esfumado sin que ella pudiera hacer nada por evitarlo. No era justo que ellos recibieran esa noticia, la que sin duda les causaría un hondo dolor y una innegable decepción.

Por el momento, no pensaba recurrir a su familia, sino que intentaría por todos los medios arreglárselas sola. Aun así, seguía latente el temor de que pronto apareciera su padre a reclamar sus derechos sobre Blis y también a ella le hiciera la vida insoportable. Era muy extraño que no hubiera recibido noticias de él, parecía como si la tierra misma se lo hubiese tragado. Es cierto que aún se seguían dando las bajas del Ejército danés y que cada tanto se sumaban nuevos nombres a la lista de muertos o desaparecidos en combate. Pero ¿ni una noticia, ni una carta, ni un mensaje de él? ¿Ni siquiera algún informe militar? ¿Nada?

Estaba decidida a ir a la aldea y, si era necesario, golpear puerta por puerta y preguntar a las personas que ya estaban de regreso si sabían algo de su padre. Porque esta incertidumbre se le hacía cada día más intolerable.

Por eso, una mañana dejó a Trudy durmiendo y, después de darle algunas recomendaciones a Stine, se marchó.

La envolvió un aire suave y perfumado que venía de los campos sembrados y de los bosques silvestres de Sangendrup. ¡Era maravilloso! El perfume dulzón y fresco de la temporada le hizo sentir que Sangendrup estaba dentro de ella y que nunca se borraría de su mente ni se esfumaría de su corazón… Entonces pensó en Simón, ¿cómo podía haberse marchado tan lejos y no sentir el deseo irresistible de volver?

En su interior, le costaba reconocer que él hubiera cambiado tanto, porque aun esa actitud de presentarse en Blis y desaparecer como si fuera una visión la desconcertaba por completo, al punto de dudar de que se tratara de la misma persona con la que ella había compartido su niñez. Él siempre había tenido un temperamento firme, inteligente y decidido. Jamás había dado la sensación de ser ni pusilánime ni inseguro, como lo dejaba entrever en ese momento.

Una brisa suave danzaba libremente por el bosque y la despeinaba con insolente travesura, haciendo flotar al aire su larga cabellera, que se movía con la cadencia de las llamas cuando cobran altura. Sofie sonrió, andar por allí le producía una gran satisfacción, aunque notó sus manos temblorosas y una inquietud indescifrable en su interior.

No quería acordarse de Simón, pero una y otra vez volvía a invadir su pensamiento. Definitivamente, se quería convencer de que él nunca había sentido algo genuino por ella y de que todo lo que imaginó se tendría que esfumar como el humo que despide una chimenea en una oscura noche de invierno.

Sofie esperó a que la señora Larsen terminase de abrir las puertas del negocio y se disculpó con ella, porque evidentemente había llegado demasiado temprano.

–No, Sofie. He sido yo la que me demoré esta mañana.

–¿Sucedió algo malo, señora Larsen? La noto preocupada...

–Pasan cosas terribles últimamente, hija mía.

La señora Larsen la trató de manera afectuosa, como nunca antes lo había hecho. Es que los momentos dramáticos que se estaban viviendo contribuían a fortalecer los lazos de hermandad entre los habitantes de Sangendrup. Como el enemigo externo era fuerte y dañino, ellos tenían la necesidad de protegerse, dejando de lado viejos pleitos e invalidando las razones y enemistades que los distanciaban.

Por el timbre de voz y la forma en que hablaba, Sofie sospechó que algo andaba mal, muy mal.

–Desde temprano comencé a sentir una opresión aquí, en el pecho. Algo me decía que tenía que ir al correo, me inquietaba el corazón. ¡Y no me equivocaba!

–Me asusta, señora Larsen, ¿qué pasó?

–¡Es Als, mi querida, es Als! El general Steinmann, que está al mando de las tropas danesas allí, ha pedido reiteradamente al Alto Mando que envíe refuerzos, porque los efectivos en la isla de Als no son suficientes. ¡Pobres mis amados soldados! –gimió–. Pero hasta el momento no ha obtenido ninguna respuesta favorable.

–La isla de Als... –repitió Sofie con la mirada llena de horror.

–Y no solo eso, el Alto Mando que está a cargo del general Gerlach considera que Als ya no tiene la importancia estratégica que tenía antes de la caída de Dybbol. ¿Te imaginas lo que eso significa?

Sofie la escuchaba consternada, no le resultaba difícil imaginar los uniformes manchados, los cadáveres tendidos en la tierra, los moribundos de semblante espectral, desmayados sobre sus bayonetas inservibles... Los sobrevivientes, desesperados y desesperanzados, heridos, sucios y enfermos, esparcidos por los campos regados de sangre. Los gemidos y estertores de los desfallecientes preguntándose en su último hálito de vida los porqué y los para qué..., sin hallar sentido a nada en la demencia de la soledad y la inclemencia del tiempo. Sumidos en aquel insensato infierno, habrán seguido adelante con la vista fija en la bandera que flameaba a lo lejos, buscando algún significado para tanta locura. Rojo emblema de una Dinamarca regia, en la que resaltaba la pureza de su blanca cruz.

—Entonces..., quizá... no acceda a la petición del general Steinmann...

—Eso me temo, Sofie —reconoció con angustia—. Pero ¿sabes?, yo creo que el general Steinmann no se dará por vencido tan fácilmente. ¡Ah, no! Él va a luchar hasta las últimas consecuencias, como un verdadero patriota danés.

Mientras ellas todavía conversaban, Sofie cogió una nota que había sobre el mostrador, era la misma que había visto con anterioridad y que decía: «Se necesita gente para trabajar en el castillo del señor Alexander. Presentarse y hablar con el capataz». Tenía todavía los ojos puestos en el papel, cuando la señora Larsen se lo quitó de las manos.

—Obligaciones a las que nos somete nuestro «tan distinguido» señor Alexander —profirió con ironía arrojando la hoja al cesto de basura—. ¡Suficiente dolor tenemos con la guerra! Discúlpame, pero no quiero que nadie lo lea. ¡Ah, no! No permitiré que ese «caballero» someta a servidumbre a los aldeanos que buscan sustento. ¡Ah no, eso no!

No había terminado todavía de hablar, cuando ingresó la

señora Inge y, de inmediato, advirtió la presencia de Sofie, a quien miró despectivamente de soslayo. A Sofie se le heló la sangre. El odio se había instalado en la cara de esa mujer y parecía incapaz de gesticular algún sentimiento diferente. Seres que personifican la esencia de algo, en este caso, terrible, abrumador, malévolo…, suficiente para despertar su temor y el deseo de alejarse lo más rápido posible de ella. Hasta se podría decir que poseía la habilidad innata de transformar el perfume agradable de un lugar y hacerlo ácido, fuerte, casi insoportable de respirar.

–Veré si encuentro los jabones que necesito –dijo Sofie y se dirigió hacia el fondo. Quería evitar esa mirada, cargada de desprecio, que se clavó como una espina sobre ella.

–Bien, muchacha, escoge tranquila –le indicó la señora Larsen con amabilidad–. Los jabones están en el mismo sitio que los perfumes. Allá, en el estante superior, justo sobre el de las toallas. –E inmediatamente saludó con cortesía a la mujer que acababa de ingresar.

–Buen día, hermana Inge, ¿cómo está usted? ¿Y el reverendo Jensen?

–Todos bien, menos yo.

–Usted parece muy saludable, hermana Inge.

–Saludable sí, pero molesta, muy molesta, porque acabo de encontrar basura en el camino.

–¿Basura? ¿Dónde? –preguntó la señora Larsen dirigiendo la mirada de manera ingenua hacia la entrada.

–No, no importa –dijo y sacudió la mano en el aire con desprecio–, porque siempre habrá basura en este mundo.

–¿En qué puedo servirla, hermana Inge? –le preguntó con frialdad, ya que acababa de darse cuenta de hacia quién iba dirigida la ofensa y le pareció una actitud muy desagradable.

Ella no estaba dispuesta a permitir que se maltratase a su clientela. Sea quien sea, todos se merecen respeto. Estaba a punto de abrir la boca para pedirle a la señora Inge compostura y tolerancia (dos cualidades de las que,

173

evidentemente, carecía), cuando la escuchó decir:

–Discúlpeme, Matilda, pero prefiero regresar en otro momento. Cuando haya una atmósfera más... –aspiró profundamente a la vez que arqueaba una ceja y fruncía con desagrado la nariz mirando hacia donde estaba Sofie–..., cuando haya aquí una atmósfera más saludable.

Después de tan indigna declaración, dio la vuelta y dejó a la señora Larsen con la palabra en la boca, absolutamente perturbada. En sus muchos años como dueña de la tienda, jamás le había tocado pasar por un incidente tan desagradable y no estaba dispuesta a soportar (ni de la señora Inge ni de ninguna otra persona) ese tipo de maltrato. ¡Aquello era inaudito! Ya buscaría la oportunidad para hablar con la señora Inge.

En ese momento, entró Elle, agradable y femenina. Sus buenos modales hacían que ella siempre cayera bien. Elle poseía el don de hacer y decir todo lo que a la gente le gustaba.

Oportunidad que la señora Inge aprovechó para tirar otro de sus dardos venenosos.

–¡Qué gusto verte, querida! Porque la basura que se encuentra en el camino la pone de muy mal humor a uno. Pero tu presencia acaba de alegrarme el día.

–Gracias, señora Inge, usted siempre es muy amable conmigo.

La señora Larsen observaba estupefacta la escena, no salía de su asombro. Aquella mujer era una harpía, ninguna ofensa parecía ser suficiente para satisfacer su odio. Intentaba perjudicar a Sofie, lastimarla, hacerla sentir menos que un insecto. Si bien era cierto que la duquesa de Sangendrup no gozaba de la mejor reputación y que a ella misma recién empezaba a caerle bien, tampoco era justo tratarla de esa manera.

Mientras las dos mujeres seguían cuchicheando cerca de la puerta, la señora Larsen se acercó a Sofie. Al mirarla, pudo leer en sus tristes ojos toda la historia.

—No le tengas en cuenta la ofensa, Sofie. Ella no se merece ni siquiera eso —le dijo y apretó su mano con cariño—. Lucha por lo que quieres, muchacha, e intenta ser feliz.

—No entiendo por qué la señora Jensen se ensaña tanto conmigo —susurró acongojada.

La señora Larsen apretó los labios, quizá ella supiera la razón, pero no estaba convencida de decirlo. Pero la angustia de Sofie la impulsó definitivamente a expresar sus sospechas...

—Sofie, quizá sea porque su hijo muestra demasiado interés por ti. Me comprendes, ¿verdad?

Las dos se miraron por un segundo a los ojos, como si Sofie pudiera leer en la mirada de la señora Larsen más de lo que acababa de expresar. El misterio se había develado, ahora empezaba a comprender...

Finalmente, Sofie buscó los jabones, los pagó y se marchó unos minutos después de que lo hiciera la señora Inge. Salió tan apresurada que chocó con la persona que ingresaba,

—Simón —dijo con voz apagada.

—¡Sofie!

Ella lo miró de frente, con valentía. No dijo una palabra, con él no hacía falta, la conocía demasiado. Ella era como un libro abierto para él. Simón era su espejo. En ese segundo y en esa cercanía, se dijeron miles de palabras y afloraron millones de sentimientos, de los que ella se deshizo inmediatamente. Suficiente dolor como para volver a remover la historia. El caudal de la pena que ella podía contener estaba lleno, repleto. No había lugar ni para un gramo más de sufrimiento. Por eso, se hizo a un lado y caminó rápido hacia el calesín.

—Espera, Sofie...

—Ahora no, Simón, en otro momento.

—Iré a Blis.

—Sigue tu camino, Simón —susurró sin mirarlo, dejando en libertad las lágrimas que estaban encerradas en su garganta.

Elle había salido del negocio y se puso al lado del joven, reclamando su cariño. La señora Inge, que tampoco se había perdido el espectáculo, se notaba nerviosa, irritada; pero satisfecha de ver cómo la muchacha seducía al joven abogado.

La calle Johanesgade empezaba a llenarse de gente.

Sofie llegó descompuesta a Blis. Ese día se metió en la cama y no quiso conversar con nadie, ni comer ni hacer nada, solo descansar. Trudy insistía en que se tenían que terminar los calcetines y darle un toque final también a las muñecas, porque los días corrían y faltaba cada vez menos para Navidad. Pero ella le aseguró que se encargarían del asunto más tarde. Sin duda ese no era su mejor momento, tenía que digerir el trago amargo que acababa de beber y seguro que no lo haría tan rápido. Después de lo ocurrido, solo quería que el tiempo se diluyera como lo hace una estrella centelleante en el universo infinito.

Trudy sospechó que algo desagradable le había ocurrido en la aldea, pero no se animó a preguntar. Siempre pasaba lo mismo, la gente era mala con ella, la agredían, la lastimaban. Por eso, había empezado a odiar Sangendrup. Uno de estos días, le diría a Sofie que se fueran lejos, a un lugar donde solo hubiera gente buena.

Durante la noche, los pensamientos de Sofie giraron (nunca supo si dormida o despierta) en un caos oscuro y profundo. Pero desde el infinito, salió un haz de luz incandescente, sublime, eterno… Se despertó temprano, el cielo recién comenzaba a desteñir su azul intenso y las estrellas iban desapareciendo en el lienzo de la claridad. Se sirvió una taza de leche caliente y se encerró en su cuarto de oración, anhelaba estar a solas con Dios para determinar definitivamente las directrices de su vida. Solo un pensamiento volvía con insistencia a su mente: «Déjame gobernar a mí». No tenía dudas: aquella era la voz de Dios. Entonces supo que no debía dar ni un solo paso sin Su aprobación. Aunque le urgía tomar una determinación, necesitaba serenarse, no era sabio tomar decisiones apresuradas, ni apasionadas.

Estaría ahí una hora, dos, cien o mil, no le importaba. Pero no saldría de ese cuarto hasta que no tuviera la certeza de lo que tenía que hacer. Después de todo, ¡era tan agradable aquel lugar! Había pocos muebles, los suficientes y necesarios, todos eran de madera oscura, un escritorio nada costoso con una lámpara sencilla, dos sillas de respaldo capitoné tapizadas en pana morada y delicadas cortinas brocadas en morado, verde y oro, sobre una pared pintada en verde antiguo. Un perchero y la biblioteca con sus libros preferidos. Una habitación simple, cálida y femenina; sumamente acogedora. Ese era su refugio.

Desde la ventana, miró hacia el bosque y se contuvo ante la tentación de correr descalza por la hierba húmeda a la orilla del lago. De niña, creía que el perímetro boscoso que circundaba la mansión (de vegetación abierta y claros que iluminaban los caminos angostos y serpenteantes) formaba parte de Blis. Ella se sentía insignificante cuando miraba los árboles altos e imponentes. Y en su imaginación despierta y vivaz, llegó a identificar en ellos a sus personajes amigos: un árbol gordo y viejo, de corteza dura y arrugada, era el abuelo Per. Y a un arbusto que se cargaba de flores violáceas lo llamó: la prima Lilla. De los pinos que bordeaban el camino, decía que eran los soldados de la guardia real de Blis. Encantada infancia, llena de sueños y lejos de temores, donde había sido tan feliz.

Pero ahora toda su realidad estaba dentro de ese cuarto. Sus ojos volvieron a la lectura, pero ya no con impaciencia, sino con la paz que sobrepasa todo entendimiento. Leyó hasta que apareció delante de sus ojos un texto, fue como si saltara de la página, le empezó a latir el corazón y sintió que la sangre borboteaba en sus sienes y hacía presión. ¡Ahí estaba la confirmación que esperaba! Lo sabía, aunque fuera imposible de explicar, simplemente lo sabía. «Entonces dijo el Señor a Moisés: "¿Por qué clamas a mí? Di a los hijos de

Israel que se pongan en marcha".»

Era un amanecer bello y sereno, el cielo pretendía teñirse de colores: celestes, rosados, amarillos y blancos... El trinar de los pájaros envolvía la atmósfera y hasta se podía escuchar la danza del agua saltarina borbotear contra las piedras del lago.

Sofie se dirigió a la cocina y preguntó por Trudy, pero, como lo sospechó, ella todavía dormía. Entonces llamó a Stine y le pidió que se sentara a su lado porque tenían que conversar.

Un halo de misterio se movió en el lugar esa mañana, el que Stine percibió en cuanto Sofie abrió su boca para hablar.

–Stine, voy a pedirte un favor –lo dijo en voz baja. Nadie debía escuchar lo que le iba a decir–. Necesito que permanezcas en Blis por unos días. Yo voy a estar ausente y todavía no sé por cuánto tiempo. Así que te encargo a Trudy.

Stine la miró desconcertada, aquello había comenzado a inquietarla.

–¿Puedo preguntarle a dónde va, señorita?

–No. Perdóname, Stine, pero no puedes. No puedo contárselo a nadie.

–Me da miedo, señorita...

–Yo confío en Dios. Tú haz lo mismo. El miedo no nos conducirá a ninguna parte –le dijo con firmeza–. El miedo hará que siempre estemos detenidas. Mira a Dios y sigue tu camino.

Stine comprendía muy poco el sentido de aquellas palabras, pero tenía que aceptarlas. A pesar de lo enigmático de aquel asunto, Sofie hablaba con determinación y eso la tranquilizó. Después de todo, ella era la dueña de Blis y tendría que obedecer.

–¿Y si preguntan, señorita? ¿Qué les diré?

–La verdad. Que no te conté nada. Pero te encargo a Trudy. Transmítele serenidad y confianza. Y dile que estaré de regreso lo antes posible.

–Cuídese, señorita.

–Quédate tranquila, Stine, porque el Señor va delante de mí.

–Ay, señorita, todo esto me da un pálpito raro…

–En caso de que necesites algo, pídeselo a la señora Larsen y yo lo pagaré cuando regrese. Pero si llegara a ocurrir algo más complicado…

–¿Complicado? –preguntó atemorizada–. ¿Complicado como qué?

–No sé, si llegara mi padre o cualquier malhechor a molestarte, entonces busca al hermano Søren o al reverendo Jensen. Pero nunca te acerques a su madre, ella no es una persona de fiar. Recuérdalo, Stine.

La mujer asintió con la cabeza, tenía miedo, ella era solo una campesina. Y no tenía el carácter de Sofie.

–¡Ay, señorita! No sé si lo podré hacer.

–Tienes que hacerlo, Stine, no tengo nadie más en quien pueda confiar.

Stine hizo silencio, nerviosa movía constantemente las manos, mientras intentaba servirse otra taza de té.

Sofie fue a su cuarto y se cambió de ropas. Si Stine no la hubiese visto entrar, jamás hubiese creído que esa muchacha que salió vestida pobremente de aldeana era Sofie. El cambio fue sorprendente, una pollera oscura de tela gastada y una blusa clara áspera y arrugada, medias negras, viejas y estropeadas de la que jamás se zurcieron los agujeros y un chaleco gris tan grande que vaya a saber uno a quién había pertenecido. Vestida así nadie la iba a reconocer. Era imposible imaginar que ella fuera la duquesa de Sangendrup.

Sofie no esperaba que la despedida fuera tan triste, Stine se le colgó al cuello en un abrazo cargado de angustia y no paraba de llorar. Cuando por fin la pudo consolar y recobrar sus propias fuerzas (las que aflojaron por la inesperada reacción de Stine), se calzó al hombro el viejo y sucio zurrón, que alguien había olvidado en el establo, y se marchó caminando.

Aquel era un hermoso amanecer... Sofie esperaba que el amanecer de su vida fuera tan bello como ese, aunque todavía se interponían algunos nubarrones y posibles tormentas, las que sin duda Dios se encargaría de disipar.

Llevaba puesto un saco liviano y gastado (de corte masculino) que encontró en la habitación de huéspedes, vaya a saber también de quién sería. Y se puso un gorro de tela, demasiado grande para su cabeza, que le cubrió hasta los ojos.

Stine la vio alejarse serena y segura. En ningún momento volteó la mirada a Blis, ¿para qué? Si todo lo que se ama está dentro de uno.

11

El arrojo de una joven decidida

El Castillo de las Sombras era una fortaleza encerrada en el medio de un bosque sombrío y espeso, donde abundaban las gramíneas rastreras, los sauces reptantes y los arbustos espinosos.

No tenía un claro camino de acceso, sino varios e insignificantes senderos estrechos que, de tanto en tanto, se perdían entre los matorrales y las plantas bajas de tallos flexibles que tapizaban el suelo, para volver a cobrar vida repentinamente, desorientando a quienes pretendieran seguir una huella.

Aquella imagen era tenebrosa y no inspiraba confianza. Había animales sueltos; zorros, ardillas, liebres. Y otros, como el turón, que hicieron sus cuevas y escondites entre los pastizales y los troncos. Las hayas, los pinos y los abetos (que en algunas zonas habían crecido demasiado juntos) formaban una barrera, casi una muralla. Una defensa natural que no facilitaba el acceso al castillo.

Era la temporada de los árboles llenos de follaje, de las flores multicolores y perfumadas. De repente, y a medida que caminaba, ese bosque que siempre había ejercido gran fascinación sobre ella le resultó extraño, peligroso y temible. El perfume se trasformó en un olor raro, casi nauseabundo.

181

Sofie caminó despacio en medio de la bruma del amanecer, avanzando en la penumbra del bosque. Tropezaba, se caía y se volvía a levantar. Y volvía a tropezar por los troncos que estaban en el suelo, los pozos, los arbustos, las ramas y tallos que se enredaban a sus pies. Un colchón de pastizales y hojas secas crujía bajo la suela de sus zapatos. A eso se le sumaba el movimiento de los roedores que huían asustados y de las aves que repentinamente agitaban sus gigantes alas remontando vuelo, despertando el silencio del lugar.

Entonces apareció delante de sus ojos un sendero angosto y desolado, de tierra reseca y polvorienta. No se notaban ni huellas ni pisadas. Por el estado del camino, se podría decir que eran pocos los que habían transitado por ahí.

Pero se equivocó, porque unos metros más adelante caminaban también unos aldeanos. «¡Pobre gente! Someterse al despotismo de ese tal Alexander, ponerse en sus manos», se dijo con un nudo en la garganta. Y recordó lo que le había dicho la señora Larsen: «No permitiré que someta a servidumbre a los aldeanos que buscan sustento». ¿Cómo se habían enterado entonces de que en el Castillo de las Sombras se les daba empleo?

Notó que arrastraban los pies cansados y sintió que una pena profunda se alojaba en su corazón. Estuvo a punto de correr para abrazarlos y rogarles que se fueran, decirles que el lugar era realmente peligroso, indigno de que estén ahí. Pero ellos no le hubiesen hecho caso, estaban entregados a su suerte. Los siguió de lejos, nadie debía reconocerla.

A pesar de todo, no era momento para volverse atrás, tenía que llegar hasta el final. No iba a permitir que el dueño del castillo continuara con su obra siniestra, saqueando a los campesinos.

¡Qué osadía la suya, meterse en el mismo infierno! ¿De dónde sacaba tanto valor? Sofie estaba convencida de que esta guerra no era un conflicto entre el señor Alexander y los aldeanos de Sangendrup, sino entre el cielo y el infierno. Eso era tan claro para ella como el castillo gris, imponente y frío que apareció de repente delante de sus ojos.

Atrás quedaba una cortina cerrada y oscura de árboles. El sendero otra vez había desaparecido. Tuvo el impulso de escapar, pero la realidad era que no tenía vuelta atrás y, sinceramente, tampoco lo hubiese hecho.

Por primera vez, sintió miedo, un sudor helado le recorrió todo el cuerpo. Miró hacia arriba. Si ahí seguía estando la bóveda azul del firmamento, entonces ella debía tener la certeza de que, pasara lo que pasara, su vida estaba en las manos del Creador.

No toleraría ni un día más la avaricia del señor Alexander por esas tierras, ni tampoco que siguiera asfixiando a los campesinos con sus pretensiones de quedarse con todo. Sangendrup era su herencia y la defendería costase lo que costase. Entonces recordó el amor que su madre sentía por la aldea y por su gente y avanzó.

Se detuvo solo para examinar desde cierta distancia la fortaleza. Tenía que reconocer a la perfección la estructura de la construcción, porque así como iba a entrar, tendría que salir, y ¡vaya a saber cómo y por dónde lo haría!

Además, lo mejor sería que los aldeanos se le adelantaran, no vaya a ser que la reconocieran a pesar de su apariencia pobre y andrajosa. No era momento para correr ningún riesgo, tenía que ser prudente en extremo.

Repentinamente, oyó el ruido de cascos al galope y el relincho de un caballo. Rápido, se hizo a un lado y se escondió detrás de unos matorrales. Los pastos se agitaron y, en ese instante, el corazón le dio un vuelco. De la nada, apreció el que cabalgaba envuelto en una capa oscura. Ella asomó apenas la cabeza para verlo, quería saber quién era y qué clase de secuaces visitaban a un hombre de la calaña del dueño del castillo. O quizá se trataba del señor Alexander en persona, porque parecía que se lo llevaba el mismo infierno.

Se estremeció. Sabía que a partir de ese momento se metía en serios problemas, pero no dudó ni por un segundo en continuar. Recogió un poco de tierra del suelo y se ensució la cara y la ropa. Su aspecto debería ser como el de alguien que viene de lejos. Chapoteó los pies sobre un charco de lodo y salpicó las botas que le había cambiado a Stine por las suyas.

Ahora sí, estaba preparada.

Cuando estuvo delante del castillo, sintió algo difícil de describir. Fue como si, de ahí en más, quedasen bien definidos el pasado y el futuro. Y todo dependía del presente, de lo que ella pudiera hacer dentro de esas paredes frías y hostiles que generaban temor solo de mirarlas.

Se percató de que, desde cierta distancia, un hombre la observaba de manera sospechosa, lo que la hizo mantenerse alerta y más despabilada. Repentinamente, se le erizó la piel, tuvo la impresión abrumadora de haber entrado en la boca del dragón… Entonces se apresuró a seguir al pequeño grupo de aldeanos que se dirigía hacia la parte de atrás.

Seis hombres y dos mujeres esperaban al costado de una puerta estrecha y baja, que de seguro daba a la cocina.

–¡Ey, tú, muchacha! –El hombre que la había mirado estaba ahora frente a ella–. ¿A qué has venido?

–Por trabajo, señor –le dijo sin titubear, evadiendo su mirada.

–Hummm… –graznó de manera socarrona–. Espera acá, junto con todos estos, que Jens aparecerá en cualquier momento. Él se encargará de ustedes.

Sofie se acercó al resto. Ellos tenían la mirada perdida y no hablaban con nadie. Parecían cadáveres, delgados, tristes, sin esperanza. Inmediatamente, recordó lo que dijo la abuela de los Petersen con respecto a que algo muy oscuro venía sobre Sangendrup y sintió un espeluznante escalofrío. En ese momento, apareció un hombrecito pequeño con un látigo en la mano. Tenía una nariz ganchuda, ojos prominentes y una cicatriz en el lado izquierdo de la cara. Vestía con pulcritud, o quizá le pareció al compararlo con el resto de los que estaban ahí.

–¡A ver! –les dijo a ellos, a la vez que los examinaba con menosprecio, haciendo uso y abuso de la autoridad que seguramente le había delegado el dueño–. Ustedes ¿qué saben hacer?

La gente apenas hablaba, más bien emitía sonidos cortos, palabras, jamás una frase. Todo les daba igual: vivir, morir, resignarse o soportar...

–¿Y tú?

Sofie seguía con la vista puesta en ellos, los que sufrían. Aquella era gente de Sangendrup, aldeanos sin trabajo, personas sin esperanza.

–¡Ey, tú, muchacha! ¡Despierta, te estoy preguntando a ti! ¿En qué estás pensando, eh? –la increpó provocador.

–Perdón, señor... Nada..., no pensaba en nada.

–Bueno, entonces, a ver, tonta. Cuéntanos, ¿qué sabes hacer?

–Un poco de todo, señor...

–Un poco de todo, un poco de todo –comenzó a vociferar a la vez que golpeaba el suelo con el látigo–. Todos dicen lo mismo, pero después, cuando les toca trabajar, son unos inútiles –chilló haciendo una mueca burlona y despectiva.

Como nadie emitía una palabra, él les siguió hablando:

–Una moneda por día, ese será el salario. Y comerán las sobras, como las bestias, porque eso es lo que son ustedes..., poco más que unas bestias.

Sofie miró hacia el cielo, celeste y transparente. Un débil rayo de luz le iluminó fugazmente la cara, entonces balbuceó con ilusión:

–Dios, estás aquí.

Repentinamente, una bandada de pequeños pájaros oscuros revoloteó sobre ellos. Entonces Sofie supo que Dios estaba ahí, pero el diablo también. Justo en ese instante, Jens gritó:

–¡Bajen la cabeza, imbéciles, que ahí viene el señor Alexander! Ninguno lo mire a la cara, nunca –les ordenó–, porque él castigará al que lo haga.

Se oyeron unos pasos firmes y una voz fuerte y dura.

–¡Saca a esta gentuza de aquí! Y tú, ven a mi despacho, que tenemos que hablar sobre asuntos importantes.

Todos habían inclinado la cabeza. Solo un niño que estaba escondido detrás de una mujer se animó, en su inocencia, a mirarlo. Entonces ese tal Jens lo azotó con el látigo en la espalda. El ruido sonó seco y cortante. El niño dio un alarido y comenzó a llorar.

–¡Hazlo callar! –le gritó a la mujer, que ya se había inclinado para calmarlo.

Una fuerza que vino de algún lado sobre ella la detuvo justo cuando impulsivamente iba a arruinarlo todo. Eso era más cruel de lo que se había imaginado.

En ese momento, apareció otro hombre acompañado por una mujer. Daban la impresión de ser extranjeros.

–Ahora los dejaré en manos de Ulrike y Kurt, un matrimonio que maneja el látigo y la vara, como casi todos aquí. ¡Así que obedezcan! –dijo y los examinó de manera desafiante. Luego se alejó.

La señora Ulrike ordenó que las mujeres la siguieran, y Kurt se alejó con los hombres. Ellas marcharon en fila al compás de la mujer de aspecto rudo y mirada pendenciera.

–Aquí, el trabajo es duro. Poco descanso y mucha tarea –les comunicó, a medida que les entregaba un guardapolvo gris, áspero, el que mostraba manchas viejas y deterioros evidentes del uso–. ¡No las quiero holgazaneando, porque aplicaré el rigor sin compasión! –Las miraba de arriba abajo para intimidarlas–. Y ahora díganme sus nombres.

–Maren.

–Katrine.

–Kirsten.

–Anna.

–Mikkeline –dijo Sofie a la vez que se ponía el guardapolvo.

–¿De dónde eres, Mikkeline?

–De la aldea, señora.

El resto de las mujeres la miraron de soslayo, con timidez. Indudablemente, no la conocían. Sabían que ella no era una campesina. Pero ¿quién se iba a atrever a contradecirla?

La señora Ulrike movió la cabeza con cierta desconfianza, esa muchacha no se parecía a las demás. Tenía algo especial, aunque la apariencia demostrara lo contrario, pero ahora no tenía tiempo para detenerse en pavadas. Si estaba ahí, era porque necesitaba trabajar y para ella eso era suficiente.

Pensó que la presencia de una muchacha como esa sería muy apropiada para atender a las personas con las que el señor Alexander realizaba sus negocios.

Así que, en un abrir y cerrar de ojos, les dio todas las indicaciones.

–¡A trabajar! Y cuidado con romper alguna cosa de valor, porque pagarán por ella –las amenazó–. ¡Ah, esperen! Quiero darles una última advertencia: no anden metiendo sus narices en ninguna parte, ni husmeen por ahí. El que entra aquí entra en una tumba. ¡A ver si después no pueden salir! –Les advirtió, a la vez que ocultaba una sonrisa maliciosa.

En silencio, ellas marcharon cada una hacia un sitio diferente. Sofie, o Mikkeline, como la llamaron a partir de ese momento, quedó bajo las órdenes de la señora Magda, una mujer de aspecto pulcro (poseía, a simple vista, un rostro de rasgos dulces y la mirada melancólica). Ella fue la que limitó sus tareas diligentemente. Sofie estaba segura de que no tendría ni un minuto de descanso. Porque así eran las cosas en el Castillo de las Sombras.

Al mediodía, los trabajadores, separados por sectores, comían en un salón al lado de la cocina. El recinto no se veía en buenas condiciones, las paredes estaban descascaradas y presentaban fisuras y grietas que tenían la apariencia de la tierra quebrada y reseca. Las pequeñas ventanas generaban un ambiente más contaminante todavía. En definitiva, aquel salón no tenía nada que lo distinguiera de manera especial, aunque daba una clara sensación de pesadumbre.

Sobre un tablón grueso y común se ponían en hilera los platos, algunos estaban cachados y parecían muy usados. Otras maderas en iguales condiciones estaban distribuidas a modo de bancos.

El almuerzo, por el que debían estar más que agradecidos, consistía en pan de centeno y un guiso pobre y aguachento. Eso era todo. A la noche, reducían la ración. A veces les servían solo un tazón de leche caliente con una rodaja de pan, untada apenas con una delgada lámina de manteca.

Sofie no sabía el tiempo que iba a pasar en ese lugar tan oscuro y lleno de sombras que se movían sigilosas de un lado para otro. Eran los secuaces del señor Alexander, los que impíamente ejecutaban sus órdenes, sirviéndole con maléfica devoción.

Ella quería ver los rostros, saber quiénes eran y quién podía prestarse para una jugada tan sucia y siniestra. Si algo había aprendido en todos estos años, era que existían personas que no tienen corazón, en su lugar solo hay una lápida con una nefasta inscripción: «Ambición». Ambición a cualquier precio, bajo las formas más sórdidas y perversas que se mueven en las cuevas de este mundo y, en este caso, bajo la dirección de la mente siniestra y capital del señor Alexander.

Esa noche, una de las muchachas que dormían en el cuarto jadeó tan fuerte que la sobresaltó. Sofie la miró con pena, la joven estaba profundamente dormida, ella era una de las que fregaban los pisos hasta el agotamiento. Tenía las manos enrojecidas y las uñas lastimadas. Era una tremenda injusticia que ellas tuvieran que limpiar las baldosas por donde caminaban los impíos de este mundo.

Sofie apoyó la cabeza en la almohada, era dura, seguramente la lana estaba apelmazada. ¡Imposible dormir! Además, cualquier movimiento la hacía estremecer. El ímpetu del viento golpeaba los árboles y arrastraba los objetos que estaban a la intemperie, lo que provocaba ruidos y sonidos extraños y perturbadores. Se mantuvo alerta.

«Será mejor que me levante a orar, porque solo Dios me podrá revelar los peligros y los enemigos a los que estaré expuesta mientras esté metida en este sitio», se dijo a la vez que abandonó la cama de manera silenciosa.

Las demás muchachas dormían, pero una parecía intranquila, se movía y lloriqueaba entre sueños como si tuviera una pesadilla. Decía frases entrecortadas, incoherentes, las que Sofie no alcanzó a descifrar con claridad. Sabía que la joven ayudaba en la cocina, preparaba la comida para la gente de la casa, para los «señores», como los llamaba la señora Magda. Pero nunca había conversado con ella. ¡Bah! En realidad, en el Castillo de las Sombras nadie conversaba con nadie, existía como un pacto de silencio entre los criados. Y los demás ni siquiera se animaban a abrir la boca, temblaban solo de pensar que podrían decir algo indebido.

Salió de la habitación. Sería una sombra más de las que se movían por los pasadizos. Todavía había algunos hombres que conversaban en la sala principal. Por las risotadas y la forma acalorada en la que hablaban, se podía percibir que estaban ebrios. Sofie sintió un escozor en la piel. Entonces, se pegó a la pared y afinó el oído, tenía que escuchar de qué hablaban. Necesitaba enterarse.

—Sé que has traído noticias frescas…

—Así es, señor —respondió el hombre en tono confidencial—. Als fue completamente ocupada por el enemigo.

—¡Als arrasada! —gimió Sofie cubriéndose la boca con las manos, espantada de dolor. La noticia le golpeó el corazón como una flecha envenenada. Creyó que se iba a desmayar.

—¡Als fue devastada! —El hombre arrastraba las palabras, como si aquello también hubiese sido un impacto para él. Sofie no distinguió si hablaba con sorpresa o con satisfacción—. ¿Qué dirá ahora nuestro iluminado teólogo Ditlev Monrad? ¡Creerse el pueblo elegido por Dios y llevar a miles de daneses a enfrentar al poderoso Ejército prusiano!

189

Esas palabras hicieron temblar los cimientos del castillo, era demasiado cruel la opinión del «supuesto» señor Alexander. ¿Cómo se atrevía a cuestionar la integridad de alguien como Monrad?

–¿Y las pérdidas?

–Las pérdidas han sido grandes, señor.

–Eso complica las cosas –masculló intranquilo, como si se diera licencia para pensar en voz alta– ¡Eh, tú! –gritó dirigiéndose a otra persona–. ¡Te estoy hablando a ti! Ya deja de beber y dime, ¿cuánto es lo que llevamos recaudado?

–…

–¡No te oigo!

–Es que las paredes oyen, amo…

–¡Tonterías!..., las paredes oyen, las paredes oyen –rio burlón. Estaba ebrio, pero evidentemente menos que los otros, porque conservaba al hablar su mente macabra y calculadora–. Acá las paredes son transparentes, date cuenta. Mi ojo lo ve todo.

–Lo sé, amo, lo sé…

–Necesito dinero, porque pago el silencio de muchos. ¿Lo sabes o no? –vociferó a la vez que golpeaba los puños contra la mesa.

Aun así el otro hombre siguió hablando en voz baja, tanto que Sofie no llegó a escuchar.

–¡Es poco! ¡Apriétalos! ¡Apriétales el cuello hasta que larguen todo lo que tienen! Ahógalos si fuera necesario, pero tienen que pagar. Con lo que sea –gorjeó, arrastrando de manera maliciosa las palabras–. Y necesito que sea lo más rápido posible, porque el escenario político puede cambiar bruscamente a partir de este momento. Será cuestión de días o de horas…

–Lo haré, amo, lo haré como usted diga… –La voz sonó ronca, una mezcla de miedo y respeto.

–Bueno, bueno… La tarea debe hacerse con rigor pero sin tensar demasiado la cuerda, ¡a ver si se corta y se nos arruina el negocio! –dijo un tercero que parecía menos ebrio que los otros.

–Se tensará la cuerda, aunque se corte. No hay opción –afirmó con una furia sorda el que, supuestamente, era el dueño del negocio–. Porque aunque esperaba este desenlace, nunca pensé que se daría tan pronto.

Sofie se estremeció con ese comentario.

–Canalla –susurró entre dientes, conteniendo la indignación y las lágrimas.

En ese momento, oyó unos pasos; alguien se acercaba.

Con pavor buscó dónde esconderse, pero no había nada. El corredor estaba prácticamente vacío y cualquier lugar era insignificante para ocultarse. Giró con suavidad la manilla de una puerta, pero no se abrió, estaba cerrada con llave.

Sofie supo que había llegado su fin, el infierno mismo estaba a punto de tragarla...

12

Protegiendo a Juli

**Fue fácil identificarla, la señora Ulrike
se acercaba con una lámpara
en la mano, pero todavía no había
percibido su presencia.**

La luz reflejaba sombras sobre el rostro de la mujer, lo que le daba un aspecto aterrador.

La reacción de Sofie fue inmediata, nunca supo cómo sucedió, ni de dónde sacó la idea. Pero lo cierto era que tenía que actuar rápido. Entonces, tensó los brazos hacia adelante, cerró los ojos y se lanzó (muerta de miedo) hacia la única oportunidad que tenía de salir con vida. Seguramente recordó a Larine Bohr y aquella historia fantástica que le había contado Trudy tan asustada.

Como no había muebles con los que pudiera tropezar, se movía segura, aunque por dentro estaba llena de pavor. Hizo de cuenta que andaba sobre una nube a unos diez centímetros del suelo… Segundo a segundo, ellas caminaban una hacia la otra. A pesar de tener los ojos cerrados, percibía la cercanía de la señora Ulrike, por la intensidad de la luz.

–Pero ¿quién anda ahí? –preguntó la mujer con voz apagada, a la vez que fruncía los ojos aguzando la vista para distinguir a la persona que venía hacia ella.

La claridad se aproximaba más y más, hasta que Sofie percibió el calor de la lámpara muy cerca.

–Pero si es la misma Mikkeline… –susurró, como si el sonido se le hubiese quedado encerrado en la garganta–. ¿Qué haces levantada, Mikkeline? ¿Espiando? Ya sabes lo que les pasa a las que andan metiendo sus narices donde no deben –añadió con un extraño tono de voz.

Ya no le quedaban dudas, estaba metida en la boca del dragón. El Castillo de las Sombras era una jaula oscura y funesta, con un ejército de fieras acechando desde los rincones. Todos eran cómplices. Ahí no había inocentes, solo víctimas: los aldeanos de Sangendrup.

Estuvo a punto de perder el equilibrio. Sobre la alfombra ligeramente arrugada cualquiera podía trastabillar. Pero de nuevo una fuerza sobrenatural la sostuvo.

A pesar del torbellino de sensaciones que se movían en su interior, apretó los ojos y pasó lentamente por delante de la señora Ulrike, manteniendo sus brazos extendidos y el andar pausado. Percibió su respiración muy cerca, como la de un felino que olfatea a su presa.

–¡Está sonámbula! –exclamó con voz ahogada–…, y eso puede ser muy peligroso… No debería despertarse… –balbuceó para sí, como si ese suceso impredecible le hubiera producido también a ella un temor súbito e intenso.

El olor a cigarro que salía de la sala donde estaban los hombres enrarecía la atmósfera. Era evidente que la señora Ulrike se empeñaba en hacer sus movimientos de manera sigilosa, le aterraba que Sofie pudiera despertarse de repente. Por eso, con un impulso apenas perceptible, la fue conduciendo por el corredor. Luego, escalón por escalón, la ayudó a subir hasta llegar a la habitación.

Todo había salido bien, hasta que por una imprudencia (la que, gracias a Dios, la mujer no percibió), Sofie se enredó en el largo camisón de la señora Ulrike y esta se tambaleó ligeramente hacia atrás. Pero la mujer no le dio importancia al accidente, porque solo tenía en mente una cosa: hacer que la joven llegara lo antes posible a su habitación y se metiera en la cama.

—Ven, Mikkeline, por acá... Despacio... Ya llegamos, Mikkeline...

Finalmente, abrió la puerta del dormitorio y la ayudó a acostarse. Pero no se marchó todo lo rápido que Sofie hubiese querido, sino que dio una ronda por las otras camas y, recién después de comprobar que la presunta sonámbula estuviera dormida, dejó la habitación.

De todos modos, Sofie no confiaba en ella. ¿Y si no se había marchado? ¿Y si esperaba expectante para descubrirla? Sabía que la gente del castillo no era de fiar. Así que se quedó tiesa por bastante tiempo, con el oído bien afinado, capaz de escuchar el vuelo de una pluma.

Sentía un dolor punzante en la sien y un pensamiento constante la atormentaba: «Als fue devastada». No podía reaccionar, ni reponerse de semejante tragedia. Y temía que, tal como lo dejó entrever el siniestro señor Alexander, aquello sería nefasto para la nación.

Se estaba quedando dormida cuando oyó que alguien lloriqueaba. Entonces abrió los ojos y comprobó que la amenazante presencia de la señora Ulrike había desaparecido, ya no andaba por allí. Así que se incorporó inmediatamente y descubrió que el llanto venía del fondo, de una de las últimas camas. Era la misma niña que horas antes había tenido pesadillas.

Sofie se levantó y se acercó a la pobrecita que gemía.

—¿Por qué lloras? —le preguntó en voz baja.

—Shhhhh. ¡Cállate! —chillaron desde las otras camas.

—Hagan silencio que queremos dormir.

—Que se deje de berrear, que mañana tenemos que trabajar.

Suavemente, Sofi descorrió el cabello que cubría parte del rostro húmedo de aquella chiquilla desvalida y le preguntó:

—Tú eres Juli, ¿verdad?

La niña asintió ligeramente.

—Cuéntame por qué lloras.

Juli la miró con desconfianza, en el castillo nadie

confiaba en nadie y todos vivían en un constante estado de ansiedad.

—Si en algo te puedo ayudar... —le dijo con serenidad—. Confía en mí.

—¿Me oíste llorar? —preguntó en voz baja y temblorosa.

—No tengas miedo... y anda, cuéntame bien bajito lo que te pasa.

—Es que, es que... —De tanto en tanto, volvía el sollozo apenas perceptible—. Es... por la tetera del juego de porcelana... Se me resbaló de las manos mientras la lavaba y se rajó de punta a punta.

Sofie entendía bien el significado de lo que había sucedido.

—¿Y alguien te vio?

—Sí, la señora Ulrike.

—¡La señora Ulrike!

Eso era realmente serio, aquella mujer no tenía compasión de nadie. Era una devota fiel del señor Alexander.

—Y me hará pagar por eso. Más de lo que vale, te aseguro. Serán muchos meses sin jornal... y mi familia necesita ese dinero...

Juli estaba profundamente acongojada y no era para menos..., allí todos eran mezquinos, no se podía esperar de ellos nada de compasión. Y eso Juli lo sabía.

—Tranquila, ya se va a solucionar. Pensaremos en algo...

—Tú lo dices porque eres nueva acá, porque no sabes lo crueles que son. —Su voz era apenas un murmullo de desesperación.

—He visto esa crueldad con mis propios ojos. Pero seguro que hallaremos una forma de solucionarlo.

Juli movió la cabeza de manera negativa.

—Ella dijo que solo un milagro me podría salvar.

La niña estaba aterrada. Sofie se sentó en la cama y le acarició el cabello tratando de consolarla.

—¿Sabes, Juli? En este momento, hay muchas personas que sufren. La guerra ha hecho que lo pierdan todo... Y hasta sus seres más queridos están muertos. Así que no vale la pena llorar por una tetera de porcelana, por muy costosa que sea.

Juli sorbió las lágrimas y suspiró con alivio. Lo que le decía aquella joven era una gran verdad, quién podía negar que la nación estaba bajo un baño de sangre, padeciendo pérdidas e innumerables desdichas. Ella misma había escuchado muchas conversaciones entre los hombres del castillo, pero jamás abriría su boca, porque serían capaces de cortarle el cuello si lo hacía. Sentía miedo.

—¿Crees en milagros, Juli?

Juli abrió grandes sus expresivos ojos grises y le sonrió débilmente, le sonó extraña la pregunta.

—¿Creer en milagros cuando uno está en sitios como estos? —susurró con pesar, secándose las lágrimas con la tela de la sábana.

—¿Sabes, Juli? Hace muchos años, dos hombres llamados Pablo y Silas estaban encerrados en una prisión más tenebrosa que el Castillo de las Sombras. Pero los grillos y las cadenas con los que estaban amarrados no impidieron que ellos le cantaran himnos al Señor. Entonces, ocurrió un milagro.

—¿Y qué pasó?

—De repente, se produjo un gran terremoto, se rompieron las cadenas que los tenían prisioneros y un ángel los sacó de la cárcel.

Juli seguía con la mirada vacía, fija en la nada, como si en algún lugar de su mente se estuviera imaginando la escena.

—¿¡Un ángel!? ¿Un ángel sacó de la cárcel a Pablo y a...?

—...Silas.

—Ah, sí..., a Pablo y a Silas.

—Shhhh... shhhhh...

—Espera un milagro, Juli. Dios lo hará.

—Gracias, Mikkeline.

—Y ahora descansa mientras Dios se ocupa de tu

milagro.

—¿Estás segura de que Dios tendrá un milagro para mí, Mikkeline? —preguntó y se acomodó al almohada dispuesta a descansar.

—Estoy segura, Juli.

—¿Y por qué no hay un milagro para todos los que lo necesitan?

—Lo habrá, Juli, lo habrá cuando la luz de tu corazón se encienda y ores al Dios Todopoderoso por las personas que sufren.

Julie le sonrió dulcemente, la había invadido una espontánea serenidad y se acurrucó para dormir.

Sofie volvió a su lugar, se arrodilló junto a la cama y oró en silencio. Aquella era una historia de dolor, otra de las tantas que se escondían en el Castillo de las Sombras. En el silencio de la noche, echó un ligero vistazo a la habitación. Aunque formaba parte del lujoso castillo, tenía el aspecto de un cuarto de orfanato. Dos de sus paredes grises y frías eran de mampostería de piedras y en el fondo había un ventanuco, demasiado angosto como para que pudiera entrar el aire suficiente y la luz necesaria, por lo que siempre daba la sensación de estar en penumbras. El techo parecía sucio, porque el revoque estaba caído y en sus ángulos mostraba algunas manchas de humedad. El piso necesitaba urgente una reparación porque estaba desparejo y agrietado. Debido a eso, las muchachas que andaban descalzas se lastimaban los pies. Las camas, de madera rústica, estaban perfectamente alineadas: siete de un lado y siete del otro, lo que significaba catorce historias diferentes, pero todas tenían algo en común: dolor.

La tensión que había pasado esa noche y la angustia de saber que Als estaba devastada la dejaron sin fuerzas, así que ella también se quedó dormida enseguida. Tuvo sueños y pesadillas, sombras que la perseguían, ruidos de latigazos, risas diabólicas y ecos de frases ininteligibles que provenían desde distintas direcciones.

Cuando se despertó ya no había nadie en el cuarto. «¡Cómo pude haberme quedado dormida!», pensó afligida a la vez que se vestía rápido y de igual manera dejaba la habitación.

Todavía intentaba meter su cabello dentro de la cofia, cuando se cruzó con la señora Ulrike.

−¡Ey, espera! ¿Por qué andas tan apurada?

Sofie se detuvo y esperó lo peor, le temblaban las piernas y se le paralizó el corazón.

−¿Cómo has dormido anoche?

−¿Yo? −preguntó con inocencia−. Bien, muy bien. Gracias, señora Ulrike.

La mujer se acercó cautelosamente a ella, le levantó el mentón a la altura de sus ojos y la miró con malicia.

−No te olvides que el Castillo de las Sombras es una tumba y el que entra aquí puede que no vuelva a salir nunca más. ¿Entendiste?

Sofie asintió levemente con la cabeza. La señora Ulrike tenía el don de intimidar a las personas con su mirada gélida y penetrante. En ese momento, la voz de la señora Magda las interrumpió. Estaba de pie, justo en el umbral de la cocina.

−¿En qué estás entretenida, muchacha? ¡Ven pronto que te necesito!

La señora Ulrike miró con desagrado a la mujer que la había interrumpido, luego giró sobre sus tacones, dio medio vuelta y se alejó erguida y desafiante como siempre.

Ese día Sofie estuvo especialmente triste, necesitaba tener noticias de Als, saber qué había pasado y cuáles serían las consecuencias para la nación con motivo de semejante catástrofe.

Se cruzó con Juli varias veces en la cocina, pero solo intercambiaron una que otra mirada de complicidad. La muchacha parecía mucho más tranquila, hasta el momento en que la señora Ulrike se hizo presente con una expresión desencajada de maldad.

—¡Juli! —la llamó de manera enérgica, apretaba la mandíbula y la miraba con penetrante maldad.

Sofie y la señora Magda se quedaron expectantes. Juli bajó la vista al piso y esperó el golpe. Pero la señora Ulrike se quedó con la mano temblorosa en alto. No se atrevió. Una actitud absolutamente desconocida en ella, que se animaba a todo, en especial al abuso y a la crueldad.

—El señor Alexander me mandó a castigarte… —dijo con la mano todavía temblorosa en el aire—, por la negligencia con que haces tu trabajo. ¿Sabes que nunca se podrá recuperar la pieza que rompiste? Era única, de gran valor.

—Pero… puede ocurrir… un mi… la… gro —tartamudeó la voz dulce de Juli.

El hecho de haberle contestado fue todo un atrevimiento.

—¿¡Qué has dicho!? ¿Un milagro? ¡Vaya tontería! —se rio a la vez que sus labios se curvaron en un gesto burlón y malévolo.

—Pablo… y Silas vieron… el milagro.

—¿Pablo y Silas? ¡Qué ocurrencia! —bajó la mano, pero aún seguía intimidándola con la mirada—. Te salvas del azote, pero no te salvarás de pagar centavo sobre centavo el precio de lo que rompiste. Pablo y Silas… ¡Qué tontería! —mascullaba, a la vez que se alejaba de pésimo humor.

Hubiese querido golpear a Juli como acostumbraba a hacerlo cuando alguien cometía un error y, al no poder salirse con la suya, se alejó indignada.

Situaciones como esa eran moneda corriente en el castillo. Injusticias a las que los criados ya estaban acostumbrados. Así que no se le dio al incidente más importancia de la que tenía y ellas siguieron trabajando.

Sofie estaba aturdida e indignada. «Pero ¿es que nadie hablará de lo ocurrido en Als? Una batalla terrible… ¿y nadie comentaba nada? ¿No eran todos tan daneses como ella?», pensaba a la vez que se esforzaba por entender qué era lo que estaba pasando. O quizá no se habían enterado todavía…

Durante el día se trabajaba sin descanso, así que, cuando las muchachas llegaban a la cama, caían rendidas de cansancio y se dormían enseguida.

Juli aprovechó para acercarse a Sofie después que la señora Ulrike hizo su último recorrido.

—Mikkeline, ¿es verdad esa historia que me contaste?

—Claro que es verdad. Eso realmente sucedió.

—Entonces, puede haber también un milagro para mí —susurró esperanzada con una expresión ingenua en la mirada.

Sofie asintió con un leve movimiento de cabeza.

—Pero ahora vuelve a la cama, porque si nos oyen hablar van a comenzar a chillar.

—Sí, Mikkeline, muchas gracias por ser mi amiga.

Sofie le sonrió con ternura. Juli era un alma de Dios sometida a la fuerza brutal de los perversos. Pero sabía que esta niña que parecía abandonada a su suerte estaba en las manos poderosas de Dios.

—¿Qué edad tienes, Juli?

—Catorce.

—Shhhh, cállense, queremos dormir —se quejaron dos de sus compañeras al mismo tiempo.

—Anda, Juli, ya hablaremos en otro momento.

Juli corrió con los pies descalzos por las baldosas frías y se metió en su cama.

Sofie tenía los ojos abiertos y estaba despabilada y atenta, más atenta que nunca. El viento había comenzado a soplar con fuerza. Era muy probable que lloviera.

Esperó a que las muchachas estuvieran profundamente dormidas y, para comprobarlo, pasó revista a cada cama. Luego se quitó el camisón y se puso su ropa, con la que había llegado al castillo. Por último, volvió a mirar a las muchachas y caminó hacia la ventana, el cielo presentaba algunos oscuros nubarrones, parecían cargados de agua. Ya era tarde y, fiel a lo que se acostumbraba en el castillo, nadie deambulaba por la casa… ¡Excepto, claro, las sombras!

Hacía diez días que había entrado allí y parecía que hubiese sido ayer. Hasta el momento no había podido recoger demasiada información. Ni siquiera había visto el rostro del señor Alexander, lo que la afligía bastante, porque sabía que no podría permanecer mucho tiempo más en el castillo. Por eso, decidió precipitar los acontecimientos (aunque no estaba segura de que fuera lo más acertado). La imprudencia podría ser un factor muy peligroso y jugarle una mala pasada. Pero tenía que correr el riesgo, para eso estaba allí.

Necesitaba cobrar ánimo y no darle lugar a los miedos. En ocasiones como esas, lo mejor era tener la mente ocupada. Recitar un salmo, por ejemplo, sería lo más apropiado. David dijo las palabras justas que ella necesitaba repetirse esa noche: «El Señor es mi luz y mi salvación; ¿de quién temeré? El Señor es la fortaleza de mi vida; ¿de quién he de atemorizarme?».

Debía tener bien entrenado el oído y los movimientos, que deberían ser silenciosos como los de un felino. El menor descuido podría estropear todos sus planes. El mayor riesgo consistía en salir y entrar del castillo sorteando las sombras que lo patrullaban sin descanso.

Todos sus sentidos parecían haberse potenciado al máximo. Sigilosamente, avanzó por los pasillos. Cruzaría las tres plantas del edificio y atravesaría varios pasadizos hasta alcanzar la puerta menos sospechosa: la de la cocina. Por el momento, se percibía un silencio sepulcral. Pero cuando llegó al primer piso, se dio cuenta de que en la sala principal todavía había gente. Era el lugar donde el señor Alexander trasnochaba, en sus supuestas reuniones de negocios y apuestas de dinero.

Los campesinos y peones vivían afuera del castillo en un sector destinado exclusivamente para ellos. La servidumbre que atendía en la casa ocupaba la planta alta (la que tenía dos escaleras de acceso: la exterior era la que se usaba corrientemente y siempre estaba vigilada y la interior vinculaba con el resto de las dependencias y tenía un uso más restringido). Esa era la regla.

Se trataba de preservar la identidad de quienes ocupaban los pisos inferiores, donde estaban los dormitorios, las dependencias y salas que ocupaba la gente vinculada con el propietario del castillo.

Hubiese sido muy comprometedor para ellos que se supiera quiénes eran los que se relacionaban con el señor Alexander. Esos eran detalles que se mantenían en absoluto secreto. Sofie hubiera dado la vida por averiguarlo, lo que sin duda haría en cuanto pudiera.

De repente, oyó un sonido que no alcanzó a identificar. Ella estaba ahora en el lugar más peligroso y prohibido del castillo. Si la descubrían, serían capaces de castigarla con crueldad. Recibiría azotes, golpes y patadas hasta dejarla inconsciente y terminaría metida en un calabozo. ¡Y quizá nunca más volvería a ver el sol! Se estremeció solo de pensarlo. Sabía que nadie tendría compasión de quien se hubiera atrevido a un acto de rebeldía como ese. Rápida, pero cautelosamente, caminó apoyando la espalda contra la pared y, paso a paso, llegó hasta el lugar donde había un mullido sillón, grande y, en apariencia, cómodo, de respaldo alto (el que, sin duda, había sido puesto providencialmente allí, ya que ella nunca lo había visto antes). Y, temiendo que ocurriera lo peor, se escondió detrás...

13

Se descubre el misterio

**Un segundo más tarde, se abrió la puerta
de uno de los cuartos y salieron dos caballeros
hablando amigablemente en dirección a la sala
donde estaba el resto.**

Había demasiada oscuridad en ese pasillo. Eso, por un lado, la favoreció, pero a su vez le impidió ver el rostro de los hombres. Una sensación muy terrible y sombría vino sobre Sofie, fue como si algo de pronto le absorbiera las fuerzas y la dejara inerte. Sintió que la muerte andaba muy cerca. «¡Señor, cúbreme!», clamó en su interior.

Aun así, permaneció agazapada y quieta por bastante tiempo, existía la posibilidad de que alguien más apareciera por ahí. De repente, un hombre de presencia oscura y malévola surgió de la nada, llevaba un bastón en la mano y un abrigo oscuro sobre los hombros. Impulsado por algún demonio, se dirigió directamente hacia ella. Le faltaba un paso, un solo paso para descubrirla. Por instinto, Sofie se encogió y agachó la cabeza. En ese instante, la puerta de la sala principal se abrió abruptamente y la voz de uno lo llamó.

–Por acá, amigo –le dijo de evidente buen humor–, lo estamos esperando.

El hombre no reaccionó de inmediato, permanecía clavado al piso, como si obedeciera a su sagaz instinto animal (el que en ese momento le advertía de peligro). Un segundo después, se volvió hacia el que lo llamaba y, caminando sin apuro, entró en la sala donde estaban los demás.

Sofie respiró profundo, aquello era más riesgoso de lo que se imaginaba. Tenía que relajarse antes de seguir, lo que le resultaba bastante difícil, después del nerviosismo que había padecido.

De pronto, la asaltó el temor de que el hombre hubiera comentado su indudable sospecha de que había alguien escondido en ese lúgubre pasadizo. Pero ya era demasiado tarde para volver atrás y tampoco estaba decidida a hacerlo.

Se incorporó con lentitud, se frotó ligeramente las rodillas, que le dolían por estar agachada en una posición tan incómoda, y se marchó enseguida. Con movimientos ligeros y silenciosos, llegó a la cocina. Todo estaba ordenado para el desayuno del día siguiente. Pero la malvada señora Ulrike había dispuesto en una bandeja el juego de porcelana, dejando a la vista la malograda tetera. Seguro que pensaba entristecer aún más a la pobre Juli.

Actuó con prudencia en cada uno de sus movimientos y se desplazó con cautela al resguardo de las sombras, para moverse por ellas hasta llegar al bosque. Caminó sobre la hierba y los pastizales. Se sobresaltó ante el sorpresivo correteo de las liebres y las ardillas, moradoras del bosque. Pero fueron obstáculos fáciles de sortear.

De repente, se le presentó un enemigo inesperado que le ofreció oposición: un vendaval lleno de furia la empujaba ferozmente hacia atrás y le impedía avanzar. Como si fueran los súbditos del dueño del castillo, silenciosos, invisibles y violentos. Aquella era una fuerza extraña, sobrenatural y patética, de otra manera nunca se hubiera podido mover en medio de un follaje tan herméticamente cerrado.

Pero esta vez, el miedo no pudo con ella. Lo sobrenatural del mal y del bien estaba involucrado en esa disputa, mientras Sofie resistía a un enemigo sin rostro, que impelía contra ella con una potencia salvaje.

Nada la detuvo… Porque no era ella, sino la fuerza que operaba en ella la que la conducía hacia delante. Avanzaba haciendo a un lado las ramas que se habían entretejido unas con otras, como verdaderos brazos humanos.

Dios estaba allí, porque, de otra manera, nunca hubiera podido avanzar.

Ahora había entrado en un misterioso túnel de árboles oscuros, que de tanto en tanto dejaban entrever el cielo matizado de estrellas. La vegetación parecía serena y el cielo con sus pléyades brillantes iluminaban los delgados senderos por donde ella debía caminar. Recordó al ángel que se le apareció a Pablo y a Silas en medio de la noche y tuvo la convicción de que había ángeles a su alrededor.

 Cuando misteriosamente salió de aquel túnel extraño, un aire fresco cargado de aromas la envolvió con su dulzura. Ya era casi medianoche.

Oyó sonidos y movimientos ligeros y constantes, que agitaban los pastos, pisoteaban las hojas… Pisadas lejanas y cercanas.

Caminó apresurada y, en el apuro, se desgarró la falda con la corteza de un tronco. En ese momento, un venado cruzó fugaz sobre la hierba… Sofie se agachó rápidamente pensando que la seguían. Pero respiró con alivio cuando descubrió que el animal se perdía entre los árboles. Las ramas secas de los arbustos más bajos se prendían de su ropa, fue difícil sacarlas, así que cargó con ellas. Tenía el cabello revuelto, lleno de hojas y ramas pequeñas.

Ahora estaba en la parte más cerrada del bosque, donde se levantaban hileras de árboles, uno junto a otro, como si fuera un escuadrón al mando de un siniestro capitán. La oscuridad era densa, daba la impresión de andar con los ojos vendados, pero repentinamente un haz de luz se filtró entre el espacio delgado del follaje y eso le permitió distinguir la dirección hacia donde debía dirigirse. Recobró fuerzas y avanzó hasta llegar a un claro en el bosque, la muralla de árboles tupidos había quedado atrás y aparecieron los pinos bajos, los robles y los fresnos de mediana estatura. Por un momento, sintió que había escapado de la cárcel, pero de inmediato supo que debía regresar.

Se sentía cansada y le dolía el cuerpo a causa de los tropezones con los troncos caídos, las piedras, los pozos y los muchos obstáculos... Aún no se había dado cuenta de lo lastimada que estaba. Las ramas más punzantes le habían arañado los brazos. Estaba golpeada, llevaba la falda hecha jirones y la ropa, completamente sucia.

Pero todo eso perdió importancia cuando a lo lejos divisó la aldea, su amada aldea de Sangendrup. Sintió una emoción tan grande que no le entraba en el pecho, algo muy fuerte se movió en su interior y fue entonces que supo que lo daría todo por ellos.

Sin saber por qué, le vino el recuerdo de Simón. ¿Qué sería de él? ¿Se habría enterado de su ausencia? Sabía que no debía pensar en él, porque lo cierto era que cada uno había tomado rumbos diferentes... De todos modos, ese era el momento menos indicado para plantearse asuntos del pasado, así que aligeró el paso hasta llegar a Blis.

Tosh comenzó a ladrar cuando descubrió que alguien se acercaba. Sofie corrió hacia él y lo abrazó, mientras el perro saltaba con alegría sobre ella. Entonces, le palmeó el lomo para tranquilizarlo. Su dueña había regresado.

–Quédate aquí, Tosh, que pronto me tengo que marchar –le dijo acariciándole el lomo.

Entonces entró en Blis, por la puerta que daba a la cocina. Todo parecía en orden. Sobre la mesa estaba el cuaderno de Trudy. Sofie lo ojeó ligeramente, había hecho algunos cálculos y escrito varias oraciones. Eso la puso feliz.

La sala estaba aseada y ordenada. Tendría que felicitar a Stine por su trabajo, se dijo a la vez que subía hacia los dormitorios. El deseo de entrar al cuarto de Trudy pudo más que su prudencia y lo hizo. Ahí estaba su pequeña Trudy. ¡Era tan dulce aquella niña! Sofie le acarició el cabello, y

Trudy cambió de posición pero siguió durmiendo. Ella la contempló unos minutos más antes de dejar la habitación.

El cuarto de enfrente era el que ocupaba Stine. Ni bien se abrió la puerta, la mujer se sobresaltó atemorizada.

–¡Señorita!

Sofie le hizo un gesto de silencio con el dedo y se acercó a la cama.

–Quédate, Stine, no te levantes, que he venido solo por un momento.

–¿Cómo? ¿Usted se vuelve a marchar?

–Sí, Stine, solo he venido a buscar algo y ya me voy. Cuéntame cómo está Trudy.

–Un poco triste, porque quiere verla, la extraña mucho.

–Asegúrate de darle tranquilidad porque yo estoy bien y dentro de poco estaré con ustedes para siempre –le dijo y se sentó a su lado–. Dime, Stine, ¿qué noticias tienes de Als?

–¡Ay, señorita, lo de Als ha sido una verdadera carnicería! Las pérdidas han sido terribles, más de la mitad de los soldados están muertos o heridos. Se dice que una multitud ha perdido la vida en el campo de batalla o después de una herida de bala. Se dan cifras alarmantes…

–¿Tantos muertos?

–Además, los prusianos han tomado muchos presos. Y dicen que entre ellos hay gente de Sangendrup. Eso es lo que dicen, señorita, pero la verdad es que todavía no se sabe quiénes son.

–Eso es terrible…

–Es que…, según dicen…, los soldados daneses fueron sorprendidos por el ataque alemán, así que no tuvieron oportunidad de protegerse. Y los sobrevivientes buscaron refugio en un campo de maíz y ahí se produjo un tiroteo con los prusianos, en una lucha despiadada.

–¡Dios mío, qué horror!

–De los nuestros hay muchos muertos, señorita. Pero de los prusianos, el señor Brunn ha dicho que solo hay unos pocos heridos.

−¿Y eso es cierto?

Stine se encogió de hombros y respondió simplemente,

−Eso es lo que dicen… Pero ¿quién lo puede asegurar? La gente se lamenta por todos lados y anda como alma en pena por ahí… No es para menos, ¿verdad?

Por un momento, permanecieron calladas.

−Dime, Stine, ¿cómo están las cosas en Blis? Espero que acá todo esté mejor…

Stine sonrió con pesar, porque las dos sabían que, después de lo de Als, ninguna noticia podría ser lo suficientemente buena como para alegrarles el día. La nación seguiría sufriendo hasta que sanen las heridas y haya consolación para los recuerdos.

−Hace poco anduvo el reverendo Jensen por Blis y preguntó por usted −hablaba en voz baja, con un evidente tono de ansiedad.

−¿Por mí?

−Sí, y se extrañó mucho de que usted no estuviera. Yo no sabía qué explicaciones darle.

−¿Y qué le dijiste?

−Bueno…, hizo muchas preguntas… Pero me parece que no se quedó conforme el reverendo…

−¿Por qué lo dices?

−Y bueno…, porque dijo que volvería a pasar y que, si usted no estaba, iba a dar parte a la policía.

−¡No, eso no lo puede hacer!

La mujer se notaba asustada.

−«Todo esto es muy raro», opinó él, «no me gusta nada. Esta mujercita es capaz de cualquier cosa».

−Nunca me imaginé que el reverendo Jensen tuviese ese concepto de mí −repuso Sofie halagada, ocultando una sonrisa de satisfacción.

−No creo que se aguante mucho, porque se lo notaba preocupado.

−Pues, tranquilízalo, pero que no me busque. ¿Has entendido?

–¡Ah, qué fácil que lo hace usted, señorita! Pero yo no lo voy a tener atado. ¡Ah, no! No me van a acusar de atar a un reverendo.

Sofie hizo un gesto muy femenino con la mano para ocultar la risa, tampoco quería herir los sentimientos de Stine.

–Yo sé que tú lo puedes hacer muy bien, Stine, no me refiero a atar al reverendo Jensen, sino a convencerlo de que yo me encuentro bien y de que solo me fui por unos días para solucionar unos asuntos importantes...

–Usted no está bien, señorita, mírese nomás... ¡Su falda está destrozada y su cabello, revuelto como si hubiese dormido en un gallinero! –exclamó desconfiada y la miró con sospecha–. Además, yo no miento, señorita –se expresó con timidez, porque sabía que estaba mal contrariarla.

–Te aseguro que no es ninguna mentira –le dijo Sofie a la vez que se ponía de pie–. Pero ya te contaré en detalle cuando regrese. Por el momento, pídele a Dios que me cuide y que a ti te dé sabiduría... y prudencia, porque me parece que te va a hacer falta.

–Sabiduría y prudencia... ¡Cómo no! Pero ahora dígame, señorita Sofie, ¿de dónde viene en esas condiciones? Parece que del mismo infierno.

–Y no te equivocas tanto, Stine. Pero ahora me voy, porque se me está haciendo tarde.

–¡Cuídese, señorita Sofie, y vuelva pronto! Y que el Señor la proteja.

–Vendré lo más pronto que pueda –le dijo besándole la mejilla–. Te lo prometo. Y gracias por todo, Stine.

La mujer hizo un gesto de condescendencia, como si no tuviera otra opción más que hacer lo que Sofie le decía.

–Una pregunta más, Stine. ¿Tienes alguna noticia de Simón Laurlund?

–¿Simón Laurlund? –Pensó por unos segundos–. ¿Simón Laurlund?... Ah sí, creo que se marcha de Sangendrup.

–Se va –susurró Sofie en un hilo de voz–, se va....

Stine la miró desconcertada. ¿A qué se debía aquella pregunta y la incertidumbre en la que había quedado sumida Sofie?

Al final, ellas se despidieron con un abrazo silencioso. Sofie dejó la habitación y bajó la escalera temblando. Preguntó por Simón solo por curiosidad, pero nunca esperó una noticia como esa. Sus sospechas estaban confirmabas: definitivamente Simón no la amaba.

Estar en Blis en aquella noche oscura y silenciosa le hizo muy difícil su deber de regresar. En su interior mantenía una lucha muy intensa, pero no podía abandonar a Juli, hacerlo sería convertirse en cómplice de una injusticia. Y una crueldad de su parte.

Se dirigió a la vitrina y sacó el juego de porcelana de los Bjerg Eriksdatter. El juego de té completo de Flora Dánica, el regalo que algunas damas de la alta sociedad le hicieron a su madre con motivo de su boda. Fabricada por la fábrica Royal Copenhague. Cada pieza se modelaba y vitrificaba en el horno por separado, después los decoradores pintaban las flores danesas, copiando a mano alzada y con pinceles finísimos los detalles con una precisión asombrosa. Ese no era solo un juego de porcelana fino, lujoso y bellísimo; era una joya de incalculable valor, no solo sentimental, sino también económico. Con él, saldaría la deuda de Juli y haría que ella comenzara a creer en milagros. Eso era para Sofie lo más importante.

Rápido escribió una esquela que metió en el bolsillo de su saco. Entonces, envolvió individualmente las piezas en una tela y dejó Blis con un nudo en la garganta, sin volver la vista atrás. Sin despedirse siquiera de Tosh, que le hacía fiesta para que lo salude.

Con el juego de porcelana a cuestas, tenía que moverse con sumo cuidado, el golpe más insignificante sería suficiente para estropear alguna de las delicadas piezas y entonces lo lamentaría, porque todo su esfuerzo se vería arruinado. Pensó en Juli y en el daño que la señora Ulrike le haría sin misericordia y se estremeció. Instintivamente, tocó el morral y percibió que las piezas todavía estaban enteras, eso le trajo alivio.

Aunque le pareció que había ingresado al bosque por el mismo lugar por el que salió, sin duda no fue así, porque esa zona tenía un aspecto diferente, menos frondoso que el anterior. Sofie protegió el morral contra su pecho y avanzó pisando los pastos duros y puntiagudos, sorteando con dificultad los árboles espinosos y los abetos de hojas punzantes que le lastimaban la piel (pero no le dio demasiada importancia a todo eso, lo apremiante era llegar cuanto antes al castillo y con el juego de porcelana ileso).

Iba tan sumida en cuidar lo que cargaba que no se dio cuenta de que Tosh la seguía.

–¡Tosh! ¿Qué haces aquí? ¡Vete! –le ordenó cuando lo descubrió–. ¡Vete, perro terco!

Pero Tosh no se volvía. Ella se detuvo y le habló severa, pero él apenas le dirigió una mirada compasiva y le siguió los pasos.

–¡Vete, Tosh! Anda, vete.

Sofie lo regañó, pero esta vez y por alguna inexplicable razón Tosh no le obedecía. Faltaba tan poco para llegar al castillo y por nada del mundo podía hacer que Tosh regresara a Blis.

–Mira, Tosh –le dijo deteniéndose por un momento para acariciarle el hocico frío, como lo hacía tantas veces–. Tienes que regresar a la casa, no puedes seguirme. Anda, vete de una vez.

Pero todo intento por hacerlo regresar fue inútil.

Cuando por fin puso un pie en el área del castillo, notó que su ropa estaba rota, sucia y húmeda. Tosh todavía estaba allí. Hizo un último intento por despedirlo, hasta que finalmente lo vio entrar en el bosque tupido y oscuro, entonces respiró con alivio. Todavía se tomó unos minutos antes de entrar, para espiar escondida detrás de unos matorrales. Desde allí observó detenidamente la propiedad y se aseguró de que no anduvieran merodeando los secuaces del señor Alexander, lo que era bastante habitual. Todo parecía sereno, no distinguió sombras ni movimientos que la pusieran en alerta.

Una vez examinado el panorama, ya no esperaba toparse con ningún peligro, ni obstáculos al momento de ingresar. Entró por la misma puerta por la que salió y lo hizo convencida de que Tosh ya se había marchado.

El lugar seguía en penumbras. Todavía le quedaba algo de tiempo, el que aprovecharía para no hacer las cosas de manera atropellada. Acomodó con cuidado el juego de porcelana sobre la mesa. Un destello de claridad entró por la ventana e iluminó la tetera. El dorado del borde resplandeció mostrando su lujo y las bellísimas flores danesas pintadas a mano. Sofie había soñado tanto con volver a tomar el té en esas tazas, en compañía de sus tías… Pero dadas las circunstancias, ese era un deseo que ya nunca podría realizar.

Luego, miró la pieza del juego malogrado por Juli, evidentemente era de buena calidad, pero muy inferior al suyo. En un primer momento, sintió tristeza de dejar su bellísimo juego de porcelana en manos del señor Alexander. Pero se conformó pensando que, al fin de cuentas, solo se trataba de algo material y, en definitiva, estaba feliz de que algo material pudiera evitar un dolor emocional, sobre todo tratándose de una niña de apenas catorce años, la que además llevaba una carga con demasiadas penas en su alma. Finalmente, sacó el papel que tenía en el bolsillo y lo apoyó en la lujosa tetera.

Los ladridos de Tosh la tomaron por sorpresa.

–Perro terco –susurró Sofie intranquila.

El perro ladraba con insistencia. Desde una de las ventanas del primer piso, un hombre había descorrido la cortina y lo observaba con el ceño fruncido.

Sofie miró por última vez las tazas, lucían hermosas. ¡Demasiado lujo para estar sobre la mesa de un personaje tan sórdido como el señor Alexander y su fauna siniestra! La indignación la hizo actuar de manera impulsiva y, sin medir el costo que podría significar lo que estaba haciendo, estrelló las otras tazas contra el piso. La vajilla malograda se hizo añicos. Un ruido sordo y secó retumbó en el ambiente. Hasta ella se sobrecogió. Pero aun así sintió una inexplicable satisfacción, aunque de inmediato se dio cuenta del error que había cometido ya era demasiado tarde para lamentarse. Ahora necesitaba actuar rápido hasta llegar cuanto antes al tercer piso y entrar en el dormitorio.

Ligero, salió de la cocina a la vez que percibió las sombras que ya rondaban el castillo. Solo que, esta vez, lo hacían con faroles. Ya no se ocultaban solapadas como siempre, porque ahora tenían urgencia por descubrir el origen del sorpresivo estallido a esa hora de la madrugada.

Se oyeron voces que se acercaban. Sofie corrió desesperada buscando un escondite y se ocultó en el único lugar en donde pudo hacerlo: la sala en la que horas antes los hombres habían tenido su reunión. Caminó a hurtadillas sorteando los objetos con los que chocaba en la oscuridad y se ocultó detrás del grueso cortinado de terciopelo bordó. Un instante después, ingresaron unos hombres en compañía de la señora Ulrike.

No hacía frío, pero Sofie tiritaba y un sudor helado le corría por todo el cuerpo. Había demasiada gente concentrada en ese lugar. Ella debía esperar a que se fueran todos, antes de subir silenciosamente a su dormitorio. Recién ahí estaría a salvo.

Pero se había producido un alboroto tremendo y las cosas se estaban complicando más de lo que ella hubiese esperado. A esta altura, seguro que ya habían descubierto las tazas estrelladas contra el piso. Eso de «querer precipitar los acontecimientos» estaba sucediendo a una velocidad mayor de la que hubiese querido. Los hombres hablaban acaloradamente, uno sobre la voz del otro; parecían confundidos, como no sabiendo bien hacia dónde dirigirse.

En eso se oyó la voz particular de Jens:

–Dividámonos. Un grupo merodee por afuera y nosotros busquemos dentro del castillo. No le daremos tregua a quien se atrevió a poner un pie dentro de esta propiedad.

–¿¡Qué ocurrió!? –preguntó bostezando soñoliento uno de caballeros.

–¿No escuchó el ruido, señor…? –preguntó alterado uno de los hombres.

–Quizá haya sido el viento…

–¡No sea ridículo, señor Thorkins! –lo interrumpió exasperado un hombre de voz gruesa y potente–. Esto no fue asunto de vientos. ¡Pero muévanse! ¿Qué están haciendo todavía acá, mientras el bandido escapa…?

–¡Muévanse! Sí, muévanse –aulló el hombre que acababa de ingresar, sin dejar de bostezar.

–¡Un momento! –ordenó una voz que le puso los pelos de punta a la gente–. ¿No será que el bandido que están tan interesados en capturar está en este lugar?

Se hizo un silencio profundo. Lo que acababa de decir fue claro para todos, menos para Sofie, que sintió que se le cortaba la respiración.

–¿No querrá insinuar usted, señor Alexander, que sospecha de alguno de nosotros?

–Nooo –respondió él en tono bajo y de modo socarrón, a la vez que golpeaba de forma insistente la punta del bastón contra el piso–. No me interprete mal, mi amigo Thorkins, no sospecho de alguno en particular…, sino de todos.

Ese comentario molestó a los caballeros. Tal vez muchos de ellos eran nobles venidos a menos. Gente interesada en negocios de dinero fácil. En el ambiente se comenzó a generar un clima tenso e irritante, que enervó sobremanera el ánimo de los huéspedes (lo que el señor Alexander ignoró deliberadamente).

–Por eso, nos quedaremos aquí mientras esperamos que los que están afuera nos traigan informes –hablaba tranquilo y pausado.

Luego se tiró en el sillón hasta tocar el fondo y encendió un cigarro.

—Si no encuentran nada allá afuera, entonces es porque... el ladrón está en medio de nosotros —agregó pasando sutilmente revista con la mirada a cada uno.

Todos se sentaron a esperar, solo uno de los hombres que no dejaba de caminar intranquilo por el cuarto se acercó a la ventana, hasta casi rozar el cuerpo de Sofie.

Y como si eso fuera poco, apareció la entrometida gata del señor Alexander, la que de un brinco se acomodó sobre sus rodillas. Él le acariciaba la cabeza como si fuera un bebé, mientras expulsaba el humo pesado del cigarro y hacía caso omiso a la tensión que había generado.

Debido a la desconfianza que demostró hacia ellos, la gente permanecía callada, incómoda. Por momentos, el silencio fue tal que se podría haber escuchado el sonido de una mosca.

Sofie trató de contener lo más que pudo la respiración. No veía la hora de que pasara toda aquella pesadilla. Sentía que estaba en la antesala del infierno.

En ese momento, apareció Jens.

—Amo, no hemos encontrado nada afuera —dijo con la voz agitada.

—¿Seguro que han buscado en todos los rincones?

—Seguro, amo.

—Ningún indicio...

—Solo se han detectado algunas huellas que se pierden en el bosque, entre la maleza..., pero no sabemos si son del ladrón o de alguno de los nuestros. Y a un perro vagabundo que no paraba de ladrar... —agregó restándole importancia—. Pero ya nos hemos desecho de él.

A Sofie se le partió el corazón. ¿Habían matado a Tosh? Se le llenaron los ojos de lágrimas y un grito de dolor se le ahogó en la garganta.

—Les aseguro que el que intentó llevarse algo del castillo lo va a lamentar. Lo va a lamentar y mucho —dijo el señor

Alexander con un tono terminante.

–Si hay huellas de alguien que huyó por el bosque y un perro desconocido, quiere decir que el responsable no está entre nosotros –sugirió nervioso uno de los hombres.

–¡Eso no significa nada! –estalló el señor Alexander–. Y se recompensará al que pueda arrojar alguna información. Sí, señores, me refiero a quienes tengan alguna sospecha, por inverosímil que sea –hablaba con insolencia y verdadera falta de respeto hacia ellos.

–¿Usted sugiere que alguno de nosotros se convierta en traidor?

–¡Vamos, señor Alexander, usted sabe que somos sus amigos…!

–El señor Alexander no tiene amigos, tiene socios y hace negocios, nada más –lo dijo con arrogancia y total impunidad.

El humo que exhalaba el dueño del castillo le provocaba a Sofie una cada vez más persistente picazón en la nariz. Intentando contener un estornudo que se venía aguantando, levantó débilmente la mano, la que a su vez movió de manera imperceptible el cortinado.

Eso fue suficiente para que la gata, una criatura blanca de fina angora, con la cara chata y los ojos vivaces, saltara del regazo de su amo y fuera hacia la cortina, desde donde comenzó a maullar.

Lo que sucedió fue inevitable. Los ojos del señor Alexander se clavaron en la gata. A su lado, debajo de la cortina se dejaba ver un calzado pobre, sucio y húmedo.

En una fracción de segundo, el señor Alexander estuvo allí, descorrió el cortinado y apareció delante de su gélida mirada la frágil silueta de Sofie.

La señora Ulrike dio un alarido que hizo temblar las ventanas. La gata salió despavorida y se metió entre las piernas de la gente, que parecía confundida con el espectáculo que estaba presenciando.

Sofie había quedado como petrificada contra la ventana,

pálida y helada como un cadáver, su mirada se cruzó con la del señor Alexander.

Por fin lo conocía, lo tenía delante de sus ojos. Era más joven de lo que lo había imaginado. Alto y delgado, de cabello oscuro (apenas canoso) y rostro ligeramente triangular (como el de una serpiente venenosa). Tenía ojeras oscuras, muy marcadas, como si estuviera enfermo, aunque no lo estaba. Y su piel era tenuemente amarillenta. Sus ojos pardos centelleaban vivaces. Parecía un felino feroz, satisfecho de haber encontrado la presa.

De pronto, el ruido sordo y seco del látigo de Jens la golpeó en el brazo. Sofie se estremeció y gimió de dolor.

–¡Baja la vista! –le ordenó–. Se te ha dicho que nunca debes mirar al amo a la cara.

–Estoy decepcionado contigo, Jens –le dijo sin mirarlo–. ¡Todos son unos estúpidos! Es inconcebible que una gata haya podido descubrir lo que decenas de hombres no pudieron hacer. Me parece que dejaré de pagarles el salario y se lo daré a mi gata –repuso a manera de burla, una actitud muy propia en él.

–Así que eres tú la ladronzuela –declaró con voz fría y un tanto desilusionado, porque en realidad la muchacha le pareció inofensiva.

–No, señor, no soy ninguna ladrona…

–Y entonces, ¿qué haces metida entre los cortinados a esta hora de noche? –le preguntó indignado a la vez que la miraba ceñudo.

–Es que…, señor, yo también escuché el estruendo y me asusté…, por eso salí a ver qué había pasado. Pero cuando me di cuenta de que se había producido tal alboroto, tuve miedo de que me castigaran por haber dejado la habitación. No me dio tiempo a regresar a la cama y me escondí. Eso es todo, señor –se defendió con voz trémula.

–De todos modos: ¡al calabozo!

–Espera un momento, Alexander –intervino una voz que a Sofie le penetró hasta el alma y le hizo estallar la sien en mil pedazos–. Si la muchacha no ha robado nada, no hace falta llevarla al calabozo, es innecesario.

Era su padre.

–Así aprenderá.

–¿Aprenderá qué? Si no ha robado nada. Solo se levantó asustada como lo hicimos también nosotros.

–¿Por qué la defiendes tanto? ¿Tienes algún interés en especial por ella?

–No seas insolente. Siempre te he respetado, pero una actitud como esta no le hace bien a tu reputación. Y eso, en última instancia, afecta también a nuestros intereses. Hay muchos testigos delante de ti. Considéralo, Alexander. –Su padre lo enfrentó aun sabiendo que le podría costar muy caro.

El hombre reflexionó solo un segundo, le irritaba que lo contradigan, pero quizá en este caso su amigo tuviera razón.

–Está bien, está bien…, basta de tanto circo… –protestó irritado, a la vez que batía sus manos en el aire dando por finalizado el episodio–. ¡La función ha terminado, señores! ¡Todos a la cama! ¡Tú también muchacha, anda…, vete a dormir!

Sofie se adelantó unos pasos y se cruzó con la mirada penetrante de su padre. Hubiese preferido morir.

–Gracias, señor –le dijo con un hilo de voz, inclinándose en una ligera reverencia. Tenía los ojos llenos de lágrimas.

Luego corrió a su habitación.

Todavía no se habían ido de la sala, cuando se oyó un grito espeluznante que provenía de la cocina. Sin perder tiempo, todos corrieron al lugar.

–Parece que esta será una noche de sorpresas –murmuró alguien a espaldas del señor Alexander.

Allí encontraron a la señora Ulrike, se veía apesadumbrada. Estaba sentada a la mesa y se sostenía la cabeza con las dos manos. Parecía trastornada, como si hubiese visto una visión. Tenía una nota en la mano, la que el señor Alexander se encargó de leer: «Todavía ocurren milagros. Porque nada hay imposible para Dios».

Sobre la mesa estaba el nuevo y bellísimo juego de porcelana. Y en el piso, una infinidad de pedazos de porcelana rota.

–¡Alumbren aquí! –ordenó el señor Alexander con furia–. ¿Qué significa todo esto? ¿Quién pudo haber hecho semejante desastre? –preguntó enardecido, todavía con la mirada clavada en las piezas rotas de su fina porcelana.

–Ángeles, señor…, ángeles…

–¿Queeé? –gritó dando patadas a los pedazos que estallaron contra la pared haciendo un ruido infernal.

La señora Ulrike no dejaba de berrear.

–¡Cállate, mujer! –le ordenó crispado.

–No son tonterías, señor… Compruebe usted mismo la calidad de este juego de porcelana. ¡Es un milagro, amo! Seguro que los responsables de semejante escándalo fueron ángeles…

–¡BASTA! –tronó el señor Alexander fuera de sí–. Me parece que todos se han propuesto volverme loco esta noche. ¡Esto es un complot, un verdadero complot…! –repetía enardecido, yendo hacia su dormitorio–. Y tú, Jens, ve presentando tu renuncia porque evidentemente no sirves para nada… Pasan un montón de cosas delante de tus narices y tú ni te das por enterado.

–Pero, amo…, es que…

–¡Bah, son todos unos inútiles! ¡Cállense, no quiero escucharlos más!

Los hombres regresaron a sus cuartos. Solo uno permaneció todavía en la cocina, cogió una de las bellas tazas de porcelana y la levantó a la altura del farol. No tenía dudas, esa taza había venido de Blis y pertenecía al regalo de bodas (de su propia boda). Ahora sí empezaba a entender lo que pasaba.

La señora Ulrike, quien se negó terminantemente a volver a su cuarto, se quedó dormida sobre la mesa, lamentando la vajilla rota y sin poder asimilar todavía el milagro del nuevo juego de porcelana. En esa posición estaba ridícula; su cabeza descansaba sobre las tablas duras y a cada lado le colgaban los brazos. «En cualquier momento, se desplomará en el suelo y entonces sí que temblará el castillo», pensó el señor Gregor ocultando la risa (aunque para lo último que estaba él en ese momento era para bromas).

Ahora tenía cosas más importantes que hacer que presenciar cómo todo el peso de la señora Ulrike se estrellaba contra el piso.

«¿Sofie en el Castillo de las Sombras?», cuando la vio se le crisparon los nervios. ¿Qué hacia aquella muchacha tonta metida en la boca del dragón? Por la imprudencia de ella, él también se vería en problemas. Su presencia le complicaba mucho las cosas; en realidad, había dado un giro inesperado a sus planes. Y ahora tenía que pensar, calcular con exactitud todos sus movimientos y afinar sus argumentos en caso de que ocurriera algún imprevisto. Por lo pronto, tenía que hacer que ella se marche lo antes posible.

14

Asedian los enemigos

Sofie se sentó al borde de la cama y permaneció ahí hasta que la claridad del día le anunció que había amanecido.

Todavía llevaba puesta la ropa con la que había corrido por el bosque, sus botas estaban sucias, tenían barro y hojas pegadas a la suela, algo de lo que, gracias a Dios, ellos no se percataron. Sentía un sopor en la mente que no le permitía reaccionar, ni analizar con serenidad todo lo que había sucedido. Las muchachas dormían. ¡Pobrecitas! Seguramente estaban tan cansadas que ninguna escuchó el bochinche que se había producido en el primer piso. ¡Mejor! Así ella no tendría que dar explicaciones.

Lo último que esperaba Sofie era ver a su padre escondido como un reptil en esa cueva nefasta de corruptos. De todos los pensamientos que se le cruzaron por la mente con respecto a la suerte que podría haber corrido el señor Gregor, ese jamás ocupó un lugar en su imaginación.

Lo que él había hecho era absolutamente deshonroso: evadir la responsabilidad y el deber de cualquier ciudadano honorable y esconderse en el Castillo de las Sombras para cuidar su pellejo era una bajeza de su parte. Seguro que tuvo la intención de huir y que lo dieran por desaparecido el resto de su vida. A Sofie se le llenaron los ojos de lágrimas,

¿cómo no pensó siquiera en ella? Ahora podía develar la incógnita, ahí estaba la razón por la que ella nunca había recibido ni una sola noticia de él. ¿Desde cuándo estaría allí? Por su apariencia, se podría decir que desde siempre, que jamás pisó el escenario de la guerra. Ella sintió un dolor agudo en la cabeza, una puntada punzante en la sien que le cortó la respiración, estaba sofocada, se le cerraba el pecho y tosía. Se sentía ahogada y todo intento para que el aire le llegase a los pulmones parecía infructuoso. Entonces trató de tranquilizarse, sabía que si se asustaba sería mucho peor.

Estaba indignada. Indignada hasta destrozarse el alma. Es que ni su apellido, ni la gente de Sangendrup, ni tampoco el buen nombre de su madre merecían semejante vergüenza. Ahora, ¿quién iba a respetar a la hija de un traidor?

Una de las muchachas se desperezó sonoramente, lo que la hizo volver en sí. Pero no por mucho tiempo, porque, después de semejante revelación, su mente quedó embotada por la rabia, la vergüenza y el deshonor. No tenía voluntad ni para moverse ni para pensar. Todo su esfuerzo por revertir el concepto que la gente tenía de ella se desmoronó de manera vertiginosa. Por un instante, le pareció que vivía una pesadilla y luchó frenéticamente por despertar. Pero aquello no era ninguna pesadilla. ¡Ojalá lo hubiera sido! Lo que tenía delante no era otra cosa más que su destino. Aunque sonara demasiado cruel, esa era la cruda verdad. No se lo merecía, no en este momento. Pero ¿acaso merecían los suyos pasar una guerra, padecer en las trincheras y morir? ¿Merecían los soldados que luchaban por la patria soportar semejante zozobra: hambre, miseria, enfermedades infecciosas, fiebre tifoidea, fiebre escarlata y disentería? Las madres perdían a sus hijos; las esposas, a sus maridos; las novias, a sus pretendientes. Y encima de toda esa desgracia, Sangendrup debía sumarle la opresión de un ser impío y mezquino como el señor Alexander. En medio de tantas emociones y hundida en la zozobra, finalmente logró conciliar un sueño liviano y abrumador.

Unas horas después, se despertó sobresaltada y caminó hacia la ventana, los trabajadores seguían su rutina. Jens gritaba y agitaba el látigo aplicando su autoridad morbosa. Sofie sabía que, en cualquier momento y por el motivo más insignificante, ese látigo caería sobre la espalda de los inocentes que estaban bajo sus órdenes. Se estremeció solo de pensarlo.

Le extrañó que todavía no hubieran venido por ella. Y aunque ya le importaba muy poco lo que le pudiera suceder, era consciente de que, por la actitud indebida de una, se podía castigar al resto. Le preocupó que aquellas muchachas tuvieran que padecer por su culpa. Había demasiado sufrimiento en el Castillo de las Sombras. Y mucha injusticia.

De repente, sospechó que su presencia allí podría tener una implicancia muy diferente en el desenlace de los hechos finales, aunque solo Dios sabía lo que ella haría en medio de aquella fauna que se movía silenciosa en la oscuridad.

Le dolían los machucones que tenía por todo el cuerpo. Pero un fuerte sentimiento interior, el mismo que otras veces la había sacudido, ahora la empujaba a avanzar. «Los hijos de Dios no son de los que retroceden, sino de los que avanzan con fe», pensó cobrando un valor inesperado, superior a su razón y a sus miedos. ¿Aquello era fe? Sí, indudablemente aquello era fe.

Aprovechando que no había nadie más que ella en esa lúgubre habitación, se tomó unos minutos para orar y eso la reconfortó; porque quién sino Dios conocía los misterios del Castillo de las Sombras y nadie más que Él podía revelarle los secretos y los enigmas muy escondidos dentro de aquellas paredes tenebrosas.

Se sentía afiebrada y con un malestar general que le impedía respirar con normalidad. A pesar de eso, sabía que no era prudente permanecer en el cuarto. Además estaba intrigada por saber qué había pasado después del suceso de la madrugada. Así que rápidamente se dirigió a la cocina.

Cuando Juli la vio, corrió con entusiasmo hacia ella.

–¡Mikkeline, ya estás levantada!

–¡Me quedé dormida, Juli! ¿Por qué no me despertaron?

–Es que… durante la noche te sacudías agitada, como si algo malo te estuviera atormentando…, así que se lo conté a la señora Magda y ella me dijo que te dejara descansar un rato más.

–Gracias, Juli, ya me siento mejor.

–Entonces, ven, Mikkeline, ven que hay algo que te quiero mostrar –hablaba con una euforia llena de inocencia y, aprovechando que la señora Magda no estaba, le tomó la mano y la empujó hacia la mesa–. Mira, Mikkeline… ¡Aquí está el milagro!

Sofie acarició con delicadeza las tazas.

–¡Son hermosas!

–¿Verdad que sí, Mikkeline? La señora Magda dice que es un verdadero regalo del cielo. Algo de mucho valor –Juli hablaba de manera atropellada, estaba maravillada.

–Dios siempre nos da lo mejor. Él ha visto tu aflicción y ha pagado tu deuda. ¡Debes estar muy agradecida, Juli!

En ese momento, entró la señora Ulrike y, junto con ella, un viento frío que las hizo tiritar. Parecía que nuevamente había recuperado el vigor para la maldad.

–¿Por qué estás tan contenta, Juli? –le preguntó y la intimidó con la mirada.

–Por el juego de porcelana… El que Dios trajo en lugar del que se rompió –respondió con un candor que le iluminó la cara.

–Querrás mejor decir: el que tú rompiste. Así que la deuda es tuya, te pertenece. Y aún no está saldada –declaró la señora Ulrike, levantando el tono de voz de manera maliciosa.

De repente, el semblante de Juli se transformó. Sabía que la mujer sería capaz de maltratarla hasta las lágrimas. Tenía un corazón duro y suficiente libertad como para ejecutar todas sus amenazas y su crueldad. Sofie contempló la escena, el pesar que humedecía la dulce mirada de Juli y la osada provocación que transmitía la cara de la señora Ulrike.

–Usted, señora Ulrike. Usted fue la que dijo que solo un milagro la podía salvar –Sofie habló sin que le temblara la voz y la enfrentó con la mirada–. Y el milagro está a la vista. ¿No le parece suficiente evidencia, señora Ulrike?

–¿¡Y tú quién te crees que eres, mocosa insolente!? –exclamó con el rostro crispado de furia, a la vez que se acercaba a ella para tirarle con fuerza del cabello–. ¡Pagarás por tu impertinencia! ¡Oh, sí que pagarás y no solo con un insignificante mechón de pelo, ya verás si no te dejo calva!

La señora Ulrike desapareció mascullando su furia, pero no sin antes vociferar que enviaría a Jens con el látigo y la vara para castigarla como se merecía. El tirón de pelo había dolido y mucho, seguramente la mujer se iba con algunos mechones de su cabello entre los dedos. Sofie se frotó la cabeza para atenuar el ardor que sentía en el cuero cabelludo y apretó los labios con fuerza para impedir que le saltaran las lágrimas. De algo estaba segura: nadie en el Castillo de las Sombras le iba a sacar una lágrima, sino que las guardaría para situaciones más dolorosas que darle el gusto a alguien tan desalmado como ella. Luego buscó con la mirada a Juli, que lloriqueaba atemorizada cerca del fogón.

–Tranquilízate, Juli…

–Ella es mala, muy mala –balbuceaba la chiquilla ahogada por el llanto–. Te hará daño a ti también. Y yo no quiero, no quiero que eso suceda.

–Ella no me hará nada, Juli –dijo para tranquilizarla, aunque, en realidad, Sofie tampoco estaba segura de eso–. Nada que Dios no permita que me haga.

Al rato, apareció la señora Magda, se la notaba agitada. En un abrir y cerrar de ojos, comenzó a ordenarles la tarea, a la vez que hacía aspaviento con la mano.

–¡A trabajar, muchachas, que hoy hay mucho para hacer!

Llegan nuevos invitados al castillo.

–¿Nuevos invitados? –preguntó Sofie disimulando un verdadero interés.

–Bueno… Sí…, invitados, socios, clientes…, todo es lo mismo. Lo cierto es que hay que atenderlos como si fueran señores muy importantes –anunció, enfatizando con sorna las últimas palabras.

–¿Y lo son?

–Algunos sí y otros no tanto –comentó la señora Magda sin prestarle demasiada atención–. Tú, Juli, encárgate de arreglar los dormitorios. Mikkeline, tú me ayudarás en la cocina. Comienza sirviendo el desayuno… y luego limpia las verduras.

Gracias a Dios, el que no apareció por ahí, como había amenazado la señora Ulrike, fue el temido Jens. Seguramente, después de la reprimenda que había recibido la noche anterior, no estaba para chismes y problemas menores. Sofie sonrió para dentro, imaginándose a Jens con el rabo entre las patas. Sabía que el más mínimo paso en falso sería suficiente para que el señor Alexandre pusiera el grito en el cielo y lo echara del castillo sin ninguna consideración. Nadie mejor que Jens para conocer al siniestro dueño del castillo. Así que Sofie estimó que, de ahora en más, aquel malvado andaría con menos presunción.

Los carruajes comenzaron a llegar.

En ese momento, Sofie lavaba la loza. Desde la ventana que estaba sobre el fregadero, miró hacia afuera con mucho interés. Pretendía descubrir quiénes eran aquellas personas misteriosas que llegaban al castillo. Con las manos metidas en el agua jabonosa, se estiró hasta pegar la cara contra el vidrio, tenía la esperanza de reconocer algunos de los rostros. Pero había demasiados estorbos en el medio que le impedían ver con claridad. La señora Magda también se acercó a mirar por la ventana, tenía curiosidad por saber qué era lo que tanto le intrigaba a Sofie.

–Gente, gente, gente –refunfuñó desilusionada al no

distinguir nada que le llamase especialmente la atención–. Y a uno ya no le dan las fuerzas para atenderlos. El señor Alexander acumula riqueza mientras nosotras trabajamos como siervas acá adentro.

La señora Magda estaba cansada y hablaba más de lo que debía.

–Mira, Mikkeline, no sé cómo has venido a parar a este lugar, pero te aconsejo que te vayas cuanto antes. Tú pareces una buena muchacha –añadió retomando la tarea–, y este lugar no es para alguien como tú.

–Y usted, señora Magda, ¿por qué no se va del castillo?

–Para mí no es tan sencillo, ¿sabes…? Cosas del corazón –dijo y permaneció pensativa por unos momentos, como si se hubiera sumergido en los recuerdos. Pero cuando se dio cuenta de que había sido indiscreta y de que Sofie la miraba expectante, cambió drásticamente de actitud y exigió apurada–: ¡A trabajar, muchacha! Mientras tanto, yo iré por más leña.

Sofie estiró el cuello una vez más, para ver si podía visualizar a la gente que llegaba, pero no reconoció a nadie, apenas alcanzó a vislumbrar fisonomías difusas. Su cercanía al cristal hacía que se empañara el vidrio constantemente y limpiarlo con las manos jabonosas solo le empeoraba la visión.

Estaba intrigada, aunque era habitual que arribara gente al castillo y que se fueran después de una breve estadía (a veces lo hacían en el mismo día). Solo los extranjeros, que venían de lejos, permanecían más tiempo y se hospedaban ahí.

En ese momento, ingresó la señora Magda junto con dos muchachas.

–Ellas te ayudarán, Mikkeline, porque no quiero que te demores. Espero no tener ninguna queja del señor Alexander –le advirtió, a la vez que acomodaba las tazas en una bandeja grande y lujosa. Y después se dirigió hacia una niña flacucha y débil que se llamaba Marié–. Tú, muchachita, troza el pastel en porciones pequeñas, ¡es más delicado de esa manera! Y acomódalas en un plato de masas, de los que están en la vitrina –le indicó, cuidando hasta el más mínimo detalle–. No, no…, espera… Deja…, prefiero que lo haga Mikkeline, ella saber mejor que nadie cómo hacer esa tarea. ¡Anda, Mikkeline, encárgate tú de eso!

Sofie dispuso el suntuoso juego de porcelana sobre la bandeja. Y lo miró por un instante con melancolía.

–Hermoso, ¿verdad? Porcelana Flora dánica…, muy valioso. ¡Siempre será un misterio saber cómo llegó hasta aquí! –comentó la señora Magda, a la vez que cogía una taza y le mostraba a Sofie la inscripción que tenía debajo y que certificaba que era una auténtica pieza fabricada por la Royal Copenhague.

Sofie la observó callada.

Solo Dios sabía lo que significaba para ella aquel recuerdo de su madre. Y verlo ahora en manos del señor Alexander le revolvía el estómago y le daba nauseas. Pero se consoló pensando que, si con eso evitaba que Juli recibiera una golpiza, entonces las entregaba con gusto. El propósito estaba cumplido.

–¿En qué te quedaste pensando, muchacha? –indagó la señora Magna desconcertada por la actitud de Sofie, que seguía observando la inscripción. Pero no esperó la respuesta, ni le dedicó más tiempo a aquel asunto porque estaba demasiado apurada como para detenerse en minucias–. ¡Basta de mirar embobada esa vajilla! Porque en la sala hay muchas personas que están esperando…

–Disculpe, señora Magda…, enseguida voy….

–Mikkeline, no pensarás presentarte en la sala con ese guardapolvo manchado y sucio, ¿verdad?

–No sabía que tenía que cambiarme de ropa…

–Pero muchacha, ponte enseguida el delantal blanco, almidonado y planchado que está en el armario. Y cúbrete el cabello con una cofia. El señor Alexander es muy quisquilloso con ciertos detalles. Se pone frenético si ve pelos por ahí.

–¿Quisquilloso? –resopló con fastidio Sofie. Bueno, ese era un defecto más para agregar a la larga lista que el hombre tenía en su haber. Cuando tuviera tiempo, lo anotaría: «quisquilloso».

Una vez que tuvo la aprobación de la señora Magda, Sofie dispuso la vajilla en un carrito muy elegante destinado para ese uso y entró en la sala donde estaban los invitados. Le temblaban las piernas y le ardían las mejillas, como si le quemara la piel. De repente sintió un dolor tan punzante en la boca del estómago que tuvo la sensación de que se iba a desmayar. En esas condiciones, no podría servir el té, porque se le caería todo. Su estado emocional la delataría.

–Esta muchacha me recuerda a alguien –dijo imprevistamente el secretario del señor Alexander, a la vez que la examinaba dubitativo y le daba vueltas alrededor como si fuera un sabueso.

Nadie le prestó demasiada atención porque estaban atentos a temas más importantes, conversaciones de negocios, asuntos de intereses. Y la guerra.

–¿Será cierto que el ministro Monrad dijo eso?

–Es lo que se comenta…

–¿Qué es lo que dijo el ministro Monrad? –preguntó uno, ebrio como una cuba, a la vez que miraba distraído cómo el humo del cigarro zigzagueaba en el aire.

El que hablaba no le respondió directamente al que hizo la pregunta, sino a los otros caballeros que estaban junto a él y que parecían también muy interesados.

–Señores, es evidente que el ministro Monrad habló en un estado de profundo malestar. Consideren que él fue «invitado» a renunciar… Si lo vemos así, es comprensible que haya dicho: «Mi rey me ha traicionado» –hablaba del señor Monrad con respeto, como si quisiera disculpar su actitud.

De repente, se oyó un murmullo, no demasiado claro, de opiniones. Sofie servía haciendo pausas evidentemente prolongadas, porque deseaba escuchar la conversación.

–La pérdida de Als no solo ha sido una gran derrota militar, sino que también significa el final del Gobierno nacional liberal. El Reino Unido le ha negado a Dinamarca su ayuda definitiva. ¿Qué piensa usted de eso, Thorkins?

El señor Thorkins se movió incómodo en el sillón. Sabía que cualquier opinión que pudiera dar sería crucial para él, porque aunque allí había algunos extranjeros, la mayoría eran daneses.

–Como inglés que soy, me cuesta ser imparcial, señor Alexander. Pero sospecho que, en los últimos días, el ministro Monrad, en su función como jefe de Gobierno, se ha embarcado en una política de acciones desesperadas y, presumiblemente, no todas fueron acertadas…

–¿A qué se refiere, señor Thorkins? –lo interrumpió el señor Alexander y lo miró con suspicacia prestando mucha atención a lo que decía.

–Es que…

–¿Qué pasa, señor Thorkins?

–Parece que el señor Thorkins tuviera miedo de opinar…

–No. No se trata de eso. Es que, ese mismo día, el ministro Monrad sugirió pedir la intervención de Francia, y más exactamente de Napoleón III, como mediador en las nuevas conversaciones de paz…

–¿Y qué tiene de malo eso, si el Reino Unido había negado su apoyo?

–¿No le parece a usted que Inglaterra pudo haber considerado una ofensa que el ministro Monrad haya puesto su confianza en el emperador francés para lograr que parte del territorio de Schleswig sea cedido a Dinamarca?

–¿Y eso ha molestado tanto a los ingleses, señor Thorkins?

Él meneó la cabeza, la conversación lo había puesto en un inevitable aprieto.

Sofie apoyó bruscamente la tetera sobre la mesa, de modo que se notó su nerviosismo. Algunos la miraron de manera distraída, pero la atmósfera se había vuelto demasiado tirante como para prestarle atención a esa muchacha. Sofie bajó la vista. Aunque se moría de ganas por ver aquellos rostros, consideró prudente no exponerse demasiado, ya que ese zorro suspicaz, el secretario del señor Alexander, la seguía observando con desconfianza.

–De todos modos, señor Alexander, permítame informarle que la respuesta francesa fue sorprendentemente despectiva.

–¿Ah, sí? Y ¿qué fue lo que dijeron? –preguntó y se puso de pie para acercarse a la ventana.

El señor Thorkins tosió nervioso y caminó unos pasos hacia él, para hablarle discretamente. Los dos se miraron de una manera muy especial, como si estuvieran en posiciones antagónicas. Pero les convenía no altercar, porque más allá de lo que resolvieran las grandes potencias, ellos tenían intereses en común.

–Los franceses respondieron que Dinamarca debería esperar perder Schleswig mediante un acuerdo de paz.

–¿Perder Schleswig? ¡Eso nunca! –exclamó con furor uno de los hombres que estaba cerca de ellos y golpeó su vaso lleno de ron sobre la mesa.

–¡Dinamarca no cederá un centímetro de Schleswig! –afirmó entre dientes un señor obeso, de voz gangosa y mirada severa.

–¡Dios salve a Dinamarca! –susurró Sofie mientras servía con disimulo el café.

Cómo se pudo escuchar su voz suave y baja en medio de tanto bullicio fue algo inexplicable. Pero todas las miradas se enfocaron en ella.

En ese momento, el señor Gregor, obviando con habilidad la declaración de la joven, siguió conversando para disolver la atención que había generado la espontánea reacción de su hija.

–¿Les parece, amigos, que el señor Moltke está en condiciones de asumir como primer ministro?

En circunstancias como esas, los temas políticos siempre generaban una reacción inmediata. Y eso el señor Gregor lo sabía.

–No, él está absolutamente quebrado, tanto física como emocionalmente. –El comentario candente de otro de los asistentes no se hizo esperar.

–¿Y qué opinión les merece el señor Bluhme? Él ha aceptado, aunque se comenta que no está del todo conforme con su decisión.

–Es que el señor Bluhme ya es muy anciano y está enfermo…

–Aun así, señores, no podemos desmerecer la primera medida que ha tomado.

–Cuéntenos, señor Jellesen…

–Es muy loable que, un día después de haber sido nombrado ministro, él haya solicitado a Prusia y a Austria una tregua, lo cual significa el alto el fuego como parte de un tratado de paz.

–Entonces, es verdad que el nuevo Gobierno conservador de Bluhme puede darle a Dinamarca una paz más duradera que los liberales nacionales.

–Sin duda que el rey Christian tiene la esperanza de que así sea y que el nuevo Gobierno pueda solucionar el problema, a tal punto que Schleswig y Holstein pertenezcan definitivamente a Dinamarca.

Se hizo un silencio breve y tirante, en medio de un vacío maloliente de tabaco, el que de golpe fue interrumpido por la voz grave del señor Alexander.

–¡Ey, muchacha! Sírveme otra taza de té.

–Incluso se sabe –continuó explicando el caballero (como si nunca hubiera escuchado la orden del señor Alexander), entre tanto que bebía unos sorbos de ron–…, de manera extraoficial, ¡claro!, que el rey estaría dispuesto a permitir que Dinamarca se una a la Confederación Alemana para lograr estas condiciones de paz.

–Lo que pasa es que tanto el rey como otros… tienen la ilusión de que Prusia, y sobre todo Bismarck, no mantengan la intención de conquistar los ducados.

Sofie estaba intranquila, sentía que su padre quería que ella se fuera cuanto antes de la sala. Era evidente que su presencia ahí lo comprometía y lo alteraba. En ese momento, él cogió la tetera y comenzó a servir, a la vez que se mostraba muy interesado en la conversación. Ignoró deliberadamente a la muchacha, se esforzaba por hacer que ella pase lo más desapercibida posible.

–Puedes retirarte –le dijo muy bajo, sin prestarle atención y sin mirarla, mientras desacreditaba de manera acalorada la opinión que acababa de escuchar.

–Esta muchacha me resulta conocida –barboteó con suspicacia el secretario del señor Alexander, intentando recordar dónde pudo haberla visto antes. Pero alguien imprevistamente lo llamó para integrarlo a la charla de un grupo de entusiasmados caballeros.

–Tú tienes que estar acá –le dijo–. No puedes distraerte con tonterías. Ya deja a la muchacha en paz.

Era el señor Gregor.

–¡A ver, señores! –exclamó con voz firme el señor Alexander capturando la atención del resto–. En la Conferencia de Londres ya se ha demostrado que la monarquía danesa unida no es una solución viable en este conflicto.

Mientras tanto, Sofie arrastraba lentamente el carrito hacia la puerta.

–Señores –el dueño del castillo alzó la voz y miró a la gente con preocupación–. Nuestros intereses están puestos en Dinamarca y no se puede negar que el panorama es sombrío, ya que la posición de la nación es ahora mucho más débil que en la Conferencia de Londres. Dinamarca no tiene ni una sola buena carta en la mano a su favor y tampoco cuenta con el apoyo de las potencias extranjeras…

–Entonces, señor Alexander, ¿qué nos sugiere usted que hagamos? –preguntó un hombre mayor que echaba humo como si fuera una chimenea.

Sofie cruzó con su padre una mirada profunda, pero

fugaz, luego abrió la puerta y salió. Todavía oía las voces alteradas del debate encendido que se había desatado entre ellos.

Llegó a la cocina temblando. Casi no podía sostenerse de pie. Sentía mucho frío, estaba agitada y no paraba de tiritar. Sin duda tenía fiebre. Había escuchado demasiadas noticias preocupantes acerca del destino incierto de su nación. Y se preguntaba: «¿Quiénes eran los que estaban allí?, ¿políticos, comerciantes, gente de negocios…y quiénes más?». Su cabeza estaba a punto de estallar.

–¿Qué te pasa, muchacha? Estás pálida y pareces turbada… –le preguntó la señora Magda mirándola con una clara preocupación.

–No me siento bien.

–Ya me había dicho Juli que estabas enferma. Pero hoy te necesito más que nunca, Mikkeline. Bebe un poco de té y descansa un rato, porque después hay que continuar. Toda esta gente se va mañana y hay que servirles, ya te dije, como si fueran señores –concluyó con una sonrisa burlona.

–¿Es que no son señores?

–¿Te parece que aquí puede haber señores? –preguntó de manera terminante.

–Sí, quizá alguno de ellos… –respondió Sofie recordando a su padre.

–¡Piensa lo que quieras! No tengo intención de contradecirte. –La señora Magda la miró con recelo, a la vez que seguía con su tarea.

Cuánto dolor le produjo saber que su padre era considerado un «cualquiera». A pesar de todo lo que había pasado, él era su padre. Ella lo rescataría, le rogaría que se fuera de allí, que se alejara de toda esa gentuza que acumulaba riqueza mal habida, fruto de la tragedia ajena y del infortunio de una nación quebrada.

Se sentó a la mesa, pelaba habas y arvejas mientras se tomaba un poco de descanso e intentaba ordenar sus ideas y orar con el pensamiento, pidiéndole a Dios misericordia.

Porque solo eso necesita el pecador que se presenta arrepentido delante de un Dios santo: misericordia.

Después del mediodía, la señora Magda le permitió que se marchara a descansar. Eso le hacía mucha falta. Se sentía floja, las piernas cada vez le respondían menos. De tanto en tanto, Juli iba al cuarto para ver cómo estaba. Sofie entró en un sueño profundo, pero muy agitado. Temblaba como si estuviera metida dentro de una cuba con hielo. Percibía que había mucha niebla alrededor, como si todas las sombras que se movían en el castillo hubieran venido de manera abrumadora sobre ella; pesadas, espesas, malolientes. Sombras tenebrosas que la asfixiaban. Agitaba de manera imperceptible los brazos para espantarlas, pero no se iban, permanecían ahí, sobre ella, para ahogarla. Se movía, se quejaba, hacia un esfuerzo sobrehumano para abrir los ojos, pero no podía. Alguien la sacudió despacio, con cuidado de no sobresaltarla.

–Mikkeline. –Era la voz de Juli y ella la escuchaba entre sueños–. Mikkeline. No puede ser, ella está muy mal –balbuceó angustiada–. Tendré que llamar a la señora Magda, seguro que ella me podrá ayudar.

Juli salió rápido de la habitación y entró corriendo en la cocina. Jens estaba allí en ese momento, así que prefirió dejarlo para más adelante, no era conveniente que él lo sepa, era un hombre despiadado. Y la señora Magda estaba demasiado atareada como para ocuparse también de Mikkeline.

Gracias a Dios, durante el resto del día nadie preguntó por ella. Juli pensó que ya habría tenido suficiente tiempo como para reponerse y esperaba encontrarla bastante mejor cuando la viera. Y así fue. El descanso había sido muy beneficioso.

Sofie no se hizo esperar, sino que se mostró solícita en seguir con su tarea. La señora Magda había sido muy considerada con ella y no deseaba contrariarla, sino que prefería tenerla de su lado y comportarse amigablemente, ya que le parecía una buena mujer.

En ese momento, la señora Ulrike estaba en la cocina y tenía los nervios crispados debido a la presunción de que no se produjera ninguna queja contra ella, ni contra su hermano Jens. Como su esposo era un hombre sin carácter, un flojo (según su crítica opinión), ella se apoyaba en el despotismo de Jens para hacer que los aldeanos obedezcan las órdenes. Pero debido al incidente de la noche anterior, Jens estaba perdiendo la confianza del señor Alexander. Eso la tenía de pésimo humor y a Jens lo había desestabilizado por completo. Andaba furioso de aquí para allá, queriendo desquitarse con alguien. Cada tanto se oía su látigo golpear con violencia contra las cosas, afligiendo a la pobre gente que cansada y, en muchos casos, enferma ya no tenía fuerzas para seguir haciendo las tareas más pesadas.

Como era de esperar, la señora Ulrike una vez más no pudo con su genio y comenzó a despotricar:

–Acá hay demasiadas muchachas holgazanas… Pierden el tiempo cuchicheando, y tramando vaya a saber uno qué cosas… ¡A ver, tú, Mikkeline, que andas con esos aires de dama, ponte el delantal y ve a cortar leña!

–No. –Se interpuso sin gritos, pero con autoridad la señora Magda–. A ella la necesito en la cocina, para servir en el salón. Es la única que tiene modales finos –agregó quitándole bruscamente el delantal de la mano a Sofie.

–¿Modales finos? ¡Cómo no, señora! –sonrió socarrona a la vez que se inclinaba hacia Sofie, haciendo una burlona reverencia–. Pero Jens quiere que sea ella –exigió en un último intento por salirse con las suyas.

–Caprichos no, Ulrike. Dile a Jens que busque a algún muchacho para eso.

–Tú también eres una floja. Así no llegarás a nada en el castillo –le respondió y la miró con desprecio–. El señor Alexander se enterará de todo esto y entonces….

–¿Entonces qué? –preguntó la voz masculina que acababa de ingresar.

Las tres giraron bruscamente la cabeza hacia él. Era el señor Gregor. Se hizo un silencio insondable. Fue como si el corazón de las mujeres también se hubiera detenido. Por una fracción de segundo, no se oyó ni un solo sonido. Nada. Silencio absoluto.

–El señor Alexander pide una taza de té junto con su medicina –dijo obviando como siempre a Sofie y enfocando su mirada rígida en la señora Ulrike–. Continúe, señora Ulrike, me place escucharla.

–Na... nada importante –balbuceó perturbada.

–Bien ha dicho, señora Ulrike, estoy empezando a sospechar que el señor Alexander ignora muchas cosas que pasan a sus espaldas. Porque el orden y la disciplina no se consiguen a expensas de maltrato y castigo. Me parece que alguien ha interpretado mal sus órdenes. ¿No le parece?

La situación se hizo muy tensa, porque habían ingresado otras personas y la irrupción de este caballero que desacreditaba abiertamente a la señora Ulrike fue algo que nadie esperaba. Luego, conservando su postura de señor, el hombre dio media vuelta y, sin agregar una palabra más a su ácido comentario, se marchó. Un minuto después, la señora Ulrike dejó la cocina, avergonzada. Seguramente, salió en busca de Jens.

Habían empezado a ocurrir acontecimientos inesperados en el castillo y se notaba una inquietud apenas perceptible en todos.

Jens y la señora Ulrike andaban con los rostros desencajados de ira, debido al desenlace que habían tomado los últimos acontecimientos. Y maquinaban acciones perversas contra quienes ellos veían como una amenaza.

239

15

Recuperar lo perdido

**La señora Magda miró por la ventana hacia
el bosque, había comenzado a soplar un viento
fuerte, el que casi siempre anunciaba
que el tiempo iba a desmejorar.**

–Tengo una sensación muy extraña –musitó la mujer
con una clara expresión de inseguridad–. Como si fuera a
ocurrir una desgra…

–Dios no lo permita, señora Magda.

La mujer sonrió débilmente.

–Es raro oír hablar de Dios en el Castillo de las Sombras…
Pero ¿sabes, Mikkeline?, a pesar de todo lo que he pasado
en esta vida, yo creo que Dios existe.

–Siendo así, señora Magda, ahora tendrá que conocerlo.

La mujer pareció confundida. ¿Cuál era la diferencia?

–Señora Magda, usted sabe que yo existo, ¿verdad?

Ella asintió levemente.

–Bien. Usted sabe que yo existo, pero no me conoce,
no sabe nada de mí. Ni quién soy ni de dónde vengo…,
tampoco sabe nada de mis sentimientos. No sabe ni lo que
me gusta ni lo que me desagrada. Si tengo esposo, hijos,
hermanos y padres, o si estoy sola en este mundo. Si soy
una campesina pobre, o una mujer muy rica…

–¡Qué ocurrencia, Mikkeline! ¡Claro que no eres rica! Si
no, ¿por qué razón estarías aquí?

–Aun esa es una suposición, señora Magda. La verdad es que usted no sabe nada de mí.

La mujer abrió los ojos de manera expresiva.

–Tienes razón, Mikkeline…

–Aunque estoy a su lado y no puede negar mi existencia, usted no sabe nada de mí. Ya ve, señora Magda: saber que Dios existe no garantiza que se lo conozca.

–No sabría cómo hacerlo, Mikkeline, aunque ciertamente lo necesito. Y mucho –confesó pensativa y perpleja.

–Nosotros somos como un libro abierto para Él. Dios sabe todo de nuestra vida. Y solo nos dice: sígueme. Sígalo, señora Magda, la oración es una forma de estar comunicados. Leer la Biblia y retener en el pensamiento lo que hemos leído nos irá dando una gran sabiduría.

La mujer la observó de una manera especial, aquella joven no hablaba como una campesina, pero ahora estaba demasiado cansada como para pensar en eso. En otro momento, seguirían conversando.

–¿Sabes…? A veces me parece que Dios se olvidó de mí…

–Dios no se olvida de ninguna de sus criaturas. Eso es tan cierto como que usted se llama Magda y yo….

–Mikkeline –añadió la señora con voz cansada.

De pronto, la señora Magda abrió sus labios temblorosos, como si estuviera a punto de confesar una historia que tenía muy a escondida en su corazón. Su historia. Pero al final añadió en voz baja, mostrando una sonrisa apagada.

–Mikkeline, ¿podrías hacer una oración por mí? Te lo agradecería sinceramente.

Entonces ella inclinó la cabeza en silencio y esperó las palabras de Sofie.

–Dios, Tú lo sabes todo. Ninguna persona puede esconderse de Ti, ni guardar un secreto sin que Tú lo sepas. Tienes en tus manos el destino de los hombres, así como también la vida de la señora Magda. Haz que tu Reino venga sobre ella, ten misericordia y permite que esta buena mujer perciba tu amor. Concédele, Señor, lo que anhela su corazón. Nosotras confiamos en ti. Déjanos tu paz y tu bendición. Te lo pedimos en el nombre de Jesús. Amén.

Cuando Sofie concluyó, la señora Magda tenía los ojos llenos de lágrimas.

—Gracias, Mikkeline —musitó y suspiró aliviada—. Pero anda, apresúrate, no sea que nos vengan a buscar y nos regañen. —Aunque, en realidad, en ese momento, le importaba muy poco que lo hicieran. Pero luego dijo conmovida—: Hermosa tu oración, Mikkeline. ¿Quién te enseñó a orar?

—Mi madre —respondió ella, a la vez que abría la puerta para salir.

Sofie entró en el salón, que ya estaba muy concurrido. Allí habría unas veinte personas o tal vez algunas más. Todos caballeros vestidos con elegancia, reunidos en grupos conversando animadamente. Solo la mirada de su padre le penetró el alma. Por un instante, sus ojos se cruzaron, fue como un latigazo en carne viva. Ella sintió un dolor indescriptible, agudo y punzante. Nadie lo notó, porque todos estaban muy entretenidos en la conversación. El tema se centraba en dinero, ganancias, oro, documentos, títulos de propiedad, tierras y joyas. En virtud de lo que se oía, parecía que ya habían resuelto la cuestión de la incertidumbre política que afectaba a la nación y que seguramente también afectaba sus propios intereses.

Después de haberlos servido, Sofie se marchó tan callada como había entrado. El señor Alexander se sentaba en un sillón de líneas rectas con el espaldar cuadrado, los brazos y las patas eran de madera teñida en dorado y el tapizado, de terciopelo rojo, como la silla de un rey. Los hombres ovacionaban sus bromas y bramaban cuando él decía alguna picardía. Pero le prestaban mucha atención cuando hablaba de negocios, dinero, inversiones y apuestas. Ejercía en la mayoría una seducción irresistible, diabólica.

Las horas fueron pasando y, cerca de la medianoche, las

únicas dos que todavía seguían trabajando eran la señora Magda y ella.

—Esto es lo último que nos queda por hacer —le dijo la mujer a la vez que acomodaba masitas danesas, té y café en una bandeja muy lujosa—. Sírvelo y luego vete a descansar. Ya has hecho bastante por hoy, Mikkeline.

—No, señora Magda, usted ha trabajado mucho más que yo. Por eso, permítame terminar a mí con la tarea.

—Eres muy generosa, gracias, Mikkeline. Esta noche me siento muy cansada…

—Yo me encargo de atenderlos, señora Magda, usted váyase tranquila.

—Gracias, Mikkeline, sirve y vete a descansar tú también.

—¡Hasta mañana, señora Magda!

La mujer la miró con aprecio. «Ella es una joven de buenos sentimientos», pensó, a la vez que colgaba su delantal en el perchero.

—Mikkeline, mañana seguiremos con la conversación, la verdad es que me has despertado muchas inquietudes.

Aquello sonaba muy extraño. La señora Magda parecía no pertenecer a aquel lugar. No era como una de ellos. ¿Por qué, entonces, soportaba aquel entorno? Sin duda, había una historia que la unía al Castillo de las Sombras. Pero ¿cuál sería?

Sofie sirvió el té y dejó las bandejas con masitas sobre la mesa. Los hombres estaban ensimismados en sus conversaciones. Por un segundo, ella contempló a aquellos que ahora bebían en las tazas de porcelana de su madre. Y en esa fracción de segundo se cruzó con la mirada severa de su padre. Ellos se hablaron con silencios, en el lenguaje de la sangre. ¡Ella sentía una decepción tan profunda!

Había humo, olor a alcohol y a tabaco en el ambiente. Sofie salió de allí, tan silenciosa como entró.

Su tarea en la cocina había terminado, se inclinó para apagar la única lámpara que todavía seguía encendida, justo cuando ingresó un caballero y caminó hacia ella sin hacer ruido. Sofie se sobresaltó. Él le tapó la boca para ahogar su grito de pavor. Era su padre.

–¿Qué haces metida en esta cueva, Sofie?

–Eso es lo mismo que me pregunto yo. ¿Cómo pudo hacernos esto, papá?

Él la miró con tristeza.

–Eso ya no importa. Pero tú tienes que salir de aquí ahora mismo. Ya.

–No.

–Escúchame bien, Sofie, tienes que irte esta misma noche. Tu vida corre peligro en este lugar. Algunos ya han empezado a sospechar...

–No me iré. Por lo menos, no me iré con las manos vacías. Quiero todo, todos los documentos de los aldeanos, que las tierras vuelvan a sus dueños.

–Eso es imposible. Todo está bajo llave.

–Entonces, moriré acá, pero no me iré, papá.

–Eres demasiado obstinada, tienes que marcharte cuanto antes... –insistió él (su voz era apenas un susurro). Pero como vio que Sofie no estaba dispuesta a deponer su actitud, agregó impaciente–: En el segundo piso, la última puerta a tu izquierda..., ahí está todo. La llave la guarda en su dormitorio, debajo de la almohada. La penúltima puerta a tu derecha –le indicó–. Yo, mientras tanto, intentaré entretenerlos.

–Gracias, papá.

–El secreto de los Eriksdatter está en Blis, escondido en mi escritorio. Detrás de la biblioteca hay una puerta angosta disimulada como si fuera parte de la pared. Sin manija, solo un cerrojo. Empujala y cederá Por ella podrás ingresar a un cuarto pequeño repleto de libros y cosas sin valor; detrás de todo eso, está la riqueza de la familia.

–Pero ¿no está acá, papá? ¿No se lo dio al señor Alexander?

–No. Todo lo que le di es falso.

–Gracias, papá –le dijo con lágrimas y le besó la mejilla.

Se oyó un ruido apenas perceptible, suficiente para terminar la conversación. Él se escabulló como una cucaracha y dejó a Sofie temblando, casi sin poder permanecer de pie.

Ella se quitó el delantal y subió al segundo piso. Cuando pasó por el salón, escuchó el jolgorio y las risas de los hombres ebrios, dispuestos a pasar la noche entretenidos en juegos de azar.

Subió la escalera y caminó a hurtadillas, con movimientos sigilosos. Estaba en el segundo piso. Delante de ella había un pasillo largo y, al fondo (como le indicó su padre), estaba la habitación del señor Alexander. En los primeros cuartos, se hospedaban las visitas. Sofie no reparó demasiado en eso, porque tenía urgencia por encontrar la llave que abriría la misteriosa puerta donde el señor Alexander guardaba la riqueza de Sangendrup. Pero en cuanto presionó el picaporte, descubrió que esa puerta también estaba cerrada con llave.

De pronto oyó unas pisadas suaves en la escalera, eso indicaba que alguien subía sigilosamente. Quizá la habían descubierto o las sombras tenebrosas habían olfateado la presencia humana que rondaba por los pasadizos. De una u otra manera, su misión estaba a punto de fracasar. «No puede ser... ¡Justo en este momento!», se lamentó desolada. Y se apuró a ocultarse.

Al final del pasillo, debajo de una ventana delgada, había una pequeña mesa con un mantel que caía hasta el suelo y, sobre ella, una escultura de mármol negro. Contra la pared izquierda pendía un espejo grande de marco dorado. Ella caminó rápido (a hurtadillas) y se escondió debajo de la mesa, para quedar oculta por la tela. Una vez más, comprobó que su corazonada no le había fallado. Alguna de esas sombras que patrullaban el castillo había detectado sus movimientos.

Sofie contuvo la respiración mientras oía que los pasos se acercaban y se hacían cada vez más nítidos. La persona se detuvo al pie de la mesa (de haber querido, le hubiese podido tocar la punta de los zapatos). Movió la pieza de mármol y retiró algo que había debajo. «¡Es el señor Alexander!», pensó y se le heló la sangre. Era la segunda vez que estaba tan cerca de Lucifer como en ese momento. Sabía que, si él la descubría, la mandaría a descuartizar como si fuera un venado.

Silencioso, el hombre abrió la puerta y se tomó unos minutos para recorrer y husmear la habitación. Después de echar una rápida ojeada final, la volvió a cerrar. Evidentemente sospechaba, porque no había vuelto a poner la llave en el lugar en que estaba (debajo de la estatuilla que había sobre la mesa en la que ella se ocultaba).

De pronto unos pasos se precipitaron por la escalera y una voz gruesa y agitada lo llamó:

—Venga urgente, señor Alexander, que acaba de llegar la persona que esperábamos...

El hombre reaccionó de inmediato y se alejó a grandes zancadas del lugar. Sin duda, ese asunto era muy importante para él.

Sofie se tomó unos minutos antes de salir de ese escondite fortuito. Le urgía abrir aquella habitación. «Pero si la llave ya no estaba allí, ¿cómo haría para entrar? ¿Tanto esfuerzo y tanto riesgo para nada?», se preguntó decepcionada echándole un último vistazo a la puerta. En aquella profunda oscuridad, alcanzó a distinguir que en la cerradura había algo... (como si fuera un metal que brillaba).

—¡Increíble! —susurró y casi dio un grito de alegría. En el apuro, él se había olvidado de sacar la llave y ahí la tenía, al alcance de su mano. «Somos dos los que estamos interesados en este asunto: Dios y yo. ¡Eso es glorioso!», se dijo conmovida, reconociendo que, de no haber aparecido el señor Alexander, ella jamás hubiese podido entrar en aquella habitación. Irónicamente, fue él mismo quien le abrió la puerta. No había tiempo que perder, con movimientos suaves giró la llave, apretó el picaporte y empujó las maderas hacia atrás. El lugar estaba en tinieblas, lo iluminaba la tenue luz de una lámpara que ya se estaba extinguiendo.

Sofie echó un vistazo al dormitorio, como el resto del castillo conservaba el estilo barroco, demasiado cargado para su gusto. Las sillas bajas estaban tapizadas en tafetán de flores oscuras y las cortinas eran de tela pesada con estampas de arabescos. Las paredes estaban cubiertas de papeles pintados, de base grisácea clara con ligeros motivos florales, muy distintos al de los sillones. A simple vista, se percibía exageradamente cargada la fisonomía del recinto.

De repente apareció la gata, un animal desconfiado e irascible que no demoró en mostrar una actitud de defender el territorio. Maulló con insistencia, pero había mucho ruido en el salón de abajo para que alguien la pudiera escuchar.

Rápido, Sofie buscó la llave de la puerta donde el canalla guardaba las riquezas, el tesoro de Sangendrup. Levantó la almohada, pero allí no había nada. «¿Dónde la habrá escondido?», se preguntó a la vez que movía las sábanas, sacudía las colchas y levantaba partes del colchón. La gata se había puesto nerviosa, no dejaba de gruñir. Asustada, se le pegó a la falda, se metió entre sus piernas, iba de aquí para allá como desquiciada, por toda la habitación. Indudablemente, no estaba acostumbrada a ver ninguna presencia extraña en ese dormitorio. En un momento, pensó que se iba a abalanzar sobre ella, se había puesto agresiva.

Pero cuando Sofie sacudió la almohada, la llave cayó al piso. Estaba escondida en la funda. Con movimientos rápidos, pero siempre en punta de pie, llegó hasta la puerta y la abrió, a la vez que la cerraba apresuradamente para que la gata no la siguiera. Igual el animal continuó chillando y rasguñaba la madera porque quería salir.

Ahora sí, con la llave en su poder, entró a la habitación donde el señor Alexander guardaba el tesoro. Era la penúltima puerta a su derecha (como le indicó su padre).

Cuando entró, sintió una emoción inexplicable y una presencia de niebla y oscuridad que no podría describir.

Pero no se intimidó. El olor a humedad y a encierro era tan agobiante, tan cáustico, que creyó que se iba a ahogar, sintió que se le cerraban los pulmones. Una capa transparente de polvo cubría los muebles, lo que indicaba que ese cuarto generalmente no se aseaba (ningún sirviente tenía permitido entrar allí). El lugar era sombrío, lleno de viejos muebles y objetos muy antiguos, pero al parecer todo estaba meticulosamente ordenado.

Pegó la espalda contra la puerta y, por un momento, se quedó paralizada viendo todo lo que había allí. Solo un cerebro calculador y práctico pudo clasificar aquello con tanta exactitud. Los documentos y títulos de propiedad estaban sobre un escritorio grande y oscuro. Las joyas se exhibían en cofres de vidrio y los lingotes de oro, cubiertos por una escasa tela negra, dormían sobre los estantes. Había otros muebles con doble cerradura donde probablemente se guardaba el dinero.

Descorrió con suavidad los pesados cortinados y una imperceptible nube de polvo flotó en el ambiente. Rápido se apretó la nariz para evitar estornudar. La poca claridad que entraba por las ventanas le permitió revisar los documentos. Ahí estaba la riqueza de Sangendrup, los títulos de propiedad de los aldeanos. Y muchos de los documentos que las mujeres firmaron bajo presión. Había más de los que ella hubiera podido imaginar. Él les había robado todo y los había dejado en la ruina.

Un sopor ácido, maloliente y lleno de ácaros enviciaba la atmósfera, lo que la forzó a contener más de un estornudo. Necesita ventilar el ambiente para poder respirar. Las ventanas eran altas y los pestillos parecían imposibles de alcanzar. Enseguida midió las posibilidades que tenía de lograrlo y calculó que, subiéndose a uno o dos estantes de la imponente biblioteca, llegaría hasta allá. En la primera prueba trastabilló, pero volvió con osadía a intentarlo, hasta que finalmente descorrió los pestillos. Entonces una corriente de aire puro y fresco inundó con ímpetu aquella cueva pestilente.

Sofie permaneció estupefacta observando el grandioso tesoro que el señor Alexander había acumulado, lo que veía superaba su imaginación. Sabía que no podía demorarse, así que guardó los títulos de propiedad en los bolsillos de su saco, entre las medias, dentro de las botas. Y con un retazo de tela se fabricó un zurrón grande donde metió todo lo que pudo. Después, evaluando que le resultaría imposible llevarse el resto, rompió algunos pagarés que habían firmado los aldeanos, además de otros documentos con los que el señor Alexander los pudiera extorsionar. Pero todavía quedaba mucho más.

De todos modos, había otros papeles por examinar, pero no le daría el tiempo para hacerlo. «Que Dios se encargue de lo que queda», se dijo en el preciso momento en que oyó el ruido de muchos pasos que corrían acelerados por el pasillo. Venían hacia allí.

Aunque había oscuridad en el cuarto, ese no era el lugar para ocultarse. Seguro que los hombres traerían lámparas y, a la vista de los hechos, ella no salvaría su pellejo. Así que, velozmente, se trepó por la ventana y se escondió en el diminuto balcón, debajo del follaje de una vieja y tupida enredadera. Tenía que escapar, sea como sea.

La puerta se abrió de manera precipitada e ingresó una tropa de hombres enfurecidos. Luego oyó el grito ahogado del señor Alexander que mandaba, sin ser ni claro ni preciso, porque había perdido el control. Estaba mareado por el alcohol y en medio de tanta confusión no sabía qué hacer primero: si contar el dinero, buscar los documentos (cuyos pedazos se hallaban esparcidos por el piso y debajo de la suela de los zapatos de muchos) o salir en busca del bandido.

Todos vociferaban a diestra y a siniestra, aquello era un caos.

–¡Jens! –gritó enardecido–. ¿Dónde está ese patán? ¡Jens! ¡Inútiles, traigan rápido las lámparas! No se dan cuenta del desastre que es todo esto.

Los hombres estaban demasiado ebrios como para poder hacer frente a tanto desenfreno. En un ambiente así, húmedo y atestado de gente, el hedor y el sopor alteraban los sentidos. Además empezaban a sentirse confundidos y perplejos. De a poco caían en la cuenta de que gran parte de sus bienes también podían haber desaparecido. Así que comenzaron a murmurar con enojo sobre la falta de seguridad del lugar y enseguida se generó desconfianza con respecto a la persona en quien habían depositado su capital. Unos discutían con otros, fruto del exceso de alcohol y del desconcierto que se había apoderado de ellos. Maldecían, gritaban, exigían. El señor Alexander estaba desencajado. Así que con urgencia mandó a buscar a los trabajadores para que acelerasen los procedimientos. Sofie tendría que huir antes que ellos comenzaran con el trabajo.

–¡Quiero al responsable de todo esto vivo o muerto! Pero lo quiero a mis pies –aulló con furia el dueño del castillo.

Sofie miró hacia abajo; si saltaba desde ahí, era muy probable que no llegara viva a la planta baja. La distancia era demasiado grande. Lo menos peligroso sería alcanzar el balcón del primer piso.

En ese momento, empezaron a llegar los trabajadores con lámparas y palos en la mano.

Sofie precipitó su caída, no le quedaba otra salida, tenía que escapar. Se movió como un felino, apoyó primero un pie y luego el otro sobre los ladrillos y las piedras que sobresalían de la pared, se colgó por el tronco de una enredadera espinosa. Y cuando se sintió segura, se tiró como una bolsa de papas, precipitándose por el aire.

–¡Alguien saltó por la ventana! –bramó el secretario del señor Alexander dirigiéndose velozmente hacia allí–. ¡Atrápenlo! ¡Tráiganlo! ¡Lo quiero a mis pies! –rugía desesperado.

En la caída, la falda de Sofie se enganchó en las ramas de la planta y se rasgó la tela. También se rasparon sus piernas y sus brazos con las espinas de los viejos rosales. La cara y el cabello habían corrido la misma suerte. Pero no había tiempo que perder, ni nada importante que lamentar. Ya habían descubierto sus movimientos y, si no se apuraba, la encontrarían enseguida.

–¡Allá está! –gritó alguien desde arriba–. Desde acá veo una sombra que se mueve.

–Deténganlo antes que se escape –vociferó el señor Alexander desquiciado–. ¡Corran, inservibles! ¡Atrápenlo!

En ese momento, sopló un viento fuertísimo y se abrieron todas las ventanas. Una violenta corriente de aire arrastró muchos de los papeles hacia adentro y hacia afuera de la sala, y los documentos que habían quedado sobre la mesa volaron por el aire.

–¡NOOOOOO! –bramó el señor Alexander, corriendo hacia el balcón en un intento desenfrenado por recuperarlos.

Pero otra ráfaga huracanada volteó una lámpara y rápido se esparció el fuego por la habitación.

Todos huyeron despavoridos.

Sofie no cayó en el balcón del primer piso como lo había previsto, sino sobre los fardos de heno que estaban cerca de las caballerizas, lo que atenuó el golpe y le facilitó la huída. Se incorporó inmediatamente. Estaba lastimada. Cojeaba de una pierna y su falda rasgada dejaba ver una enagua sucia y deshilachada.

A duras penas, pudo llegar donde estaban los caballos antes de que lo hicieran los hombres que respondían al señor Alexander. Aunque, dadas las circunstancias, tardarían en hacerlo porque estaban muy ocupados en apagar el incendio para impedir que se propagase a las demás habitaciones. La escena era apocalíptica: llamas de fuego, gente que corría, llanto, gritos e insultos y maldiciones.

Los animales se habían puesto nerviosos, el fuego y un montón de ruidos extraños los habían puesto en alerta. Sofie se acercó cautelosa al que estaba más cerca, pero la oscuridad y los movimientos que venían de afuera hicieron que él se resistiera: movía asustado las patas delanteras y traseras. Los músculos del cuerpo estaban contraídos y tenía los ollares de la nariz totalmente dilatados.

Había mucha tensión dentro del establo, algunos animales comenzaron a dar golpes fuertes con las patas y a hacer movimientos rápidos... El humo, la penumbra y un fuerte olor a quemado harían que, en cualquier momento, los animales huyeran desbocados.

Sofie miraba aquella escena con terror cuando, de repente, una persona se precipitó hacia ella, la tomó desprevenida de atrás y la empujó hacia dentro.

Era su padre. Había ensillado un animal, brioso y arisco, el que se veía tan inquieto como todos allí. Movía la cola, la cabeza y el cuello, golpeaba asustado con las patas el suelo, se resistía a ser montado por alguien que no fuera su dueño, el señor Alexander.

Aunque no había tiempo que perder, el señor Gregor palmeó suavemente el lomo del animal para tranquilizarlo y, apenas lo logró, la ayudó a montarlo.

–¡Arre! Vamos. ¡Sal rápido de aquí! –dijo golpeando al animal en la nalga, a la vez que se adelantaba para abrir de par en par las puertas del establo.

Se oyó un relincho fuerte y prolongado, el caballo salió al galope y se internó en el bosque, como si conociera la salida.

Desde cierta distancia, Sofie volteó la mirada hacia el castillo y vio una escena terrible y confusa: las llamas habían cobrado altura inflamadas por el viento que soplaba. Y aunque, a la distancia, daba la impresión de que se hubiera incendiado el castillo completo, ella mantenía la esperanza de que el fuego no se hubiera extendido más allá de la nefasta habitación donde el dueño del castillo escondía su tesoro (las lágrimas y el esfuerzo de los aldeanos de Sangendrup), el lugar desde donde él manejaba sus sucios y siniestros negocios y escondía su riqueza mal habida.

Sofie estaba en estado de profunda conmoción. Nunca

imaginó que los acontecimientos cobrarían aquella dimensión. A pesar del apuro, se dejó llevar por el animal, ya no le quedaban fuerzas para conducir.

Una vez más, volteó la mirada hacia atrás. Sería la última vez que lo haría y, aunque tuvo la sensación de que su pesadilla se había terminado, no estaba preparada para llevar aquella carga tan pesada sobre sus hombros. Todo era demasiado horrible. Las ráfagas de viento hacían que las llamas se elevaran como testigos del destino de los malvados, de los que nunca aplican la misericordia, de los que se abusan sin compasión de los débiles y de los pobres. Aquella era una visión fantasmagórica, como una muestra del infierno tan temido, de la justicia de Dios, que siempre viene después de aplicar Su perfecta paciencia y Su gracia infinita, la que hasta último momento está al alcance de todo pecador.

El caballo la llevaba como si ella fuera un bulto, una cosa. Sentía una extraña sensación de vacío, como la de alguien que lo ha perdido todo. Su nueva identidad como hija de un desertor le traería su merecido desprecio y un profundo dolor. Para un danés la dignidad es un valor que no se puede negociar; ella la había perdido para siempre. De ahora en más, sería señalada como la hija del traidor.

Alzó los ojos al cielo, el olor a quemado y el humo iban quedando atrás, aunque en su recuerdo permanecerían para siempre.

El cielo mostraba algunos nubarrones, sería suficiente un poco de lluvia para salvar a los inocentes, víctimas del incendio. Entonces le pidió a Dios que cuidase de las muchachas con las que compartió la habitación, de la señora Magda y, sobre todo, de su padre.

Solo Dios sabía el curso que, de ahora en más, tomarían los acontecimientos.

16

Saldar una vieja deuda

**El caballo marchaba por el bosque como
si supiera cuál era el camino para llegar a Blis.**

Sofie estaba tan extenuada que se dejó llevar a través de un sendero estrecho bordeado de malezas, desconocido para ella... De todos modos, no hubiera sabido cómo salir de ese lugar, ni por dónde conducir al animal. Recién cuando Blis apareció delante de sus ojos, supo que estaba a salvo.

Había comenzado a caer una llovizna fina, casi imperceptible, por lo que quiso apurarse y entrar rápido a la casa. Pero al descender del caballo, se dio cuenta de lo mal que estaba y de lo mucho que se había lastimado. En cuanto soltó las riendas, el animal dio un relincho fuerte y salió corriendo, perdiéndose en la oscuridad. Sofie resbaló sobre la tierra húmeda y sintió que se desvanecía. Le dolía todo. Trató de ponerse de pie, pero una puntada fuerte en el abdomen la obligó a permanecer en el suelo. Entonces buscó con la mirada algún objeto en el que apoyarse para poder caminar y encontró una rama gruesa, la que usó de bastón.

Comprobó con tristeza que Tosh no salió a recibirla, seguramente lo habían matado cuando la siguió hasta el Castillo de las Sombras. «Una víctima más de la crueldad del señor Alexander», pensó al recordar aquel momento.

En unas horas comenzaría a amanecer y recordaría lo

ocurrido en el Castillo de las Sombras solo como algo del pasado. Con la ayuda del palo y haciendo un gran esfuerzo para poder andar, llegó hasta la puerta que daba a la cocina. Las bisagras crujieron al empujar las viejas maderas, entonces oyó el gemido de un perro: ¡era Tosh! Estaba lastimado, tenía una pata vendada, sin duda había sufrido una herida de bala. Sofie se acercó a él y lo abrazó emocionada.

—Mi querido Tosh...

Luego de permanecer un rato con él, se desprendió de la carga que traía. Se quitó el abrigo, las botas y las medias. Tenía los pies ampollados y los brazos le ardían por los arañazos y las raspaduras.

Dejó el zurrón sobre la mesa e, inmediatamente, aseguró la puerta con cerrojo. Le urgía esconder todo lo que había traído, porque no era de extrañar que algunos de los secuaces del dueño del castillo aparecieran por allí. ¡Esos hombres serían capaces de cualquier clase de maldad! Si la siguieron, las huellas los guiarían hasta Blis. Se podía esperar cualquier crueldad de ellos, aunque pensándolo bien, era muy probable que primero hubieran tenido la orden de apagar las llamas del incendio. De todos modos, estaba intranquila. Espió por la ventana, la llovizna había cesado, en cambio el viento silbaba cobrando intensidad, golpeaba los árboles hasta hacerlos desmayar. Todo el bosque se sacudía... Pero a ella Dios le había permitido llegar sana y salva, y una vez que halló descanso al resguardo de Blis, las ráfagas se hicieron cada vez más violentas, las que sin duda harían inflamar las llamas del incendio... Eso tendría, por el momento, muy ocupada a la gente del castillo. Luego, quizá mucho más tarde, la saldrían a buscar...

Fugazmente recorrió la estancia con la mirada. Le parecía increíble que pudiera estar allí. A pesar del sufrimiento, los rasguños y algunas heridas superficiales que sangraban, sintió una paz indescriptible. «¡Estoy viva y de regreso en Blis, solo por la gracia y la misericordia del Señor!», reconoció agradecida.

El lugar estaba en penumbras y ella prefirió dejarlo así. Después de esconder debajo del sofá todo lo que había traído, se sentó y descansó por unos minutos. Defendería con su vida, si fuera necesario, aquel botín.

Aunque se sentía débil y se movía con dificultad, sabía que no podía demorarse. No era conveniente que la vieran en ese estado, porque generaría sospechas innecesarias. Buscó un poco de agua tibia del recipiente que Stine acostumbraba dejar sobre el fogón y se higienizó las heridas. Al rato, se metió en una tina con agua y disfrutó de un baño reconfortante. Cuando volvió a la cocina para servirse un vaso de leche caliente, Tosh levantó la cabeza y dejó escapar un gruñido lastimoso, pero era de alegría, no de dolor.

Ahora debía guardar en otro lugar todo lo que había traído del castillo. Lo dejaría en la biblioteca, porque allí estaría seguro. Más tarde decidiría qué hacer con esos documentos.

Desde la puerta de su habitación miró hacia la cama de Trudy y vio que descansaba tranquila, era mejor no despertarla porque se podría asustar.

«No hay nada como estar de vuelta en Blis y dormir en mi cama», se dijo satisfecha, a la vez que se cubría con las sábanas, las que despedían un grato olor a limpio. Se quedó dormida enseguida, aunque de tanto en tanto la asaltaba alguna pesadilla o se quejaba a causa de un malestar intenso y persistente. De todas maneras, pudo descansar.

Horas después, la despertó la algarabía de Trudy. Enseguida se sumó Stine para festejar juntas el regreso de Sofie.

Aunque las heridas quedaron ocultas por el largo camisón, era evidente que tenía raspada la cara. Los párpados y los labios también estaban lastimados. Ellas se dieron cuenta de que algo no andaba bien. No era la misma Sofie de antes… Pero prefirieron no hacer preguntas indiscretas.

Sofie tampoco contó nada de lo que había pasado y

disimuló su dolor y sus molestias todo lo que pudo. Trudy decía (de manera atropellada) mil cosas y preguntaba otras tantas, las que por el momento no era conveniente que supiera.

Se enteró de que la abuela de los Petersen las visitaba seguido, había orado con ellas y se había mostrado inquieta por la extraña ausencia de Sofie, pero había sido muy discreta y no había preguntado demasiado. La señora Larsen, al contrario, había indagado abiertamente sobre la suerte que pudo haber corrido la muchacha, pero no obtuvo ninguna información. Y el reverendo Jensen estaba muy preocupado, sospechaba que Sofie podría estar metida en algún asunto descabellado. Lo que, en realidad, la halagó en lugar de ofenderla.

Con el correr de los días, la vida en Blis comenzó a recobrar paulatinamente su curso.

En la aldea se hablaba de los presuntos acontecimientos de la noche del incendio. Muchos fueron testigos del olor a quemado y de las llamas que persistieron durante muchas horas y llegaron incluso a perjudicar la parte del bosque circundante. El castillo había sufrido daños irreparables, pero, según los comentarios que circulaban, no hubo que lamentar víctimas, aunque se supo que algunos caballeros sufrieron serias quemaduras en el intento por rescatar su dinero y recuperar los objetos de valor y que, al otro día, se vio una caravana de carruajes alejarse de la región.

Pero, a decir verdad, esas eran todas conjeturas. Para tener un informe más certero habría que escuchar el testimonio de los aldeanos que trabajaban en el castillo. Pero corría el rumor de que algunos de ellos habían aprovechado aquella confusión para quedarse con parte del tesoro y habían huido lejos para que nadie nunca los encuentre.

Por ahora se hablaba mucho, pero también se dudaba de que los datos fueran fidedignos.

Las noticias más veraces vinieron del recorrido que hicieron algunos curiosos unos días después del incendio.

Ellos encontraron esparcidos por el bosque pedazos de papeles quemados, los que podrían llegar a ser documentos de propiedad y pagarés. Pero no se pudo identificar claramente a quiénes correspondían las firmas, noticia que llenó de júbilo a los habitantes de Sangendrup, quienes asistieron a la iglesia como en los viejos tiempos, para agradecer por la bondad inmensa del Señor. Pero ninguno se atrevió a entrar en el castillo, por temor de que los recibieran a tiros, así que solo anduvieron en la periferia.

Por el momento, Sofie no habló del tema con nadie, aunque sentía la imperiosa necesidad de saber qué había sido de su padre. La idea de que él hubiera muerto o sufrido serias quemaduras por salvarla la afligía profundamente. Y el hecho de que fuera un desertor era una vergüenza con la que tendría que cargar toda su vida.

Había comenzado agosto y las noticias seguían siendo desmoralizadoras: el ministro Bismarck presionaba para que acepten las condiciones sobre la transferencia de Lauenburg, Holstein y Schleswig, a fin de llegar a un definitivo acuerdo de paz. En última instancia, los daneses estarían dispuestos a ceder los ducados alemanes de Holstein y Lauenburg, pero aún conservaban la esperanza de obtener una parte de Schleswig, interesados en que el sector norte de la provincia, donde la población era predominantemente danesa, se incluyera a Dinamarca. Pero, por desgracia, desde el principio, Austria y Prusia rechazaron este reclamo.

El ministro Quade y el coronel Kauffmann, quienes encabezaron la delegación danesa, habían luchado ferozmente en la mesa de negociaciones, pero lo cierto es que lo habían hecho en condiciones desiguales, porque en realidad su posición negociadora era muy pobre, no tenían nada que negociar. Por lo tanto, las autoridades danesas no tuvieron otra alternativa más que firmar un acuerdo que establecía que el rey de Dinamarca renunciaba a los tres ducados, a favor del emperador de Austria y rey de Prusia.

Este armisticio significó el cese completo de las

hostilidades. Esto se mantendría así hasta el 16 de septiembre, fecha en que se realizarían las negociaciones definitivas. Por el momento, Jutlandia debía estar bajo el poder de la ocupación alemana.

Tales noticias, aunque trajeron un tiempo de respiro, también dejaban un hondo pesar en el corazón de la nación, situación de la que no estaban ajenas las familias de Sangendrup. Estas vicisitudes también afligieron a Sofie. Pero esta vez, estaba decidida a levantar el ánimo de los campesinos y ayudarlos a salir adelante.

Aunque todavía faltaban varios meses para Navidad, Trudy insistía con la idea de repartir personalmente los regalos que habían preparado: las muñecas de tela y los calcetines que ellas habían tejido.

La visita del reverendo Jensen esa semana resultó muy sorpresiva para ella. De hecho, no hubiese querido recibirlo, para evitar que él viera sus heridas. Todavía le dolían mucho los brazos y las piernas y caminaba con dificultad por una dolencia constante y aguda en la espalda y en la cadera, debido a la caída. Tenía una raspadura visible en el rostro y el cabello se había convertido en una maraña de pelo reseco.

Fue evidente que él se extrañó cuando la vio.

–¡Señorita Eriksdatter, qué sorpresa encontrarla con vida! –ironizó cuando la tuvo delante.

Ella sonrió por la ocurrencia, pero no le dio demasiadas explicaciones de su ausencia.

–¿Cómo están las cosas en la aldea, reverendo?

–Estimo que después de lo ocurrido van a estar mucho mejor.

Sofie sospechaba que se refería a lo acontecido en el Castillo de las Sombras, pero consideró conveniente no ahondar en ese tema.

–¿Y la señora Inge, se encuentra bien?

–Muy bien, gracias a Dios.

–¿Y su abuela, la señora Gjerta?

—Bueno, ella sufre de reuma y hay días en que está muy afectada, pero son malestares propios de la edad...

Sofie pensó que sería bueno que la abuela Gherta tuviera un poco de reuma en su lengua filosa, pero enseguida le pidió perdón a Dios por ese pensamiento y se enfocó en ser amable con el reverendo, que había tenido la gentileza de visitarla.

—¿Le sirvo una taza de té, reverendo?

—No, no, solo estoy de paso y, como hace tiempo que nos tenía preocupados con su ausencia... —recalcó esa palabra con la esperanza de que Sofie hiciera algún comentario al respecto, pero ella solo esbozó una sonrisa vacía, lo que hizo que él siguiera hablando—, pasé a ver si Stine tenía noticias de usted. Y gracias a Dios, por lo que veo, luce usted bastante saludable... Ummm. ¡Pero mire cómo tiene esa mejilla! ¿Con qué se hizo esa herida?

—Con la rama de un árbol —respondió enseguida Sofie, resistiéndose a entrar en detalles.

—No andará trepada a los árboles, ¿verdad?

—No. Eso es cosa de monos, no de una dama como yo —replicó sin poder contener la risa.

—Bueno, señorita Eriksdatter, solo estoy de paso... —dijo con intención de marcharse—. La iglesia está en el lugar de siempre, así que espero verla pronto por ahí —ironizó nuevamente.

Sofie se quejó ligeramente cuando se incorporó para despedirlo.

—Ahí estaré, reverendo —respondió e intentó disimular el gesto de dolor, lo que por cierto no logró.

—¿Qué pasa, señorita Eriksdatter, tiene usted alguna dolencia?

—No, no..., estoy en perfecto estado... Entera, como usted lo puede apreciar —prosiguió y sonrió para mostrar lo saludable que estaba.

—Me parece que acá hay gato encerrado —repuso él, que sin duda sospechaba algo y había venido con la esperanza de que ella se lo cuente. Pero en virtud de su hermetismo, ya se retiraba–. ¡Ah! Me olvidaba de decirle que el hermano Søren preguntó varias veces por usted.

–¡Qué amable es el hermano Søren! Déjele mis saludos, por favor.

–A lo mejor le gustaría recibir su visita. ¿No le parece?

Sofie sonrió; al fin de cuentas, aquella era una buena idea.

–Y si necesita hablar con un hombre de Dios, también lo puede hacer con el reverendo Jensen.

–Lo tendré en cuenta –dijo Sofie sonriendo y añadió–. No sabía que usted tenía tan buen sentido del humor, reverendo.

–No siempre, señorita Eriksdatter, solo cuando se da la ocasión –admitió con una mueca de picardía, mirándola con sus ojos expresivos de una forma muy especial.

La visita del reverendo Jensen la intranquilizó. Algunos aspectos de aquel encuentro le resultaron inusuales, claro que ella tampoco lo conocía demasiado. Él era más joven y muy distinto al reverendo Olsen, quien fuera como un abuelo para ella.

A pesar de eso, Sofie reconoció que, si había alguien en este mundo con quien podría sincerarse, sería solo con el reverendo y con nadie más. Él sabría guardar su secreto… Sobre todo, el que concernía a su padre.

Los días que siguieron fueron en realidad bastante tranquilos. Como los chismes y la sarta de comentarios descabellados que circulaban acerca del Castillo de las Sombras (al que ahora le decían, de manera sarcástica: «el Castillo de las Cenizas») y de la suerte que había corrido el despreciable señor Alexander estaban a la orden del día, lo suyo quedó relegado al olvido. Por el momento, nadie preguntó demasiado.

Por otro lado, el 8 de agosto, fue dada a las Fuerzas Armadas danesas la noticia oficial de que la guerra había terminado. Con absoluta solemnidad, su Majestad el rey leyó a las tropas danesas un emotivo mensaje, elogiando la tarea de los soldados e instándolos a que dejen la lucha con gloria, ya que fue sumamente difícil combatir contra dos grandes potencias, mientras el Ejército danés contaba con solo un pequeño grupo de soldados. Sin ignorar, además, que cualquier esperanza de ayuda fracasó, lo que hizo que la fuerza superior del enemigo los hiciera retroceder. Pero ni la potencia del poder del enemigo, ni la dureza del invierno lograron acobardar el coraje de los soldados. Por lo tanto, los animó a conservar, por encima de todo, el amor al rey y a la nación. Y finalmente concluyó: «Con la ayuda de la Providencia, Dinamarca todavía puede esperar un futuro feliz, aunque el futuro inmediato se vuelve oscuro y amenazante (…)».

Después del discurso real, gran parte de las tropas danesas regresaron con ansias de reanudar de nuevo la actividad civil. El rey y el Gobierno conservador se habían comprometido a la paz, lo que significaba renunciar a Holstein, Lauenburg y, lamentablemente, a todo Schleswig.

La noticia impactó como una bomba en el corazón de todos los daneses. Demasiada sangre derramada, demasiada zozobra…, demasiadas vidas en juego…, todo era «demasiado» para un final tan triste. De ahora en más, nadie sabía con certeza cómo se desarrollaría el futuro, sobre todo después de los rumores que comenzaron a circular acerca de los graves disturbios que se estaban produciendo en Copenhague. Lo que no era de extrañar, ya que el enemigo todavía conservaba interés en generar división entre la población danesa. A pesar de tanta incertidumbre, no se podía negar que se respiraba una saludable sensación de que vendrían tiempos mejores para la nación.

Eran épocas muy convulsionadas. En Sangendrup, la atención de todos estaba centrada en asuntos más importantes que Sofie, quien hasta el momento seguía siendo mirada con recelo y evidente antipatía por la gente.

Le llegó también información del malestar que había

entre los aldeanos por los robos a las fincas, los que se acrecentaron en el últimos días, debido a la miseria, la enfermedad y el estado de salud en el que regresaban los hombres. Se decía que las familias estaban en vilo por este asunto y que se tomaban medidas para prevenir esos episodios rateros, las que evidentemente eran insuficientes, ya que no se lograba evitar que ingresen extraños a las propiedades, durante la noche.

Trudy ya estaba bastante mejor de salud e insistía en visitar a su amiga Nanna, hija de la familia Melbye, quienes a su vez la invitaron a pasar unos días con ellos. Sofie sabía que tenía que concederle ese permiso. Y aunque le costaba acostumbrarse a su ausencia, ahora que estaba Stine no tenía excusa para negarse.

Las noticias que tuvo del reverendo Jensen fueron pocas. Supo que estaba muy ocupado en visitar y brindar apoyo espiritual a las familias devastadas por la guerra. A ella le hubiese gustado ayudar en eso, pero por el momento creyó que no era conveniente. ¿Cómo podía Sofie de Sangendrup presentarse de repente en la casa de los aldeanos? Sobre todo en circunstancias tan críticas, cuando todavía se dudaba de sus buenas intenciones y no en todos los hogares sería bien recibida.

Así que prefirió tomarse el compromiso de orar a diario por las familias y presentárselas a Dios para que Él las sostenga y las consuele. Todo trabajo que ella pudiera hacer lo haría desde el anonimato. Ya pensaría la manera más eficaz de serle útil a la gente.

Por el momento, tenía una tarea muy importante por delante y era devolver a sus dueños los títulos de propiedad que había traído del castillo. Así fue que una tarde se encerró en la biblioteca para poner prolijidad a aquel asunto y saber quiénes eran los destinatarios. Nadie podía enterarse de eso. El secreto debía permanecer bien guardado, porque si llegaran a sospechar que fue ella la que estuvo en el Castillo de las Sombras, quizá hasta podrían acusarla como responsable del incendio.

Extendió los papeles sobre la mesa y los alisó con suavidad, con cuidado de no dañarlos más de lo que estaban. A primera vista, aquellos parecían documentos importantes. Sofie suspiró feliz. Dios había sido bueno. ¿Cómo no estar inmensamente agradecida? ¡Con cuántas ganas hubiese corrido a mostrárselos al pastor Jensen o al hermano Søren! Pero no lo podía hacer, porque ese era un secreto imposible de compartir. Así que solo se limitó a dar vueltas por el recinto exteriorizando sus sentimientos de alegría y profunda gratitud a Dios. Por primera vez en tanto tiempo, se sentía plenamente dichosa. Nada en la vida podría tener más valor para ella que devolverle a la gente de Sangendrup su herencia, lo que les pertenecía. Nunca hubiese vuelto a tener paz si esas tierras hubiesen quedado en manos del señor Alexander.

Delante de sus ojos estaban los pagarés y documentos firmados por las mujeres de la aldea, forzadas a hacerlo en ausencia de sus esposos. El secretario del señor Alexander las intimidó para que lo hicieran, a cambio de la escasa cantidad de dinero que les ofrecía y con el que, a duras penas, llegaban a suplir las necesidades más apremiantes (las que se habían generado en especial en ocasión de la guerra). Él era un miserable, su avaricia no tenía límites, les propuso esos préstamos con intereses usurarios, sabiendo de antemano que les sería imposible pagarlos. Y entonces se quedaría con las tierras. Pretendía adueñarse de las valiosas tierras de Sangendrup, tierra de Dinamarca que le pertenecía a los daneses. Pero mientras ella estuviera viva, ni un gramo de tierra danesa pasaría a manos de un villano como ese.

Pero ahora, Sangendrup estaba fuera de ese azote. ¡Todo lo que había padecido en el Castillo de las Sombras bien había valido la pena! Hasta las raspaduras y heridas sufridas en su intento por escapar…, muchas de las cuales aún no habían cicatrizado y algunas supuraban y dolían de manera punzante.

Aquellos papeles eran muy importantes. Se sentó y los examinó detenidamente para clasificarlos y ordenarlos. Por la gracia de Dios, ahí había más de lo que ella hubiera imaginado.

Primero hizo una pila con las escrituras. Fue poniendo una sobre otra: la de la familia Lovmand, la de los Host. Los títulos de propiedad de las tierras de los Sodrig, de los Brandes y de los Kobke. Y muchos pagarés firmados por Cecilie Henningsen, Nanna Petzholdt, Line Monsted, Louise Mathiassen y Matilda Larsen.

–¿¡Matilda Larsen!? ¡No puede ser! Ella sería incapaz de firmar un pagaré a un infame como ese. –Las palabras se ahogaron en su garganta.

Entonces, comprendió la reacción de la señora Larsen aquella mañana en la tienda, cuando vio que ella sostenía en sus manos aquel anuncio del Castillo de las Sombras.

Sofie quedó consternada al comprobar el trabajo sucio y silencioso que venía haciendo el señor Alexander para apoderarse de todo. Esperaba, sin duda, que la guerra fuera más larga y le diera el tiempo suficiente como para enriquecerse «legalmente».

Todavía no había terminado de asimilar lo que estaba leyendo, cuando sus ojos cayeron sobre otro de los documentos, el de Eluf...

–¡Eluf...! ¡No! –Sofie dejó escapar un lamento ahogado y lleno de angustia–. Hasta a él, que no tenía nada, excepto un escaso pedazo de tierra y una precaria vivienda llena de hendiduras, además de cuatro niños hambrientos y empobrecidos, le había caído la mano negra del señor Alexander.

Había muchos papeles firmados por gente de la aldea, mujeres y hombres desesperados que la única salida que encontraron fue la nefasta puerta que les abría el ruin usurero.

La lista era más larga de lo que ella imaginó y los

apellidos fueron pasando delante de su mirada perpleja y sorprendida: Knudsen, Bjerg, Fahnoe, Ipsen, Mortensen y algunos más...

Volvió a revisarlos con atención. Eran demasiados papeles arrugados. Así que pasó lista nuevamente a los nombres:

–Knudsen, Thomsen, Fahnoe, Ipsen, Mortensen..., ¡LAURLUND! –exclamó impresionada.

«¡No era posible! El señor Laurlund no haría jamás algo así. Iba contra sus principios», pensó Sofie, segura de que el amor que el señor Laurlund tenía por su tierra era más fuerte que la vida misma. ¿Qué lo llevó a tomar esa decisión? Sofie se apoyó sobre el respaldo de la silla, estaba conmovida e impresionada. Jamás imaginó algo como eso. Del señor Laurlund, no. Él era demasiado orgulloso y terco. Pero ¿estaría Simón al tanto de esta situación? Sofie creía que no, porque, de estarlo, habría intervenido. No se hubiese dejado sofocar por ese siniestro personaje. Estiró el papel con cuidado lo más que pudo, para volverlo a leer y que no se hubiera debido a una equivocación. Pero estaba muy claro. Ahí decía que esas tierras pertenecían al señor Gerlak Laurlund y a nadie más, y ella tenía en su poder el título de propiedad. Mientras sostenía el papel, temblaba imperceptiblemente. ¡Aquello era lo más preciado que tuvo alguna vez en sus manos! Por fin saldaba su vieja deuda con Simón, aunque quizá él nunca lo supiera. Sentía una felicidad tan desbordante que no se podía contener. Disfrutó de ese momento, reconociendo que Dios lo había hecho todo para que ella pudiera desprenderse de la opresión y la culpa que había cargado durante tantos años. Después de sostener apabullada el viejo papel contra su pecho durante mucho tiempo, volvió a prestar atención a lo que estaba haciendo.

Clasificó minuciosamente toda aquella documentación. Y una vez que estuvo lista, la guardó en un sitio secreto antes de tomar cualquier decisión.

Estaba anocheciendo y Sofie seguía en la biblioteca. Sentada en el escritorio de su padre, observaba sin atreverse a abrir la supuesta «puerta secreta» donde, según él, estaba depositada toda la fortuna de los Bjerg Eriksdatter. Nunca habían hablado de aquel lugar y ella, ajena a los negocios de su padre e incapaz de ser indiscreta, se mantuvo al margen del asunto. Una actitud demasiado cómoda e irresponsable de su parte.

Por un instante, pensó en su padre. Si es que había podido sobrevivir al incendio, ¿dónde estaría ahora? ¿Tendría dinero o sería un indigente deambulando por las calles de cualquier ciudad? Se le llenaron los ojos de lágrimas. «¿Cómo pudo atreverse a semejante bajeza? ¿Qué lo llevó a tomar una decisión tan equivocada?», pensó, dejando escapar un suspiro lleno de dolor. Luego recordó a su madre, tan femenina y sencilla. Comprometida con la iglesia y con los suyos, pero sometida a un hombre dominante que la manejó a su antojo. Usó la culpa, la intimidación, el soborno, la amenaza, la presión emocional… Pero aun así, Sofie estaba segura de que él la había amado… ¡Imposible no haberla querido! Aunque era innegable que para él primero estaban sus propios intereses, sus necesidades y el valor de su opinión sobre la de los otros. Unos golpes suaves a la puerta la hicieron sobresaltar. Rápido se secó las lágrimas.

–¿Puedo entrar?

–Sí, Trudy, pasa.

–Sabía que estabas acá –le dijo la niña que había ingresado con una lámpara en la mano–. ¿Qué estás haciendo en medio de tanta oscuridad?

–Recordando, Trudy.

–¿A tus padres?

Sofie asintió con la cabeza y Trudy se sentó a su lado.

–Te haré un poco de compañía. ¿Quieres?

Sofie la abrazó con cariño.

–¿Sabes, Sofie, que durante el tiempo que estuviste

ausente, vino varias noches un jinete a Blis?

–¿¡Qué dices, Trudy!? –preguntó Sofie sin transmitir ni emoción ni interés–. Eres una niña con una gran imaginación.

–No, Sofie. Yo lo vi.

–¿Estás segura?

–Sí, Sofie, yo lo vi. ¿Tú nunca lo habías visto?

Sofie se quedó pensativa.

–¿Dices que vino muchas veces?

–Sí.

–¿Y qué hacía?

–Se quedaba ahí, parado…, como si esperara a alguien o que se asome alguna persona por la ventana.

–¿Se lo contaste a alguien?

–Sí, a Stine. Pero no me creyó. Dijo que había tenido una pesadilla. Pero no. Yo estoy segura de que lo vi. ¿Quién puede ser, Sofie?

–¿Tú lo reconociste?

–No. Aunque se parecía un poco a… Pero no –negó dubitativa–. No le distinguí la cara porque llevaba puesta una gorra.

–Bueno, olvidemos el asunto y listo. ¿No te parece?

–Si tú lo dices, está bien.

–Y ahora, muchachita soñadora, vamos a cenar.

–¡Uhmm, qué hambre que tengo! –Se relamió Trudy, a la vez que se pasaba la mano de manera graciosa por la panza.

–Yo también –sonrió Sofie–. Estoy tremendamente hambrienta.

Trudy rio con su inocente gracia infantil y ambas bajaron a la sala cantando algo improvisado y muy alegre. Aunque, de tanto en tanto, Sofie sentía una puntada en su pierna izquierda y dolor en algunas heridas que no terminaban de sanar. Pero como la ropa le cubría las partes lastimadas, solo era cuestión de disimular…, aunque a veces no podía.

–Parece que las señoritas están muy contentas hoy.

–¡Smørrebrød! –exclamó Trudy con alegría–. Esto está muy apetecible, Stine.

—Me alegra que te guste, Trudy.

—Hoy me gusta porque lo preparaste con lonjas de carne. Cuando lo sirves con pescado no me gusta tanto. Es que ya me cansé del pescado. ¡Ensalada de zanahorias! ¡Qué rico! Yo debo tener algún pariente conejo, porque me encanta la zanahoria.

Ellas se rieron por la ocurrencia de Trudy. Y se sentaron a comer. Stine las acompañó en la cena, ella era como de la familia.

No se habló más del asunto del misterioso jinete que apareció en las noches en que ella estuvo ausente. Fue un alivio que Stine no lo hubiera visto. A Sofie no le cabían dudas de que se trataba de Simón Laurlund y se preguntaba si quizá regresaría. Pero ya había venido muchas veces y ahora seguro que él estaba ofendido en su amor propio, porque ella ni siquiera se había dignado a asomarse a la ventana.

«¿Por qué todo lo que tiene que ver con Simón siempre me sale mal? ¿Será que Dios tiene otro destino para mí? ¿Debería luchar por su amor?», se preguntó angustiada, sabiendo que solo Dios conocía esas respuestas.

El día siguiente amaneció ventoso. Había dormido poco, esperando oír el galope del jinete que nunca vino y que probablemente nunca volvería. Conocía a Simón Laurlund lo suficiente como para saber que no regresaría. Lo más probable era que él considerara que Sofie ya le había dado bastantes pruebas de su desinterés.

Desayunó temprano y volvió a la biblioteca. Tenía que hacer algo con todos aquellos documentos. Pero ¿qué? Lo primero que se le ocurrió fue ponerlos en sobres individuales y enviarlos por correo. Pero rechazó esa idea de inmediato. La señora Ida sospecharía de esos sobres y su secreto quedaría al descubierto en un abrir y cerrar de ojos. Tendría que pensar en otra cosa.

Debía deshacerse de esos papeles cuanto antes, porque sentía que le quemaban en las manos. Pero todavía no tenía resuelto cómo hacerlo. Así que lo mejor sería orar durante unos días, hasta saber con certeza cuál era la mejor opción.

Inesperadamente vino Stine a buscarla, porque los hombres, los viejos trabajadores de la finca, habían regresado. Esa fue una gran noticia que la llenó de gozo. ¡Anhelaba tanto que Blis volviera a lucir como antes!, como en los tiempos de su infancia.

Los recibió en la sala y los saludó afectuosamente. Tenían la mirada tan cansada aquellos hombres, parecían tan abatidos, que a Sofie le partió el corazón verlos y mucho más escucharlos hablar.

—Señorita Sofie, nosotros necesitamos el trabajo. Hemos quedado en la ruina. —El que hablaba era Jesper Pedersen. Un fiel servidor de la familia durante largos años—. Muchos trabajadores no están bien de salud. Pero..., señorita, dejaremos el alma en estas tierras si fuera necesario... Tenemos que alimentar a nuestras familias y sacar las granjas adelante. Los niños y las mujeres se quedarán en las casas haciendo las tareas del campo y del hogar y nosotros hemos venido aquí a ver si usted todavía nos precisa...

Sofie hubiera salido de allí en ese mismo momento y se hubiese echado a llorar sobre la cama como una niña desvalida. El dolor de ellos era también suyo. Ellos eran sus hermanos, su gente, su pueblo y su familia. Lo eran todo para ella.

—Señorita, hemos empeñado nuestras tierras... Y ahora cada día esperamos que nos caiga la mano negra de ese tal Alexander a ejecutar las hipotecas y reclamar el pago de lo que se le ha firmado.

—¿Qué se sabe de él? ¿Qué se comenta en la aldea? ¿Alguno de ustedes lo ha visto?

—No, nosotros no hemos visto nada. Pero hace unos días, unos hombres se metieron en el castillo y cuentan que solo vieron algunas personas que dan vueltas como alma en pena por ahí. Pero parece que el señor Alexander huyó con la fortuna y se llevó también los documentos.

–¿Están seguros de eso?

El señor Pedersen se encogió de hombros, porque quién sabía a ciencia cierta la verdad, solo se manejaban suposiciones.

–Después de lo del incendio…, algunos muchachos curiosos anduvieron por el bosque y encontraron papeles quemados, apenas alcanzaron a distinguir que parecían documentos… Pero la verdad es que no se sabe nada más…

–Es de esperar que un hombre tan malvado regrese a cobrar lo que se le debe…

–Eso si Dios se lo permite –declaró resueltamente Sofie.

Ellos alzaron la vista hacia ella, con una mirada triste. Habían perdido las esperanzas y estaban cansados.

–En la aldea andan todos preocupados. Algunos hasta se están preparando con armas para hacerles frente en caso de que vuelvan a reclamar.

–Eso no sucederá –ella habló con firmeza. Y dando por terminada la reunión, agregó–: Por el momento, yo los necesito a ustedes.

–Señorita, somos nosotros quienes la necesitamos a usted –expresó con humildad del señor Pedersen, que se había convertido en la voz del grupo.

–No, señor Pedersen. En estos momentos, nos necesitamos unos a otros. ¡Será unidos como se levantará Dinamarca!

Ellos la miraron perplejos, de ser posible se hubiesen pellizcado para comprobar que no estaban soñando. De hecho, no esperaban que palabras como esas vinieran de la boca de Sofie Bjerg Eriksdatter, duquesa de Sangendrup.

–Comenzarán ya mismo. ¡Claro que después de tomar un apetitoso desayuno que les servirá Stine! Quizá entonces, con el estómago lleno, puedan ver las cosas diferentes.

Ellos respondieron con una sonrisa tímida, estaban agradecidos.

–Recibirán el salario de siempre y usted, señor Pedersen, será el capataz, necesito hombres que amen esta tierra tanto como yo –dijo recuperando el buen ánimo–. Nos reuniremos seguido para saber cómo marchan las cosas y para conversar sobre los asuntos que nos interesan y las necesidades más urgentes.

—Gracias, señorita…

—Soy yo la que tengo que estar agradecida a Dios por la vida y la buena voluntad de ustedes… Y de ahora en más, para los trabajadores de Blis, seré simplemente Sofie.

—Gracias, señorita.

—Sofie.

Ellos sonrieron con sencillez y respeto, estaban desconcertados.

—Quiero que sepan que, a partir de este momento, las puertas de Blis estarán abiertas para ustedes. Sus problemas serán escuchados y siempre se encontrará una forma de ayudarlos. No se olviden de eso.

—Señorita Sofie, nosotros daremos nuestra vida por usted —declaró de manera impulsiva Jonas Kyhn, el más joven de ellos.

—No hará falta, Jonas, porque Jesús ya dio su vida por mí. De todos modos, aprecio sinceramente tus palabras.

Sofie hablaba pausado y serena.

—Quiero volver a oír en Blis la canción de los aldeanos y la música de los molinos. ¡Hay esperanza para todos! Recuerden y hagan correr estas palabras: «hay esperanza para todos». Eso será suficiente, por el momento, para levantar el ánimo de la gente de Sangendrup. Dejo en ustedes esa responsabilidad —les encomendó antes de que salieran.

Ellos la miraron extrañados, apenas tenían fuerzas para sostenerse, mucho menos para creer. Pero Sofie sabía bien de qué les había hablado, aunque ellos todavía lo ignoraban.

Aquella fue una mañana muy particular. Algo sobrenatural flotaba en el aire y, a lo lejos, se podía oír la canción de los aldeanos mientras llevaban adelante sus faenas. Muy pronto se volvería a escuchar la música de los molinos en Sangendrup.

17

Sentimientos escondidos y latentes

Corría el mes de agosto y Dinamarca aún estaba convulsionada, las críticas iban y venían en distintas direcciones, como antorchas encendidas que destruían la reputación de quienes estuvieron involucrados en la suerte de esta guerra.

El exministro del Interior Orla Lehmann responsabilizó directamente al rey por la difícil situación en la que había quedado la nación. Obviamente, el rey no era popular entre algunos políticos, lo que favoreció la proliferación de los comentarios insidiosos que circularan contra él.

El señor Pedersen, quien seguía de cerca las cuestiones políticas que tenían en ascuas a la nación, le había comentado (bastante alarmado) que la prensa nacional liberal había levantado cargos muy fuertes contra el rey y el círculo de personas que lo rodeaban. Se los acusaba, entre otras cosas, de que tanto el rey como el Gobierno conservador querían reinstaurar la monarquía absoluta.

–Pero usted sabe, señorita Sofie, cómo son estas cosas… Todos levantan el dedo acusador hacia el otro, pero ninguno dirige su atención hacia adentro, me refiero al corazón, lo que sería muy bueno y saludable. ¿No le parece? Ahora, el ex primer ministro Andrae y el exministro de Guerra Tcherning decidieron apoyar fervientemente al rey…

Sofie escuchaba las noticias con atención, el futuro era

tan incierto… El país se debatía entre las duras críticas y la incertidumbre. ¿Quién estaba detrás de las riendas de este carro y en qué dirección marchaba, a fin de resolver tanto la suerte de los territorios que estaban en juego, como la profunda crisis que debilitaba al gobierno danés más que nunca antes?

—Lo cierto, señorita Sofie, es que las condiciones de paz exigidas son ciertamente muy duras y han generado muchas dudas sobre el rey y el Gobierno.

—Créame, señor Pedersen…, que todos estamos confundidos... Más aún porque tanto el rey como el Gobierno, quienes deberían infundirnos ánimo y seguridad, están sumidos en este juego peligroso de insultos políticos para demostrar quién es el principal responsable del penoso final de la guerra.

El señor Pedersen movió intranquilo la gorra y le ordenó al joven que ingresaba que busque más leña para echar en el fogón.

—El ministro Andrae lanzó duras críticas contra el gobierno de Monrad, a quien hace responsable de haber sido imprudente en las conversaciones de paz mantenidas durante la Conferencia de Londres. Y quizá tenga razón… ¿No le parece? ¿No será que se ha perdido la mejor oportunidad para negociar una paz mucho más favorable para Dinamarca? —inquirió sin intención de esperar una respuesta. Sofie sentía que él solo deseaba abrir su corazón.

—Sospecho que el ex primer ministro Monrad no se va a quedar tan tranquilo con semejantes cargos en su contra.

—¡Por supuesto que no! El doctor Bissen, con quien he conversado sobre esto, me informó que el 12 de junio se creó una comisión para investigar la preparación y ejecución de la guerra…

—¿Una comisión, señor Pedersen? Pero eso es muy serio… ¿Y qué se resolvió? —Sofie demostraba verdadero interés en la conversación. Ella sabía que el señor Pedersen tenía una información certera, no hablaba solo por hablar, porque él acostumbraba a reunirse con muchos de los hombres de Sangendrup más entendidos en política y cuestiones militares.

—Ahh, ahí está el punto, señorita Sofie…, los hallazgos del comité contienen una crítica muy aguda de la gestión del Gobierno de Monrad…

—¿¡Una crítica contra la gestión de Monrad!?

Sofie escuchaba asombrada todos aquellos comentarios.

—Y eso no es todo, señorita Sofie.

—¿Hay más? Usted me deja sin palabras… ¿Qué otra cosa puede haber?

—No lo va a poder creer cuando se lo cuente.

—¡Por Dios, señor Pedersen!

—Escuche bien lo que le voy a decir: el comité solicitó al Gobierno conservador actual y al Departamento de Guerra llevar adelante una investigación de la comisión que tuvo a cargo la preparación y el liderazgo del entonces Gobierno durante la guerra.

—¿¡Una investigación!? Pero eso, señor Pedersen…, confirmaría de alguna manera las sospechas… ¿Y a usted qué opinión le merece una actitud como esa? ¿Será acertado hacer algo así o, todo lo contrario, será absolutamente desatinado?

El hombre movió la cabeza apesadumbrado por la duda y Sofie se desplomó en el sillón, todas esas noticias le habían caído como un balde de agua helada. Su amada nación se enredaba en cuestiones periféricas en vez de involucrarse en la verdadera situación que ahora debían enfrentar: sacar adelante a un pueblo que estaba de regreso, derrotado, hambriento y endeudado. Esos eran para Sofie problemas más urgentes que los que se estaban tratando.

—Pero, por supuesto, el ministro Monrad de ninguna manera aceptará un atropello semejante.

—Pero ¿qué es lo que le critican a la gestión del ministro Monrad? ¿Usted lo sabe, señor Pedersen?

El hombre caminó hacia la puerta y le gritó a Jonas que

se apure con la leña, porque el fuego se iba a apagar en cualquier momento.

–El abogado Laurlund dice que se le critica la preparación para la guerra y al manejo de esta en general. Asuntos específicos, como la retirada de Dannevirke y la participación de su Gobierno en el tema de la retirada de Dybbol y Fredericia.

–El abogado Laurlund dice eso....

–Y él, señorita Sofie, vivió la guerra de cerca porque, hasta que le ocurrió lo de la pierna, él estuvo en el campo de batalla. Quizá no fue demasiado tiempo, pero uno de sus hermanos estuvo ahí casi hasta último momento.

–¿Cuál de sus hermanos?

–Steffen.

–Pero si es apenas un chiquillo...

–Señorita Sofie, usted ni se imagina cuántos «chiquillos» han quedado tendidos en los campos helados de Jutlandia..., abandonados y moribundos. El abogado Laurlund dice que la investigación de la comisión concluyó que el Gobierno actual y el Departamento de Guerra deben seguir investigando sobre estas cuestiones a través de una comisión especialmente designada para eso.

–¿Y el abogado Laurlund formará parte de esa comisión?

–Ah, eso no lo sé...

Por lo que había escuchado hasta el momento, Sofie no tenía dudas de que el señor Pedersen estaba bastante bien informado y sabía transmitir fehacientemente todo lo concerniente a la guerra. Ella confiaba en que él le seguiría trayendo noticias acerca de los temas candentes, los que en realidad interesaban a todos.

Finalmente, Sofie no se pudo negar a la insistente petición de Trudy para pasar el fin de semana en casa de los Melbye sobre la calle Johanesgade.

–Saludaré de tu parte a todos –le dijo emocionada Trudy al despedirse–... y, en especial, al reverendo Jensen.

–¿Al reverendo Jensen? ¿Y por qué a él?

–Bueno, porque él siempre pregunta por ti y, durante tu ausencia, se mostró muy preocupado.

–Deja de inventar historias y mejor dedícate a las buenas obras, entre ellas: mantener la boca cerrada y ventilar la menor cantidad de intimidades. ¡Cuídate de los chismes! Que los chismosos no irán al cielo.

–Te prometo que iré a la iglesia con mi amiga Nanna.

–Y a la salida te esperará el señor Pedersen para traerte de regreso a casa.

–Uf, no. ¿Por qué no me dejas unos días más?

–Será suficiente con un fin de semana para que te pongas al día con tu amiga Nanna.

Trudy la besó complacida y se subió al carro que conducía el señor Pedersen.

Stine también se había marchado a pasar el fin de semana con su familia, porque era el cumpleaños de sus mellizos. En realidad, Stine iba y venía de su casa a Blis constantemente. Tenía un carro viejo y un caballo tan viejo como el carro, pero la llevaba y la traía sin problemas. Stine era una gran mujer, muy trabajadora, reservada y fiel a la familia Eriksdatter.

Ya que los acontecimientos se dieron de esa manera, ella decidió aprovechar la ocasión y disponer de un tiempo de reflexión espiritual. Leer la Biblia y poder escuchar esa voz interior que de parte de Dios habla al corazón de sus criaturas. Necesitaba tener claros los próximos pasos por seguir y las decisiones urgentes que debía tomar. Así que la visita de Trudy a la casa de los Melbye le vino bien, muy bien.

Faltaban unos meses para Navidad y Sofie esperaba que con ella llegara la tan ansiada paz sobre Sangendrup. La paz prometida por Dios para todos los que confían en Él. Como dijeron los ángeles cuando anunciaron el nacimiento de Jesús: «Gloria a Dios en las alturas y en la tierra paz a los hombres en quienes él se complace».

Poco a poco, el verano se preparaba para despedirse y,

para bien de todos, los hombres ya estaban en casa para la cosecha.

Todavía acomodaba la sala y encendía las últimas lámparas, cuando entró Jonas Kyhn y se dirigió tímidamente a ella.

–Señorita Sofie...

–Sí, Jonas, ¿qué necesitas?

–No. No necesito nada –le hablaba con la cabeza gacha a la vez que manipulaba nervioso su gorra–. Pero quería decirle que, a mí me parece que no es bueno... que usted esté aquí sola... Es que andan bandidos y gente peligrosa por ahí...

La buena intención del muchacho la conmovió, pero aun así no quería dar muestras de debilidad.

–Gracias por preocuparte por mí, Jonas. Pero ¿sabes?, el Señor me protege.

Jonas hizo un gesto de disconformidad, esa respuesta no lo tranquilizó para nada.

–Sí..., pero...

–Gracias, Jonas, tendré en cuenta tu opinión y te doy mi palabra de que lo pensaré.

Esta vez, él se mostró más confiado y entonces aprovechó para seguir hablando.

–Si usted quiere, señorita Sofie, yo me podría quedar....

–Lo hablaremos en otro momento, Jonas... Te prometo que me encargaré de eso.

Esta vez fue lo suficientemente determinante como para que él no siguiera insistiendo. Así que Jonas Kyhn se tuvo que resignar a la tenaz decisión de Sofie y, con un escueto y educado saludo, salió de la sala sacudiendo nervioso su gorra contra el pantalón, pero sin hacer ningún otro comentario.

A pesar de todo, el joven tenía razón, no era bueno que ella se quedara sola en Blis. Pero Tosh, que ya estaba bastante recuperado, era un perro guardián y eso le daba cierta tranquilidad.

Hay momentos en la vida en que solo nos queda confiar y, sorprendentemente, es ahí cuando Dios se hace tan presente y tan real como nunca antes.

Aprovechó que la casa había quedado desierta para ocuparse en algo que siempre hacía a escondidas: higienizarse las heridas. Como nadie debía enterarse de su hazaña, tampoco nadie debía sospechar que estaba lastimada. Fue extraño que en la aldea no hubieran relacionado su ausencia con el incendio del castillo. Y también fue raro que ni Stine, ni el pastor Jensen, ni el hermano Søren o la abuela de los Petersen hubieran insistido en preguntar dónde había estado durante su ausencia. Ni siquiera Trudy, que siempre quería averiguarlo todo, sintió curiosidad por indagar sobre su paradero. Quizá, inconscientemente, todos eran cómplices o guardianes de cualquier sospecha que pudieran afectar las buenas intenciones de Sofie de Sangendrup.

Puso un poco de agua tibia en una palangana y le agregó un puñado de sal. Con eso se limpió las heridas que aún no habían cicatrizado y que le dolían bastante.

Si bien la mayoría ya estaban mejor, otras, las más profundas que tenía en el cuello y en los brazos, parecían difíciles de cicatrizar. Ardían y habían empezado a supurar una secreción purulenta.

Sofie se remangó la manga de la camisa y miró su brazo con una expresión de dolor. Esas heridas no estaban bien y ella lo sabía. Tenían una aureola roja que se extendía alrededor de los cortes y las raspaduras. Temía que tuviera que recurrir al doctor en caso de que empeoraran, cosa que trataría de evitar a pesar del riesgo que corría.

Buscó una tela blanca y limpia, la empapó en una bebida que tenía una graduación alta de alcohol y se limpió la zona afectada, haciendo presión para que el líquido no solo quede en la superficie sino que penetre en lo profundo de las partes afectadas. Ardía, Sofie apretó los labios para ahogar un gemido, pero le saltaron las lágrimas. La herida estaba en carne viva.

Ahora necesitaba descansar, habían pasado demasiadas cosas el último tiempo y muchas todavía no estaban resultas. La más urgente era la devolución de los documentos.

La casa estaba en completo silencio, no recordaba que alguna vez hubiera habido tanta quietud en Blis. Antes de subir a su dormitorio, aseguró bien los cerrojos de las ventanas y se sirvió una taza de leche caliente para que la ayude a dormirse rápido, porque, aunque estaba muy cansada, no lograba conciliar el sueño fácilmente. Demasiadas complicaciones para resolverlas ella sola.

En el dormitorio de Trudy, sobre la mesita de noche había una lámpara encendida, cuando Sofie se acercó para apagarla, descubrió que sobre la cama había un libro. Nunca lo había visto antes. Era El patito feo, de Hans Christian Andersen, cuya fecha de publicación databa del 11 de noviembre de 1843 y estaba dedicado a Trudy por el reverendo Jensen. Intrigada, leyó las palabras que estaban escritas en la primera página:

Para la pequeña e inquieta Trudy:
El Señor quiere que desarrolles la imaginación pura y vivaz
de una mujer de Dios y que sepas que Él siempre estará a tu lado
para cuidarte.
De tu pastor que ora cada día por ti.
Niels Jensen.

Sofie nunca hubiera imaginado que el pastor Jensen podría haber regalado un libro de cuentos. Eso era extraordinario. Ahora estaba convencida de que él era un hombre con una gran sensibilidad. Sangendrup debería estar agradecida a Dios por tener un ministro como él.

El cuento era muy tierno, le llegó al alma la historia de este patito feo distinto al resto, que sufría el rechazo de todos. De alguna manera, aquella fue también su propia historia. Se le llenaron los ojos de lágrimas y lloró, total estaba sola, podía abrir su corazón y dejar salir la tristeza que tenía guardada. Dios lo conocía todo. En esa paz y en el silencio de la noche, se quedó dormida.

A medianoche, el cortinado de su habitación se movió por la suave corriente de aire que se produjo cuando alguien abrió sigilosamente la puerta. Sofie dormía. Se había aferrado a una almohada y su respiración era serena y apacible.

Alguien la observó desde el umbral, pero no se animó a dar ni un solo paso hacia adentro. Eso sería demasiado atrevimiento. Le alcanzaba con verla desde allí, tendida entre las sábanas limpias y perfumadas. La contempló extasiado, le parecía imposible que, estando tan cerca, no tuviera la posibilidad de expresar sus sentimientos.

Él seguía ahí con la gorra en la mano, apoyado en el marco de la puerta, sin atreverse a hacer el más mínimo movimiento por temor a despertarla. Si fuera posible, hubiese querido no respirar, porque en el silencio de la casa se percibía su respiración. No haría nada imprudente que la despertara. Quería llevarse impresa en su mente la imagen angelical de Sofie entre las sábanas y las sedas. Era hermosa. Su cabello castaño, ondulado y largo le caía hacia un costado.

De pronto le corrió un escalofrío por el cuerpo. Su presencia en ese lugar era imprudente y peligrosa. Se sintió incómodo, no estaba bien que él estuviera ahí, contemplándola fascinado.

Su razón le decía que se fuera y su corazón le rogaba que se quede. ¿A quién obedecer en ese instante?

«Un minuto más», le pidió su corazón, «hasta que tus pulmones se llenen del perfume de esta habitación». «Ni un minuto más», le dijo su razón, «esta actitud será suficiente para deshonrarla, si te descubrieran».

En ese instante, sus ojos se clavaron en el brazo lastimado de Sofie. No tuvo dudas, se acercó a ella. Entonces descubrió nítidamente las heridas que estaban en el brazo, en el rostro y en el cuello. Eran más de las que había alcanzado a distinguir desde la puerta. Y no estaban nada bien.

Sofie se movió y emitió una leve queja de dolor.

Ahora debía marcharse cuanto antes y para siempre de esa habitación. Jamás volvería a cometer una imprudencia semejante. Sofie no se merecía que le hicieran daño, dejando correr una calumnia de ese tipo.

Salió silenciosamente, pero no fue suficiente. Tosh detectó la presencia del extraño y comenzó a ladrar con insistencia, lo que hizo que él tuviera que salir rápido de Blis.

Cuando Sofie se asomó por la ventana, alertada por los ladridos de Tosh, el jinete ya estaba demasiado lejos como para que ella lo pudiera distinguir. De todos modos, sabía que se trataba de Simón.

A partir de ahí, ya no pudo conciliar el sueño. Se hizo una y mil preguntas: ¿a qué había venido Simón?, ¿por qué no se atrevía a hacerlo durante el día?, ¿a qué le temía?, ¿qué pretendía de ella, si en realidad estaba interesado en Elle?, ¿o sería que habría roto su relación con ella? Demasiadas preguntas y muchas incógnitas tenían las misteriosas visitas de Simón. Algún día, después de resolver lo que tenía por delante, iría en persona a la casa de los Laurlund y terminaría con tanta incertidumbre.

Intranquila dio mil vueltas en la cama hasta que finalmente se levantó. No podía dejar de pensar en Simón. Estaba nerviosa y enojada con ella misma. ¿Cómo es que no lo escuchó? Siempre había oído el galope del caballo. ¿Por qué esa noche no? Hubiera sido una buena ocasión para bajar y conversar con él, aprovechando que no había nadie en Blis. Pero, una vez más, las cosas salieron mal.

Se preguntaba por qué había cambiado tanto Simón. Antes era frontal, atrevido, obstinado. No andaba con vueltas cuando quería una cosa. Perseveraba con afán hasta que la conseguía.

Pero el rechazo es un veneno para el alma y eso lo afectó, le hirió profundamente el corazón. Sofie lo leía en su mirada, como si fuera la página de un libro. Simón Laurlund y ella nunca más volvieron a ser los de antes.

Su rechazo fue mortal para él, porque jamás esperó de ella aquella actitud soberbia y arrogante. Con él, no. Había algo tan fuerte entre ellos dos. Él nunca pensó que Sofie pudiera pisotear con tanta frialdad sus sentimientos y su dignidad.

La historia volvió a su mente como una herida que nunca se cerró: era Navidad y habían llegado algunos invitados a Blis, aristócratas amigos de su padre.

Simón estaba ahí y también otras personas de la aldea que hacían su trabajo, cuando surgió repentinamente un dialogo que los años no pudieron borrar.

–¡Pero cómo has crecido, muchacha! –expresó de forma cariñosa una de las damas, a la vez que se dirigía a su padre–. Me parece, Gregor, que ya tendrías que ir preparando la boda de Sofie.

–Estás en lo cierto, estimada Ingrid, es posible que eso suceda muy pronto. Pero ten por seguro que lo hará con la persona adecuada. Lo digo para que nadie se haga vanas ilusiones.

Indudablemente, el señor Gregor se refería a Simón, ya que ellos siempre andaban juntos, eran inseparables, lo que había dado lugar a que se levantaran sospechas acerca del tipo de relación que ahora existía entre ellos. Actitud que él desaprobaba por completo y que solo aceptó mientras vivió su esposa, porque ella insistía en que alguien debía cuidar a la pequeña, ya que Sofie era curiosa e intrépida. A veces desaparecía y nadie sabía dónde se había metido. Solo Simón la encontraba. Pero claro, eso era razonable tratándose de una niña. Pero ahora ya era una jovencita y, sin embargo, Simón Laurlund andaba siempre con ella.

–No pensarás inmiscuirte en asuntos del corazón, ¿verdad, Gregor? –replicó la mujer, dejando ver cuán despótico había sido ese comentario.

–No. No te equivoques, no tengo intención de inmiscuirme. La verdad es que ella ya lo tiene decidido. ¿No es así, Sofie? –preguntó, dejando entrever una flexibilidad que en realidad no tenía, mientras enfocaba su oscura mirada en su hija.

Sofie asintió levemente con la cabeza a la vez que bebía un sorbo de té.

—Siempre lo he dicho, papá: mi madre quería que me una con alguien que perteneciera a la realeza y así lo haré. —Su voz sonó firme y segura.

—Sangre azul —rio sonoramente su padre—. Eso has querido decir, ¿verdad, querida?

—Nadie ignora lo que he querido decir, papá —aseguró inmutable y evitó deliberadamente mirar a Simón, porque sabía que él le había clavado la vista. Lo ignoró.

«Después de todo... ¡qué pretensión la suya al creer que una aristócrata como Sofía de Sangendrup se fijaría en él! ¿Quién era Simón Laurlund? ¿Un empleado de la casa? ¿Un amigo al que, a partir de ese momento, le quedaba bien claro que no significaba ni siquiera eso para ella?», se dijo Simón, decidido a sepultar definitivamente lo que sentía por Sofie.

—Eres una muchacha inteligente. —Se escuchó que alguien le decía.

—Entonces lo mejor será que pases una temporada con nosotros en Copenhague, en la casa de mi hermano Thomas —sugirió la elegante Charlotte, esposa del coronel Rosenkilde—. Quizá puedas simpatizar con mi sobrino, el duque de Tjessem, o con algunos de los aristócratas o intelectuales que frecuentan la casa. —La mujer parecía entusiasmada con la idea y Sofie también—. Tú, Gregor, deberías animarla para que pueda hacer ese viaje —insistió tratando de convencerlo.

Y la verdad es que a su padre parecía no importarle demasiado tener que deshacerse de su hija. Es más, era evidente que deseaba que Sofie se alejara por un tiempo de allí.

—¿Estás de acuerdo en pasar una temporada lejos de Blis? ¿Visitar Frederiksborg, donde la familia Tjessem tiene su casa de descanso? La belleza de ese lugar no tiene comparación, podrás ver el fastuoso castillo de ladrillo rojo. ¡Se le considera como el mayor ejemplo del Renacimiento danés! ¡Bellísimo, mi Sofie, bellísimo!

–Será un placer conocer gente nueva y salir de esta... aldea... –Iba a decir «insignificante» pero se detuvo, aunque la palabra despectiva flotó en el aire y muchos la recogieron–... donde uno se muere de aburrimiento y de fastidio. Además, no hay nada que me retenga acá.

El desafortunado comentario de Sofie corrió demasiado rápido por Sangendrup y los aldeanos nunca olvidarían esa afrenta.

Ese día Simón tomó una decisión: fue su última Navidad en Sangendrup.

Después de aquel incidente, él no volvió nunca más a Blis. Prefería morir antes que regresar. Ella, obstinada como siempre, quedó ofendida por la reacción del joven. Al fin de cuentas, él era un trabajador más de la finca. ¿A qué se debía entonces tal engreimiento? Pero, por supuesto, Sofie jamás tocaría la puerta de los Laurlund para saber qué le pasaba y muchos menos para disculparse con él, aunque ya había empezado a lamentarlo.

Meses después, Sofie viajó por las ciudades de Odense y Randers. También visitó Oslo y otras ciudades de Noruega y llegó hasta Estocolmo. Pero su viaje (por alguna inexplicable razón) no tocó Copenhague. En realidad, disfrutó muy poco del paseo, porque había comenzado a sentir el vacío que Simón había dejado en su vida. Nada era igual, con nadie se entendía como con él. Pero ya era demasiado tarde. Cuando estuvo en Frendensborg, visitó a la familia de su madre, esa fue la última vez que estuvo con ellos. Aquello fue lo más importante que le sucedió en esas vacaciones. Y fue allí donde descubrió que amaba a Sangendrup como a su propia vida. Y a Simón Laurlund más de lo que se imaginaba.

Frendersborg era la tierra de su familia materna y Sangendrup, la herencia que recibió Marianne cuando se casó con Arend Hansen, un cazafortuna, hábil para enredar a una mujer inocente, rica y crédula como su madre. Después del casamiento, la familia Bjerg Eriksdatter se deshizo pronto del desafortunado matrimonio y los enviaron lejos de allí, como un castigo o como una forma decorosa de afrontar la vergüenza que significaba aquella unión que ellos en realidad no aprobaban. Lo cierto es que fue penoso para todos.

Cuando Sofie regresó de esas vacaciones, ya hacía tiempo que Simón se había marchado. Y todos decían que no regresaría nunca más a Sangendrup. El mal estaba hecho y subsanarlo parecía imposible.

De eso hacía ya muchos años, todo el tiempo que le llevó a él estudiar en la universidad. Y seguro que no hubiera regresado si no fuera por el infortunio de la guerra. Se podría decir que retornó obligado por el crítico estado de salud de su padre y el amparo que necesitaba prodigar a su familia. Sofie sabía que Simón se volvería a marchar en cuanto pudiera resolver los asuntos que lo habían traído. Una vez terminada la guerra, ya no habría motivos que lo pudieran retener en Sangendrup.

Suspiró, la verdad es que se sentía terriblemente triste. ¡Si alguien le hubiera enseñado a tiempo el valor de las palabras y cómo pueden afectar la sensibilidad de una persona hasta destruirla o hacer que alguien viva en el paraíso para siempre! Esta parte de su historia era lo bastante amarga como para sentirse todavía absolutamente afectada.

Miró hacia afuera, era un día agradable a pesar del viento fuerte que había empezado a soplar y que era habitual en esa época del año. El jardín todavía tenía muchas flores y las matas abundantes y florecidas dejaban ver apenas los senderos de pedregullo que se perdían a lo lejos.

Los hombres trabajaban arduamente y Blis comenzaba a verse como antes.

Jonas almacenó suficiente provisión de leña como para que no faltase en los meses de invierno. Era un buen muchacho. Sofie sabía que merodeaba la casa de Stine porque pretendía a una de sus hijas. «Cosa de niños», pensó e inmediatamente le vino a la memoria su adolescencia con Simón. Pero no quiso recordar.

Stine ya estaba en la cocina preparando el desayuno. Sofie se sirvió una taza de leche caliente y, después de cruzar unas pocas palabras, se dirigió a la biblioteca. Una vez más, examinó los documentos. ¡Estaba tan sorprendida de lo que tenía en sus manos! Todo aquello le quemaba, sentía que debía desprenderse cuanto antes de esos papeles. Pero necesitaba orar antes de tomar cualquier decisión. Era un asunto demasiado importante como para hacerlo según su criterio, porque cualquier paso en falso podía perjudicar su reputación e involucrarla en serios problemas.

Sentada en el sofá leyó y meditó hasta que finalmente supo lo que tenía que hacer: como la oficina de correos era una alternativa riesgosa pues podría desvelar su identidad, lo más sensato sería dejar toda aquella documentación en la iglesia, tomando, de hecho, todos los recaudos para que llegue únicamente a las manos del reverendo Jensen y sea él quien les dé la noticia a los aldeanos y reparta los sobres a cada familia. Eso también tenía sus riesgos, porque la señora Inge husmeaba por todos lados, dentro de la iglesia y también en la casa parroquial. Aparecía y desaparecía en el momento menos oportuno. Su alma de harpía la mantenía siempre al acecho; mas, a pesar de eso, lo intentaría. Pero si surgía cualquier inconveniente, cosa que esperaba que no ocurriera, tendría que tomar la opción más complicada: entregar los sobres ella misma, en persona y casa por casa.

Después de evaluar durante un rato los posibles pros y contras de la decisión que había tomado, metió los documentos en los sobres y escribió con letra clara en cada uno el nombre del destinatario. Luego los acomodó en su morral y cabalgó hasta la aldea.

Se le había hecho un poco tarde y pronto empezaría a oscurecer. Las lámparas ya estaban encendidas. En la cantina del señor Boje había mucha gente reunida. Después de todo lo que había pasado, el tema de la guerra y el devenir en el que se encontraba la nación, el incendio del Castillo de las Sombras y la incertidumbre que reinaba con respecto a los compromisos contraídos y la desaparición del señor Alexander, hacía que siempre hubiera tema para conversar y asuntos que resolver.

La calle Johanesgade estaba muy concurrida aquella tarde; aprovechando los días de buen tiempo, la gente salía a caminar. Sangendrup era como una gran familia, lástima que ella lo había arruinado todo y, aunque había hecho un gran esfuerzo por enmendar lo ocurrido, se sentía excluida. Salvo, claro, algunas excepciones como su relación con la abuela de los Petersen y con el hermano Søren.

Amarró el caballo detrás de la iglesia y entró. El hecho de que hubiera algunas hermanas reunidas en la entrada ya complicaba las cosas. Lo mejor hubiera sido que nadie la viera llegar, pero bueno…, eso, en última instancia, no era un gran problema. Preguntó por el reverendo Jensen y ellas le indicaron que probablemente se encontraba en su oficina.

Apretó la alforja donde estaban los documentos e ingresó por el pasillo hacia la oficina del pastor. Por el momento, no apareció ningún extraño, aunque temía que la señora Inge o la abuela Gjerta se entrometieran repentinamente y lo arruinaran todo.

La puerta estaba entreabierta y ella la golpeó con suavidad, a la vez que asomó la cabeza para pedir permiso e ingresar.

–¡Sofie! –exclamó con sorpresa el reverendo Jensen–. ¡Qué gusto verte por la casa del Señor! –Con un gesto amable, le indicó que ocupara la silla que estaba frente a él–. ¿Cómo marchan las cosas en Blis? Cuéntame –hablaba con soltura, como si fueran amigos–. Créeme que he tenido intención de darme un vuelta por allá, pero los problemas que atraviesan los aldeanos me tienen muy ocupado –le dijo mirándola con aprecio–. ¡Qué gusto verte! ¡Realmente, qué gusto!

Tanta amabilidad le hacía sentir incómoda, así que pensó que lo mejor sería ir al grano y ponerle punto final a esta visita.

—No quiero robarle tiempo, reverendo... Pero necesito entregarle algo muy importante. Y le ruego que usted entienda que esto es un secreto de confesión...

—Tú no me robas nada, es un gusto para mí estar contigo —le respondió, dejando de lado lo que estaba haciendo para prestarle su merecida atención–. Y si me lo pides así, Sofie, así se hará: quedará como un secreto de confesión. Y ahora, anda... Cuéntame, te escucho.

—La verdad es que no sé por dónde comenzar... –titubeó indecisa–, es que han pasado tantas cosas y no quisiera que usted interprete mal, ni que tenga una opinión errada de mí, después de que sepa toda esta historia.

—Te aseguro que nada cambiará la opinión que tengo de ti –le dijo mirándola como otras veces, de una manera muy especial.

Sofie estaba tan nerviosa que lo único que le interesaba en ese momento era terminar cuanto antes con aquel asunto y marcharse.

—Bien, reverendo, entonces por favor escúcheme con atención...

De repente, se oyó una voz que habló desde el umbral.

—¡Pero miren quién nos ha venido a visitar! ¡Nada menos que la mismísima señorita Eriksdatter! ¡Asombroso! Parece que, después de tanto tiempo, ha salido de su escondite, señorita Eriksdatter.

—Madre, por favor, no voy a permitirle que ofenda de esa manera a ninguna persona y menos a esta joven.

—¡Pero cuánta solicitud que tienes con ella, Niels!

—Madre, no le voy a permitir...

—¿No le vas a permitir a tu madre? ¡Esa no es la forma en que ningún cristiano trata a su madre y mucho menos un reverendo! ¿No le parece, señorita Eriksdatter? –le preguntó y la acusó con la mirada–. Pero claro, si es eso mismo lo que se ha propuesto. Se sentirá satisfecha, señorita Eriksdatter, ha puesto a mi hijo en contra de mí.

–No, señora, no es esa mi intención.

–¿Ah, no? Entonces qué bien le salen las cosas, porque lo ha logrado sin proponérselo.

Sofie se puso de pie inmediatamente.

–Lamento, reverendo, que usted tenga que pasar un momento tan desagradable por mi culpa –dijo a la vez que recogía su alforja y dejaba enseguida la oficina.

–Esto no quedará así –repuso él dirigiéndose a su madre–. Esta es la última vez que usted increpa a una hija de Dios de esa manera delante de mí.

–¡Ja! ¡Una hija de Dios! ¡Qué pretensión llamarla de esa manera! Todos en la aldea tienen una opinión muy distinta de ella.

–¡Madre, eso no me importa!

–¿Y qué es lo que te importa?

–Me importa lo que dice Dios en su Palabra.

–A mí me parece que lo que verdaderamente te importa es esta mujer orgullosa y desvergonzada. ¡Ella te tiene perturbado!

–¡Madre! Basta, por favor. –Por primera vez, el reverendo Jensen se atrevió a reprenderla–. Nunca, escúcheme bien, nunca vuelva a decir algo como eso, porque es una injuria. ¿Entendió?

Sofie corrió por el pasillo hasta alcanzar la puerta de atrás, por la que salió apresuradamente para subirse al caballo y regresar a Blis. Tenía los ojos llenos de lágrimas. Pero aún apretaba los documentos sobre su corazón.

«No pienso dar un paso atrás», se dijo con valentía, «yo misma entregaré esta documentación y que sea lo que Dios quiera; al fin de cuentas, Él es el que manda».

18

La misión y, la acusación

Sofie llegó indignada a Blis. Parecía que la señora Inge había perdido la razón, de otra manera era imposible comprender una actitud semejante.

Pero, de todos modos, ahora no había tiempo para lamentarse. Debía resolver asuntos más urgentes que la lengua venenosa de la señora Inge. Lo sentía profundamente por el reverendo Jensen. Pero bueno, en esta vida a cada uno le toca llevar una carga que no quisiera. Ella, un padre traidor; él, una madre pariente cercana de Lucifer. «¡Qué ocurrencia la suya!», pensó e, instintivamente, le pidió perdón a Dios y se olvidó de la ofensa de la señora Inge. No quería tener nada que ver con actitudes que no provienen de Dios, porque finalmente enferman el alma. De esta manera, dio por terminado el asunto.

Ahora debía tener la mente fría, lejos de todo rencor y libre de ofensas y temores.

Rápido, subió al dormitorio de su padre y sacó del ropero un pantalón, un abrigo y una gorra lo bastante grande como para cubrirse toda la cabeza y meter el cabello trenzado debajo. Se anudó el echarpe al cuello, se calzó las botas y salió de Blis, con la misma prisa con la que ingresó. Tosh la desconoció y no dejó de ladrar hasta que ella le palmeó el lomo y lo llamó por su nombre. Vestida de esa manera, parecía un muchachito y así nadie sospecharía de ella. ¡Si hasta Tosh la había desconocido! Eso la animó y le dio confianza. La decisión estaba tomada.

Había oscurecido e, imprevistamente, comenzó a caer una llovizna tenue y persistente, bastante inusual en esa época del año. «Eso la favorecería porque sería menor la probabilidad de que hubiera gente afuera», pensó mientras cabalgaba, apretando sobre el pecho el viejo morral. No había podido compartir su secreto ni siquiera con el pastor Jensen, señal de que Dios quería que el trabajo lo hiciera sola. Aquello era algo que quedaría para siempre entre ella y Dios.

Ocultó el caballo no muy lejos del lugar que tenía que recorrer, para poder estar cuanto antes de regreso en Blis. Y sacó el primer sobre de la alforja. Era el de los Lovmand. Lo protegió debajo de su abrigo para que no se humedeciera y corrió hasta la casa. Los gansos, como siempre, hicieron un poco de barullo, pero no tanto como para levantar sospechas. Rápido, pero moviéndose con cautela, lo deslizó debajo de la puerta y se marchó pisando charcos y saltando zanjas. Se le mojaron las medias y se le enfriaron los pies, pero nada de eso le importó. Caminó ligero, yendo de un lado para otro.

La distancia entre una y otra casa era corta. Las edificaciones se habían hecho de esa manera a fin de protegerse entre las familias.

La noche avanzaba y la lluvia caía lenta y persistentemente sobre Sangendrup. Pero aun así, Sofie tuvo la certeza de que el cielo estaba involucrado en esa insólita aventura, ya que el mal tiempo, en ese caso, fue oportuno, porque impidió que la gente anduviese dando vueltas por ahí. Dios le quitó los posibles obstáculos del medio.

Dejó también los sobres en la finca de los Brandes, los Henningsen, los Host y los Sodrig. Con discreción, como llevada por un torbellino, en medio de aquella noche lluviosa y destemplada, Sofie recorrió gran parte de la aldea. Le faltaba todavía dejar los sobres a la familia Mathiassen, los Monsted y los Peatzholdt, cosa que ahora hacía a paso lento, disfrutando plenamente de cada correspondencia que entregaba, porque sabía que era portadora de una gran bendición para ellos. Así pasó por el hogar de los Knudsen, los Ipsen y los Mortensen.

Había solo un sobre que se le complicaba entregar: el de la señora Larsen. A esa hora todavía podría haber gente dentro del negocio. Y la señora Larsen acostumbraba a quedarse hasta tarde, revisando las cuentas y acomodando la mercadería, para alivianar el trabajo del día siguiente. Así que pensó, sensatamente, dejarlo junto con el sobre de los Laurlund. Ellos no serían capaces de quedarse con nada ajeno, así que confiaba en que se lo darían cuanto antes.

Llegar a la casa de los Laurlund no fue sencillo para Sofie, aunque ella pensó que sí lo sería. Pero hay sentimientos superiores a uno, fuerzas extrañas que operan en el interior del ser humano, que nada tienen que ver con la razón y que nos ganan. Esa fuerza se llama: pasión.

Le latía el corazón y volvió a sentir un vacío profundo en el estómago. Las manos le sudaban, aunque estaban heladas. Le temblaban de tal manera que no podía pasar los sobres por el estrecho espacio que había debajo de la puerta. Adentro, una luz tenue iluminaba el reciento. A Sofie le ganó la curiosidad y aguzó la vista para ver claramente quiénes eran los que estaban allí: el abuelo Søren y Simón conversaban de manera amena y familiar. Sofie sabía que el abuelo tenía un parentesco con los Laurlund, era el tío de la madre de Simón.

A pesar de la tensión, el esfuerzo y los riesgos que implicaba aquella situación, le complació comprobar la buena relación que mantenían. Se hubiese quedado una eternidad mirando por la ventana, sin importarle los peligros, la lluvia o los machucones y las heridas que todavía ardían y dolían más de la cuenta, cuando ya debían haber sanado.

Entonces sucedió lo inesperado, alguien tosió detrás de ella.

–¿Qué haces espiando por la ventana, muchacho? –le preguntó el señor Laurlund.

A Sofie se le paralizó el corazón. Rápidamente, se cubrió gran parte de la cara con el echarpe, se bajó la visera de la gorra y respondió con voz ronca, casi masculina.

–Perdón, señor…

–No te disculpes, muchacho… Me imagino que tendrás hambre. Ven, entra y cena con nosotros esta noche –le dijo el hombre imprevistamente, con amabilidad–. Seguro que andabas buscando algo de comer.

–Gracias, señor, pero tengo mucha prisa. –Sofie estaba en un aprieto y tenía que salir rápido de allí, antes que los que estaban adentro descubrieran que fue ella la que llevó aquella correspondencia.

Sin que él pudiera agregar una palabra más, Sofie salió corriendo en medio de la noche, casi al mismo tiempo que se abría la puerta y Simón le gritaba.

–Ven, muchachooo… Dime, ¿fuiste tú el que dejó estos sobres? –gritó, pero Sofie ya se había alejado lo suficiente de la casa como para que nadie la pudiera reconocer y mucho menos alcanzar.

–Déjalo, ya se ha ido –le dijo su padre–. Tenía apuro el pobrecito. Pero a ver, ¿qué es lo que tienes en la mano?

En estas circunstancias, no podía demorarse demasiado, porque ya la habían descubierto y también el sobre con los documentos. Se fijó en la alforja y solo le quedaba uno, el de Eluf Dohm.

Eluf vivía de camino a Blis, distante de las otras granjas. Así que rápidamente cabalgó hasta allí, pero prefirió llegar a pie a la casa del señor Dohm; era necesario no levantar sospechas y la presencia del caballo la podría delatar.

Aliviada pensó que esa era la última escala de su recorrido. Eluf era un hombre gruñón y enojadizo que siempre protestaba por todo, nada lo satisfacía. Ella lo conocía bien porque, unos años atrás, había trabajado en Blis. Eso fue un dolor de cabeza para su padre, porque era terco como una mula; cuando se le ponía algo en la cabeza, no había forma de hacerlo desistir. Sofie no lo quería porque maltrataba a los animales. No sabía aplicar misericordia. En la iglesia, él siempre ocupaba los bancos que estaban más cerca de la puerta, lo que le facilitaba ser el último en entrar y el primero en salir. Estaba adentro, pero quizá hubiese preferido estar afuera, porque la realidad es que su conducta (en muchos aspectos) contradecía su creencia. Eso es lamentable en cualquier persona, pero en el caso del señor Dohm resultaba mucho más perjudicial, porque su esposa había fallecido y él había quedado a cargo de sus cuatro hijos. Sofie se preguntaba qué tipo de disciplina aplicaría con ellos.

Esperó agazapada detrás de unos arbustos antes de dar los primeros pasos, sin quejarse ni por el dolor de las heridas ni por la mojadura que la hacía tiritar (sería difícil identificar si de frío o de temor). Cuando avanzó, permaneció todavía un rato inmóvil, pegada a la pared de afuera (al resguardo del alero), mientras prestaba mucha atención a los ruidos que pudiera escuchar, ya sea dentro o fuera de la casa.

Se acercó a la ventana y miró hacia el interior. Todo parecía tranquilo, la casa estaba en silencio. Pegó el oído a la puerta, pero no escuchó ningún movimiento. La lluvia caía cada vez de forma más intensa, lo que seguramente le dificultaría el regreso. Ella quería irse de allí cuanto antes. La había invadido una inexplicable sensación de temor y no discernía si era por lo ocurrido en la finca de los Laurlund o por alguna amenaza futura.

En ese instante, oyó unos pasos chapoteando en medio de los charcos de agua, metiéndose en el lodo. Se sobresaltó e, instintivamente, dio un brinco y se ocultó detrás de unos bultos que estaban al costado de la casa. Parecía que el corazón se le iba a salir del pecho. A unos metros de ella y delante de sus ojos, cruzó corriendo un muchachito con un animal que chillaba en sus brazos. Cargaba sobre los hombros una bolsa lo bastante grande como para meter mucha mercadería. Estos eran los pillos de los que se hablaba en la aldea. Todo sucedió demasiado rápido, el chiquillo se perdió en la noche, expuesto a la tormenta. Aparentemente, nadie lo vio, excepto ella, que seguía temblando como una hoja, acurrucada en un rincón para que nadie la descubra. Y allí esperó bastante tiempo, primero tenía que reponerse de menudo susto y también debía ser muy precavida y moverse con cuidado, sin levantar la más mínima sospecha.

Caminó hacia la ventana (encogiendo los hombros y encorvando la espalda) y miró hacia adentro. Parecía que todos dormían. A pesar de eso, algo volvió a intranquilizarla, pero supuso que se debía a la aprensión que sentía por el hombre, el señor Dohm. Pero aun así, a partir de ese momento, tendría más cuidado y se alejaría de allí cuanto antes. Después de considerar unos minutos más, finalmente introdujo el sobre debajo de la puerta y se marchó de inmediato.

Apenas había hecho un par de pasos, cuando oyó que se abría la puerta con violencia. Una mano fuerte la alcanzó y le tiró enérgicamente del abrigo. Ella trastabilló en el lodo y dio un grito ahogado cuando le apretó el brazo donde tenía las heridas y, con mucha fuerza, intentó derribarla. Había comenzado a forcejear con el malvado a la vez que hacía un esfuerzo tremendo por soltarse y huir.

–Ven aquí, que ya te he descubierto, ladronzuela –aulló el señor Dohm, que le siguió los pasos y, aprovechando que ella había perdido la gorra, tiró de su trenza para retenerla–. No te me vas a escapar.

Sofie sintió un dolor tremendo en el cuero cabelludo, como si le arrancaran la piel. Y pensó: «¡Qué en vano sería todo si terminaba en las crueles manos de Eluf Dohm!». Él era un hombre fuerte y ágil, acostumbrado a lidiar con este tipo de inconvenientes. Aun así, con un movimiento que ella nunca supo cómo pudo realizar, se desprendió de sus garras y corrió a gran velocidad. El hombre la siguió dispuesto a atraparla. Sin duda, sería una hazaña para él cazar a la bandida. Sofie corría, no pensaba en otra cosa más que en escapar. Pero estaba en desventaja. Solo Dios la podía ayudar, porque era evidente que el hombre tenía más posibilidades que ella en esta carrera.

Desesperada por huir, metió el pie en una zanja poco profunda y trastabilló. Pero se enderezó rápidamente e hizo un intento feroz para seguir corriendo. Pero ese accidente bastó para que el hombre, que le marcaba las pisadas, la alcance. Otra vez la tenía agarrada del cabello, le desarmó la trenza. Sofie sintió un dolor lacerante en la cabeza porque él le tiraba con furia del pelo. En ese instante, ocurrió algo providencial: el hombre patinó sobre el lodo y se desplomó en el piso, dando un golpe seco y duro. Y ahí quedó tendido en un charco de barro gelatinoso.

−¡Ayyyy! −aulló dolorido, arrastrándose en un último intento por atraparla. Pero fue inútil. Probablemente estaba lastimado.

Sofie no se detuvo. Se arrastró, gateó y siguió corriendo sobre aquel chocolate resbaladizo en que se había convertido el suelo. Recién cuando comprobó que nadie la seguía, disminuyó el paso. Ahora le costaba caminar. Le pesaba todo el cuerpo. Las heridas del brazo habían comenzado a sangrar y le ardían, además sentía un malestar terrible en la cabeza. Se sintió morir. Sabía que, una vez más, Dios la había ayudado, que una vez más había estado a su lado para salvarla. ¡Estaba tan agradecida! Fue una verdadera hazaña poder escapar de las manos de Eluf Dohm.

Más allá, había un paraje donde ella acostumbraba a refugiarse. Se ocultó hasta que tuvo la certeza de que el peligro había desaparecido por completo y, recién entonces, siguió su camino. Llegó exhausta al lugar donde había dejado el caballo. Y nunca supo cómo pudo cabalgar hasta Blis. Abrió la puerta y se desplomó sobre el piso de la cocina. Así pasó la noche, desmayada sobre las tablas frías y húmedas. Tosh se había echado a su lado.

Cuando se despertó todavía estaba oscuro, pero ya era

un nuevo día.

Se dio un baño, se higienizó las heridas y se metió en la cama. Necesitaba dormir, cosa que no pudo hacer todo lo que hubiese querido, porque unas horas más tarde Tosh comenzó a ladrar de una manera insistente. Y como ella era la única que estaba en la vivienda, tuvo que hacer un gran esfuerzo para bajar y averiguar de qué se trataba todo aquel barullo. Se puso la bata y descendió.

Era el señor Host, el policía de Sangendrup. Un hombre sencillo y amable. En esta ocasión, se lo notaba contrariado y nervioso; era evidente que no sabía bien qué decir. La primera impresión que Sofie tuvo de él, fue que andaría indagando por el tema de los sobres, pero increíblemente se equivocó. El señor Host estaba allí para arrestarla. En ese momento, un hombre descendió furioso del carro. Era Eluf Dohm. Venía junto con otros dos, a los que ella no reconoció.

–Señorita Bjerg Eriksdatter, siento muchísimo esta confusión –el policía hablaba con profundo respeto y parecía no estar de acuerdo con la denuncia del señor Dohm–. Pero lamentablemente tengo que proceder, es que… el señor Dohm la acusa de haber robado anoche en su granja –declaró dejando en clara evidencia que él no estaba conforme con esta acusación–. Lo lamento, pero tendrá que exponerse a un breve interrogatorio. Lo siento, señorita Eriksdatter.

–¡Fue ella! Sí, fue ella la ladronzuela que asaltó mi granja anoche. ¡Miren si no la voy a reconocer! –Eluf Dohm se expresaba de manera grosera y en voz alta.

–Compórtese, señor Dohm, porque mientras sean solo sospechas, le ruego que respete a la señorita Eriksdatter.

Esto era lo último que imaginó que le podía estar pasando a ella. Sofie no emitió palabra alguna en su defensa, porque aquello era totalmente descabellado.

–Le ruego, señorita Eriksdatter, que me acompañe –le pidió el hombre, de forma respetuosa y solícita, dejando ver que él estaba en total desacuerdo con la acusación del señor Dohm–, porque quiero que este asunto se resuelva lo más rápido posible.

–Estoy sorprendida… –repuso ella apenas con un hilo de voz–. Pero si usted lo considera necesario, deme por favor un minuto para vestirme y voy con ustedes.

La aldea estaba conmocionada. Sin duda ya había corrido el rumor y la gente, curiosa y expectante, esperaba noticias. A pesar de la intensa llovizna, muchos aguardaban en la calle, tratando de protegerse debajo de los aleros, aunque estos eran insignificantes para cobijar a tantos. Los que podían hacerlo miraban desde las ventanas.

Cuando el carro ingresó por la calle Johanesgade, la gente se apresuró hacia ellos y algunos gritaban frases que ella no comprendió del todo.

En la comisaría se encontró con el pastor Jensen y el hermano Søren. Sofie se cruzó con la mirada cansada del anciano, que estaba sentado en un banco de madera en el que cabían más de dos personas. Apoyaba su espalda contra una pared de revoque áspero y húmedo y movía de forma mecánica su gorra entre las piernas. Se lo notaba preocupado. El pastor Jensen caminó inmediatamente hacia ella.

–Tú no te mereces todo esto –le dijo pasándole la mano de manera paternal por el cabello (el que ella había peinado a duras penas y que lucía desprolijo por los tirones que había recibido de Eluf Dohm).

Sofie alzó su mirada triste hacia él, tenía los ojos húmedos y se contuvo para no llorar desconsolada en los brazos del reverendo Jensen.

La gente se agolpó en la puerta y hacía todo lo posible por husmear a través de las ventanas, ya que, por el momento, el señor Host había prohibido la entrada de todos los curiosos.

Les había pedido que por favor se mantuvieran al margen, ya que este era un asunto de extrema seriedad, porque estaba comprometido el buen nombre de una dama en medio de una situación confusa.

Sangendrup se caracterizaba por ser una aldea tranquila donde nunca pasaba nada demasiado complicado como para desestabilizar la paz del lugar. Sus autoridades, hasta el momento, habían manejado sus sencillos asuntos legales sin mayores inconvenientes y dentro de la circunscripción de su territorio. El señor Host no esperaba que esta vez fuera diferente, más aún porque contaba con el apoyo del reverendo Jensen y de varios hombres de bien, que oficiaban bajo una comisión, a modo de una corte distrital, que siempre había resuelto sus problemas y diferencias puertas adentro, sin necesidad de ventilar sus asuntos, a fin de que estos no traspasen la frontera de Sangendrup. Y eso le daba una gran satisfacción y lo llenaba de orgullo.

Además, a nadie le sorprendía demasiado la actitud poco mesurada del señor Dohm. Lo conocían y sabían que él era una persona que solía complicar las cosas. Pero en el caso de una acusación tan puntual, se merecía tanta consideración como cualquier otro ciudadano.

Era absurdo pensar que Sofie de Sangendrup hubiera entrado a robar a una de las fincas más pobres de Sangendrup. ¿Qué mente podía concebir una idea como esa?

El señor Host se reunió aparte con el reverendo Jensen, el hermano Søren y tres personas más, de buen nombre e intachable reputación: el doctor Bissen, el boticario señor Anders Rasmussen y Kasper Fahnoe, uno de los ancianos de la aldea.

—Este será un asunto sencillo de resolver —manifestó el señor Host, que hablaba con la voz lo suficientemente baja como para que no trascienda ninguna información que pudiera entorpecer la investigación—, siempre y cuando el señor Dohm no ponga palos en la rueda. Ustedes ya saben cómo es él. Lo importante será hallar las pruebas suficientes como para descartar cualquier sospecha contra ella.

El reverendo Jensen puso el grito en el cielo cuando se enteró de que pretendían dejar a Sofie de Sangendrup metida en un calabozo.

–Sensatez, señores, sensatez. ¡Ese no es lugar para una dama! –prorrumpió con la mirada seria, dispuesto a no permitir que se llevara adelante semejante atropello.

–Comparto la opinión del reverendo –opinó con su tono mesurado el abuelo Søren.

–Sí, sí, señores, estoy de acuerdo con ustedes…, pero tratándose de la señorita Eriksdatter le sería muy fácil al señor Dohm conseguir el consentimiento de la gente para perjudicarla todo lo que fuera posible. Tenemos que evitar que ocurra eso también.

El señor Host tenía razón. Había muchos que no querían otra cosa más que verla humillada y hundida. Y he aquí la oportunidad para hacerlo.

En un abrir y cerrar de ojos, Sofie se vio enredada en una situación que rayaba más con la locura que con la justicia. Se armó tal revuelo que, en definitiva, nadie tenía demasiado en claro por qué razón Sofie estaba sentada en el banquillo. Pero lo cierto era que la estaban juzgando. Pero ¿de qué? ¿Qué era lo que le había robado al señor Dohm? ¿Simplemente el hecho de encontrarla en su casa la hacía una ladrona?

Nadie supo responderle a estas preguntas y ella estaba tan aturdida por la situación que decidió esperar a ver cómo se desenvolvían los acontecimientos, ya que no le quedaba tampoco otra alternativa. Seguramente el caso se resolvería inmediatamente, ya que ella no había robado nada, por lo que no había pruebas, ni razones suficientes como para detenerla.

Solo estaba la palabra empecinada del señor Dohm, a la que se sumó la imprevista acusación de la señora Inge Jensen, quien aseguró haber encontrado en una ocasión a la señorita Eriksdatter en la oficina pastoral, metiendo las manos en el cajón del escritorio del reverendo. Este fue de verdad un hecho insólito, pero lo cierto es que, cuando hay fuego, un poco de paja puede producir un gran incendio.

Como el caso había tomado connotaciones públicas, el señor Host no tuvo más remedio que abrir las puertas a todos los que quisieran ingresar.

El recinto no contaba con las mejores condiciones, tenía ventanas pequeñas, lo que le permitía una pobre iluminación y una escasa ventilación.

El señor Host tomó la palabra. Era evidente que se sentía incómodo de ocupar un lugar para el que, en realidad, no estaba preparado.

Sofie estaba sentada en una silla delante de un auditorio expectante. Afortunadamente, no estaba frente a ellos, sino de costado.

Aquel resultó ser un juicio muy extraño porque nadie defendía a Eluf Dohm, sino que se trataba de esclarecer un hecho. Pero para Sofie aquello se había convertido en algo más que una acusación por hurto: estaban en juego su reputación y su destino. Empezaba a tomar conciencia de eso.

El señor Host golpeó la mesa para que se hiciera silencio. De inmediato, cesó el zumbido constante y ensordecedor del murmullo de las voces.

–Señores. Gente de Sangendrup –les dijo–. Lamento que estas situaciones estén pasando entre nosotros que, más que ciudadanos, nos consideramos hermanos. Pero dadas las circunstancias y en vista de que está involucrado el buen nombre y el honor de una dama, la comisión ha decidido poner este asunto en manos de alguien entendido en el tema –dicho esto carraspeó nervioso–, el abogado Laurlund. Simón Laurlund se hará cargo del proceso.

Inmediatamente, y a medida que el abogado ingresaba desde el frente, se oyó un murmullo general que contenía tanto aprobación como disconformidad, según el criterio y la opinión de cada uno. Aunque el abogado Laurlund gozaba del buen consenso de la gente, no todos estaban de acuerdo en que él llevara adelante la investigación; pero, en vista de que no había otra persona competente, se aceptó sin objeción su participación.

—Señores —dijo cortante el abogado, a la vez que dirigía una mirada fría al público—. Todos en este recinto nos merecemos respeto, por eso les pido que guarden silencio.

Luego caminó hacia donde estaba Sofie y la saludó secamente.

—Buenos días, señorita Eriksdatter. —Él sostenía unos papeles en la mano y dirigió su mirada al escribiente para que comience a tomar nota del interrogatorio.

Se produjo un silencio tenso y absoluto.

—Señorita Eriksdatter, ¿podría decirnos usted si se encontraba en la propiedad del señor Dohm, el día 9 de septiembre de 1864 entre las diecinueve y veintidós horas?

—Sí, señor, estaba ahí ese día y a esa hora.

La sala estalló en un murmullo ensordecedor.

—¡Silencio, por favor! —pidió enérgicamente el comisario Host.

—¿Podría usted decirnos, señorita Eriksdatter, qué estaba haciendo en la propiedad del señor Dohm?

Sofie tenía los pies helados y apenas si podía mantenerlos quietos sobre las frías tablas del piso. La presencia de un Simón tan distinto al que ella conocía la intimidaba tremendamente.

—No, señor, eso no se lo puedo decir —susurró con la mirada baja, fija en el pañuelo que apretaba entre sus manos.

La audiencia comenzó a cuchichear de nuevo. El abogado tenía el rostro crispado, se le notaba en las facciones, pero mantuvo la serenidad al hablar:

—¿Tiene usted conciencia, señorita Eriksdatter, de cuánto la puede perjudicar su silencio?

—Sí, señor, la tengo —tragó saliva y agregó—: Solo le puedo decir que no estaba ahí para robarle nada al señor Dohm, porque no soy una ladrona, ni tampoco tengo necesidad de serlo.

—Eso nos consta, señorita Eriksdatter, pero necesitamos saber qué estaba haciendo usted esa noche en la finca del señor Dohm.

–Hay cosas que pertenecen a mi vida privada.

Era evidente que ella no pensaba defenderse confesando un secreto que había quedado entre ella y Dios. No lo iba a hacer de ninguna manera.

El abogado la observó por unos segundos pero no pudo encontrar su mirada, porque Sofie seguía con la vista clavada en el pañuelo que tenía en la mano.

–Está bien –dijo de manera seca y poco tolerante–. Eso es todo por el momento. Permanezca en su lugar, señorita Eriksdatter.

Él sabía que Sofie era inocente de aquella desquiciada acusación, pero necesitaba demostrarlo. Y por lo visto, ella no pensaba colaborar.

–¡Silencio, por favor! –pidió el señor Host en un intento por serenar los ánimos, que parecían acalorados por la decisión de la señorita Eriksdatter.

El abogado levantó la vista y llamó al próximo para ser interrogado.

–Señor Dohm, ¿puede adelantarse, por favor?

El hombre robusto, de rasgos duros y mirada insolente, se abrió paso entre las personas, parecía satisfecho con lo que estaba pasando. Él se ubicó en el otro extremo del salón, frente a frente con Sofie, pero en posición contraria.

–Buenos días, señor Dohm.

–Buenos días.

–Señor Dohm, ¿podría usted decirnos qué fue específicamente lo que robaron en su propiedad la noche del 9 de septiembre?

El hombre movió nervioso la gorra que tenía en la mano y titubeó al contestar.

–Bueno…, hay muchas cosas en mi finca y yo no llevo la cuenta de todo lo que tengo… Pero si alguien entra en una propiedad y no quiere decir para qué –lo miró con una sonrisa grosera de evidente satisfacción y agregó–, yo creo… que no fue con buenas intenciones.

–Señor Dohm, ¿tiene usted en su casa algún objeto de valor en el que la señorita Eriksdatter podría estar interesada?

–Todo es valioso en este tiempo de escasez, señor abogado, todo.

–¿Podría ser más específico, señor Dohm?

–Por el momento no, abogado, pero lo descubriré muy pronto y le traeré la lista de todo lo que me falta.

–Señor Dohm, ¿le parece que deberíamos hacer responsable a la señorita Eriksdatter de todo lo que falta en nuestras fincas?

–En todas, no. En la mía sí, porque ella estaba esa noche en mi finca –enfatizó ese «mí» como para generar serias sospechas hacia ella, entre los presentes.

–Gracias, señor Dohm, por el momento no tengo ninguna pregunta más.

El hombre se notaba complacido, presumía una victoria tan incierta como todo lo que se imaginaba.

–Por favor, ¿podría acercarse la señora Inge Jensen?

La gente le cedió el paso para que ella pudiera avanzar. Las miradas se centraron en la mujer delgada y un tanto desgarbada, que se dirigía hacia adelante con una expresión de dignidad malévola. No disimulaba su desprecio por Sofie (el que además nunca ocultó, sino que abiertamente se encargó de difamarla siempre que pudo).

Antes de dirigirse a la señora Jensen, el joven abogado miró a la multitud y tomó la palabra.

–Estimada concurrencia, es necesario que sepan que no nos encontramos ante un juicio como comúnmente se entiende, porque dadas las circunstancias del caso no se sigue el procedimiento legal que este requeriría. Pero apelo a la responsabilidad que cada uno de ustedes tiene ante la justicia para decir la verdad y nada más que la verdad. Porque aunque no se jure sobre los Santos Evangelios, todos sabemos que estamos delante de Dios.

Mientras hablaba, Simón Laurlund percibió la atención

con que lo escuchaban.

–Buenos días, señora Inge –la saludó invitándola con respeto a que tomara asiento.

–Buenos días, abogado.

–Señora Jensen, ¿conoce usted bien a la señorita Eriksdatter?

–Lo suficiente.

–¿Lo suficiente? ¿Lo suficiente para qué?

–Lo suficiente para saber la clase de persona que es.

–En realidad, no se está discutiendo acá la clase de persona que es la señorita Eriksdatter. Solo nos interesa recoger cualquier dato que usted posea y que pueda ser significativo para resolver la investigación que se está llevando adelante.

La señora Inge se notaba intranquila. La imprevista aclaración de Simón Laurlund le crispó los nervios, ya que, tratándose de Sofie, su desprecio era más fuerte que su sentido común.

–Voy a ser breve y concisa, señor Laurlund, como el caso lo amerita, pero sobre todo seré fiel a la verdad.

–La escuchamos, señora Jensen.

–Una tarde, estaba yo ocupada en mis tareas de la iglesia, cuando me pareció oír ruidos extraños en la oficina parroquial, por lo que fui enseguida a ver de qué se trataba. Cuando abrí la puerta, me sorprendió encontrar allí a la señorita Eriksdatter. La vi con mis propios ojos –enfatizó. Hablaba con el mismo desprecio que sintió en el momento del hecho–. Pero me llamó sorprendentemente la atención que la señorita aquí presente, sospechosa de robo en la finca del señor Dohm, tuviera metidas las manos dentro del cajón del escritorio del reverendo, el que cerró de inmediato después que me vio.

–¿Y qué piensa usted que ella estaba haciendo en ese momento, señora Jensen?

–¡Tratando de apoderarse de algo ajeno, por supuesto! –replicó sofocada–. Si no, ¿qué razón tendría para vulnerar la privacidad de algo tan personal como el cajón privado del escritorio de un reverendo?

—¿O sea, señora Inge Jensen, que usted acusa abiertamente, delante de toda esta sociedad, a la señorita Eriksdatter de robo?

Ella asintió con un severo movimiento de cabeza.

—Gracias, señora Jensen, es suficiente.

Muchos rostros parecían complacidos con aquella declaración, porque reforzaba la hipótesis de la culpabilidad de Sofie.

—Ahora, por favor, ¿podría pasar a declarar el hermano Søren?

Otra vez, se oyó un cotilleo pernicioso en la sala. El hermano Søren era una persona muy respetada en Sangendrup. Al pasar delante de la señora Inge, esta lo miró con el ceño fruncido, como advirtiéndole que tuviera mucho cuidado con lo que fuera a declarar. Pero el hermano Søren no se iba a dejar amedrentar por ella, ni se haría cómplice de una calumnia.

Sofie escuchaba conmovida, no podía evitar sentirse afectada por todas aquellas declaraciones. «¡Cuántos sentimientos oscuros escondían aquellos corazones!», pensó con tristeza. Lo que había escuchado hasta el momento fue suficiente para que ella tomase una determinación: ya no le quedaba nada por hacer en Sangendrup. Ni bien se esclareciera este asunto, Trudy y ella dejarían la aldea y nunca más regresarían. Porque toda esta pesadilla, injusta e innecesaria, le hizo recapacitar... Y comprendió que el odio es una epidemia cuyo alcance nocivo y altamente contagioso no se puede llegar a medir.

La voz de Simón la hizo reaccionar.

—Buenos días, hermano Søren, ¿cómo está usted?

—Muy bien, gracias a Dios.

—Hermano Søren, ¿estaba usted presente en el momento en que ocurrió el incidente del que nos habló la señora Inge Jensen?

–Llegué unos minutos después.

–¿Podría contarnos qué es lo que pasó?

–Con mucho gusto lo haré: estaba yo conversando con la hermana Inge, cuando inesperadamente se presentó la abuela Gjerta y le habló al oído. Me pareció que se trataba de un asunto grave porque noté a la hermana Inge muy afectada, al punto que se despidió rápido de mí y se dirigió de inmediato a la oficina pastoral. Pensé que podría serles útil y las seguí. Pero cuando entré me sorprendí. Sí, ciertamente me sorprendí…

–¿Qué es lo que usted vio en ese momento, hermano Søren, que lo sorprendió tanto?

–Vi que la hermana Inge maltrataba a la señorita Eriksdatter de una manera inapropiada, cruel.

Inmediatamente, se oyó en la sala un murmullo persistente, lo que obligó al comisario Host a pedir silencio para que el abogado pudiera continuar con el interrogatorio.

–¿A qué se refiere con «inapropiada», hermano Søren?

El hermano Søren bajó la cabeza, el solo hecho de recordar aquel incidente lo hizo sentir incómodo, por lo que respondió en voz baja.

–Ella estaba a punto de golpear a la señorita Eriksdatter.

–¿Dice usted que la señora Inge, la madre el reverendo Jensen, estaba a punto de golpear a la señorita Eriksdatter? –indagó el abogado, que alzó la voz de manera deliberada para que lo escuchara la gente.

–Sí, señor.

–¿Y lo hizo? ¿Llegó la señora Inge Jensen a golpear a la señorita Eriksdatter?

–No, señor.

–¿Y por qué cree usted, hermano Søren, que la señora Jensen no llevó a cabo esa agresión contra Sofie Bjerg Eriksdatter?

–Porque en ese momento entré yo y se lo impedí –aclaró y miró con ternura a Sofie, que estaba sentada frente a él. Notó que ella tenía los ojos llenos de lágrimas.

Imperceptiblemente, Sofie movió apenas los labios para darle las gracias. Aunque el sonido nunca salió de su boca, él entendió lo que decía.

–¿Escuchó usted, hermano Søren, alguna parte de la conversación?

–Sí, señor, escuché, pero son palabras demasiado..., demasiado desagradables para pronunciarlas en público...

–¿Se refiere usted a una agresión verbal?

–Sí, señor, y a una ofensa.

Eso fue suficiente para que corriera por la sala un murmullo intenso y prolongado. Seguramente ellos no podían creer lo que acababan de escuchar, pero nadie dudaba de la veracidad del hecho, porque salió de los labios del hermano Søren.

–Gracias, hermano Søren, ya se puede retirar.

Después de semejante declaración, la opinión pública se dividió. Algunos, los menos, ya no estaban tan acérrimamente convencidos de la culpabilidad de Sofie y mucho menos de hacerla pasar por una situación tan deshonrosa. Pero, para la mayoría, todavía recaía sobre la joven la responsabilidad de los hechos en los que se veía involucrada.

Simón Laurlund se reunió unos minutos con la comisión encargada del asunto, mientras en el salón la concurrencia esperaba expectante. Sofie permaneció inmutable, de tanto en tanto movía intranquila los pies sobre las tablas gastadas del suelo. Pero la mayor parte del tiempo estaba quieta, con la mirada fija en el pañuelo que retorcía entre sus manos. No quería mirar hacia ningún otro lado, ni escuchar los comentarios de la gente. Por eso, en medio de toda aquella conmoción, cerró los ojos e hizo un esfuerzo por centrar sus pensamientos en una oración silenciosa. Estaba convencida de que este asunto se resolvería según la voluntad soberana de Dios, de que nada ocurre por casualidad, sino que, en medio de estos incidentes, se movía el propósito eterno del Creador.

Nuevamente, la conocida voz de Simón Laurlund la hizo

reaccionar.

–Señores –dijo manteniendo una serenidad propia en él–. Todavía queremos interrogar a una persona más antes de cerrar hasta mañana la sesión. Por favor, reverendo Jensen, ¿podría usted pasar al estrado?

La figura del reverendo era considerada con mucho respeto en la comunidad. Se trataba de un hombre serio y el peso de su investidura sacerdotal hacía de él una persona veraz, incapaz de inclinar la balanza de justicia ni para un lado ni para el otro. De eso estaba segura la gente.

–Gracias, reverendo Jensen, por estar aquí.

–Es mi responsabilidad, abogado.

Esta vez, Sofie alzó la vista. El pastor Jensen dirigió su mirada hacia ella, transmitiéndole serenidad.

–Reverendo Jensen, ¿estaba usted al tanto de los episodios que ha expuesto la señora Inge?

–Sí, claro, aunque no exactamente de la manera en que los relató el hermano Søren.

–Cuéntenos, reverendo, su versión, por favor.

El reverendo se aclaró la garganta y, mirando a la comisión, comenzó a declarar.

–Yo no estaba en Sangendrup en el momento de los hechos, había tenido que ausentarme por asuntos del ministerio. Pero de regreso, me pareció extraño que mi despacho estuviera cerrado con llave. Como me llamó la atención ese hecho, le pregunté a mi madre qué era lo que había ocurrido. Fue entonces que me contó que tuvo que hacerlo porque encontró a una persona con malas intenciones, husmeando en los cajones de mi oficina.

–¿Se refirió su señora madre a alguna persona en especial?

–Sí, de hecho responsabilizó a la señorita Eriksdatter.

–¿Y usted qué pensó de eso, reverendo?

–Por supuesto que nunca creí que la señorita Eriksdatter fuera responsable de hacer algo inadecuado. Y mucho menos de tener una actitud como esa. Ella es una dama.

–Por lo que veo, usted tiene una opinión muy elevada de la señorita Eriksdatter.

El reverendo asintió con la cabeza y agregó:

–Nunca pensaría nada malo de ella. La conozco lo suficiente como para estar seguro de eso. Es más, le dije a mi madre que esperaba que no la hubiera ofendido, ni tratado impropiamente, sino que deseaba que su trato con ella hubiera sido como el de una verdadera cristiana.

–¿Y qué paso después, reverendo?

–Bueno, después…

–Lo escuchamos, reverendo Jensen… Queremos saber qué pasó después.

Él permaneció dubitativo y, finalmente, dirigió sus palabras a Sofie:

–¿Puedo contarlo?

Antes que ella pudiera responder, Simón Laurlund se puso en el medio y le habló enérgicamente.

–Discúlpeme, reverendo, pero en este momento la señorita que ve sentada en este tribunal no está en condiciones de tomar esa decisión. Usted debe decir la verdad y nada más que la verdad. Es su responsabilidad como ciudadano.

–Está bien, lo haré como la ley me lo demanda. –Y siguió con el relato–. Fue cuando abrí el cajón de mi escritorio que descubrí lo que había y supe verdaderamente que mi madre no mentía y que Sofie Bjerg Eriksdatter era la única persona que podía haber estado allí.

Él detuvo su plática y miró a Sofie como disculpándose por su declaración.

–¿Qué fue lo que descubrió, reverendo, en el cajón de su escritorio, para que le permita a usted emitir un juicio semejante?

Imprevistamente, el hombre se puso de pie frente a toda la audiencia y extrajo del bolsillo de su pantalón el lujoso brazalete de esmeraldas.

–Esto –dijo sereno, a la vez que expuso la joya a la vista de todos.

–Ohhhhhh –exclamó sorprendida la gente.

Todos lo miraron pasmados, hasta Simón Laurlund se quedó por un instante sin palabras.

–¿Y por qué haría eso la señorita Eriksdatter? –preguntó finalmente.

–Me imagino –agregó y miró a Sofie, que le respondió con una sonrisa triste–… que quería compensar la atención que le brindó la casa parroquial a Trudy cuando ella estuvo enferma.

–Reverendo Jensen, ¿usted nunca habló con la señorita Eriksdatter del asunto?

–No, no lo hice porque me pareció correcto respetar su decisión. En realidad, lo tomé con un secreto de confesión, ya que todo hubiera quedado en el anonimato si no hubiera sido por el penoso incidente con mi madre.

–¿Tampoco habló con su madre de este asunto?

–No, ya le dije que lo tomé como un secreto de confesión.

–Gracias, reverendo Jensen, su testimonio ha sido de incalculable valor para esta audiencia.

Nuevamente se hizo un breve receso. Ahora las cosas habían tomado un giro inesperado. Antes de volver a su asiento en la sala, el reverendo Jensen pasó al lado de Sofie y se detuvo para hablar un segundo con ella.

–Discúlpame, Sofie, fue mi obligación aclararlo. Ya sabes que la Escritura dice que no habrá nada oculto que no haya de ser manifestado, ni secreto que no haya de descubrirse. Seguimos orando por ti. No te desanimes.

–Gracias, reverendo. Tenga paz.

En ese instante, Sofie se preguntó: ¿quiénes eran los otros que, según el pastor Jensen, oraban por ella? Saber que había algunas personas que oraban por ella le tocó las fibras más sensibles de su ser. Eso quería decir que no todos los que participaban de aquella asamblea estaban en su contra. Había alguien más que el hermano Søren, la abuela de los Petersen, el pastor Jensen y probablemente Simón, que también creían en su inocencia. Fue recién entonces que echó una mirada fugaz a la gente, una mirada de serenidad. En ese instante, ingresó la comisión y el abogado Laurlund tomó la palabra.

—Quiero informar a todos los presentes que, por decisión unánime de esta comisión, y en vista de las declaraciones recogidas, no hemos encontrado motivos suficientes ni pruebas fehacientes como para proceder con la detención de la señorita Sofie Bjerg Eriksdatter en esta dependencia. Nos ha demostrado la confianza suficiente como para permitirle permanecer en su domicilio personal, bajo el compromiso de presentarse en fecha y hora a la siguiente audiencia, a fin de esclarecer definitivamente el hecho del que se la acusa. Sin más, esta audiencia cierra su cesión del día de la fecha, hasta pasado mañana, 12 de septiembre a las 9 h.

Las palabras que acababa de decir Simón Laurlund le paralizaron el corazón. Estaba convencida de que la decisión tomada se había logrado solo gracias a su participación y a la influencia y confiabilidad que la sociedad de Sangendrup depositaba en él.

De inmediato, se oyó el desorden de las sillas y el zumbido del murmullo de la gente. El hermano Søren fue el primero que se acercó a ella.

—¿Cómo te sientes? —le preguntó de manera paternal—. Ahora más que nunca tienes que demostrarle a la gente de la aldea quién es Sofie, duquesa de Sangendrup. De una vez y por todas, ellos tienen que conocerte —le dijo mirándola con ternura—. Y valorarte. Simón me pidió que te acompañara a Blis. Afuera están Stine y Jonas Kyhn, irás en el carro con ellos y yo los seguiré. En la casa hablaremos más tranquilos.

—¿Simón también irá? —Su pregunta estaba cargada de ansiedad.

—No.

—Pensaba que, como es mi abogado…

—Es que no es conveniente confundir las cosas. Él no es tu abogado. Solo oficia como mediador para esclarecer una cuestión que se ha presentado en esta sociedad y precisamente se intenta resolver sin el protocolo que la corte demandaría. Sobre todo tratándose de un caso bastante inverosímil.

Sofie apenas escuchaba las palabras del hermano Søren, miraba a Simón que se había reunido con la familia del doctor Bissen y también estaba su sobrina. Se marchaban juntos, seguro compartiría el almuerzo con ellos.

Simón había tomado a Elle ligeramente por el brazo y la conducía de manera discreta hacia afuera. Ese simple trato familiar entre ellos le dolió más que cualquier otra cosa.

En ese instante, Simón giró la vista hacia atrás y se encontró con la mirada dulce y triste de Sofie. Por una fracción de segundo, ellos fueron abstraídos por una poderosa fuerza emocional. Como si cada uno hubiese podido volcar en el otro lo que nunca se dijeron y el estallido de un sentimiento que se resistía a morir. Pero Elle, con increíble sutileza femenina, deshizo de golpe tal fascinación.

Al final, Simón inclinó levemente la cabeza a modo de saludo y siguió su camino.

Al hermano Søren tampoco le pasó desapercibida aquella escena, pero era un hombre discreto y sabio. Sabía hablar y callar, en el momento preciso y oportuno.

El salón fue quedando vacío, mientras la gente conversaba en la calle. Sin duda, ellos esperaban la salida de la acusada. Pero el abuelo Søren fue prudente y le indicó a Sofie que lo siguiera por un corto pasadizo que desembocaba en una puerta que parecía clausurada, la que daba a un lugar menos transitado.

Caminaron lentamente en esa dirección, cuando la abuela de los Petersen les salió al paso y la abrazó de manera amorosa:

–¡Oh, mi querida Sofie de Sangendrup!

Aquel sorpresivo abrazo y esa cálida demostración de afecto hizo añicos el dique que contenía su intensa presión emocional y Sofie lloró compulsivamente en brazos de aquella delgada mujer de contextura débil, pero que en realidad tenía la fuerza y el temple del acero.

El abuelo Søren se hizo a un lado, sabía que aquello era necesario.

19

Sueños de un nuevo amanecer

**En cuanto Stine vio aparecer la frágil silueta
de Sofie, descendió presurosa del carro y la cubrió con
una liviana pañoleta blanca.**

Jonas Kyhn la miró afligido, pero no se atrevió a decir ni siquiera una palabra. Hacerlo hubiese sido completamente innecesario, había que acompañar a Sofie a transitar este tiempo lleno de dificultades y el afecto incondicional de ellos sería más que suficiente por el momento. Se la notaba muy desmejorada, pero eso no sucedió de un momento para otro. Sin duda, ella había pasado por otras situaciones tan difíciles como esta y se sentía muy sola, porque en realidad lo estaba.

Sentadas en el cabriolé que conducía el joven Kyhn, las dos mujeres permanecían en silencio. Sofie tenía la mirada perdida, estaba lastimada por dentro y por fuera. Stine lo sabía, por eso le tomó la mano de manera maternal y Sofie encontró en su hombro un lugar donde apoyar su cabeza y descansar.

Solo pensar que en cuarenta y ocho horas tendría que volver a someterse a un nuevo interrogatorio no ayudaba para nada a su salud. Sentía mucho dolor en el brazo y una de las heridas supuraba una sustancia amarillenta, que la hacía saltar de ardor cuando la tocaba. Estaba afiebrada y descompuesta.

Stine necesitó la ayuda del hermano Søren para llevarla a su cuarto y hacer que se recueste. Sin su colaboración, no hubiera podido subir las escaleras.

—Te prepararé un tazón de caldo caliente –le dijo. Y agregó antes de salir–: Trudy insistió en regresar, pero yo le pedí a la familia Melbye si podía quedarse con ellos unos días más. No sé si habré hecho bien, Sofie. Pero me pareció lo mejor.

—Sí, gracias, Stine, creo que es lo mejor…

—Descansa…, enseguida regreso con la sopa.

—Es hora de que yo también me retire –dijo el hermano Søren–. Si me necesitas, por favor no dudes en llamarme. Estoy viejo, pero te aseguro que corro como si fuera un muchacho –bromeó con la intención de sacarle una sonrisa.

—No, hermano Søren, usted todavía no se vaya –suplicó con la voz entrecortada–. Por favor, necesito que haga una oración.

Él suspiró con tristeza, expresando su pesar por lo ocurrido.

—Tú eres una hija muy amada, escogida por el Señor para que se cumplan sus propósitos eternos. Sofie, tú eres un ejemplo de fuerza y entereza…

—No, hermano Søren, yo soy una persona débil, muy débil…, tanto que no sé si podré soportar la presión de una nueva audiencia.

—Aun así, mi querida Sofie, la fuerza del Señor te sostiene, porque su poder se perfecciona en tu debilidad.

—Usted, hermano Søren, siempre dice las palabras que uno necesita escuchar.

—Ten confianza, Sofie, porque el Señor no te dejará a merced de la insensatez de la gente… Porque justicia y juicio son los cimientos de Su trono. Misericordia y verdad van delante de Su rostro…

Luego, tomó con delicadeza su delgada mano; al hacerlo, notó que sobre su tez blanca había algunas contusiones violáceas, las que le llamaron la atención, pero por el momento prefirió no hacer ninguna pregunta.

–Tus fuerzas humanas se han agotado, muchacha; pero ahora te levantarás en la fuerza y el poder de Dios –le dijo y la miró con ternura–. Oremos.

Entonces sujetó su mano para darle confianza y que Sofie sintiera que él le brindaba su apoyo. Quería reconfortarla y que supiera que estaba de su lado. Sabía que las cosas se iban a resolver rápidamente con ayuda de la providencia divina.

–Señor –comenzó hablando de manera tierna–. Sofie ha llegado a Ti porque necesita tu socorro. Tú eres el único que conoce la verdad, por eso te imploramos que arrojes luz sobre esta calumnia que se ha levantado en su contra y la defiendas. Muéstrale tu amor eterno y tus misericordias que se renuevan cada día. Señor, te pedimos esta gracia sabiendo que no somos merecedores de nada, pero lo hacemos en el nombre de tu Hijo amado, Jesús. Amén.

–Amén. Gracias, hermano Søren, gracias.

–Y ahora, descansa, hija mía.

Cuando Stine llegó con la sopa, la joven ya estaba dormida. Y no la despertó, sabía que necesitaba el descanso más que la comida. Anhelaba que los momentos difíciles pasaran pronto para ella. Los acontecimientos habían dado un giro muy extraño, inexplicable para Stine. Por primera vez, se cuestionó la misericordia y la justicia del Señor. Pero inmediatamente se reprochó una actitud como esa, entendía que no era sabio cuestionar la soberanía insondable de Dios.

Caminó hacia la ventana, el viento empujaba lentamente las nubes y se podía ver cómo aparecían las estrellas alumbrando el firmamento. La luna, como si fuera un faro en medio de tanta tiniebla, iluminaba el paisaje que minutos antes estuvo en profunda oscuridad. ¡Ese cielo imponente y majestuoso le transmitía tanta grandeza! Dios estaba más cerca de lo que ella alcanzaba a percibir y le hablaba al pensamiento. El cielo le enviaba un mensaje, la respuesta a todas sus inquietudes: «Mas no habrá siempre oscuridad para la que está ahora en angustia».

En ese momento, Sofie se estremeció y comenzó a balbucear palabras entrecortadas, como si tuviera una pesadilla:

–No… pa… pá… él es… malo… –Angustiada, movía levemente la cabeza a la vez que balbuceaba.

Stine la miró abrumada. ¿A quién se refería Sofie?

–… no quise ha… certe… daño. –Su rostro se contrajo en una mueca de llanto que sorprendió excesivamente a Stine.

Después sacudió apenas los brazos en el aire y gimió, como si eso le produjera dolor.

La mujer le tocó con suavidad la mano, para ver si podía sacarla de aquella congoja. Sofie se movió, volvió a quejarse y cambió de posición. Pero siguió dormida, profundamente dormida.

Después de unos minutos, y cuando estuvo segura de que había retomado el sueño sereno, Stine dejó la habitación. Guardaría en secreto aquel mensaje del cielo, que fue claro y contundente para ella: «Mas no habrá siempre oscuridad para la que está ahora en angustia», porque de todos modos nadie le creería.

Pero ahora Sofie debía descansar, para recobrar la serenidad y las fuerzas que necesitaría para la próxima audiencia.

Amaneció despejado, el viento alejó las nubes y la lluvia de los días pasados.

Stine preparó el desayuno, rugbrød con mantequilla y mermelada. Cuando entró al dormitorio con la bandeja en la mano, Sofie ya estaba despierta. Tenía la mirada perdida, absorta en sus muchos pensamientos. Aun así, comió con apetito todo lo que le sirvió Stine. Aunque se sentía mejor, prefirió descansar y pasar el día leyendo en su cuarto. Necesitaba paz para ordenar sus pensamientos y orar mucho, porque era imprevisible todo lo que le podía ocurrir en la reunión del día siguiente.

Era tan consciente de su inocencia como de sus muchos enemigos. Sabía que los aldeanos, en razón de haber vivido las consecuencias de la guerra, se mostraban hostiles, insensibles y apáticos con respecto a todo y, en este caso, en especial hacia ella. Les interesaba muy poco la suerte que pudiera correr, les daba lo mismo una cosa que la otra. Al parecer, disfrutaban de esta especie de juicio público como de cualquier otro espectáculo. Esa era la realidad que tenía por delante y a la que tendría que hacerle frente en pocas horas.

Cerca del mediodía, la abuela de los Petersen pasó por Blis, pero como Sofie permanecía en su dormitorio, prefirió dejarla descansar, mientras ella conversaba con Stine, que le había servido una taza de leche caliente y un sabroso trozo de budín recién horneado. Aun así, no se demoró demasiado en la charla y se marchó después de dejarle saludos y el apoyo espiritual del hermano Søren, de la familia Melbye y del reverendo Jensen.

Unas horas más tarde, Sofie recibió la inesperada visita del reverendo Jensen, aduciendo que solo estaba de paso y que venía a hacerle una rápida visita pastoral. En ese caso, Sofie se puso una bata y lo atendió en el escritorio de su padre.

Él tenía una expresión indefinida en el rostro, por eso Sofie se apuró en preguntar:

—¿Ha ocurrido algo grave, reverendo?

Él permaneció pensativo antes de responder, lo que le dio mayor expectativa a lo que iba decir.

–Grave no, pero por cierto sorprendente... ¡Muy sorprendente! –exclamó, como si no encontrara otra expresión más efusiva para transmitirlo...

Sofie se puso de pie y miró por la ventana hacia el lago, los cisnes hacían su recorrido silencioso sobre las aguas mansas. A su izquierda, se levantaba el puente de piedra, diseñado por su abuelo. Era de estructura arqueada semicircular, firme y fuerte. Uno de sus extremos se apoyaba en Blis y el otro, cerca del lugar donde se abría el sendero boscoso. Su madre había sembrado diferentes especies de flores, en especial aquellas variedades que eran muy perfumadas; las lilas eran sus preferidas. Ciertamente, Blis era un lugar encantador. En ese momento, dos ardillas se treparon a un árbol y un venado pequeño bebía agua en el arroyo. A lo lejos alcanzó a distinguir un zorro que se internó veloz en el bosque y una liebre que pasó fugaz delante de sus ojos, huyendo de dos perros que la perseguían.

«¡Blis! Remanso y solaz de mi alma agobiada», pensó, a la vez que volvía su mirada al reverendo.

–Discúlpeme, reverendo... ¿Qué me estaba diciendo?

–¿¡Podrías creer, Sofie, que Dios pasó por Sangendrup!?

–¿Dios?

–Bueno..., quise decir que Dios envió sus ángeles especialmente a Sangendrup...

–De Dios podría creer cualquier maravilla, porque Él nos sorprende a cada momento. Pero ¿específicamente a qué se refiere, reverendo?

–Vengo de visitar la casa de los Sodrig, los Brandes y los Kobke. Tú sabes que después de la guerra, las familias están abatidas y hay gran necesidad. Por eso paso a llevarles un poco de mi compañía...

–Esa es la actitud de un buen pastor.

–Sí... Pero no se trata de eso... Es que me he enterado de algo sorprendente.

—¿Sorprendente?

—Sí, sorprendente. Y te confieso que casi no puedo dar crédito a lo que he escuchado... Si no fuera porque lo he visto con mis propios ojos, dudaría..., sí, realmente dudaría.

—Eso no es común en usted...

Él sonrió halagado por el comentario y siguió hablando como si no pudiera salir de su asombro.

—Alguien..., los supuestos «ángeles», han pasado por las fincas dejando los títulos de propiedad que pertenecen a cada familia y otros documentos tan valiosos e importantes como esos. Lo que significa que el señor Alexander ya no podrá ejecutarlos.

El corazón de Sofie saltó de alegría, pero no lo expresó abiertamente y solo atinó a decir:

—Pero usted no parece feliz, reverendo.

—¿Feliz? Mírame. ¡Estoy absolutamente deslumbrado! –exclamó con una sonrisa gigante de satisfacción–. ¡Esto es asombroso! ¡Una muestra más del poder sobrenatural de Dios!

—Lo que me cuenta, reverendo, me pone muy feliz. Le agradezco que se haya acercado hasta aquí para darme esa noticia.

—¿No ha llegado ninguna correspondencia aquí?

—No. Aún no hemos recibido nada, pero es posible que todavía los ángeles anden dando vueltas por Sangendrup. En cuanto lo reciba, le aviso, reverendo.

—¡Válgame Dios, qué grandioso es todo esto! –repitió con entusiasmo–. ¿Sabes?, hoy he notado que la gente ha cobrado ánimo y ha empezado a trabajar con ganas. Aunque todavía habrá que seguir sosteniéndolos para que puedan superar todo lo que han perdido. –Hizo una pausa y aclaró–: Me refiero, sobre todo, a las pérdidas humanas. Pero he notado que ahora tienen fuerza y esperanza para salir adelante. Eso hará de Sangendrup y de todo el pueblo danés una nación grande y poderosa, que confía en su Dios. ¿Lo crees, Sofie?

Cuando él la miró, ella tenía los ojos llenos de lágrimas.

—Eso es lo que más deseo en esta vida, reverendo.

Él se quedó mirándola como fascinado. Parada en ese lugar, iluminada por los débiles rayos de luz que se filtraban por la ventana, parecía un ser irreal.

—Nunca me imaginé que amabas tanto esta tierra.

—Con todo mi ser, reverendo. Primeramente a Dios y después a Sangendrup.

—Eres una mujer admirable —le dijo y la miró de esa manera tan especial y que a ella siempre la turbaba.

—¿Me perdona, reverendo?, pero necesito descansar…

—Claro, perdóname, he sido muy imprudente en venir en un momento como este —respondió viendo que Sofie se dirigía hacia la puerta de la sala contigua.

Ella sabía que no debía seguir con aquella conversación, que tenía que marcharse aunque a él le resultara demasiado brusca su manera de actuar.

—Sofie —la llamó de repente—. ¿Nunca has pensado en formar una familia?

Ella se quedó paralizada, aun así le respondió serena.

—Discúlpeme, reverendo, pero en este momento solo pienso en los temas urgentes que tengo que resolver…

—Entiendo… Aunque puntualmente no me has contestado la pregunta —insistió recogiendo sus cosas y yendo hacia la salida—. Pero me gustaría que más adelante lo hicieras.

Cuando Sofie entró en su habitación, le temblaban las piernas. Intuía que esta conversación se daría en algún momento, porque esa mirada tan especial del reverendo le decía muchas cosas. Palabras que nunca hubiese querido escuchar. Él era un buen hombre, agradable y apuesto. Pero el amor es mucho más que eso. Es algo del corazón, inexplicable, profundo. Contiene paz, fuego y furia al mismo tiempo. Es el sentimiento más sublime y misterioso, el que muchas veces va contra la voluntad del ser humano (cuando uno se enamora de quien no debería, pero lo ama).

Esa noche durmió mal, tuvo pesadillas con su padre, con los laberintos del Castillo de las Sombras, oyó voces y gemidos, galopes de caballos y pasos de personas que venían por su vida. Se despertó sobresaltada, sudaba y tiritaba como si tuviera fiebre, pero en realidad sentía miedo. El corazón le latía de manera acelerada. No podía permanecer en la cama. Aunque era muy temprano todavía, se vistió y se dirigió a la cocina. Stine aún no había llegado, pero como había agua caliente en el fogón, se sirvió un café y abrió su Biblia para orar.

«¡Qué reconfortante es estar a solas con Dios!», pensó cuando recuperó la paz y la envolvió un agradable sentimiento de bienestar. Pasara lo que pasara en la audiencia de esa mañana, de una cosa estaba segura: Dios es absoluto y todo gira alrededor del eje de su soberana voluntad.

Cuando Stine llegó, se sorprendió de encontrarla levantada, de buen humor y un semblante renovado.

–¡Pero miren ustedes quién está en la cocina! –expresó la mujer, que se sentó a su lado y, aprovechando que estaban solas, le contó el sueño que había tenido esa noche.

–Usted, señorita Sofie, estaba en una prisión oscura –hablaba como si lo estuviera viendo–. Tenía miedo y estaba lastimada. Corría como desesperada de un lado para otro, buscando una salida, pero no la había.

–¡Oh, Stine!

–Sí, señorita, estaba muy asustada, porque algo muy feo se venía contra usted.

–¿Y qué pasó?

–Buscaba con afán un lugar para salir, pero no veía ninguna puerta. Estaba cercada por todos lados. Su rostro denotaba terror, porque aquel encierro la asfixiaba, le cortaba la respiración y se ahogaba. De repente, usted se desmayó sobre el piso húmedo y sucio de aquella prisión. –Stine la miró a los ojos. Sofie esperaba expectante oír cómo continuaba el relato–. Entonces, un pájaro blanco y gigantesco, como nunca antes he visto en mi vida, apareció a su lado. La envolvió con sus plumas blancas, limpias y puras… La levantó con sus tremendas garras en el aire y se la llevó con él.

–¿Y por dónde salieron? –preguntó Sofie con horror.

–Seguramente, él conocía una salida. O había una salida que usted no había descubierto.

–¿Y qué pasó después?

–Nada más, después no vi nada más. Lo único que se escuchaba a lo lejos era su voz que decía: «¡Dios mío, Dios mío!».

Sofie estaba conmovida, perturbada. Aquel relato era muy significativo, como si fuera parte de la pesadilla que ella había tenido esa misma noche.

–Sofie, ¿qué querrá decirnos el Señor con todo esto?

–Creo que lo sabremos muy pronto.

20

Una sorprendente revelación

La mañana se presentó tibia y soleada, aunque persistía todavía el viento de la noche anterior.

Con el correr de las horas, se transformó en una brisa suave y apacible. El cabriolé que conducía Jonas Kyhn avanzó por el camino del costado del bosque. De tanto en tanto, Stine la miraba con inquietud, pensaba que podría sentirse nerviosa o angustiada. ¡Pero qué lejos estaba eso de la realidad!

Sofie miró con nostalgia el paisaje, la tierra esperaba el momento de la siembra y la cosecha, tanto como ella. Aunque todo parecía tan distante ahora, pronto volvería a escucharse la música de los molinos y el cántico de los trabajadores. Aspiró profundamente, como si pudiera meter dentro de sus pulmones el olor de la campiña y encerrarlo allí. Jonas conducía en silencio y Stine no se animaba a hablar. Ella tampoco. Lo único que deseaba era imprimir en su memoria la belleza que le transmitían sus sentidos, para que, cuando ya no estuviera en Sangendrup, esa imagen fuera tan nítida como en ese instante.

El que conducía parecía no tener apuro en llegar, así que le dio tiempo para disfrutar del viaje.

Cuando el cabriolé ingresó en la calle Johanesgade, a Sofie le costó creer lo que veía: la aldea estaba trastornada. La mayoría de los negocios permanecían cerrados y una multitud de curiosos se agolpaban frente al edificio donde se llevaría a cabo el interrogatorio.

El joven Kyhn aparcó el vehículo en la parte trasera del salón y ella ingresó por la puerta angosta, la misma que había usado el hermano Søren la última vez.

La sala era pequeña, amueblada al estilo campesino. Se trataba de la oficina del comisario Host, quien había cedido sus instalaciones únicamente para esta ocasión. Una puerta de madera gruesa con bisagras y cerrojos la conectaba con el salón comunitario, donde desde temprano la gente se había convocado sola, llena de expectativas y ansiedad.

La comisión esperaba desde hacía más de media hora, mientras tanto conversaban acerca de cómo resolver rápido esta situación, la que a la mayoría ya le estaba pareciendo absurda e incoherente, una verdadera pérdida de tiempo. En ese momento, el señor Rasmussen se quejaba por haberle prestado demasiada atención a la denuncia de Eluf Dohm, sobre todo tratándose de una persona como él. Y también el señor Kasper Fahnoe se lamentó del hecho. Así que ellos decidieron, de común acuerdo, ponerle punto final a este asunto ese mismo día.

Cuando descubrieron que Sofie había ingresado, la saludaron con respeto, como si quisieran disculparse sinceramente con ella. Fueron amables y atentos, le infundieron aliento y confianza. Intentaban demostrarle y que no quedaran dudas de que la opinión que tenían de ella era la mejor. Sofie sabía que mucho de lo que estaba pasando se lo debía al hermano Søren, quien, silencioso y con suma prudencia, se había encargado de hacerles recobrar el sentido común.

Unos minutos después, la comisión ingresó en el salón donde se llevaría a cabo el interrogatorio. El salón estaba atestado de gente. Silenciosa, Sofie ocupó su sitio. «El banquillo de los acusados», pensó cuando se sentó en esa silla de maderas ásperas, a la espera de que se hiciera presente el abogado Laurlund, quien, cuando lo hizo, la saludó de manera fría y distante.

La comisión se ubicó en los primeros lugares y el abogado Laurlund se dirigió a la gente.

—Buenos días —los saludó de forma escueta, como si estuviera apurado, quisiera ir al punto y terminar cuanto antes—. Ayer nos reunimos con la comisión aquí presente, considerando con responsabilidad la denuncia que el señor Eluf Dohm ha levantado contra la señorita Sofie Bjerg Eriksdatter, duquesa de Sangendrup.

Sofie lo observaba con atención. ¿Era Simón la misma persona con la que ella jugaba de niña? Definitivamente no. Tampoco había quedado nada del joven que la esperaba todas las tardes para pasear por el lago o cabalgar por el bosque. Nada. Y hoy, viéndolo de pie delante de aquella multitud, esbelto, firme, calculando fríamente los argumentos que expondría para su defensa, supo que no quedaba tampoco ni un vestigio del hombre con el que ella soñó. Entonces pensó en su propia definición de amor: «Es el sentimiento más sublime y misterioso, el que muchas veces va contra la voluntad del ser humano. Uno ama al que no debería, pero lo ama».

Repentinamente, la frase que escuchó de boca del abogado la hizo casi saltar de su asiento.

—Damas y caballeros, esta comisión ha estimado que la señorita Sofie Bjerg Eriksdatter, duquesa de Sangendrup, es completamente inocente de culpa y cargo de la acusación que el señor Eluf Dohm levantó contra ella.

La sala estalló en un murmullo general. El señor Dohm se levantó exaltado de su lugar y, flameando su gorra en el aire, increpó con violencia a Simón Laurlund. Los cuatro niños que estaban a su lado lo miraron con temor, sabían que si él estaba irritado sería capaz de cualquier cosa.

—¡Esto es injusto! —gritó enardecido dirigiéndose a la comisión—. Ustedes hacen diferencia porque ella es una aristócrata y yo, solo un pobre y mísero campesino.

—Por favor, señor Dohm, serénese. —Se oyó decir al

reverendo Jensen a la vez que se acercaba a él en compañía del señor Host, para impedir que cometiera cualquier desatino.

Eluf Dohm ignoró la presencia de los dos hombres y buscó impetuosamente algo en el bolsillo de su pantalón, estaba nervioso y no lo podía encontrar.

–¡Aquí está! ¡Aquí está la prueba! –gritó finalmente, a la vez que agitaba en el aire un papel sucio y arrugado–.¡Aquí les traje una lista de todo lo que me robó! Ella se ha llevado: un cerdo, dos quesos, media bolsa de patatas y algunos frascos de conserva que yo guardaba en el cobertizo.

Aquella declaración fue tan descabellada que provocó la risa de algunos, lo que desató peor la furia del señor Dohm.

–¡Claro, ahora todos se han puesto en mi contra! Pero esto no se va a quedar así. ¡Justicia divina! –se quejó exaltado–. ¡La justicia divina vendrá sobre todos ustedes!

–¡Señor Dohm, por favor, se calla o se retira! –La orden del señor Host sonó fuerte en el recinto.

En cambio, el joven abogado actuó de una forma tan impropia de este tipo de procedimientos que desconcertó a la concurrencia.

–Señor Dohm, lo invito a que se adelante, por favor –le pidió amablemente, con tranquilidad.

El hombre pareció turbado, miró a su alrededor como si buscara la aprobación de la gente. Pero todos estaban tan sorprendidos como él. No sabía cómo reaccionar, pensó que se trataba de una broma o de una trampa. Pero como el abogado repitió la invitación, él se abrió paso, desacomodó los bancos e importunó a la gente para que lo dejara pasar. Rengueaba de una pierna, seguramente por la caída que tuvo cuando perseguía a Sofie, y, apoyándose en los bancos, llegó hasta el frente.

–Tome asiento aquí, señor Dohm, por favor.

El hombre se veía inseguro, miró hacia un lado y hacia otro, pero al final se sentó.

–Señor Dohm, le quiero hacer una pregunta.

Él asintió, con el ceño fruncido.

–Señor Dohm, ¿nos podría usted decir si la noche del 9 de septiembre, la misma noche del incidente con la señorita Bjerg Eriksdatter, usted recibió algún tipo de correspondencia en su casa? –le preguntó y volteó su mirada hacia el público, que lo escuchaba con atención. Había tal silencio en el recinto que se podría haber oído el vuelo de una mosca.

El hombre tartamudeó intranquilo.

–Eh... eh...

–¿Recibió o no un sobre esa tarde, señor Dohm?

–No.

–¿No recibió usted ningún sobre importante, señor Dohm?

–Sí, pero no esa tarde. –Se lo notaba inseguro porque hablaba en voz baja y con la cabeza gacha–. El sobre lo descubrió mi hijo Jesper, anoche.

–¿Y dónde encontró Jesper ese sobre, señor Dohm?

–Eh..., estaba... debajo de la alfombra.

–¿Y dónde está esa alfombra, señor Dohm?

–En la puerta de entrada de la casa.

El señor Dohm movió inquieto la gorra entre sus manos.

–Entonces, señor Dohm, el sobre estaba debajo de la alfombra, en la entrada de su casa –repitió el abogado en voz alta de frente al público.

El señor Dohm respondió con un leve movimiento de cabeza.

–¿No le parece a usted, señor Dohm, más atinado pensar que la noche del 9 de septiembre la señorita Eriksdatter se hubiera presentado en su domicilio para hacerle entrega de ese sobre? –hablaba con fuerza, con pasión, a la vez miraba al señor Dohm de frente–. ¿No le parece eso más atinado que pensar que la duquesa de Sangendrup haya entrado en su finca para robarle un cerdo, dos quesos, media bolsa de patatas y algunos frascos de conserva?

Ahora el abogado dirigió su vista a las personas que lo

escuchaban expectantes.

–¿Habrá aquí otras personas que recibieron algún sobre anónimo esa noche? –preguntó ante la mirada pasmada de todos–. Por favor, levanten la mano quienes hayan recibido la noche del 9 de septiembre un sobre con una documentación en la que estuvieran involucrados directamente.

Aquello fue impactante, porque poco a poco, como con vergüenza, muchos fueron levantando las manos. Él también lo hizo. Eso provocó una curiosidad increíble.

–Ahora le pido a la señorita Eriksdatter que pase al frente –lo dijo sin mirarla, porque seguía con la vista puesta en los asistentes, los que ya a esta altura estaban desconcertados.

–Señorita Eriksdatter, por favor, súbase a esta tarima – le indicó, prestando atención a la expectante mirada de la gente.

Era una plataforma baja, de unos treinta centímetros de altura aproximadamente, y estaba en el frente.

Ella también parecía perpleja. ¿Qué pretendía Simón Laurlund exponiéndola a aquella posición vergonzosa?

–Damas y caballeros, quienes recibieron un sobre la noche del 9 de septiembre y usted, señor Dohm, quien en forma especial denunció a la señorita Eriksdatter, quiero que todos presten mucha atención a lo que van a ver ahora.

Nadie podía creer lo que estaba pasando.

–Señorita Eriksdatter, ¿podría usted remangarse las mangas de su blusa, por favor?

Sofie suplicó con la mirada. ¿Quién le había contado a Simón de sus heridas? Nadie las había visto. Ni Trudy ni Stine… Nadie.

Como ella no respondía, él repitió la orden.

–Señorita Eriksdatter, por favor. ¿Podría usted remangarse las mangas de su blusa?

Tímidamente, Sofie corrió hacia arriba la tela apenas translúcida que le cubría los brazos lastimados, dejando expuestas las heridas. Él se acercó a ella y presionó la piel. Sofie hizo una mueva de dolor.

–¿Duele? –le preguntó mirándola de una forma muy especial, como si también esas heridas le dolieran a él. Pero eso nadie lo percibió.

Ella asintió con la cabeza, a la vez que apretaba los labios para no llorar.

–¿Saben por qué duelen esas heridas? –les preguntó con dureza a una audiencia estupefacta y sofocada.

Los ojos de ellos estaban enfocados en el brazo de Sofie.

–Duele, porque son heridas purulentas. Todavía algunas no han cicatrizado –les dijo como si les estuviera dando un sermón y luego sus ojos volvieron a encontrarse con los de Sofie–. Señorita Eriksdatter, ¿podría usted decirnos cómo se hizo esas heridas?

Sofie bajó la cabeza y permaneció parca, inmutable. No pensaba responder.

–Señorita Eriksdatter, vuelvo a preguntarle; ¿podría explicarle a esta audiencia cómo se hizo esas heridas?

–No.

–¿No?

–No puedo hacer eso, señor.

Entonces él la miró serio, estaba irritado aunque bien supo cómo controlar aquella emoción que también a él lo desbordaba. No podía concebir la conducta estoica de Sofie.

–Señorita Eriksdatter, usted sin duda es libre de responder o de no hacerlo. Aunque supongo que ya muchos en este recinto lo habrán podido deducir –hablaba con seguridad y firmeza–. Pero si les ha quedado alguna duda, yo se las voy a aclarar: ¿no les parecen demasiadas coincidencias? Primero, la señorita Eriksdatter se ausenta de su hogar por varios días sin informarle a nadie ni su destino ni su paradero. Después se incendia misteriosamente el Castillo de las Sombras. Simultáneo a eso, aparecen de manera secreta, incomprensible y anónima los documentos y títulos de propiedad firmados por ustedes y entregados al señor Alexander. –Guardó silencio por unos segundos, como dándoles tiempo a reflexionar–. Y ahora vemos que la señorita que está parada en este estrado, acusada de robo en la finca del señor Dohm, presenta heridas importantes en su cuerpo. De algunas, ustedes han sido testigo y otras quedarán en la intimidad de una dama. Pero lo cierto es que Sofie Bjerg Eriksdatter no quiere responder al interrogatorio acerca de cómo se produjeron esas heridas y machucones. Actitud evidente de que esconde una información que no desea revelar.

La comisión estaba perpleja, el hermano Søren la miró con respeto, casi con orgullo, antes de que el abogado siguiera con su plática.

—¿Sería muy iluso pensar, estimada audiencia, que estamos delante de la persona que rescató toda esa documentación para devolverla a la gente de Sangendrup?

Se hizo un silencio absoluto, como si semejante revelación les hubiera cortado el aliento. Estaban aturdidos.

—¡Entonces ella es la responsable del incendio al Castillo de las Sombras! —De entre la multitud se oyó una voz que hablaba con desprecio. Era la señora Inge Jensen.

—¡Ella incendió el castillo! ¡Pido cárcel para la responsable! —Se sumó con un grito enardecido el señor Dohm.

La reacción de la gente no se hizo esperar. Inmediatamente, se produjo un gran desorden. Parecía que la mayoría estaba a favor de la señorita Eriksdatter y solo algunos pocos insensatos se levantaron en su contra.

En medio de todo aquel griterío, sobresalió la voz de una joven que habló desde el fondo.

—¡No! Ella es inocente.

Todos giraron la cabeza en dirección a aquella voz. Y se hizo nuevamente el silencio.

—Juli —susurró Sofie conmovida.

—Ven, muchacha, adelántate —le pidió amablemente el abogado—. Tienes que dar tu testimonio.

La joven avanzó en medio de decenas de miradas sorprendidas, llenas de estupor. Nadie la conocía. ¿Quién era aquella chiquilla?

Sofie dejó su lugar y corrió hacia ella para abrazarla.

–Mikkeline... ¿Cómo pueden hacerte todo esto?

–¿Mikkeline? –Simón se dirigió a Sofie como interrogándola. Pero finalmente agregó–: Por favor, señorita Eriksdatter, ¿podría volver a su lugar? –E hizo un ademán para que ocupara la silla que había dejado vacía. Recién entonces se dirigió a aquella muchacha desconocida–. Por favor, señorita, ¿podría decirnos su nombre?

–Julianan Mäkinen. Pero todos me llaman Juli.

–Julianan o Juli, ¿estás segura de que esa Mikkeline que tú nombras y la señorita Eriksdatter, que está aquí delante de ti, son la misma persona?

–Sí, señor.

–Juli, ¿de dónde conoces a la señorita Sofie Bjerg Eriksdatter?

Juli miró a Sofie como si le pidiera autorización para hablar. Sofie le sonrió con afecto, lo que a ella le dio tranquilidad para hacerlo.

–Ella trabajaba conmigo, en el Castillo de las Sombras.

–Bien, Juli, y ¿qué tipo de tareas hacía la señorita Eriksdatter en el castillo?

–Ayudaba en la cocina y servía a los invitados.

–Juli, ¿nos estás diciendo que la señorita Sofie Bjerg Eriksdatter trabajó como criada en el castillo de señor Alexander?

–Sí, señor. Y era mi amiga, mi única amiga...

El público oía consternado aquella declaración. No podían salir de su asombro. Permanecían quietos como si estuvieran clavados en sus sillas.

–¿Y alguna vez te dijo que ella era la duquesa de Sangendrup?

–No, señor, nunca.

–¿Nunca te dijo ella ni de dónde era ni por qué razón estaba allí?

–No, señor, en el castillo se habla poco y nadie pregunta

demasiado. Todos sabemos que el que entró ahí lo hizo obligado por una gran necesidad.

–Juli, ¿estaba la señorita Eriksdatter en el castillo del señor Alexander la noche que se produjo el incendio?

–Sí, señor. Ese fue el último día que la vi hasta este momento. Siempre pensé que había muerto en su intento por huir.

–¿Crees tú, Juli, que ella pudo haber sido responsable de aquel incendio?

–No, señor, jamás pensaría algo así de Mikke…, perdón, de Sofie.

–¿Por qué, Julie?

–Porque ella es muy buena, señor, jamás le haría daño a alguien.

–Juli, ¿sabes cómo se produjo el incendio?

–Poco, señor, porque nos despertaron los gritos de la gente y todos tratamos de salir lo antes posible por temor a que nos alcanzara el fuego –repuso cambiando la expresión de su semblante como si recordara esa noche con horror–. Pero ellos decían que el viento tumbó las velas y el fuego avanzó con rapidez.

–Gracias, Juli, es suficiente.

Nadie se animó a pronunciar una palabra. Simón Laurlund también estaba afectado por toda esta revelación, pero por supuesto ocultó su emoción. Hubiera sido imposible sospechar los sentimientos que se movían en su interior. Después de permanecer en silencio unos minutos, imprevistamente dijo:

–Señores, pido un receso de una hora. Necesito reunirme con la comisión antes de dar el veredicto y de cerrar con una conclusión.

21

El final de una larga historia

Cuando la comisión ingresó en la oficina del señor Host, era evidente que no había demasiado que decir, ni muchas cuestiones por analizar.

El primero en hablar fue el anciano Kasper Fahnoe.

–No puedo salir de mi asombro, realmente no puedo – susurró a la vez que movía con insistencia la cabeza, como si intentara asimilar lo que acababa de escuchar.

–Creo que todos estamos sorprendidos –repuso el señor Rasmussen–. Esta historia es inaudita. De no creer, a no ser por el testimonio de esa muchacha.

El hermano Søren lo miró severo, no permitiría que se diera lugar a la duda.

–Dígame, hermano Søren, ¿quién se hubiera imaginado a la mismísima Sofie Bjerg Eriksdatter, duquesa de Sangendrup, de criada en el Castillo de las Sombras? ¡Nadie, nadie! –aseveró sintiéndose acusado por la mirada del hermano.

–Aun de haberla visto con nuestros propios ojos, seguro que no la hubiésemos reconocido –intervino, todavía perplejo, el abuelo Fahnoe.

–¡Increíble, increíble! Pobre muchacha, me imagino cuánto le deben doler esas heridas que supuran –se lamentó con un gesto de preocupación el doctor Bissen–. Pero hoy mismo se las voy a revisar…, no vaya a ser que empeoren

339

y... entonces sí va a estar en serios problemas esa joven.

–Debo reconocer que, a pesar de lo desagradable de la situación, algún día esto tenía que suceder –reconoció el señor Host, quien, hasta el momento, había opinado poco sobre el caso–. ¡Esta joven nos ha dejado mudos! Vamos a ver, de ahora en más, quién se atreverá a perjudicarla nuevamente.

–La verdad es que Sofie es una mujer extraordinaria –declaró el reverendo Jensen, sin disimular su respeto y admiración hacia ella.

Simón Laurlund lo miró de soslayo, le pareció que Niels Jensen se expresaba con un interés especial por ella y eso lo puso en alerta, aunque de hecho él ya no pensaba cobijar nuevas esperanzas, porque sería completamente estúpido si lo hiciera.

–Extraordinaria... –continuó diciendo el reverendo, quien observó complacido cómo el resto aprobaba su efusiva admiración.

–¿Y tú, Simón? –Simón miró al hermano Søren como si no entendiera a qué venía su pregunta–. ¿Qué opinión te merece la señorita Eriksdatter?

La respuesta del abogado no se hizo esperar, fue breve y marcaba su esfuerzo por demostrar un desinterés que en realidad no tenía.

–La misma que a ustedes y ninguna en particular. No es la persona, sino el caso, en lo que centré mi interés –respondió con frialdad e indiferencia y siguió prestando atención a lo que estaba haciendo.

–Bien, Laurlund, vemos que usted es un abogado analítico que ha llevado de manera impecable la investigación. ¿Cómo le parece que deberíamos dar por terminada la reunión? –preguntó el doctor Bissen, quien dejaba entrever su urgencia en finalizar con todo eso cuanto antes.

Pero, al revés de lo que se esperaba, fue el reverendo Jensen quien habló.

–Disculpen ustedes, señores, y espero que no se tome

esto como un atrevimiento…, pero si ustedes me permiten, me gustaría dejar una reflexión para la gente antes de….

–Por supuesto, reverendo. ¿Quién más apropiado que usted para hacerlo? –lo interrumpió el boticario Rasmussen, sin consultar al resto. Es que, tratándose del reverendo, no pensaba que alguien se pudiera oponer, sino todo lo contrario, consideraba muy saludable que hablara el hombre de Dios.

Nunca se supo si todos estuvieron de acuerdo, pero lo cierto fue que no encontraron ningún impedimento para oponerse a su petición. Así que, de hecho, el reverendo tomaría la palabra. Pero el hermano Søren intervino a tiempo, con la suficiente cordura como para reconocer que, antes que nada, tenía que hablar el abogado Laurlund y recién después tomar la palabra el reverendo Jensen. Todos estuvieron de acuerdo, así fue como dieron por terminada la reunión e ingresaron en la sala para acabar con toda esta historia ya que, más allá de los chusmas y los curiosos, el resto quería volver a sus actividades.

Cuando los de la comisión ocuparon sus lugares, solo la figura del abogado Laurlund permaneció de pie. Su mirada fría pasó revista a los que estaban en la sala. Sofie sintió que se le encogía el corazón. Una corriente de aire frío se filtró por una de las ventanas, la que había quedado ocasionalmente mal cerrada. Aquello fue como si Dios los hubiera querido despabilar para que estuvieran atentos a lo que iba a suceder.

La concurrencia permaneció expectante. Habían tenido el tiempo suficiente como para dar rienda suelta a todo tipo de comentarios acerca de lo acontecido dentro de esas cuatro paredes. Mientras tanto, Sofie y Juli, ajenas al murmullo que se escuchaba en el ambiente, hablaban acerca de los incidentes de la nefasta noche del incendio: de cómo las llamas habían cobrado altura rápidamente en razón del viento, de que el señor Alexander enloqueció y se metió en medio del fuego a fin de rescatar toda su fortuna, etcétera.

Se produjo un revuelo total, los hombres se peleaban unos con otros. Estaban ebrios, habían sufrido quemaduras y se veían heridos. Jens y el secretario del señor Alexander se esfumaron de la escena como lagartijas. No había quedado nadie para ayudarlo. Robaron y saquearon lo que estaba en las salas y los dormitorios. Aquello fue un caos. Todos trataron de salvar su pellejo y sus bienes y, cuando lo lograron, se subieron a los carruajes y huyeron.

El abogado Laurlund pidió silencio y recién entonces se apagó definitivamente el murmullo.

—Damas y caballeros —habló sereno, pero de manera enérgica. Tenía el dominio de la situación que hasta el momento había desbordado el recinto—. En un juicio lo que cuentan son las evidencias, las pruebas, porque sin ellas ninguna denuncia tiene ni valor ni peso. Serían solo sospechas, como las que ciertamente expuso el señor Eluf Dohm. —Algunos le echaron a Eluf una mirada crítica, para luego seguir escuchando al abogado—. Él acusó, pero sobre supuestos. Por lo que su acusación, además de carecer de valor para esta comisión, es tenida solo como una apreciación personal de un hecho, como también lo fue el testimonio presentado por la señora Inge Jensen. —Sus ojos se enfocaron por un segundo en la mujer.

Por primera vez, ella bajó la vista. Pero no arrepentida, sino avergonzada por haber quedado expuesta, ya que su propio hijo, el reverendo Niels Jensen, se encargó de desestimar su denuncia, unos minutos después. Simón Laurlund se detuvo por un momento y ojeó (sin demasiado interés) los papeles que sostenía en la mano. La gente había puesto sobre él toda su atención. Por las estrechas ventanas, se podía ver que el viento había cobrado intensidad.

Simón Laurlund alzó la voz.

—Pero de lo que sí tenemos evidencias claras y contundentes es de que la señorita Eriksdatter ha sido víctima de un feroz ataque contra su persona, llevado a cabo por gran parte de esta sociedad. Como lo han demostrado el señor Dohm y la señora Jensen, ataque que el pueblo de Sangendrup aprueba solapadamente. Porque ¿quién de ustedes no ha sido testigo del desprecio y de la indiferencia con que se la trata cuando la señorita Eriksdatter se presenta en un comercio y, lo que es todavía peor, en la iglesia? –Hizo una pausa breve, pero necesaria–. Muchos podrán argumentar que es el resultado de las pésimas actitudes que Sofie Bjerg Eriksdatter ha tenido durante años con esta sociedad. Y es cierto, sería necio negarlo... –Apretó con rabia la mandíbula sin que nadie lo notara, a la vez que observó la reacción que delataban los semblantes: ceños fruncidos, miradas hoscas, rostros que mostraban resentimiento y viejos rencores.

Sofie se mordió el labio inferior para contener las lágrimas. Él tenía razón, no estaba diciendo más que la verdad. Hubiese preferido morir a escuchar de sus labios una declaración tan penosa (sobre todo públicamente). No hablaba con rencor, sino como si se tratara de un viejo asunto, ya superado y sepultado. Sintió dolor y le saltaron las lágrimas, las que secó rápidamente con la palma de su mano para que nadie las notase.

–Perdón, abogado Laurlund... –el reverendo Jensen lo interrumpió de manera repentina. Tal vez, conmovido por la desazón que mostraba el rostro de Sofie.

El ambiente estaba tenso. Los roles se invirtieron bruscamente. La gente comenzaba a sentirse incluida en este conflicto y eso los ponía incómodos.

–Por favor, reverendo Jensen, déjeme continuar. –La orden sonó fuerte y decidida. Sin mirarlo le hizo un gesto con la mano para que guardase su lugar–. Actitudes como la que ustedes han demostrado, honorables damas y caballeros, son un delito. En primer lugar, son un delito delante de Dios, del que tendrán que dar cuentas algún día, como también la señorita Eriksdatter lo tendrá que hacer. –Miró a Sofie de manera fugaz–. Y, en segundo lugar, es un delito que nos hace responsables a todos los ciudadanos de esta nación.

De improviso y fuera de todo lo convencional, el abogado dejó el espacio donde estaba parado y comenzó a caminar lentamente metiéndose en medio de la gente.

–Injuria, falso testimonio, calumnia, violencia física y emocional y agresiones varias: aunque no todas estén contempladas en nuestra Constitución como un delito, en realidad, sí lo son…

En ese momento, se había acercado a Sofie y estaba parado frente a ella. La miró profundamente a los ojos. Decía tanto aquella mirada penetrante que se hubiera podido escribir el capítulo de un libro. Entonces habló pausado y firme, como si sintiera satisfacción en desafiar a todos con lo que iba a decir:

–En vista de todo lo que ha acontecido, está usted, señorita Sofie Bjerg Eriksdatter, en todo su derecho de iniciar acciones legales contra el pueblo de Sangendrup, si así lo desea.

Siempre será una incógnita para Sofie si aquella mirada duró una fracción de segundo o una eternidad. Pero, a partir de ese momento, tuvo la convicción de que algo muy fuerte todavía los unía.

Eso fue todo y más que suficiente. Él había llevado adelante de manera magistral aquel asunto. A pesar de los malos pronósticos y de los nefastos vaticinios, Simón Laurlund logró que la gente tuviera, desde ese instante, una mirada diferente de Sofie Bjerg Eriksdatter, duquesa de Sangendrup.

En medio de aquel silencio absoluto, el hermano Søren fue el primero que se puso de pie y estrechó con afecto y respeto al joven abogado. Luego lo hicieron los otros. En aquel ambiente solemne, en el que el público permanecía pasmado, el señor Sodrig se levantó y comenzó a aplaudir. Uno a uno, todos los demás fueron haciendo lo mismo. Sofie estaba apabullada. Aquello fue majestuoso.

Simón no estaba acostumbrado a reacciones como esas y tampoco le gustaban. Consideraba que eran innecesarias y solo servían para estimular el orgullo. Por lo que inmediatamente intentó que retornara el orden en la sala. Después de unos minutos de pretenderlo en vano, le cedió con respeto la palabra al reverendo Niels Jensen.

–Silencio, por favor. –Se oyó la voz del comisario Host llamando al orden–. Todavía no hemos terminado. Comparto la misma emoción que sienten ustedes, de poder contar con alguien tan prestigioso como el abogado Laurlund y que él sea uno de los nuestros, nacido en las tierras de Sangendrup. Pero el reverendo Jensen tiene todavía algo que decirles. Por favor, guarden silencio.

El reverendo se puso de pie y comenzó a hablar con una actitud muy paternal, como nunca lo había hecho hasta ahora, seguramente en razón de su posición sacerdotal.

–¡Excelente defensa, abogado Laurlund!, lo felicito –le dijo a Simón. Y luego se dirigió a la gente–. Pero yo me encuentro ahora delante de ustedes porque quiero hablarles en nombre de todas las «Sofies» que son tan víctimas como ella de una sociedad que no perdona, de una sociedad que no da nuevas oportunidades. De una comunidad que cobija resentimientos, egoístas y malsanos. –Los miró con pesar–. De una familia espiritual, que asiste a la iglesia y cree en Dios…, pero procede y cultiva actitudes que ofenden a Dios. –Se detuvo como si tuviera temor de herir los sentimientos de ellos. Pero continuó hablando porque entendió que, antes que nada, debía prevalecer su responsabilidad como pastor–. Mis amados hermanos de Sangendrup, esta no es la iglesia pura y santa de Jesucristo, sino que se ha convertido en una congregación que tiene apariencia, pero no esencia. ¡Por amor a Cristo, conviértanse! Pidan perdón y comiencen a trabajar levantando como estandarte los dos grandes pilares de la fe cristiana: amen a Dios y luego al prójimo como a ustedes mismos. Eso, que parece poco, será suficiente. Dios les ha confiado una misión y espera que la cumplan. No lo defrauden. –Luego los miró con amor y concluyó–: Dios los bendiga y los ilumine desde ahora para siempre.

Esta vez el silencio duró por más tiempo. El pastor les había hablado al corazón, como un padre habla con un hijo rebelde. Con dolor. En el fondo, él sentía una perturbadora sensación de fracaso, porque no les había podido transmitir la fuerza para vivir en la Verdad. Ellos también estaban apenados.

Faltaba que el abogado diera el cierre y los invitase a retirarse, pero todavía permanecían sentados ocupando sus lugares. Muchas mujeres tenían lágrimas en los ojos y los hombres mantenían las facciones contraídas, rígidas, estaban conmovidos.

Esta vez tomó la palabra el hermano Søren y se dirigió a Simón:

–Abogado Laurlund, dadas las circunstancias, ¿podemos dar por disuelta esta comisión?

–Sí, hermano Søren. –Se puso de pie un instante, solo para responder–. De común acuerdo y en vista de lo acontecido, ya que son los presentes testigos de lo que sucedió dentro de este recinto, se declara a la señorita Sofie Bjerg Eriksdatter completamente inocente de los cargos que se levantaron en su contra. Ahora sí, se disuelve esta comisión y se da por finalizada la querella.

El hermano Søren era un hombre muy anciano, pero se mantenía firme asido de su bastón. Ahí, parado frente a todos, repuso antes de sentarse:

–Solo les pido, querido hermanos, que me presten atención por un segundo más. –Aspiró profundo, como si recién ahora hubiera encontrado descanso–. La situación que vivimos aquí me ha llevado a hacerme algunas preguntas, las que tal vez ustedes también se deberían hacer: ¿cómo se va a seguir escribiendo la historia de Sangendrup? ¿Empezaremos una nueva vida mirando hacia el futuro con otros cristales? ¿O continuaremos lastimando, ofendiendo y perjudicando a las personas? ¿Seguiremos siendo abominablemente hipócritas delante de Dios o perseveraremos hasta alcanzar una transformación genuina y verdadera? –Los miró con bondad y afecto entrañable–.

Yo ya soy demasiado anciano, pronto estoy de partir con el Señor. Ustedes son los que escribirán la historia. La pluma está en la mano de cada uno. Ustedes deciden.

Fatigado y caminando lentamente, se acercó a Sofie.

La gente, poco a poco, comenzó a desalojar el salón. Conversaban entre ellos. Algunos se acercaron a los miembros de la comisión, quienes recibieron felicitaciones y muchos gestos de aprecio, valorando la tarea que habían realizado.

En medio de todo aquel desorden, una niña se desprendió de la mano de la señora Melbye y corrió súbitamente por la sala, cogió una silla y se subió a la mesa, lo que despertó la curiosidad de la multitud.

–¡Falta una cosa, quiero que sepan una cosa! –gritó efusiva y hablaba atropelladamente. Era Trudy.

Todos permanecieron en su sitio. Los que estaban parados se quedaron de pie y los que aún no se habían marchado tampoco lo hicieron.

El señor Host pidió silencio.

–A ver, Trudy, ¿qué es lo que nos quieres decir?

–Quiero contarles... –Se detuvo un instante para mirar a Sofie, que había quedado sorprendida.

–Trudy, ¿te has vuelto loca?

–Quiero contarles... que durante estos meses en que los hombres estuvieron en la guerra, Sofie remendó los zapatos de todos los niños de Sangendrup –dijo con la mirada húmeda y una sonrisa de felicidad que contagió al resto. Hasta Sofie se rio con los ojos llenos de lágrimas–. Yo los recogía y ella los remendaba. ¿Y saben qué me decía ella cada noche?

En ese momento, tanto los hombres como las mujeres estaban conmovidos. Esa niña parada en la mesa contando aquella historia quebrantó hasta los corazones más duros.

–Me decía: «Trudy, mientras yo viva, no habrá un solo niño descalzo en Sangendrup».

Trudy descendió y se abrazó a Sofie, llorando desconsoladamente en sus brazos.

–Ellos lo tenían que saber –le dijo ahogada por el llanto.

Casi con timidez, algunas personas comenzaron a ovacionarla suavemente, de a poco se fue sumando el resto.

–¡Trudy! ¡Trudy! ¡Trudy!

De lejos, Sofie vio cómo Simón recogía sus cosas y se marchaba rápidamente por una puerta lateral, sin darle tiempo a que nadie lo detuviese. Sus miradas se cruzaron de manera fugaz, Simón esbozó una sonrisa débil, como de cortesía, y se alejó.

Aquello fue una despedida.

22

Lo que nunca hubiera querido saber

El sol deslizaba su espátula de colores y marcaba su estela de suaves pinceladas sobre el cielo apacible y nítido.

Una brisa fresca y muy agradable acarició a Sofie durante el trayecto a Blis. Todo parecía maravilloso en Sangendrup. Sofie aspiró profundamente el aire perfumado que despedían las lavandas y se dejó llevar por la remembranza de su adolescencia, la que ahora podía recordar sin que doliera. Trudy se había abrazado a ella como un abrojo, por nada del mundo pensaba desprenderse de Sofie, nunca más.

–Si hubiera imaginado que iba a pasarte todo esto, jamás te hubiera dejado sola –susurró acongojada, acurrucándose debajo de su brazo.

–Trudy, debes aprender a descansar en Dios, porque Él tiene todo bajo control –le dijo con ternura, acariciándole las mejillas sonrosadas–. Hay cosas que deben suceder, aunque sean dolorosas, porque serán las que nos marcarán el rumbo.

Trudy permaneció en silencio, pensativa. Ella había sido testigo de gran parte del interrogatorio y le pareció muy cruel cómo la trataban.

–Sofie, ¿habrá puesto Dios a Simón Laurlund en tu

camino? Porque si no hubiera sido por él...

–Dios lo hubiera hecho de cualquier manera y los resultados hubiesen sido los mismos –reconoció, aunque en el fondo sabía que la intervención de Simón había sido providencial. Por alguna razón que, hasta el momento, ella desconocía, Dios quiso que fuera él y ningún otro.

Le pidió a Jonas que condujera despacio, quería disfrutar plenamente de aquel trecho de camino, el sendero del bosque... La brisa movía las ramas más frágiles, dejando sonar la serena melodía de sus amados campos de Sangendrup. Desde cualquier dirección, se podía percibir la majestuosa gracia de Dios que lo llenaba todo. El olor a pólvora y el dolor de la muerte se evaporan súbitamente. Cuando lo Sublime irrumpió con esperanza, deshizo el sopor de la tragedia.

En un descuido, Trudy le tocó el brazo y ella se quejó de dolor. El doctor Bissen le había revisado las heridas y se las había curado ese mismo día. Les puso un ungüento y las envolvió con un lienzo limpio. Pronto estarían sanas.

Tosh las esperaba en Blis y, como siempre, festejó con ladridos cuando las vio.

Stine se apuró en echar leña al fogón que estaba por apagarse y revolvió las pocas brasas que quedaban. Todos tenían deseos de beber algo caliente. El ambiente se notaba destemplado, pero aun así... ¡Era tan placentero estar en Blis y descansar en casa! Recién en ese momento, Sofie empezó a sentir en su cuerpo el efecto de la gran tensión que había vivido.

–Tienes mucho que contarme, ¿verdad, Sofie? –preguntó Trudy, que se había acurrucado entre los almohadones y descansaba en el sofá junto a la chimenea sin lumbre.

Sofie sonrió.

–Sí, pero este no es el momento. Porque como dice la Escritura: hay un tiempo para todo en esta vida, tiempo para reír y tiempo para llorar, tiempo para hablar y tiempo para callar. Y este es el tiempo para que olvidemos todas nuestras tristezas –le dijo en voz baja, ensimismada en sus pensamientos que, muy a pesar suyo, estaban centrados en Simón.

Trudy asintió con la cabeza y permaneció callada, hasta que de repente dijo algo inesperado.

–Me imagino, Sofie, que ahora pensarás en casarte..., ¿no?

–¿En casarme? ¿¡Qué dices, Trudy!?

–Sí, Sofie..., como la princesa Dagmar...

–¿¡La princesa Dagmar!? ¿Con quién se casa la princesa?

–¿¡No lo sabías!? Si por todos lados se habla del tema...

–No he tenido tiempo para eso, Trudy.

–Sí, lo sé..., tienes razón.

Sofie sonrió y la miró con ternura.

–A ver, cuéntame...

–Se comenta que, dentro de unos días, se anunciará oficialmente el compromiso real entre la princesa Dagmar de Dinamarca y el Gran Duque Nikolai de Rusia. Todas las muchachas andan alborotadas por eso... Así que yo pensé que tú también podrías ir pensando en tener un esposo.

–¿El duque Nikolai Alexandrovitj?

–¿Lo conoces, Sofie?

–Solo de nombre...

–¿Y a la princesa Dagmar?

–Tampoco la conozco, Trudy. Tú sabes bien las pocas veces que he salido de Sangendrup.

–Ah, sí. Tienes razón.

–Pero me has dado una buena noticia...

–Y sí..., las bodas son siempre lindas..., por eso debes ir pensando en la tuya. ¿Qué te parece Simón Laurlund?

–¿Por qué Simón Laurlund?

–Bueno, no sé..., digo..., porque me cae bien Simón... Pero también podría ser el reverendo Jensen... Y si no, ¿qué otro? –preguntó y giró la vista hacia ella.

Sofie encogió los hombros.

–Trudy, eso solo lo sabe Dios..., pero por ahora me

parece que no será ni uno ni otro...

Trudy sonrió con picardía, porque estaba segura de que, en cualquier momento, iba a aparecer el amor en la vida de Sofie.

–¡Pero tú no tienes por qué pensar en esas cosas! Tu interés debería estar enfocado en estudiar. Ya hablaremos con la señorita Eddelien para ver si puedes recuperar el tiempo perdido.

–¿Estudiar? ¿Para qué? –protestó desconforme Trudy–. Yo quiero aprender a cabalgar para recorrer Dinamarca de un extremo al otro.

–¿Para qué quieres hacer eso?

–Ah, porque yo sí voy a salir a buscar a mi buen esposo...

–Pero, Trudy, a tu buen esposo tiene que traerlo Dios y no salir a buscarlo tú.

–¡Ah, no! ¡Eso no! ¡Mira si Dios me trae un esposo que no me gusta! No, no, no... Eso no.

Sofie rio con ganas, aquella niña era de verdad ocurrente y muy graciosa, la hacía reír en los momentos más difíciles.

Y sucedió como Trudy lo había dicho; el 28 de septiembre se anunció oficialmente el compromiso entre la princesa Dagmar (la segunda hija del rey Christian IX) y el sucesor de Rusia, el Gran Duque Nikolai Alexandrovitj. Esa noticia generó vanas esperanza de obtener una ayuda política favorable a Dinamarca, lo que finalmente nunca sucedió, porque el Gobierno ruso continuaba ligado de manera estrecha a Prusia y, por el momento, no tenía intención de interferir directamente en las conversaciones de paz. Solo se comprometió a instar a los poderes alemanes para que mostrasen moderación en las negociaciones. Por lo tanto, Dinamarca no iba a recibir, ni debería esperar, ninguna ayuda diplomática de Rusia.

Con los días, volvió la calma a Blis, aunque no resultó igual en lo concerniente al conflicto con los ducados, el que todavía mantenía en vilo a la nación. Rusia (más exactamente el ministro de Asuntos Exteriores, Alexander Gortchakov) escribió a Berlín y a Viena pidiendo a sus respectivos Gobiernos que mostrasen cortesía con Dinamarca, tanto en lo relativo a la frontera como también en las cuestiones financieras. Pero lamentablemente ninguna de las grandes potencias apoyaría de manera directa a los daneses durante las negociaciones. Por otro lado, el ministro de Asuntos Exteriores británico, Lord Russell, escribió al embajador inglés en Copenhague para informarle que en ningún caso Dinamarca debería esperar ayuda de Inglaterra.

Lo cierto fue que los prusianos siguieron ejerciendo más presión sobre los daneses y esto dio lugar a la ofensiva expresión que había comenzado a circular: «Dinamarca ha pasado a ser un piojo entre dos uñas».

En los últimos días, en las conversaciones de paz en Viena, se habían discutido de manera especial: temas de frontera y los problemas financieros que perjudican a los ducados daneses (Prusia ha presentado una demanda en la que Dinamarca deberá pagar una indemnización por el daño, el bloqueo y la incautación infligida por el buque de guerra danés). Todo esto dificultaba el acuerdo definitivo de paz.

El barón von Werther levantó falsas especulaciones y sospechas por la actitud danesa y amenazó discretamente con terminar el armisticio y aumentar el número de tropas en Jutlandia. Por el lado danés, Quaade rechazó y desmintió estas acusaciones.

Presiones desmedidas que producían inestabilidad, agitación e incertidumbre con respecto al futuro próximo de la nación.

En Blis, tal como lo había planeado Sofie, la señorita Eddelien comenzó a darle clases a Trudy. Y a pesar de sus ruegos y quejas, Trudy se tuvo que sentar a estudiar.

Algunos hombres se sumaron al reverendo Jensen para trabajar en el proyecto de la escuela rural, que se había estado debatiendo en la asamblea durante los dos últimos años.

En el transcurso de la semana, recibieron algunas visitas. Los Brandes llegaron en compañía de la señora Ida, la encargada del correo, y también le trajeron saludos de Matilda Larsen. Intentaron ser cordiales y respetuosos, pero lejos estaba todavía el trecho para recobrar la amistad y la confianza que Sofie tanto necesitaba.

Todo lo contrario ocurrió con el hermano Søren, su presencia se hizo cada vez más cercana, poco a poco fue ocupando el lugar de un abuelo. Una figura familiar de la que siempre había carecido y un consejero que tampoco tenía, ya que no quería acudir al reverendo Jensen, en vista de la última conversación que habían mantenido. Sofie procuraba no confundir sus sentimientos.

Dos veces a la semana, la abuela de los Petersen pasaba a tomar la merienda con ellas. Era una compañía amena y también muy esperada. Compartían temas espirituales y siempre hallaba algún espacio para enseñarle a Trudy historias de la Biblia. Y aunque se trataba de una persona sumamente prudente, a veces y según lo que conversaban, se deslizaba alguna información que despertaba la curiosidad de Sofie.

La ausencia de Simón no pasó desapercibida para ella. Sofie esperó en vano que, después del interrogatorio, él le hiciera al menos una visita de cortesía. Pero una vez más, lo previsible no ocurrió.

Los Kobke, Cecilie Henningsen y Louise Mathiassen pasaron un tiempo breve pero muy edificante en Blis.

Sofie percibía que la indiferencia de Simón dejaba en evidencia su desinterés por ella. Aunque en su interior todavía tenía serias dudas al respecto. Y esta vez no dejaría pasar el tiempo sin aclararlas. No podía, ni quería desoír esa voz interior. A pesar de los años que estuvieron distanciados, su corazón no le podía fallar. Ella conocía a Simón desde que había empezado a caminar, él era apenas unos años mayor, los suficientes como para que su madre le confiara el cuidado de una niña. Por eso Sofie sospechaba que aun su madre sentía el respaldo de Dios hacia Simón. ¡Cuánto la necesitaba en esos momentos, sobre todo para hablar de temas femeninos y asuntos de corazón!

Trudy jugaba con su perrita y el viejo Tosh se había echado sobre la alfombra. Esa noche, Stine no estaba en la casa. Se había marchado para buscar a su familia y traerla a vivir a Blis, ya que sus hijos bien podrían ayudar en la finca y ganarse el sustento.

La guerra había dejado demasiadas secuelas: miseria, familias enlutadas, cuentas que pagar y otras tantas preocupaciones que los aldeanos todavía no sabían cómo resolver. Se hablaba de un éxodo hacia América. Desanimados, pensaban en marcharse a probar suerte en otras tierras, a costa de una añoranza que tendrían que resistir estoicamente. Dinamarca había perdido una parte muy importante de su territorio y ahora había que recobrar fuerzas para sacar adelante a la nación.

Rápidamente, se produjo un fuerte despertar nacionalista; es que, si no se daban ánimo entre ellos, ¿quién lo haría y cómo se repondrían de aquel triste revés?

Como les había dicho el hermano Søren: «Lo que se ha perdido en el extranjero habría que ganarlo en casa». Una frase que comenzó a hacerse cada vez más popular. El objetivo era trabajar los territorios vírgenes y transformarlos en terrenos fértiles. En definitiva: generar tierra productiva para el cultivo de las próximas cosechas.

Sofie no pudo irse rápido a su dormitorio como hubiese querido, porque Trudy insistía en que se quedara a su lado hasta que terminase de leerle el cuento que le había regalado el reverendo Jensen. Pero nunca era suficiente, suplicaba que repitiese la lectura una y otra vez, hasta que finalmente, vencida por el sueño, cerraba los ojos y se quedaba dormida. Había llegado el otoño y el frío se hacía sentir en todos los ambientes de la casa. Entonces la arropó con unas mantas que estaban a los pies de la cama, le besó la mejilla y se fue a su habitación.

El señor Pedersen estaba tan ocupado con su trabajo que, hasta el momento, no había tenido tiempo de reparar la chimenea de su alcoba. Se cubrió con un chal tejido a mano por la abuela Bente, lo que hizo que la recordara con nostalgia. Hacía años que no tenía noticias de ella, se había marchado a Odense, a cuidar a sus nietos, ya que su hijo había quedado viudo. Y de ahí en más, supo muy poco de su vida. El abuelo Søren, de tanto en tanto, le traía alguna noticia de la anciana, pero de eso hacía ya bastante tiempo.

Sofie se acercó a la ventana. A pesar de que el paisaje se iba tiñendo de dorado, seguía siendo hermoso. El silencio profundo de una noche sin sueño anunciaba que algo sorpresivo estaba a punto de ocurrir y le daría un nuevo sentido a todas las cosas.

Habían pasado de manera veloz demasiados pensamientos y recuerdos por su mente y eso la había desvelado. Dio vueltas, se levantó y se acostó varias veces, hasta que al final decidió bajar a la cocina y prepararse una taza de leche caliente. No podía dejar de pensar en Simón y, una vez tras otra, le venían a la memoria los momentos vividos recientemente en aquel injusto interrogatorio.

La luz titilante de los leños que Jonas había echado en el fogón antes de marcharse hizo que aquella fuera una ocasión perfecta para orar. Pero de una manera recurrente, Simón ocupaba todos sus pensamientos. Comenzaba su plegaria y los recuerdos volvían a inquietarla. Estaba demasiado ansiosa a pesar de la calma que había alrededor. Hizo un esfuerzo por concentrarse en la oración, sabía que esa era la única manera de recobrar la paz interior. Apoyó los codos sobre la mesa y sostuvo su cabeza entre las manos, como si el peso de su aflicción no le permitiera mantenerla erguida. Cuando por fin logró desechar lo que le perturbaba, empezó a fluir su comunión con Dios, sublime y sobrecogedora. A partir de ese momento, pudo analizar las cosas desde otra perspectiva. Entonces le vino una frase al pensamiento: «No todo lo que parece es». Fue como si el Señor hubiera estado junto a ella y en pocas palabras develara la incógnita. Aunque, hasta el momento, no la comprendía claramente, tuvo la certeza de que no veía la realidad completa, ni en su magnitud ni en su profundidad, pero algún día todo sería más claro para ella.

Si alguien le hubiese preguntado qué estuvo orando, no hubiese sabido qué responder, porque como dice la Escritura: «Las cosas espirituales se disciernen espiritualmente». Total, estaban solos: Dios y ella. Y ¿a quién más que a ellos dos les podría interesar la interpretación?

Sofie suspiró profundo, bebió su leche y estaba por regresar al cuarto cuando percibió a lo lejos el sonido de un galope. Contuvo la respiración para poder escuchar con claridad. No tenía dudas, alguien se acercaba a Blis. En ese momento, se le paralizó el corazón y, un segundo después, comenzó a palpitar violentamente. ¿Sería Simón? Nadie más que él podía acercarse a Blis en la noche. Sofie se pegó al cristal de la ventana, todavía no divisaba a nadie... cuando, de pronto vio la silueta difusa de un jinete que cruzaba la muralla del frente y entraba en la propiedad. Aunque la noche era nítida, no alcanzó a distinguirlo claramente... Pero no le quedaban dudas: era Simón.

Una vez dentro de la finca, el jinete condujo despacio. En su empeño por descubrir de quién se trataba, Sofie se pegó a la ventana, lo que hizo que el cristal se empañe con el aliento de su respiración. Una y otra vez, lo limpió con la mano hasta comprobar definitivamente que... ¡sí, era Simón!

Comenzó a temblar pensando qué pasaría cuando estuvieran frente a frente. ¡Había soñado tanto con este momento que ahora casi le parecía irreal! Pero ¿por qué se demoraba en llegar? ¿Por qué conducía tan despacio? Quizá para no levantar sospechas, seguramente ya había corrido el rumor de que había peones trabajando en Blis. Sofie esperó expectante detrás de la ventana en medio de la penumbra de aquel recinto con olor a especias y a chocolate, hasta que el hombre descendió del caballo y caminó hacia la casa en dirección a la entrada principal.

Sofie dejó su lugar en la ventana y corrió hacia allí. Sentía que el corazón se le salía del pecho. ¡Por fin había llegado el día que tanto había esperado! Oyó los pasos..., hasta que se detuvieron delante de la puerta. Esperó sin saber por qué lo hacía y sin comprender tampoco la reacción de quien se demoraba afuera. Pero por temor a que él se marchara nuevamente, se apuró en abrir la puerta y quedó paralizada... Movió los labios y balbuceó sofocada...

—Papá...

—Buenas noches, Sofie —le dijo sin ninguna otra demostración de afecto—. Déjame pasar.

Ocultándose en la oscuridad del portal, daba la impresión de ser un pordiosero. Vestía ropas sucias y raídas, llevaba el cabello más largo que otras veces y tenía ojeras oscuras que se extendían casi hasta las mejillas. Ella no podía reaccionar. Junto con él entró una ráfaga helada que movió las cortinas y volaron algunos papeles que estaban en la sala.

—No te dejes engañar por las apariencias —dijo el hombre mientras se sacudía el abrigo y miraba hacia adentro con cierta desconfianza.

Sofie lo seguía atónita, no se podía decir que aquel fuera un encuentro feliz.

Él entró. Su voz era apenas un murmullo.

—¿Hay alguien más en la casa?

—Sí, Trudy.

—Bien, entonces vayamos a la biblioteca, porque nadie tiene que saber que esta noche estuve aquí.

Él iba adelante, ¡claro, seguía siendo el dueño!

—Entra —ordenó y la miró de arriba abajo—. ¡Te ves muy distinta!

—He madurado, papá...

—Sí, tienes razón..., has madurado...

—¿A qué ha venido a Blis? —le preguntó desafiante.

Él parecía cansado; si lo miraba de perfil, daba la

impresión de estar frente a un anciano.

—A despedirme, Sofie. Te voy a dejar sola....

—¿Sola? Hace tiempo que me ha dejado sola... Pero no hay problema, papá, porque Dios siempre está conmigo... Y eso a usted le consta..., ¿verdad?

—Ah, sí... Claro, me consta. ¿Imagino que te refieres a lo del castillo? ¡Una verdadera hazaña esa! ¡No sé cómo pudiste salir viva de allí!

—Dios, papá. No se olvide nunca de eso.

Como siempre, ellos hablaban dos idiomas diferentes: ella, el de la fe; su padre, el de la razón.

—¡Ah! Sí..., Dios. Eres igual a tu madre...

—Me encantaría ser igual a mi madre... Pero siento desilusionarlo, papá, porque debo tener algo de usted también.

—¿Mío? No. No hay nada mío en tus venas... —Él apretó la mandíbula y la miró de una manera tan extraña que Sofie sintió como si un rayo le atravesara la espalda—. Igual no he venido para hablar de eso. No quiero hablar de... y mucho menos de tu madre, dejemos a los muertos que descansen en paz.

—¿Para qué otra cosa ha venido, papá?

—Tengo que llevarme el dinero suficiente como para comenzar una nueva vida. No sé si estás enterada de que Prusia ha tomado como rehén a los jutos... Y las cosas se van a poner difíciles para los daneses...

—¿Tomaron de rehén a los jutos? ¡Noooo! ¡Pobre gente!

—Es parte de las presiones que el Gobierno prusiano ejerce sobre la nación... Estrategias para acelerar un contrato de paz...

—Ahora se desquitan con los pobres jutos... Siempre pagan los inocentes y los desvalidos de la tierra...

—Prusia amenazó con aumentar la presión política sobre Dinamarca, sobre todo en Jutlandia. Creen que al tomar la población y usar el recurso de rehenes en la zona, forzarán a que Dinamarca firme rápidamente un tratado de paz. —

La miraba de frente cuando le hablaba. Él también se notaba afligido–. El barón von Werther parece obsesionado con ejercer presión en Jutlandia para terminar cuanto antes. Y lo está llevando adelante con sagacidad, porque ahora el gobernador militar de Prusia ordenó un aumento significativo de las raciones de comida al Ejército prusiano en Jutlandia…, atemoriza a los daneses con la idea de que no piensan retirarse…

Los dos parecían extenuados, las noticias volvían a ser muy desalentadoras.

–Y no solo eso, mi querida Sofie, sino que los prusianos han determinado la creación de cuarteles de invierno en diferentes ciudades de Jutlandia para el ejército y también están planeando la creación de grandes flotas, imponer derechos de aduana sobre determinados productos de las islas danesas, prohibir la exportación de mantequilla, suspender el pago de las pensiones y otras tantas iniciativas…, tan perjudiciales como estas…

–Por lo que me está diciendo, papá, veo que se proponen hacerle la vida insoportable al pueblo, para que el Gobierno danés se vea obligado a definir cuanto antes las conversaciones de paz… ¡Dios salve a Dinamarca!

Él asintió levemente con la cabeza y permaneció callado por unos segundos. Se percibía un silencio lleno de interrogantes en el recinto, hasta que el señor Gregor finalmente habló:

–Viendo cómo se están dando las cosas, no puedo quedarme más tiempo en Dinamarca… Me marcho, Sofie, me marcho a América –le tembló la voz–. Pero no me iré con las manos vacías como todos estos… –se refería despectivamente a los aldeanos–. Embarco mañana, desde…, bueno, ¡pero eso a ti qué te importa! –la miró con una mueca de amargura–. A ti lo único que te importa es que me vaya. Pero quédate tranquila que no volveré a molestarte.

–Llévese el dinero que quiera, papá, pero salga de aquí

cuanto antes.

–Blis es mía... Y si quisiera, en un abrir y cerrar de ojos la podría destruir... y que se incendie como el Castillo de las Sombras...

Aunque quiso reivindicar sus pretensiones de dueño y señor, se lo veía derrotado, se le notaba aun en la forma de hablar. Sofie estaba segura de que, de haberse podido quedar en Blis, él nunca se hubiera ido.

–¿Blis le pertenece a usted? –preguntó Sofie con repentina desaprobación, en la seguridad de que él sabía que todo era de su madre–. ¡No sea ingrato! Nada es suyo, papá, todo es de Dios. Y si así lo desea, ¡ande, destrúyala! Total, mi mansión está en cielo y no en esta tierra donde abundan los corruptos y los malhechores.

–Nunca nos hemos entendido, Sofie... Pero créeme que lo siento sinceramente –le dijo y se dirigió hacia la misteriosa puerta del pasadizo donde se suponía que escondía su riqueza–. Alcánzame una lámpara porque acá hay demasiada oscuridad.

–Papá, ¿qué se sabe del señor Alexander?

–¡Ahh, ese tramposo no volverá a molestarte! Debe estar escondiendo en algunos de sus castillos su tenebrosa cara marcada por las quemaduras.

–Ohh... ¿Cómo sabe usted eso?

–Lo sé y es suficiente –le respondió a la vez que intentaba correr el cerrojo de la misteriosa puerta–. Has sido muy valiente, Sofie, te has arriesgado como lo haría una auténtica Bjerg Eriksdatter. Lo llevas en la sangre... Herencia de tu madre...

–¿Qué me está queriendo decir, papá? ¿Por qué me habla de esa manera? Aunque me honra saber que ese rasgo proviene del lazo sanguíneo de mi madre..., porque está claro, papá, que la valentía no ha sido una característica suya últimamente. Usted ha actuado como un cobarde, escondiéndose en el Castillo de las Sombras. ¡Ese no era su lugar, papá! Y como si eso fuera poco, se ha relacionado con un infame como el señor Alexander. En eso ha demostrado usted tener muy poco sentido común –le dijo mientras veía cómo se esforzaba por abrir aquella puerta, cuyas bisagras estaban endurecidas.

El hombre retrocedió hacia ella sosteniendo la lámpara en la mano. La luz le iluminaba el rostro de manera espectral. Ella sintió un escalofrío frente a aquella mirada sombría.

–¿Poco sentido común? Es verdad, pero mucha ambición –lo dijo con el sarcasmo propio de él. La lámpara dio un resplandor inusual que dejó en evidencia la fisonomía de un desconocido–. Ya es hora de que lo sepas, Sofie. Ni una gota de mi sangre corre por tus venas. Porque tú, Sofie de Sangendrup, no eres hija mía.

–¿¡Qué está diciendo, papá!?

–Sí, esa es la verdad, la pura y triste verdad. Sé que al decirlo rompo el juramento que le hice a tu madre, pero algún día lo tenías que saber. –Su voz denotaba pesar y no satisfacción, como se hubiese esperado–. Aunque hubiese querido que lo fueras.

–No puede ser… –balbuceó Sofie entre lágrimas–. Usted me está mintiendo. –Tenía un nudo en la garganta y casi no le salía la voz.

–No, Sofie, no te estoy mintiendo. Ese es un secreto muy bien guardado por los Eriksdatter. –El hombre se notaba abatido–. Pero… no culpes a nadie por eso, son cosas de la vida, Sofie… Y tu madre fue solo una víctima.

–¿Una víctima de qué?

–¿De quién?, pregúntate mejor.

–Explíquese, papá. Ahora que comenzó a hablar, dígalo todo. Necesito conocer esta historia, tengo derecho…

Él dejó por un momento la lámpara sobre el escritorio y, de espaldas a ella, comenzó a decir:

–Tu madre quedó embarazada cuando era una adolescente. –A pesar del apuro que evidentemente tenía. hablaba pausado, como si le costara pronunciar las palabras o como si le doliera aquel recuerdo–. Eso fue una vergüenza para los Eriksdatter. Entonces aparecí yo, un pretendiente educado, de buena posición económica... Un candidato oportuno, aunque jamás cubriría las altas expectativas de ellos.

Él estaba de espaldas, se veía cansado, se encorvó ligeramente y apoyó las manos sobre el escritorio mientras hablaba–. Pero fui la salida... ¡Claro, los Eriksdatter no tenían otra salida más que yo! –Se detuvo un segundo–. Y pagaron por eso, pagaron con creces en bien de la dignidad de su hija, que la reivindicaría de nuevo en la alta sociedad –suspiró levemente–. Yo recibí el tan honorable título de nobleza y ella siguió siendo una dama.

–Mi madre siempre fue una dama –dijo Sofie con lágrimas–. A pesar de eso. A pesar de mí... ¿Y quién fue el sinvergüenza que la deshonró?

–Nunca lo supe. Pero ella siempre lo amó –confesó dejando traslucir un dejo de pesar en su voz–. Tanto como yo la amé a ella.

–¿Usted la amó?

–Sí, yo siempre amé a tu madre. Por eso me casé con ella. Yo no me vendí como los Eriksdatter le hicieron creer, haciendo de mí un ser despreciable. Yo amé a tu madre, la amé intensamente. Pero siempre hubo un «pasado» entre los dos: tu padre. Y ella nunca pudo ser feliz...

Sofie dio unos pasos hacia él y lo miró de frente, necesitaba saber todo, porque quién sino él podría decirle toda la verdad.

–¿Quién es mi verdadero padre? Dígamelo, por favor.

–No lo sé, criatura, realmente no lo sé –le dijo y la miró abatido–. Ella nunca lo confesó, siempre quiso proteger su identidad.

–¿Lo sabrán mis abuelos?

–Eso no te lo puedo asegurar. He hablado muy poco con ellos. Pagaron y se deshicieron de nosotros –hablaba de ellos con evidente resentimiento.

–Por eso es que usted nunca me quiso...

–Yo te quise, Sofie. Siempre fuiste una hija para mí, aun desconociendo tu origen. Aun sabiendo que tu madre llevaba en su vientre un ser que no era mío, yo la respeté y siempre te traté con cariño.

–Pero distante…

–Es que así me educaron a mí…. Y contra eso no se puede luchar… Lo que uno bebe desde la cuna es lo que será después.

–Es verdad –reconoció ella, que había empezado a sentir pena por él–. Solo Dios puede cambiar esa sentencia. Solo Dios. Y usted lo ha rechazado.

En medio de aquel momento tenebroso, se oyeron los pasos de Trudy, que bajaba las escaleras a la vez que la llamaba con angustia.

–¡Sofie! ¿Dónde estás, Sofie?

–Ve enseguida. Ella no me tiene que ver, ni saber que estoy aquí.

Sofie salió rápido de la habitación. Hacía frío y temblaba como una hoja. Llevó a Trudy nuevamente a su cama y le aseguró que ella regresaría pronto, que bebería una taza de leche y que, si todavía estaba despierta, le contaría la historia de Jonás, que la abuela de los Petersen había dejado inconclusa. Hizo una oración pidiéndole a Dios que uno de sus ángeles le hiciera compañía y la dejó tranquila. A Trudy se le cerraban los ojos de sueño y se quedó dormida enseguida.

Cuando Sofie regresó a la sala, el señor Gregor había metido en una alforja mugrienta unos cuantos lingotes de oro. Y otras cosas de valor las escondió a los costados de la parte interior de su casaca.

–Para no levantar sospechas –dijo metiendo algunos billetes más dentro del forro del abrigo.

–¿Será suficiente?

–Lo será, Sofie.

–Una pregunta más, antes de irse –le pidió con la voz entrecortada–. ¿Por qué me salvó la vida en el Castillo de las Sombras?

Por primera y única vez en su vida, él la miró con afecto.

–Porque más allá de este tema de la herencia, tú eres mi hija, Sofie.

Misteriosamente, entró una corriente de aire, que sopló con suavidad sobre ellos...

–Cuídate, Sofie, porque eres un tesoro, igual que tu madre.

–Gracias, papá. Gracias por lo mucho que la amó.

–Lucha por tu felicidad, Sofie, no dejes que te la arrebaten como hicieron con tu madre. Ella merecía ser feliz y tú también te lo mereces...

El hombre salió de la sala y caminó lentamente por el pasillo a oscuras. Cuando alcanzó la puerta y apretó el picaporte, se detuvo todavía unos segundos, como si le costara marcharse y dejar Blis.

–Si pudiera volver el tiempo atrás, haría todo muy diferente, te lo aseguro, Sofie –susurró con la voz quebrada–. Espero que, a pesar de todo, guardes un buen recuerdo de mí.

–Papá –dijo suavemente a la vez que corría hacia él. Y echando sus brazos alrededor del cuello, dejó salir un llanto hondo y apagado–. Nunca lo olvidaré, nunca.

–Yo tampoco te olvidaré, Sofie.

Luego, queriendo mostrar una entereza que en ese momento no tenía, dijo a modo de saludo:

–¡Dios salve a Dinamarca!

–Dios salve a Dinamarca..., papá.

Unos minutos después, se oyó el sonido de un jinete que se alejaba de Blis. Y la oración apagada de Sofie.

–Dios, cuida la vida de mi padre... –tenía la cara llena de lágrimas– y nunca lo dejes solo, porque él te necesita, Dios.

23

¿Destino o libre albedrío?

**Sofie subió la escalera y, ahogada por las lágrimas, se
detuvo en el rellano. No quería llegar a
la habitación en esas condiciones.
¿Qué le diría a Trudy si la oía llorar?**

Pero Trudy dormía profundamente cuando ella pasó
por su cuarto para cerciorarse de que no había escuchado
nada de lo ocurrido con su padre.

Se sentía aturdida, traicionada, esa noche había recibido
el golpe emocional más fuerte de su vida. Entornó la puerta
que comunicaba los dormitorios, se sentó en el sillón y
permaneció allí por mucho tiempo, ensimismada en sus
pensamientos. Ahora todo parecía tener otro significado:
el volumen de las obras completas de Schiller que le regaló
el señor Gregor cuando murió su madre y que le hicieron
escasa compañía durante esos años; el portarretrato familiar
que estaba sobre la cómoda y que representaba a una familia
ideal… Pero todo había sido una mentira. De pronto, como
una vorágine, la asaltaron cientos de recuerdos que ahora
comenzaban a cobrar sentido: su padre casi nunca estaba
en la casa el día de sus cumpleaños (aunque después
compensaba con creces su ausencia con regalos costosos).
No recordaba demasiados gestos amorosos de su parte,
ni tampoco que hubiera valorado alguno de sus logros
infantiles. Pocos elogios y nada de atención. Todo eso fue

tarea de su madre.

Con el correr de las horas, ella también se quedó dormida, a la espera de un nuevo amanecer.

Las semanas siguieron su curso y Sofie se sumergió en una implacable disciplina de trabajo, con la que llenó todos sus vacíos. Ni los consejos de Stine ni las súplicas de Trudy surtieron efecto. Ella persistió de manera obstinada en esa decisión. No se permitía ningún tipo de descanso ni de distracción.

El reverendo Jensen y hasta el hermano Søren intentaron infructuosamente hacerla desistir. Pero ella desoyó toda opinión, necesitaba aislarse para poder elaborar las situaciones pasadas y aprender a convivir con una cantidad de sensaciones nuevas (fruto de una profunda crisis personal), contra las que luchaba de manera tenaz.

Indudablemente, Blis no podía mantenerse ajena al reciente devenir social, político y económico y sufría junto con una nación que intentaba a duras penas ponerse de pie, en medio de la sangre y de las cenizas de la guerra.

Un invierno prematuro irrumpió en la vida cotidiana; poco deseado, dadas las circunstancias hostiles que ya de por sí tenían que atravesar los aldeanos.

El 7 de noviembre, Orla Lehmann tomó la palabra en la Diputación, para dar su «sí» al tratado de paz, y habló con determinación sobre la imposibilidad de reanudar la lucha contra Prusia y Austria, dejando en claro que la paz era la única solución viable y que con ella había esperanza para el futuro. «El odio y la enemistad son sentimientos de tristeza y peligrosos, especialmente para los más débiles», dijo en su discurso. Él no solo anhelaba la paz, sino que también esperaba ver fluir nuevamente la amistad entre daneses y alemanes. Una opinión demasiado optimista dadas las actuales circunstancias, cuando ni los oídos ni los corazones de la gente estaban preparados para eso. Solo con el tiempo y la ayuda de Dios podría llegar la sanidad emocional para los pueblos.

A pesar de los resultados, no todos perdieron la esperanza y la fe, muchos confiaban en que el tratado de paz trajera, con el tiempo, mejores perspectivas para Dinamarca. Incluso en su anhelo más ferviente, el ministro Blume y el señor Lehmann esperaban que la nacionalidad danesa no se vea afectada bajo el dominio alemán en Schleswig, lo que en realidad sería poco probable.

A partir del 5 de noviembre, el Consejo Privado convocó a iniciar las negociaciones para la aprobación de los tratados de paz. Seis días después, el 11 de noviembre, las dos Cámaras, el Parlamento y el Consejo del Condado votaron a favor de la aprobación del acuerdo de paz. Pero, en medio de estas negociaciones, se levantaron severos opositores; Federico Hammerichsgade lo llamó: «el principio del desmembramiento de Dinamarca» y Hother Hage confesó su temor de que, después del acuerdo, se perdiera la nacionalidad danesa en Schleswig. Vilhem Birkedal fue más punzante en su crítica y dijo que el tratado de paz traería «pillaje, saqueo, mentira y miseria» y terminó su discurso diciendo: «No a la pena de muerte de Dinamarca» y «Ten cuidado por esta obra».

Por fin llegó el día tan temido o tan esperado: el 16 de noviembre. El rey Christian IX en una reunión del Consejo de Estado ratificó el tratado de paz, con el que Dinamarca se abstenía de los ducados. Después de que el Consejo lo revisó y aprobó, Christian IX firmó el acuerdo. El rey ha dicho que ese fue el día más penoso de su vida, aun así instó a la población danesa a mirar hacia adelante sin desmayar ni perder las esperanzas.

La paz ya había sido sellada y, por lo tanto, a partir de ese momento se perdían oficialmente los ducados. Por lo que el rey envió tres conmovedoras cartas a las partes afectadas por el tratado: una carta adjunta abierta a los súbditos del rey, así como a los ciudadanos de los ducados y a Dinamarca, respectivamente.

De ahora en más, habría que asimilar el desenlace

de los acontecimientos y retomar las funciones que le corresponderán a cada uno, a fin de construir una nación que necesitaba imperiosamente ponerse de pie con dignidad, patriotismo y firmeza, apoyándose (como lo expresó el rey en el último párrafo de su carta): «En nuestra oración a Dios, quien sostiene la felicidad de las naciones y el destino de los reinos con su mano Todopoderosa».

Sofie también necesitaba tiempo para mitigar los golpes que había recibido: un padre que no era su padre, un amor que debía sepultar definitivamente. Engaños y mentiras de quienes le ocultaron la verdad y, pretendiendo protegerla, la dejaron sin defensas. Una nación diezmada por el enemigo, de luto, endeudada e invadida de conflictos... Ahora más que nunca necesitaba tiempo para orar, porque hasta el momento no tenía ni idea de cómo iba a seguir adelante.

Antes de acostarse, miró por la ventana, desde allí podía ver el lago, cómo la nieve salpicaba de blanco el paisaje desteñido del otoño, en el que ya tímidamente se escondían los colores. Jonas olvidó guardar el bote que ahora lucía blanquecino, amarrado al puente. Entonces, recordó que el día siguiente, 18 de diciembre, era ¡su cumpleaños!

Añoró otros tiempos y otros cumpleaños. Cuando era niña venían a visitarla sus abuelos y se quedaban en Blis hasta después de Navidad. «Aquellos fueron días gloriosos», pensó y se quedó dormida envuelta en sus sueños, su pasado y su dolor.

Había nevado durante toda la noche, pero la mañana abrió sus brazos soleados para llenarla de bendición. Ese fue su primer regalo y venía de la mano de Dios. ¡Nada podría haberla puesto más feliz!

Se cambió rápido y bajó a desayunar. Tenía mucho apetito y el solo hecho de que fuera su cumpleaños la había puesto de excelente buen humor. Por eso decidió no pensar en nada que le trajera tristeza, ni en su padre ni en el otro (el verdadero, el desconocido) y muchos menos en Simón. Quería disfrutar plenamente de ese día.

En la sala, la mesa estaba servida: un hermoso mantel que le recordaba los cumpleaños de su infancia y que no se había vuelto a usar desde la ausencia de su madre. La mejor vajilla (aunque no era la de Flora Dánica que ella tanto añoraba) esperaba el momento en que se vertiera el chocolate caliente y espumoso. Y ¡el budín de manzanas!, su preferido, perfumaba el ambiente con su exquisito aroma a canela.

Había delicadas flores sobre la mesa, escasas en esta época del año. Sofie las contempló emocionada... Entonces, súbitamente, Trudy y Stine salieron del lugar donde estaban escondidas y empezaron a cantar de manera efusiva:

–Larga vida, larga vida, larga vida. ¡Hurra! ¡Hurra, hurra! ¡Hurra, hurra! Larga vida, larga vida, larga vida. ¡Hurra!

Risueñas, la rodearon con su amor y festejaron, llenas de alegría, el cumpleaños de Sofie.

–¿Quién trajo estas flores tan bonitas? –preguntó cobijando la esperanza de que fuera Simón.

–No sabemos. Ya estaban en la cocina cuando me levanté –comentó Stine, a la vez que le servía el desayuno.

–Será el misterioso jinete que aparece de tanto en tanto –supuso con picardía Trudy a la vez que revolvía la leche y buscaba con la mirada el trozo más grande de pastel.

Sofie hizo un gesto de complacencia, ella también pensaba ilusionada que podría haber sido él. Aunque en el fondo lo dudaba, porque sabía que Simón no poseía esa clase de romanticismo, no era de regalar flores.

–Es posible, porque los trabajadores dijeron que vieron algunas huellas sobre la nieve.

–Te dije, Sofie, otra vez te visitó el jinete...

–Al menos esta vez dejó la evidencia sobre la nieve... –comentó Stine, que se marchó a recibir a quien llamaba a la puerta.

El corazón de Sofie se aceleró rápidamente. Todavía no se había apagado su esperanza de que fuera Simón cuando distinguió la voz del reverendo y sintió una profunda decepción.

—Pase, reverendo, adelante. Sofie está en la sala. Seguro que le dará mucho gusto si usted comparte el desayuno con nosotras.

—Buenos días, Dios las bendiga, mis amadas —saludó afectuoso.

—Tome asiento, por favor, reverendo —le indicó solícita Stine.

—Reverendo, ¿a que no sabe quién cumple años hoy? —le preguntó Trudy con una sonrisa llena de picardía.

—¿¡No me digas que hoy es tu cumpleaños, Trudy!?

—Nn... —Negó con la cabeza y apuntó con el dedo hacia Sofie—. Hoy cumple años Sofie.

—¡Ah, Sofie, discúlpame! ¡Feliz cumpleaños! —le dijo un poco confundido y se inclinó para besarle ligeramente la mejilla—. Ahora entiendo este apetitoso desayuno y la delicadeza del servicio... Y el ramo de bonitas flores sobre la mesa... ¿Quién tuvo la cortesía de traerlas?

—Eso es lo que no sabemos —respondió rápido Trudy con evidente desencanto, a la vez que mordía una masita—. Suponemos que....

—¡No suponemos nada, Trudy! —la interrumpió Sofie, a la vez que le exigía con la mirada que cierre la boca.

—Por lo que veo, la señorita Eriksdatter tiene muchos pretendientes.

Trudy iba a abrir su boca nuevamente, cuando Sofie le hizo un gesto severo para que no hiciera ningún otro comentario imprudente.

—Bueno, Sofie, realmente lamento mucho no poder traerte en este día las mejores noticias —hablaba y parecía consternado—. Se trata del reverendo Olsen.

—¿Qué pasó con el reverendo? —preguntó angustiada Sofie, sospechando de lo que se trataba.

—Lamento comunicarles que el reverendo Olsen se marchó a su hogar celestial, a la morada de los santos.

Trudy lo miró desolada con la boca llena de masa, Stine

escondió el llanto detrás de su delantal de cocina y Sofie permaneció callada.

–¿Cuándo sucedió, reverendo?

–Hace una semana.

–Seguramente él estará bien, esperando el regreso del Señor.

–Ese es el destino de todos los mortales –prosiguió el reverendo Jensen bebiendo un sorbo de té.

–Le agradezco la atención de haber llegado hasta aquí para avisarme... Aunque él siempre estará vivo en mi corazón.

–Qué privilegio –agregó en voz muy baja el reverendo. Y la miró con afecto.

Sofie intentó que no se extendiera la visita del reverendo, así que lo despidió alegando que tenía mucha tarea por delante.

La noticia, sin dejar de ser algo previsible (considerando la edad y la salud deteriorada del reverendo Olsen), la llenó de tristeza y la tomó desprevenida. Aunque tenía la certeza de que el anciano dormía esperando el regreso del Señor, también sabía que, con su muerte, desaparecía la única esperanza que tenía de conocer el nombre de su progenitor. Aunque no estaba tan segura de que él se lo hubiera dicho, ya que lo más probable era que lo guardara bajo secreto de confesión.

Solo sus abuelos, si es que todavía vivían, serían los únicos que le podrían develar aquel misterio, aunque también cabía la posibilidad de que se negaran rotundamente a hacerlo, aduciendo que esa era otra de las tantas mentiras de su corrupto padre para avergonzar a la familia Eriksdatter.

Sofie se resistía a que el día de su cumpleaños fuera tan amargo como los que últimamente se sucedían en su vida. Así que atendió la súplica de Trudy y se alistaron para dar un paseo por el pueblo.

No nevaba todavía, pero era probable que lo hiciera esa noche nuevamente. Sin dejarse intimidar por el duro clima invernal, se abrigaron como si viajaran al polo y, poniéndole la mejor cara al mal tiempo (la noticia del reverendo Olsen y la amenaza de nevadas), alistaron el calesín y marcharon de buen ánimo a la aldea.

Trudy insistía en visitar a su amiga Nanna, por lo que su primer destino fue pasar por la casa de los Melbye, con quienes Sofie habló de la muerte del reverendo Olsen, de cuánto lo querían y de la maravillosa obra que el buen hombre de Dios había dejado como testimonio en Sangendrup.

Debido al entusiasmo de las niñas, Sofie se comprometió en retirar a Trudy a última hora, mientras tanto aprovecharía el día para devolverles la gentileza de sus visitas a varias damas que pasaron por Blis.

Esta vez se había vestido con discreta elegancia. Llevaba el cabello suelto y, a pesar de todo lo ocurrido, se la notaba rozagante.

Cecilie Henningsen la entretuvo más tiempo que el que hubiese deseado, le mostró unas prendas que había tejido y se comprometió en enseñarle algunos puntos a ganchillo, lo que en ese momento a ella no le interesaba demasiado, pero aceptó solo por cortesía.

La familia Mathiassen la recibió con evidente agrado. Le ofrecieron una taza de café y le convidaron wienerbrød, ese exquisito pan dulce cubierto de chocolate y amasado por la misma señora Ottilia, del que también se llevó la receta y una porción abundante para convidarle a Stine.

Hacía frío, pero a Sofie le pareció el mejor día de su vida. La gente se mostraba amable con ella y hasta la detenían en la calle para conversar con amabilidad. ¡Eso fue glorioso! «Otro regalo de Dios en el día de mi cumpleaños», pensó contenta.

Algo tan simple como caminar por la calle Johanesgade en ese frío atardecer fue su felicidad más grande de los últimos años.

De pronto, sus pasos respondieron a su instinto, obedeciendo la orden de su corazón, el que tantas veces aconseja mal a la vida de las personas, «porque engañoso es el corazón más que todas las cosas». Y así fue como esa fuerza misteriosa, poderosa y ajena (que vino de repente) se adueñó de todos sus movimientos, la puso frente a la casa de los Laurlund y allí la abandonó.

Sofie se acercó lo suficiente a la ventana como para ver quiénes estaban adentro. Una actitud poco habitual en ella, sobre todo sabiendo que quedaba expuesta en plena calle Johanesgade. Sentimientos y razón, una lucha despiadada que, dadas las circunstancias, poco le importó. La tenue luz de una lámpara iluminaba la estancia. Ahí estaba Simon... y otra persona (era una dama), pero no la vio nítidamente.

No lo dudó, porque, de haberlo hecho, jamás hubiera tomado la decisión. Golpeó suavemente la madera con los nudillos y, sin esperar respuesta, apretó el picaporte, abrió la puerta y entró. Aquella fue la reacción más absurda de su vida. En ese mismo instante, hubiese querido desaparecer, pero ya estaba adentro.

Los ojos de Simón ni siquiera parpadearon, como si no pudiera dar crédito a lo que veía. Seguía ahí, como eclipsado por ella. Abrazaba a Elle o Elle se abrazaba a él. El hecho es que los brazos de uno rodeaban al otro.

Cuando Sofie pudo abrir la boca, tenía tan poco que decir y tanto apuro por marcharse. Estaba aturdida, cegada por la emoción y la desilusión, que ni siquiera percibió que aquel abrazo podría tener una connotación más familiar que amorosa. Tenía tan bloqueado el entendimiento que solo se limitó a decir:

–Perdón, perdón, perdón, perdón –lo repetía incesantemente sin entender por qué había tenido una actitud tan infantil como meterse de sopetón en la casa de Simón.

No sabía qué hacer y permanecía paralizada ahí, buscando algún argumento sensato, una excusa para marcharse dignamente y dejar de hacer el completo ridículo. Enmendar el disparate que había cometido. Le quemaba la cara, era evidente que se habría puesto roja de la vergüenza... y le saltaban las lágrimas, las que apenas pudo contener antes de que la traicionaran.

Elle se soltó de los brazos de Simón, tenía los ojos húmedos, lo cual delataba que había estado llorando. Sofie movía incómoda las manos, como disculpándose, y no encontraba la forma de salir de aquel atolladero.

–Disculpen..., discúlpenme... –se excusó turbada una vez más–. He sido imprudente... He actuado de una manera absolutamente incorrecta... Es que pasaba por aquí... Aunque no tiene excusa mi comportamiento... Y hace tiempo que quería agradecerte, Simón..., por todo lo que has hecho por... mí... –tartamudeó haciendo un enredo de frases sin sentido–. Bueno, todo lo que pueda agregar está de más... Gracias, Simón..., por ayudarme... siempre... Gracias nuevamente y perdón por haber interrumpido...

¡Qué estúpida se sentía! ¡Qué avergonzada que estaba! Le ardían las mejillas, quería que la tierra la tragara y desaparecer.

Simón tampoco se movía, aquella era una situación muy embarazosa. No pronunciaba ni una palabra, había quedado atónito, inmóvil. Parecía increíble que un abogado no tuviera algo que decir. Aunque él nunca fue demasiado verborrágico.

–Ya lo he hecho. Ya te lo he dicho, así que ahora lo mejor será que me vaya... Discúlpenme si he interrumpido un momento importante... Lo siento..., sinceramente lo siento. Perdón... –hablaba de manera atropellada, a la vez que caminaba lentamente hacia atrás. Quería correr hasta Blis y convencerse de que eso nunca había sucedido.

Con disimulo, Elle le dio la espalda, aparentemente evitaba que la vieran en esas condiciones. Parecía triste.

Sofie dio media vuelta y salió. Todavía no había cruzado la calle cuando escuchó unos pasos y oyó la voz de Simón.

–Sofie..., espera.

Ella se detuvo, pero no giró la cabeza hacia él. Estaba

avergonzada, quería buscar a Trudy y marcharse lo más rápido posible. De todas las locuras que hizo en su vida, esa fue la más estúpida.

Cuando lo tuvo de frente y se encontró con sus ojos color cielo, creyó que se iba a desmayar. Hacía tanto tiempo que no estaban tan cerca. Podía sentir el aliento de su respiración.

Se notaba que él también estaba turbado.

—Solo quería desearte feliz cumpleaños, Sofie.

Lo dijo de la manera más zonza que uno se pudiera imaginar, con timidez.

—¿Te acordaste?

—No me podría olvidar…, aunque quisiera.

—Gracias, Simón. Gracias por lo que has hecho por mí…

—Por ti siempre lo hice todo, Sofie…, y…

—Gracias —respondió suavemente.

Él inclinó la cabeza y le besó dulcemente la mejilla. Luego se marchó. Sofie sintió que una oleada de emociones muy fuerte le oprimía el corazón.

El comercio de la señora Larsen todavía estaba abierto y había un carro aparcado en la puerta. Un hombre robusto de rasgos groseros bebía junto a otros dos, a un costado del negocio. Reían con desfachatez, se notaba que estaban alcoholizados. Una muchacha escuálida entraba y salía. Caminaba inclinada por el peso de unas bolsas.

—Anda, inútil, apúrate…, que ya se nos hizo tarde.

Un hombre de coronilla calva, barba corta desaliñada y mugrienta, le hablaba dejando entrever detrás de su sonrisa maliciosa los pocos dientes que tenía, gastados y manchados como los de un lobo viejo muerto de hambre. La chiquilla que él trataba de manera vulgar y grosera tropezó con unos bultos que estaban en el camino, lo que hizo que se derrame algo del forraje que cargaba.

—¡Inútil! ¡En castigo hoy te quedarás sin comida!

La muchacha lo miró asustada…

—¡Anda, sube al carro! ¡SUBE!

—¡Juli! —exclamó Sofie pasmada.

—Mikkeline...

—¡Sube al carro te digo! y deja de chismosear –le gritó a punto de zamarrearla.

—¡Un momento, señor! Usted no tiene derecho a tratarla de esa manera –Sofie se interpuso entre los dos.

La gente ya se había agolpado alrededor y observaba lo que ocurría.

—Ella trabaja en mi finca... Yo le doy de comer –protestó, insolente.

—Eso no le da derecho a tratarla como si fuera una mula de carga.

—¿Y usted quién se cree que es?

—Eso mismo le pregunto yo.

—¡Vamos! ¡Súbete al carro o esta noche duermes afuera! –le advirtió a la joven, que lo miraba aterrada.

—Ella no va con usted. – Sofie lo desafió con la mirada.

—¿Ah, no? Me parece que usted también se merece unos azotes....

—No se atreva –le contestó Sofie apretando los labios con rabia.

El hombre levantó su mano pesada para golpearla, en el momento preciso en que Sofie sacó el rebenque, lo blandió en el aire y le asestó un golpe duro en el brazo.

—¡Ayy! –aulló rojo de ira –. ¡Ya vas a ver, mujerzuela!

—No se atreva a ofender a la señorita –intervino inesperadamente Simón–. Y ahora váyase. Esta joven no va con usted.

El hombre estaba hecho una fiera, pero aun así masculló algún insulto y, mirándolo con cara pendenciera, se subió a la carreta y se marchó lanzando una sarta de amenazas contra él.

A esta altura de los hechos, ya había una multitud en la calle observando lo que pasaba, eso hizo que el desconocido se sintiera lo suficientemente intimidado como para querer irse cuanto antes. Nadie conocía a esa persona, quizá era alguien de un pueblo vecino, pero en Sangendrup seguro no vivía.

—Tú eres como un ángel, siempre apareces cuando te necesito —le dijo Sofie.

—No será siempre así, porque me marcho en unos días.

—¿Te vas? ¡Ah! Ahora comprendo... Por eso lloraba Elle...

Él no le respondió, solo la miró profundamente a los ojos como si tuviera mil cosas por decirle, pero aquel no era el momento y tampoco se animó.

Sofie sabía que su alma se iría con él.

—¿Qué será ahora de ella? —interrumpió la señora Larsen, refiriéndose a la joven que tiritaba asustada, como si fuera una niña desvalida.

—Ella se viene conmigo.

El regreso fue silencioso, el calesín andaba por el camino bordeado de árboles agarrotados de escarcha, como si la naturaleza se diera licencia para descansar antes de comenzar su trabajo en primavera.

—¿Por qué será que a nosotras siempre tiene que pasarnos algo malo? —protestó Trudy de pésimo humor.

Y como Juli no hablaba nada, Trudy le preguntó:

—¡Y a ti! ¿Te han comido la lengua los ratones?

—Trudy, trata con respeto a Juli.

—Perdóname, Juli, pero parece que nosotras nunca podemos tener un día feliz.

—Y tú ¿cómo lo has pasado?

—Muy bien.

—Entonces, agradece a Dios y cierra la boca.

Blis dejó a Juli deslumbrada.

—¡Este lugar es bellísimo! —expresó, sin dejar de contemplar embobada la fachada imponente de la casona— ¡Claro, tú eres la du... quesa de Sangendrup!

—Para ti, soy Sofie —le dijo de manera cariñosa. Sabía que esa muchacha había sufrido demasiado y que ya era hora de que viniesen tiempos de refrigerio del parte del Señor también para ella—. ¡A partir de este momento, Blis será tu hogar!

–¿¡Mi hogar!? ¿¡Viviré con ustedes… en este bellísimo lugar!? Sofie, no me alcanzará toda la vida para agradecerte y pagarte por todo…

–No tienes nada que pagar, Juli. Porque si fuera por eso, mi deuda con Dios sería infinitamente más grande que la tuya –le respondió, a la vez que le permitía a Trudy que le siguiera mostrando el resto de las habitaciones.

Juli hablaba de manera atolondrada, a la vez que miraba embelesada las escaleras, los muebles, los cuadros, el piso, los cortinados y el piano, en el que se detuvo para deletrear la siguiente inscripción: Ludwig Wulff&Comps Pianofortefabrik – Mention Honourable London 1862 – Östergabe N° 24, Kiöbenhavn.

–¡Guuaauu! –exclamó y lanzó un silbido que hizo que Trudy se desternillara de risa.

Finalmente, entraron a la cocina, famélicas y cansadas. Stine había preparado la cena y las estaba esperando. Comieron y conversaron hasta que se hizo muy tarde. Trudy se quedó dormida en el sofá, mientras ellas seguían recordando algunas de las anécdotas vividas en el Castillo de las Sombras.

Durante la noche, Sofie pensó en su encuentro con Simón. Su mirada le transmitió una fuerza avasallante que habló a su alma sin necesidad de palabras: ella no le era indiferente (de eso ahora estaba segura). Pero ¿cuáles serían sus compromisos con Elle? y ¿hasta qué punto él estaba dispuesto a sacrificarlos? Quizá…, si ella le decía que lo amaba… Pero él lo sabía. No necesitaba la evidencia de las palabras, ni su confesión. Aunque, si fuera necesario, lo haría. Dejaría su orgullo de lado y le abriría su corazón para hacer (aunque sonaba muy osado expresarlo de esa manera) una declaración de su amor.

Dos días después de aquel incidente, tuvo la visita del abuelo Søren. Ella siempre lo recibía con afecto y en aquel momento más que nunca necesitaba conversar con una persona espiritual. Así que fue directo al punto con una pregunta que últimamente le venía inquietando sobremanera.

–Hermano Søren, ¿cree usted en el destino? –Esperó ansiosa la respuesta. Necesitaba saber qué decía la Escritura de eso.

–Ah, querida…, si Arminio y Calvino no se pusieron de acuerdo, ¿qué te hace pensar que lo haremos ahora nosotros dos? –sonrió de manera sincera y afectuosa.

–Pero, abuelo, necesito una respuesta…, necesito saber…

–¿Qué es lo que te inquieta tanto?

–Abuelo Søren, ¿cree usted que se puede ir contra el destino?

–¿Me lo preguntas teológica o humanamente?

–¿Hay diferencia?

El hombre caminó hacia la ventana y allí parado meditó por un instante. Parecía cansado.

–¿Qué es lo que quieres saber, Sofie? –La mirada de ella lo conmovió profundamente. Imploraba una respuesta. El abuelo intuía de qué se trataba todo aquello–… El hombre de Dios tiene que dejarse llevar por el Espíritu. Y aunque eso te pueda parecer un absurdo, es así y no hay ninguna otra regla.

–Estoy enamorada –confesó inesperadamente.

Se hizo un silencio que pareció una eternidad.

–¿Y él te corresponde?

El anciano suspiró. Por primera vez, ella le inspiró una profunda compasión.

–Sí.

–¿Te lo ha dicho?

–No. Pero es imposible negarlo. Se nota en su mirada, en sus gestos….

–Eso… es… muy personal, Sofie… –La miró, pero ella estaba ensimismada en sus propios pensamientos, en el vacío, en la nada–. A veces, Sofie…, los hombres contraemos compromisos…

–Es por eso que le pregunté sobre el destino… Yo creo que si Dios ha determinado que estemos juntos en la vida, eso se dará en algún momento. ¿Qué piensa usted, abuelo Søren?

–Creo que tienes que confiar en Dios.

–Siempre he confiado en Dios.

–Entonces, ten paz, hija mía.

–Pero es que no sé qué hacer: si tendría que actuar o simplemente dejar que las situaciones se den… Y si no se dieran: ¿no habré perdido la ocasión? ¿No habré dejado pasar la oportunidad?

En ese momento, el hermano Søren la vio como a una nieta. Era como si hubiera entre ellos casi un lazo parental. Y repentinamente tuvo la convicción de que la tenía que ayudar.

–Sofie, la intervención humana, a veces, puedes arruinarlo todo… –Lo que decía tenía sentido, ella misma lo había comprobado–. Aunque la intervención humana guiada por el Espíritu Santo da resultados extraordinarios –le dijo con una amplia sonrisa.

–Abuelo Søren, gracias por su consejo… Aunque no me ha quedado nada claro –declaró Sofie con aire pensativo, sonriendo con la inocencia de una niña.

–¿Qué puede decirte de esas cosas un anciano como yo? –le hablaba con mucha dulzura, porque la comprendía–. Y ahora, muchachita, me voy porque todavía tengo que pasar a saludar a mi sobrino. –Se refería a Simón–. Se va mañana.

–Simón se va… ¿Tan pronto? –preguntó sin esperar respuesta–. Seguramente por eso lloraba Elle, el otro día.

–No, no fue por eso.

Sofie lo interrogó con la mirada.

–Es que el muchacho está comprometido con otra joven… Y ella se había hecho ilusiones… Pero ese no es asunto mío, así que lo mejor será que se arreglen entre ellos.

Sofie se estremeció: ¿Simón comprometido con otra joven?

–¿Se va a casar pronto? –preguntó casi sin voz, absolutamente consternada por la noticia.

– Sí, creo que sí... Ya es hora de que lo haga... ¿No te parece?

–Pero... para casarse hay que estar enamorado...

El abuelo Søren la miró con ternura, sabía que, si Dios no intervenía, ellos serían capaces de arruinar un gran amor.

Simón se iba a casar pronto. Sofie sintió que el mundo se había desprendido de su órbita y ella se perdía en una nebulosa oscura y densa, donde no había ni sol, ni estrellas, ni luna, ni paraíso... Solo giraba sin sentido en un abismo que no la conducía hacia ningún lado. Y ya no había razón para preguntarse ni por la predestinación ni por el libre albedrío. No quedaba nada.

24

Navidad

Querer analizar todo lo que había pasado para encontrarle una explicación sería una tarea infructuosa. Por lo tanto, Sofie estaba decidida a seguir adelante, porque detenerse significaba morir.

Ya que Dios había dispuesto que los acontecimientos se dieran de esa manera, habría que hacerle frente a la adversidad y buscar nuevos horizontes. Sabía que Él había dejado un legado para todo ser humano y que cada uno debía cumplir una misión. Nada es porque sí, todo tiene propósito, significado y sentido, aunque a veces a uno le cueste encontrarlo y sea doloroso aceptarlo.

Llevada por una extrema sensatez, clausuró definitivamente las puertas de su corazón, las que bajo ninguna circunstancia se volverían a abrir. Ese era un asunto cerrado, una medida tomada con plena conciencia. Jamás se volvería a exponer a los juegos arbitrarios del amor. Afirmada en esa decisión, empezaría a armar su futuro matemáticamente, usando la lógica para resolver cada conflicto que se le pudiera presentar.

Blis había comenzado a funcionar con normalidad; se sumaron nuevos trabajadores a las faenas del campo, además de otras personas que ayudaban en la casa.

Los duques de Sangendrup eran dueños de grandes

extensiones de tierra, gran parte de ellas fueron arrendadas al campesinado; pero durante la guerra nadie había podido hacer frente a esos compromisos y a esta altura de los acontecimientos sería una canallada presionarlos para que lo hicieran.

Sofie revisó los papeles que tenía en la mano y finalmente los arrojó al cesto de basura: «La tierra es de Dios», se dijo y continuó haciendo otras tareas.

Trudy tomaba clases con la señorita Eddelien y ahora se habían sumado Juli y otras niñas, hijas de las mujeres que colaboraban en la casa. Por un momento, Sofie pensó en la señorita Eddelien; aunque ya no era tan joven, seguía siendo una mujer hermosa. ¡Qué pena que no se hubiera casado!

Unos días atrás, Eddelien le estuvo comentando acerca de la escuela rural que pensaban abrir en la próxima temporada. Ella sería la maestra de grado, pero era probable que se necesitara la cooperación de otra persona, así que le dijo a Sofie que, si ella se lo permitía, pensaba sugerir su nombre en la junta de nombramiento. Pero como Sofie dudó, acordaron un plazo de un mes para que lo decidiera.

En víspera de Navidad, se vieron muy ocupadas. Stine, Trudy, Juli y dos muchachas más se dedicaron a la preparación de una exquisita masa danesa, elaborada con una generosa cantidad de mantequilla. Luego de estirarla sobre la mesa, modelaron corazones, los que marcaron con un corte en forma de «J», en el centro de la parte superior.

–Le entregaremos uno a cada persona, para que ellos recuerden que Jesús debe estar en el centro de nuestro corazón –sugirió Trudy abocada con entusiasmo a la tarea.

Eran las cuatro de la tarde y ya Stine había encendido las lámparas. Afuera, la penumbra del atardecer se alejaba lentamente, dejando un manto oscuro y sereno sobre la campiña. En la sala, Trudy le enseñaba las tablas de multiplicar a Juli, mientras Sofie leía Diálogo de la fortaleza contra la tribulación, de Tomás Moro, uno de sus libros preferidos. Escrito en 1534, mientras estaba Moro encerrado en la celda de la Torre de Londres, por oponerse al casamiento de Enrique VIII con Ana Bolena, porque aún no estaba invalidado por Roma su anterior casamiento con Catalina de Aragón. El libro reflejaba su lucha personal en defensa de su fe y dejaba en evidencia la claridad de su pensamiento para rebatir los argumentos de quienes querían hacerlo desistir. Leer a Tomás Moro le ministraba a su espíritu una tremenda fortaleza interior. ¡Tanta fe, tanto coraje, tanto desprendimiento de las cosas mundanas y de la vida terrenal, para alcanzar lo único permanente: la eternidad al lado del Creador!

Abstraída por la lectura, volvió a la carta de despedida que Tomás Moro le escribiera a su hija Margarita, redactada desde la cárcel poco antes de su martirio: «Ten, pues, buen ánimo, hija mía, y no te preocupes por mí, sea lo que sea que me pase en este mundo. Nada puede pasarme que Dios no quiera. Y todo lo que él quiere, por muy malo que nos parezca, es en realidad lo mejor». «Aunque estoy convencido, mi querida Margarita, de que la maldad de mi vida pasada es tal que merecería que Dios me abandonase del todo, ni por un momento dejaré de confiar en su inmensa bondad. Hasta ahora, su gracia santísima me ha dado fuerzas para postergarlo todo: las riquezas, las ganancias y la misma vida, antes de prestar juramento en contra de mi conciencia.»

Cuando Sofie leía a Tomás Moro, tenía la sensación de que podía hacerle frente al mismo infierno, sentía una fe que impactaba de manera tremenda sobre su vida. Él tuvo una entrega a Dios tan determinante que pudo decir (subiendo al andamio de su ejecución): «Muero como buen servidor del rey, pero primero de Dios».

Estaba profundamente ensimismada en la lectura cuando la voz de Trudy la sobresaltó:

–¡Sofie! –gritó de manera repentina–. ¿Dónde pusiste las muñecas?

Con todo lo que había pasado, Sofie se había olvidado por completo de las muñecas. Las había guardado en el desván y no pensó más en el asunto.

–¡Las muñecas! –reaccionó ella de manera sorpresiva–. Todavía no están terminadas.

–Búscalas, Sofie, hay que tenerlas listas cuanto antes –imploró, a la vez que hablaba de prisa como si con las palabras pudiera acelerar la tarea–. ¡Mañana es Navidad!

Sofie buscó las muñecas y las llevó a su dormitorio. No quería que las vieran las niñas que estaban ahora en la casa, porque quizá alguna podía ser usada como un regalo para ellas.

El resto de la tarde se mantuvieron ocupadas en darle los retoques que faltaban. Y una vez que todo estuvo listo, se dedicaron a envolver los regalos.

Pero ¿cómo harían para entregarlos? ¿Otra vez irían de casa en casa? Estaba nevando mucho y, con todo lo que había sucedido, en especial lo del señor Eluf Dohm, no convenía seguir arriesgándose.

Sofie estaba decidida a usar la oración y la razón, dos ingredientes que no se combinan fácilmente, pero ella esta vez se encargaría de que lo hicieran. Lo cierto era que solo Dios sabía si eso podía a funcionar.

La opción más sensata que se le ocurrió fue visitar a la señora Larsen y pedirle su colaboración. Seguro que ella estaba muy bien informada acerca de lo que pasaba en la aldea y podría orientarla mejor que nadie. Pero Trudy no estuvo de acuerdo con la idea. Rezongó e imploró con lágrimas porque seguía obstinada en entregar personalmente los regalos.

Así que Sofie tuvo que tomarse su tiempo para explicarle que no era prudente correr más riesgos, que ya habían pasado por muchos incidentes lamentables como para seguir exponiéndose a cosas peores, como enfrentarse otra vez con Eluf Dohm.

–Pero no vayamos a la casa del señor Dohm –protestó

Trudy con un dejo de esperanza en la voz.

–¿No te parece eso muy injusto, Trudy? ¿Negarles a los niños un regalo por la actitud de su padre? Ya han sufrido bastante los pobrecitos –Sofie intentó hacerla desistir de esa idea–. En realidad, ellos tendrían que ser los primeros en recibir su regalo.

Trudy bajó la cabeza avergonzada. Sofie tenía razón, aunque ella no quisiera aceptarlo.

–Pero a Peter no podemos regalarle una muñeca…, ni tampoco un par de calcetines…

–Tienes razón. Ve a la biblioteca y busca un buen libro para él.

–¿Para qué?..., si no sabe leer.

–¿¡Peter no sabe leer!?

–Nn…

–Pues búscale uno igual, porque ya aprenderá a leer.

–Eso si el señor Dohm le permite ir al colegio.

–Pues le permitirá, te lo aseguro –afirmó Sofie indignada–. Aunque tenga que pasar sobre mi cadáver.

–Y lo hará con gusto, Sofie –le advirtió Trudy, riéndose con ganas.

–Anda, chiquilla, que todo debe estar listo para mañana. En cuanto salga el sol, iremos a la aldea y hablaremos con la señora Larsen.

Después de poner todos los paquetes en un canasto, ambas lanzaron un suspiro profundo mientras miraban satisfechas la obra terminada.

–Ahora pidámosle a Dios que estos regalos alegren el corazón de los niños –dijo Sofie. Y se arrodillaron juntas para hacer una oración.

Aunque Sofie se despertó temprano, las horas de sueño fueron suficientes para descansar y recuperarse.

A pesar de todo el esfuerzo que hacía por alejar a Simón de su pensamiento, la realidad era que no lo lograba. Y ahora, según lo dicho por el abuelo Søren, él ya no debería estar en Sangendrup. Sofie temía que, más allá de su inquebrantable decisión de arrancarlo de su corazón, el asunto no fuera tan sencillo. El amor no es una prenda que uno se pone o se saca cuando quiere. Es más, a veces, ni siquiera se la pone uno, sino que de repente te apareces con esa prenda encima y no sabes ni cómo ni cuándo ocurrió.

Había nevado durante la noche, pero en la mañana las sorprendió la vista de un cielo salpicado de grandes nubes, de diseños asombrosos (como si fueran cientos de palomas gigantes desplazándose en la bóveda celeste), y eso la puso de buen humor.

Sofie se apresuró en hacer los arreglos pertinentes, con la idea de irse lo más rápido posible a la aldea. Pero antes, le dio indicaciones a Stine y a las muchachas, que ya estaban en la cocina, para la preparación del menú para esa noche. Pato con patatas asadas y glaseadas sería la comida ideal para la cena de Navidad. Y por supuesto, el postre preferido de Trudy: Ris á l´amande, ese exquisito arroz con leche al que se le agregan trocitos de almendra y luego se lo sirve con una salsa caliente de cerezas. Trudy se saboreó feliz, hacía mucho que no comía algo tan delicioso.

−¡Preparar la cena de Navidad me trae tantos recuerdos! −dijo con nostalgia Sofie a la vez que veía cómo Stine revolvía con una cuchara de madera el arroz con leche−. En las Navidades siempre nos visitaba la familia de mi madre… ¡Añoro tanto ese tiempo!

−Lo recuerdo, señorita Sofie… ¡Cómo no recordarlo!

−Todavía me parece ver a mi madre dejando caer una almendra entera en el arroz…

−Eso es parte de la tradición…

−¿Y para qué? −La pregunta venía de la boca de Trudy, que escuchaba aquella historia como si fuera un cuento.

−Porque la persona que la encontraba ¡recibía un regalo!

−¡Entonces me voy a comer todo el arroz con leche yo sola, porque no me quiero perder el regalo!

−Espero que no te pase lo mismo que al tío Lothen…

−¿Y qué le pasó al tío Lothen?

–¡Mordió la almendra y se le partió un diente! Se enojó muchísimo por eso, pero después se le pasó. ¡Aquel fue un tiempo verdaderamente inolvidable!

–¿Y cómo es que yo no lo recuerdo? ¿Dónde estaba yo en ese momento? –preguntó Trudy mientras robaba algunas almendras y se las metía en la boca.

–Tú eras muy pequeña, Trudy, una niñita encantadora.

Trudy sonrió coqueta.

–¡Ah, Stine! Prepara suficiente comida para los trabajadores. Y no se la niegues tampoco a cuanta alma pase por acá y la pida. Esta tiene que ser una Navidad muy especial.

–Sofie…, la verdad… es que… –La mujer titubeó, como si lo que fuera a decir pudiera molestar a Sofie.

–¿Qué pasa, Stine? Ellos no se van a quedar en Blis, ¿verdad?

Stine asintió con la cabeza gacha.

–Entonces que se lleven la comida a la casa y disfruten de una buena cena de Navidad –respondió con naturalidad, evitando que se notase su decepción.

–Es que…

–Habla, ¿por qué tanto rodeo? ¿Qué ocurre?

–Es que… –balbuceó, a la vez que se secaba nerviosa las manos en el delantal–. Esta noche, todos vamos a la fiesta de Navidad en el pueblo.

Stine se sentía avergonzada de abandonarlas.

–Ahhhh…

–¡Uf, qué desilusión! Eso significa que nosotras nos quedaremos solas en Blis y esta será otra más de nuestras Navidades aburridas. –Trudy estaba absolutamente desencantada.

–No estaremos solas, Trudy, Jesús será nuestro invitado de honor. Y no rezongues, muchachita, que esta será una Navidad muy especial. ¡Ya lo verás!

–Si no fuera por Jesús, estaríamos más solas que un perro vagabundo en una noche de invierno caminando por la nieve.

Aunque lo que dijo Trudy sonaba muy gracioso, era una triste realidad. ¿Qué sería de muchas personas si no contaran con la compañía de Dios?

Sofie estaba acostumbrada a los tragos amargos, pero dolían, su corazón le seguía jugando una mala pasada.

–Bueno, al menos estará Juli con nosotras… –suspiró Trudy abrigando una última esperanza.

–No –aseguró Sofie para evitar que ella se hiciera vanas ilusiones–. Seguramente, Juli también irá. Hoy es Navidad, fiesta para todos.

–Para todos, menos para nosotras.

–No digas eso, Trudy. La Navidad es una fiesta hermosa, que todos debemos celebrar.

–Verdaderamente, esta noticia me arruinó la Navidad –admitió Trudy con hondo pesar–. Pero yo le pediré a Nanna que me invite y me quedaré con ella –añadió con una chispa de alegría, la que se apagó rápidamente–. No. No puedo hacer eso, ¿cómo voy a dejarte sola, Sofie?

A Sofie se le humedeció la mirada, pero hizo de cuenta que no le había afectado.

–Si quieres, lo puedes hacer. Ya te dije que yo nunca estoy sola, Dios está siempre conmigo. ¿Podría querer una compañía mejor?

–No, claro que no… Pero aun así, no podría estar contenta sabiendo que tú te quedarás sola con Dios, en Blis.

–A ver. Trudy, sonríe, no quiero que estés triste en Navidad.

Trudy se abrazó a ella y simuló una sonrisa, pero en el fondo se sentía desdichada y muy enojada.

Sofie pensaba regresar rápido a Blis. No quería estar en la aldea por mucho tiempo, seguro que Trudy sufriría más si veía todos los preparativos que se hacían. Así que descendió del calesín en la tienda de la señora Larsen y, aunque había unas cuantas personas en el lugar, pidió conversar unos minutos a solas con ella. La señora Larsen se disculpó con sus clientes y la condujo hacia su comedor, un lugar agradable y sencillo, arreglado con delicadeza y buen gusto. Allí platicaron, lejos de las miradas de los clientes.

—Me da tanto gusto verte de nuevo, Sofie.

—Gracias, señora Larsen. El gusto es mío.

—Para ti, Sofie, soy solo Matilda. Ya deja de llamarme «señora Larsen».

—Gracias, Matilda. —No quiso andar con rodeos. Había llegado allí solo con un fin y lo iba a hacer lo más rápido posible—. He traído un canasto con algunos regalos para los niños de Sangendrup.

Hablaba serena aunque nuevamente se sentía excluida por ellos.

—Los hicimos con Trudy. No es nada demasiado importante, solo algunas muñecas de trapo y unos calcetines tejidos a ganchillo. Seguro que usted sabrá mejor que nosotras lo que se puede hacer con todo esto. Por eso se los he traído, quiero dejarlo en sus manos.

—Oh, de verdad estoy muy agradecida. Mira, en este momento, las mujeres están preparando un gran árbol de Navidad en el salón comunal para la fiesta de esta noche, así que voy a escribir el nombre de algunos niños y se los enviaré de inmediato. ¡Gracias, Sofie!

—Entonces, no la entretengo más. ¡Gracias a usted, Matilda!

—Una vez más…, gracias, Sofie, en nombre de todos los niños que han de recibir estos regalos.

Sofie se despidió con afecto de la señora Larsen. No quería demorarse en regresar, ni permanecer un minuto más en la aldea. Recordar el salón comunal le producía urticaria, porque la obligaba a revivir los malos momentos que tuvo que padecer allí. Aunque ese día (debía reconocerlo) todo parecía diferente… Como si aquel salón viejo y arruinado nunca hubiese existido.

Cuando entró al negocio, se encontró con el hermano

Søren y la abuela de los Petersen, quienes la saludaron de manera cariñosa.

–¡Sofie, qué alegría verte por aquí!

–¡Gracias! Para mí también es un placer encontrarlos –les respondió amablemente. A pesar de que en ese momento no quería hablar con nadie, tampoco le pareció correcto ser descortés con ellos–. Perdónenme pero tengo que volver rápido a Blis. ¡Feliz Navidad para los dos!

–Feliz Navidad, querida –dijo la abuela y la abrazó fuerte, con la espontaneidad simple de una campesina.

Sofie le hizo un gesto a Trudy para que se acercase rápido y dejara de dar vueltas por la tienda curioseando toda la mercadería. Quería salir de ahí cuanto antes.

–Pero ¿qué le pasa a esta niña que anda con esa cara de luto? –preguntó la abuela al ver que Trudy se acercaba con la cara larga, arrastrando los pies.

–¿Por qué estás triste, Trudy? –le preguntó el hermano Søren.

Sofie le tiró de la manga, sabía que Trudy estaba actuando para conseguir lo que quería. Y ella se moría de vergüenza.

–Nada, abuelo, nada…

Trudy fingía más de la cuenta al poner esa cara de pena. Era una excelente actriz. Y eso a Sofie la sacó de quicio.

–La Navidad debería ponerte contenta, Trudy, muy contenta –le dijo la señora Larsen, que iba y venía de un lado para otro atendiendo a la gente–. Esta noche estamos de fiesta…

–Sí…, ustedes…, pero nosotras no. Nos tendremos que quedar solas, aburridas y amargadas en Blis… –añadió suspirando con resignación.

Sofie le apretó la mano con fuerza, hubiese querido zamarrearla. Pero ya era demasiado tarde. Trudy había lanzado la frase al aire.

–¡Ustedes no pueden faltar! –inquirió el hermano Søren.

–¿Verdad que no, abuelo? –preguntó con entusiasmo Trudy.

–Gracias, abuelo, pero nosotras nos quedaremos en Blis –Sofie interrumpió el dialogo de manera cortante.

Entonces Trudy comenzó a llorar desconsoladamente. Parecía que se iba a ahogar de tanto llanto. Estaba haciendo un aspaviento bárbaro. Pero lograba lo que quería. De un momento para otro, Sofie se había convertido en la mala, la que quería arruinarle una hermosa Navidad a Trudy. ¡No podía ser semejante desfachatez!

Sofie estaba roja de vergüenza, cualquiera se podía imaginar que aquello era una gran actuación, puro teatro. Pero gracias a Dios, no lo vieron así, sino que sumidos en los preparativos de la fiesta, las animaron para que regresaran a la noche. Claro que Trudy no se arriesgó a recibir una tremenda reprimenda, así que le pidió a la abuela de los Petersen si se podía quedar en su casa para no volver a Blis. El hecho fue que Sofie regresó a la casa sola y de pésimo humor.

En Blis la esperaba la señorita Eddelien. No era la mejor ocasión para hablar con alguien, pero no podía ser desconsiderada con la maestra.

–¿Cómo estás, Eddelien?

–Bien, Sofie, ¿y tú?

En ese momento, sintió pena por Eddelien, al fin de cuentas ella también estaba sola. No tenía en este mundo más que a su madre, una anciana autoritaria y muy difícil de complacer. Así que dejó de lado el trago amargo que le había hecho pasar Trudy y amablemente le convidó un café.

–Siempre eres tan amable conmigo, Sofie..., por eso vine a saludarte y a desearte feliz Navidad. –Se la notaba complacida de estar con ella–. Aunque, por cierto, nos veremos esta noche en la fiesta, ¿verdad?

–Sí, claro. Aunque la invitación ha sido medio forzada...

–¿Invitación? Ninguno ha sido formalmente invitado... A no ser que tú... por el hecho de ser Sofie de Sangendrup...

–¡Oh no..., no! No sé por qué pensé en una invitación –replicó cayendo en la cuenta de su error.

—Esto no es la corte, Sofie, todos somos parte de Sangendrup, cuánto más tú —añadió saboreando un bocado de bizcocho tierno y esponjoso.

—Claro, tienes razón.

Sin sospecharlo, ella le había quitado una gran pena de encima. El inesperado comentario de Eddelien la puso feliz y de excelente humor.

—Estoy tan entusiasmada con la escuela rural. He conversado con el reverendo Jensen y me ha pedido que te convenza para que aceptes el cargo. ¡Él es tan agradable y tan espiritual! Debe haber pocos hombres como el reverendo... Es todo un caballero... ¿No te parece?

Sofie percibió inmediatamente que en las palabras de Eddelien había algo más que una simple consideración hacia el reverendo. Después de todo, ellos podrían llegar a formar un buen matrimonio. ¿Por qué no se le había ocurrido antes?

—Dime, Eddelien, ¿cómo te llevas con el reverendo?

Eddelien la miró con desconcierto, por eso Sofie se apuró a decir:

—Me refiero a conversaciones más personales, algo menos formal, más íntimo...

—¿Íntimo? ¡No! Él es un hombre de Dios...

—¿Y un hombre de Dios no tiene sentimientos?

Eddelien la miró desconcertada. La escuchaba como espantada. Ella nunca hubiera pensado en algo así. Esa posibilidad jamás le pasó por la mente.

—¡El amor entre un hombre y una mujer no es un pecado, Eddelien! Sino una gran bendición. Dios mismo dijo que no era bueno que el hombre estuviese solo —prosiguió Sofie interesada en concretar la idea que se le acababa de ocurrir.

—Sí, es cierto... Tienes razón... Y si Dios lo dijo es porque debe ser algo muy bueno... Aunque te confieso que con el reverendo... nunca...

—Tú no querrías que él fuera una persona desdichada, ¿verdad?

—¡Por supuesto que no!

—Entonces… Supongo que no sería tan descabellado que algún día lo invitaras a almorzar. ¿Nunca pensaste que tu compañía podría ser muy reconfortante para él?

—¿Invitarlo? ¿YO? —La miró como si los ojos se le fueran a salir de la cara—. ¡No! Me moriría de vergüenza.

—Pero ¿te gustaría o no almorzar con él? —le preguntó Sofie con naturalidad, evitando que los prejuicios y las presiones sociales le mataran los sueños—. Sería una buena oportunidad para conocerse…, conversar… Y así, de a poco…, podría ir naciendo una amistad. Y si Dios dispone las cosas, luego…

—¿¡Qué locura!? ¿En qué estás pensando, Sofie? —preguntó ruborizada—. ¡Claro que me gustaría almorzar con…! Pero no. Me moriría de vergüenza. Siempre lo he visto como a un reverendo… No sé si podría hacerlo de otra forma….

—Mira, Eddelien, vas a tener que hacerlo si realmente te interesa el reverendo…

—¡Sofie, nunca pensé que podrías hablarme de esa manera!

—Pero, Edeelien, no puedes permitir que la felicidad te pase delante de las narices y tú mires penosamente cómo se va. Porque otra, más astuta que tú, te aseguro que no lo hará.

—¿Te parece? —preguntó con excesiva candidez.

—Te lo aseguro.

—Te confieso que me encanta la idea… Pero sospecho… que él está enamorado…

—¡Noooo, tonterías!

Sofie tenía que sacarle esa idea de la cabeza. Ella poseía suficientes condiciones como para enamorar a cualquier hombre.

—¿Te parece?

—Mira, tienes que intentarlo. Y yo te voy a ayudar —insistió de manera desenvuelta Sofie—. Porque tengo el pálpito de que puede resultar.

–Él es un caballero, es amable con todas las damas.

–Es un hombre, Eddelien, y por lo tanto necesita una esposa.

–Lo dices de una forma tan… natural, tan lógica… –Eso la halagó, porque en definitiva era lo que ella pretendía ser.

–Te aseguro que lo tuyo con el reverendo puede funcionar.

–¡Ah, Sofie!

–Vamos a orar para que Dios acomode todas las cosas. Pero claro, tú no te escondas dentro de un ropero.

Ellas se rieron con ganas. Aquello fue absolutamente sorpresivo. Eddelien estaba rozagante, feliz.

Cuando Sofie la despidió en la puerta de Blis, le pareció que ella había rejuvenecido diez años. Se la veía como una jovencita ilusionada con encontrar el amor de su vida.

Esa noche, Sofie se vistió de manera sencilla, no necesitaba demasiado arreglo para lucir bonita, el toque de la gracia divina la envolvía con su luz especial.

Combinó su atuendo de lanilla a cuadros verde oscuro con un elegante drawn Bonnet al tono, el que tenía un pequeño volado justo detrás del borde delantero y también algunas flores blancas (lo encontró entre los recuerdos de su madre, regalo de alguna de sus amigas inglesas). El sombrero bello y femenino resaltaba el óvalo de su cara y le otorgaba una iluminación especial al oliva de sus ojos.

Aquella sería la Navidad más hermosa de su vida. Dios estaba cumpliendo el deseo más sublime de su corazón. Nada se comparaba con eso, ni siquiera su amor por Simón. Aquello era diferente. Sangendrup representaba su vida, su amor más puro, profundo y absoluto. Todo lo daría por su tierra y por su gente, pero por Simón no sabía si llegaría a tanto. Era distinto, intenso sí, pero diferente. Le costaba expresarlo: sin Simón, seguiría viviendo, aunque con muchos agujeros en el alma. Pero sin Sangendrup, ¿dónde encontraría su lugar en el mundo?

Jonas gentilmente condujo el cabriolé hasta el pueblo,

¡estaba tan emocionada! Esa Navidad, más que ninguna otra, Sofie supo que el cielo había descendido y se había detenido en Dinamarca; pero haciendo antes una breve e intensa parada en Sangendrup. Si esa era una fantasía, no le importaba, porque ella se sentía completamente dichosa.

Apuró el paso, porque la gente ya entraba en la iglesia para escuchar el mensaje navideño. Cuando Trudy la vio, corrió hacia ella y la abrazó feliz.

—¡Estás bellísima, Sofie! —exclamó mirándola embelesada.

Ella se inclinó de manera delicada hacia la niña y le habló al oído.

—Eres muy dulce, Trudy, pero ahora prestemos atención a las palabras del pastor.

La señora Larsen y la encargada del correo se sentaron adelante. Y Eddelien ocupó el lugar a su lado, aunque no pudo desprenderse de la compañía de su madre. En la iglesia se movía una atmósfera espiritual muy especial, las personas tenían potencia en la voz cuando cantaban. Se percibía una fuerte necesidad de encontrarse con Dios o de encontrar a Dios en medio de las secuelas de la guerra. Y una fuerza irresistible por avanzar con fe y esperanza, a fin de construir una nación libre y soberana, quizá con menos territorio (el que se había perdido en la guerra), pero llena de grandeza, fuerza y poder.

En la nave de aquella iglesia llena de recuerdos, iluminada por las velas, se oyó la voz del predicador:

—«Os ha nacido hoy en la ciudad de David un salvador que es Cristo el Señor». Queridos hermanos, esta noche, Dios se ha acercado a nosotros para hablar a cada corazón. Hermanos daneses, hombres y mujeres de esta bendita nación, el Señor trae buenas nuevas a los pobres de la aldea de Sangendrup. Él ha venido a consolar a los de corazón quebrantado, a proclamar libertad a los cautivos y liberación a los prisioneros. Este es el año de la buena voluntad del Señor, Él les dará gloria en lugar de cenizas, óleo de gozo en lugar de luto, manto de alegría en lugar del espíritu angustiado. Ustedes, mis amados hermanos de Sangendrup, serán parte de los que edificarán las ruinas antiguas y levantarán las ciudades asoladas... Porque nuestro Dios así lo ha determinado. Aprendamos a caminar en lo sobrenatural, para que lo natural que es guerra, tristeza, miseria e incertidumbre no nos agobie, no destruya la esperanza, que es lo único que nos va sostener firmes en los momentos más difíciles de la vida.

Hermanos, ¡hoy es Navidad! ¡Ha nacido un Salvador! Dios se hizo hombre, para que todos podamos disfrutar del regalo de la salvación. ¡Feliz Navidad para todos!

Después de un mensaje tan conmovedor y apropiado, se saludaron afectuosamente unos con otros. Esa noche, más que nunca antes, ellos se sintieron hermanos, sin distinción de ninguna clase social, sin diferencias ni viejos rencores. Muchas familias sufrían al ver que el lugar que alguna vez ocuparon sus seres queridos había quedado vacío. Pero aquella Navidad Dios pasó en medio de la congregación trayendo su bálsamo de consuelo.

Eluf Dohm permanecía sentado en el banco, solo. Movía de manera lenta una gorra oscura entre las piernas. Su mirada estaba enfocada en ese movimiento, cuando Sofie se le acercó por detrás para hablarle apaciblemente.

—Feliz Navidad, hermano Dohm.

Él reaccionó de inmediato. Reconocía aquella voz. Sus músculos se tensaron y su rostro se contrajo. No levantó la mirada hacia ella. Masculló algo entre dientes. A pesar de eso, Sofie le puso suavemente la mano en el hombro.

—Dios lo ama, hermano Eluf. Y sus hermanos de Sangendrup también.

—A mí nadie me ama, ni siquiera Dios. Él es demasiado santo para acercarse a una persona como yo —masculló de manera inesperada sin transmitir ninguna emoción en la voz.

—Precisamente, porque Él es un ser demasiado santo, es

que se ha acercado a usted y a mí, que somos pecadores necesitados de perdón –susurró Sofie, empleando una gran dosis de ternura–. No lo rechace, hermano Dohm.

De improviso, la mano pesada y áspera del señor Dohm tocó levemente la de ella, eso fue majestuoso. Desde lejos, la señora Larsen la llamó para invitarla a sumarse a las mujeres que salían juntas cantando villancicos por las calles nevadas de Sangendrup.

A pesar del paisaje helado de la aldea, el fuego de la esperanza que había nacido en cada uno deshizo lo viejo, para dar paso a algo maravillosamente nuevo.

Todos estaban felices y emocionados, hasta Eluf Dohm.

El salón era grande y espacioso, estaba especialmente arreglado para la Navidad, se veía tan hermoso que Sofie apenas lo reconoció. Había sido construido para las asambleas y reuniones generales donde se trataban temas relacionados con la vida rural y el campesinado, por eso fue ahí donde se llevó adelante el pleito entre ella y el señor Dohm.

Sobre las mesas formadas de largos tablones, se dispusieron manteles blancos, impecables. Y sobre ellos se distribuyeron los alimentos; ganso, pato y cordero asado. Stine había traído lo que había preparado en Blis: pato asado con col lombarda y una cantidad abundante de patatas cocidas y salteadas con azúcar.

En el centro del recinto había un gran árbol de Navidad, adornado con figuras de papel confeccionadas por las familias, velas, cucuruchos rellenos de dulces, manzanas rojas y banderitas danesas. Los niños corrían con entusiasmo alrededor, jugaban y se divertían.

Aquella Navidad de 1864 permanecería imborrable en el recuerdo de la gente. La guerra había golpeado como un látigo a la nación: trajo pérdidas, enfermedad, pobreza y muerte... Pero la Navidad cauterizó las heridas purulentas y dolorosas, ungiéndolas con una gran dosis de esperanza y fe, al anunciar que había nacido un Salvador que traería justicia, paz y gozo a toda la humanidad.

Sangendrup se dejó abrazar por el espíritu navideño, lo que hizo de aquella velada algo realmente extraordinario. La gente conversaba y reía, contaba viejas anécdotas y recordaba tiempos pasados. Hacía planes para el futuro y debatía acerca de cómo resolver los problemas más inmediatos.

Después de saborear aquella sustanciosa comida y de compartir con gozo en medio de la hermandad, las jóvenes encendieron las velas del árbol y el señor Kasper Fahnoe comenzó la ronda. La gente se tomó de las manos y dio vueltas alrededor del árbol cantando villancicos. Pero en un momento se detuvieron y comenzaron a entonar de manera emotiva y solemne el himno nacional danés. Aquello fue muy conmovedor, todos tenían la mirada húmeda, hasta Eluf Dohm.

Unos minutos después, la señora Larsen junto con otras damas repartieron los regalos a los niños. También se sirvieron los tan esperados buñuelos de manzana que la abuela de los Petersen había preparado en compañía de otras hermanas. Esta vez tenían un sabor mucho más exquisito.

Los hombres bebieron un poco de glogg y, aunque la mayoría lo hizo de forma moderada, algunos se excedieron y se mostraron excesivamente alegres, pero no hicieron nada indebido, ni molestaron ni estropearon la fiesta.

Trudy se abrazó a Sofie mientras observaban conmovidas el feliz destino que había tenido todo su trabajo. La señora Larsen supo distribuir con sabiduría las muñecas y los calcetines entre los niños más desprotegidos. Los hijos de Eluf Dohm se veían dichosos porque varias personas habían pensado en ellos y recibieron muchos y bonitos obsequios.

Sofie buscó el regalo para Trudy.

–Esto es para ti –le dijo mientras ponía en sus manos un paquete enorme.

–¿¡Para mí!? –preguntó la niña con sorpresa e, inmediatamente, rompió el papel.

–¡Oh, Sofie…, gracias! Lo que yo tanto deseaba –gritó batiendo las manos alborotada, mientras otros niños la imitaban compartiendo su alegría.

Era un teatro de marionetas, parecido al que una vez Trudy había visto en un libro.

–¡Es bellísimo! ¿Quién pudo hacer algo tan bonito?

–Es obra de un carpintero conocido de Stine. Él es un artesano.

–¡Gracias, Sofie! ¡Te voy a estar eternamente agradecida por este regalo! –exclamó embelesada. Trudy era una niña muy expresiva, le sumaba mucha emoción a cuanto decía y en ella sonaba gracioso–. Sé que Dios te dará el mejor regalo para tu vida. –La abrazó con fuerza–. Pero yo no tengo nada para ti. ¿Qué podría darte yo, Sofie? –se lamentó. Trudy tenía esas salidas y comentarios inesperados que a Sofie la dejaban sin palabras.

–Tú me diste amor cuando nadie me lo daba. ¿Eso te parece poco? Tú eres y siempre serás el regalo más hermoso que Dios me hizo en la vida.

El reverendo Jensen no era el único que contemplaba la escena, pero sí fue el único que se le acercó.

–Tú eres muy especial, Sofie –le dijo de manera tierna, lo que la hizo sentir muy incómoda. Por eso se apuró a responderle.

–Pero no soy la única…

Él la miró extrañado, ¿a quién se refería Sofie? A unos metros de ella, se hallaba Eddelien esperando que le sirvieran una porción de postre. Con disimulo, en medio de una conversación sin demasiada importancia acerca de la escuela rural, Sofie lo fue conduciendo discretamente hacia allí.

–¡Eddelien! –exclamó con entusiasmo Sofie cuando estuvo a su lado.

–¡Sofie! Feliz Navidad, reverendo –lo saludó e inclinó levemente la cabeza hacia él. A Eddelien le subió un calor tremendo a la cara, sentía que le ardían las mejillas.

—Es providencial que te hayamos encontrado justo cuando estamos conversando con el reverendo Niels acerca de la escuela rural. ¿No le parece, reverendo?

Él asintió con la cabeza.

—No sabe usted, reverendo, cuánto valora Eddelien ese proyecto. —Conversaba a la vez que gustaba un trozo de pastel—. Reverendo, usted debería apoyarla en eso. Ella es una persona muy talentosa… y muy bonita, por cierto. Eddelien, nunca había reparado en el color de tus ojos, ¿son celestes o grises?

Eddelien estaba aturdida.

—Creo que celestes…

—¿Usted qué opina, reverendo?

—¿Con respecto a qué? —preguntó un tanto confundido—. ¿A la escuela, a lo bonita que es Eddelien o al color de sus ojos?

—Bueno… A todo… La opinión de un caballero siempre es oportuna, reverendo —dijo en el preciso momento en que una exclamación de sorpresa los distrajo de la conversación.

Elle, la sobrina del doctor Bissen, fue la afortunada que recibió su «regalo de almendra». El fruto estaba escondido en su porción de postre, lo que la hizo merecedora de una estrella de pasta de almendra amasada con azúcar. Eso indicaba que Dios iluminaría su vida para que encuentre la felicidad. Sofie se puso contenta; a fin de cuentas, ¿por qué las dos tenían que sufrir por Simón?

Se había quedado absorta en ese pensamiento, cuando reaccionó y descubrió complacida que Eddelien continuaba conversando con el reverendo.

—Discúlpenme un segundo, pero me está llamando el señor Brandes —dijo de repente él, atento a quien desde lejos le hacía señas para que se acercara.

—Está usted disculpado, reverendo, pero antes quisiera invitarlo a almorzar en la casa de Eddelien, el miércoles al mediodía. ¿Está de acuerdo?

—¿A almorzar? ¿Usted me invita a almorzar a la casa de

ella? –preguntó un tanto confundido.

–Sí. ¿Por qué? ¿Estará usted ocupado ese día? De ser así, lo dejamos para el día siguiente –lo decía de una manera sorprendentemente natural–. Es que necesitamos seguir conversando sobre el tema... ¡Debemos impulsar ese proyecto! ¿No le parece, reverendo?

–Sí, sí, claro –contestó turbado.

Sofie no lo dejaba reaccionar, lo atosigaba con sus locos argumentos. Lo exponía a compromisos.

–Gracias, reverendo. Nos vemos ahí, ¡hasta el miércoles!

–Hasta el miércoles.

Sofie se dio vuelta y suspiró aliviada.

–La cita está concertada.

–Esto es una locura –gimió Eddelien sofocada–, no sé de qué vamos a conversar el miércoles.

–Mira, Eddelien, desde esta noche comenzarás a elaborar un plan. Y por escrito –le indicó, como si aquello fuera una reunión de negocios–. Seguro que tienes muchas ideas y otras tantas sugerencias. Esta es tu oportunidad.

–No pensarás dejarme sola el miércoles, ¿verdad?

–Te contesto lo que siempre le digo a Trudy: no estamos solas, Dios está siempre con nosotras.

– ¡Tú y tus ocurrencias! –se quejó y sonrió nerviosa.

Sofie hubiese querido que esa velada no terminara nunca, fue algo tan maravilloso. Pero ya era tarde y Trudy se había quedado dormida en el sillón, apoyada en el abuelo Søren, que también cabeceaba vencido por el sueño. Aquella era una escena muy conmovedora. Sofie la contempló unos minutos, hasta que el abuelo entreabrió los ojos y se encontró con su mirada.

–Se ha quedado dormida, pobrecita.

Enseguida le pidió ayuda a uno de los muchachos para que cargara a Trudy hasta el cabriolé de Sofie.

–Tranquilo, abuelo Søren, que yo conduzco hasta Blis –le aseguró Jonas Kyhn.

–¡Ah, bien! Si es así, muchacho, me quedo tranquilo.

Buenas noches, Sofie.

–Buenas noches, abuelo. Esta ha sido una Navidad verdaderamente gloriosa.

El anciano suspiró profundo y agregó:

–Un regalo de Dios para todos nosotros.

Jonas cargó a Trudy en sus brazos, pero ella siguió tan dormida como si estaría en una cama.

Antes de cruzar la puerta y de saludar a los pocos aldeanos que todavía quedaban, Sofie se dirigió nuevamente al hermano Søren:

–Abuelo, necesito hablar con usted cuanto antes. ¿Le molesta si uno de estos días paso a visitarlo?

–Por favor, Sofie, tú eres como de la familia.

–Gracias, abuelo. Después de las fiestas, andaré por allí.

Seguía cayendo nieve en Sangendrup. En la aldea, poco a poco las velas se fueron apagando. Camino a Blis, Sofie tarareaba muy bajo una dulce melodía navideña. Se podría decir que por fin se sentía plenamente feliz.

25

1865. Nuevos horizontes

**El miércoles, Sofie le mandó una nota a Eddelien
disculpándose porque no iba a poder asistir a la
reunión con el reverendo Jensen.
Pero le aseguró que estaría orando por ella.**

Con el correr de los días, todo se fue acomodando
de manera rápida y sorprendente, a fin de que la nación
pudiera superar la situación que se estaba viviendo. Es
prodigiosa esa capacidad que tiene el ser humano para
afrontar las situaciones extremas. Las relaciones se fueron
consolidando y dieron paso a nuevos vínculos entre los
campesinos. Las reuniones en la iglesia se hicieron más
fervorosas, aunque surgieron dos propuestas bien marcadas,
ambas dentro del luteranismo, a fin de hallar una salida
rápida y loable para la crisis. Había quienes, llevados por un
fuerte sentimiento nacionalista, iban más allá del contexto
religioso y mostraban una tendencia claramente política. Y
también estaban los otros, los pietistas más ortodoxos, que
abogaban por una vida austera, con el propósito de crear
comunidades aisladas de las tentaciones terrenales, entre
los que se encontraban los campesinos más humildes, los
desposeídos.

Sofie entendía que las dos posturas tenían sus
lados fuertes y sus lados débiles y que toda razón
llevada tozudamente al extremo casi siempre suele dar

resultados irreconciliables. Temía que esto trajera serias consecuencias sobre la vida religiosa danesa. Más allá de todo eso, ella debía confiar en Dios, porque solo Él sabía el fin de todas estas divergencias. Por su lado, Sofie trataba de vivir como entendía que Dios lo había dispuesto. Bastaba examinar la Sagradas Escrituras para elaborar rápidamente un compendio concentrado de cómo debería regirse una sociedad. No entendía por qué la gente debatía tanto a la hora de tomar medidas políticas, económicas o sociales. Si solo con diez leyes, Dios guio a toda una nación, ¿para qué hacía falta más que eso?

1865 comenzó con otras expectativas. Si bien para los festejos del Año Nuevo prefirió quedarse sola en Blis, permitió que Trudy pasara esos días en la casa de la abuela de los Petersen con la excusa de que ella le enseñase a hacer sus exquisitos buñuelos de manzana. Todo estuvo en paz. Sofie necesitaba orar y ordenar el calendario para el año que comenzaba. Tenía demasiadas preocupaciones en su cabeza, a pesar del esfuerzo que hacía por desechar los pensamientos que la entristecían.

Decididamente, quería sacar a Simón de su mente, porque lo más probable era que él ya hubiera oficializado su noviazgo. Aunque solo de pensar en eso le venían unas ganas tremendas de llorar, lo que pudo hacer sin reparos con la ausencia de Trudy. A veces, llorar es muy beneficioso, porque el cuerpo drena todo el sufrimiento y termina con esa sinrazón que le complica a uno la existencia.

Tenía que aprender que mucho de lo que nos pasa en la vida está fuera de toda lógica y de la voluntad de las personas. Porque la intervención de Dios sobrepasa todo entendimiento, Él opera en lo sobrenatural que afecta lo natural. ¡Bah!, aquello era un trabalenguas que lo único que hacía era confundirla más de lo que ya estaba. Fue bueno quedarse sola unos días, porque Dios siempre está con uno y habla, sobre todo cuando se lo busca en oración y hay deseos de hacer Su voluntad, dejando de lado nuestros propios intereses y los caprichos (a los que, de alguna manera, nos sentimos con derecho).

Los primeros días de enero ya tenía unas cuantas ideas claras. En primer lugar, no aceptaría el cargo de maestra, pero sugeriría a Elle, porque ella bien la podría suplantar. También tomó una postura (no absoluta, pero sí moderadamente comprometida) con respecto al nuevo movimiento evangélico Indre Missión. Aunque no pretendía vincularse con uno y distanciarse del otro. Le parecía que eso no era sabio, ni correcto, porque todos tenían que aprender a respetarse y a convivir para construir una nación más tolerante.

Había leído lo suficiente a Nikolai Grundtvig y, en muchos aspectos, coincidía plenamente con su postura, sobre todo con respecto a la educación, a las escuelas rurales y a la instrucción escolar de los campesinos, ya que, al tener ellos participación en las asambleas consultivas, debían estar preparados para comprender y responder en los debates públicos. Grundtvig fue de gran inspiración para su vida, por esa razón trataría de incorporar algunos de los principios que él desarrolló en su postura sobre la escuela popular.

Uno de los motivos más críticos por los que no siguió completamente a Grundtvig fue porque para él primero estaba el ser humano y después el cristiano. Ponía un énfasis principal en el desarrollo personal, lograr la autoestima de la persona y la búsqueda y definición de las metas personales. Sofie pensó que todo eso era muy bueno, pero temía que, muy solapadamente, se pudiera caer en el peligro de correr a Dios del centro del corazón del hombre. Y eso comenzó a generarle cierta «intranquilidad», porque no sabía las consecuencias que podría traer a largo plazo.

Por el momento, estaba interesada de manera especial en la organización de Blis: dispuso que sus trabajadores recibieran, además del salario mensual, un beneficio extra de la producción de las cosechas, eso sin duda los motivaría grandemente. Les otorgó el privilegio de disfrutar de un tiempo de descanso al año. Prohibió en todo el ducado de Sangendrup el trabajo infantil, como así también el maltrato a las personas (sea hombre o mujer). Exigió que los hijos de los trabajadores asistieran al nuevo colegio rural, cuya directora sería la señorita Eddelien. Contempló también la incorporación de los adultos, porque entendía que la educación es un bien del que todos deberían gozar. Antes de dar a conocer todas estas reformas, las hablaría con el abuelo Søren, ya que valoraba sinceramente su opinión.

Esa semana había dejado de nevar y, aunque hacía mucho frío, los caminos no estaban congelados. Se podía transitar sin dificultad.

Sofie sacó el carro del establo, el mismo con el que se manejaban cotidianamente para hacer los trayectos más cortos, y comprobó que tenía necesidad de una urgente reparación. Las ruedas, ya muy deterioradas, se podrían quebrar en el momento menos oportuno y el resto de las maderas merecían también una buena capa de cera para que no se resecaran más de lo que estaban. Los últimos años, su padre había descuidado el mantenimiento de la hacienda. Y ahora, con solo dos capataces, no era suficiente para todo el trabajo que se requería.

Sofie volvió a examinar el carro con atención, para saber si podría soportar el peso de unas cuantas bolsas de centeno, patatas, calabazas, arenque ahumado, huevos, lácteos y conservas. Pensaba dejárselas a la abuela de los Petersen para que lo repartiera entre los más necesitados. Sin tantos rodeos y tomando las precauciones necesarias, el carro podría ir y volver sin problemas. Si lo había hecho hasta ese momento, un día más no haría la diferencia.

Sofie condujo lentamente, ella conocía el camino como la palma de su mano, pero en su corazón había un misterioso deseo de llenarse el alma del paisaje, encerrarlo en su memoria para tenerlo presente cada vez que lo quisiera recordar.

El sendero más angosto, el que conducía a la casa de la abuela, estaba bordeado de robles, fresnos y abetos, los que ahora lucían desteñidas pinceladas de blanco. «Si nevado se veía tan hermoso, cuánto más lo sería en primavera o en otoño, cuando el suelo se tiñe de dorado y la paleta de colores es sorprendentemente variada y preciosa», pensó con un dejo de nostalgia.

Desde cierta distancia, se podía percibir el agradable olor que flotaba en el aire y que despedía la chimenea de los Petersen. La casa era un simple y gran galpón, con ventanas angostas y techo de paja a dos aguas, algunas ya estaban corroídas. Una enredadera, de la que en invierno solo quedaban los tallos desnudos, se trepaba por las paredes del frente y de un costado.

La abuela se mostraba inmensamente feliz cuando la visitaba, así que aprovechó la ocasión para convidarle una humeante taza de café y unas rebanadas de su sabroso pan de centeno y miel, mientras se daba el gusto de conversar con ella.

Sofie sabía cuánto significaba su visita para la anciana, así que la complació haciéndole compañía por bastante tiempo, además comió con agrado todo lo que le sirvió. En la charla, se enteró de que la señora Inge había estado muy enferma y de que la abuela Gjerta se había marchado a pasar una temporada a Glostrup, a la casa de su hijo, pero que, a pesar de todo, el reverendo Niels estaba bien, animado y muy interesado en continuar la obra del colegio rural. Hubieran seguido conversando si no fuera porque Sofie temía que se le hiciera tarde, ya que aún le quedaban cosas por resolver. Se despidió deseando no hacerlo todavía, lo que la abuela recibió como un halago.

La casa del abuelo Søren quedaba en frente de la Simón, casi al final de la calle Johanesgade. ¡Cuántos recuerdos!

Él estaba detrás de la ventana cuando ella llegó, lo que le dio la fugaz impresión de que el abuelo la estaba esperando. Y pensó en lo maravilloso que es comprobar cómo Dios se nos adelanta y ordena nuestro camino.

El recinto no era grande, al entrar sintió una inmediata sensación de bienestar, quizá porque la chimenea estaba encendida. Y el tono pálido de las paredes, además de los almohadones color almendra que vestían los sillones, le daba al ambiente una atmósfera confortable y cálida. Sobre la mesa pequeña que estaba al lado del sofá, había una Biblia abierta, seguro que el abuelo la había estado leyendo. Sofie pensó que en eso radicaba la sabiduría con que él hablaba y la paz que transmitía. Conversar con el abuelo Søren siempre le impartía un saludable sentimiento de paz.

Él era una persona muy amable, tenía la virtud de hacerla sentir como parte de la familia. Aunque en general, salvo algunas lamentables y cada vez más escasas ocasiones, ese era el común denominador de los hermanos de Sangendrup.

–¿Quieres un café o prefieres té?

–Nada. Gracias, abuelo, recién tomé café en la casa de los Petersen.

–¿Le has hecho una visita a la abuela?

Ella asintió con la cabeza.

–Sabes que para ella es un gusto que pases por su casa y le dediques un poco de tu valioso tiempo. Haces bien en visitarla y bendecirla con tu compañía –repuso él con agrado.

–Me hubiese quedado más tiempo, si no fuera porque tenía urgencia en venir a conversar con usted y saber cómo marchan las cosas por acá –le dijo a la vez que se calentaba las manos delante de la estufa–. ¿Cómo está la familia de Sim…? –titubeó–. ¿La familia Laurlund, el señor Gerlak y los niños?

El abuelo Søren la notó tensa, pero no quiso darle importancia y se limitó a responder.

–Gracias a Dios, día a día veo cómo la mano del Señor se mueve en medio de los asuntos del pueblo. En cuando a Gerlak, tiene algunos problemas de salud, el reuma y los pulmones le afectan mucho en el invierno. Y los niños, ¡cuánto han crecido esos muchachos! –hablaba de ellos con afecto y familiaridad–. Todos están bien.

A ella se le hizo un nudo en la garganta.

–Abuelo Søren... Quisiera ayudar a esa familia..., colaborar en lo que ellos necesiten. Resarcir de alguna manera la ofensa que les he causado..., en otro tiempo...

–No hace falta, querida, ellos ya te han disculpado. Y gracias a la generosidad de Simón, no pasan necesidades. Él les envía regularmente una buena suma el dinero... No permite que les falte nada. Ahora ha pedido que Hoat vaya a estudiar a Copenhague.

–Y eso ¿por qué? Si esta temporada se abre la nueva escuela rural.

–Bueno..., él quiere que Hoat reciba la mejor educación.

–Aquí tendrá una buena educación, Hoat no necesita irse de Sangendrup.

El abuelo se encogió de hombros y movió la cabeza como si él tampoco estuviera de acuerdo con esa decisión.

–Ya sé, abuelo –replicó desanimada–. No está en usted resolverlo. ¿Verdad?

–Así es, muchacha, si él lo ha determinado de esa manera, bueno... Tú ya lo conoces..., es obstinado el abogado.

Sofie sonrió por la forma en que se expresó el abuelo y prefirió no seguir ahondando en el tema. Después de todo, esos eran asuntos de los Laurlund. Y opinar al respecto le ocasionaba un dolor profundo en la boca del estómago.

–En realidad, abuelo, si estoy aquí es por otros asuntos y no para disentir con las decisiones que toman los Laurlund. –Sin percibirlo, hablaba con un dejo de resentimiento–. He decidido implementar algunas reformas en Sangendrup. Comenzaré por Blis, pero tengo intención de que se lleven adelante en las demás fincas de la aldea. Por supuesto, primero lo he querido compartir con usted y escuchar su opinión.

El abuelo Søren se ubicó en su cómodo y mullido

sillón, con intención de escucharla con atención. Sofie era una muchacha sensible y agradable, él la apreciaba sinceramente. De verdad hubiese querido que su relación con Simón llegase a buen término. El abuelo sabía que ella lo amaba. ¡Pero qué testarudo era aquel muchacho! ¡Testarudo y orgulloso! Jamás daría un paso hacia ella, a menos, ¡claro!, que ese paso lo diera ella. Pero ese era otro problema, porque ella tampoco lo haría.

Sofie le informó detenidamente acerca de su plan innovador para proteger la integridad física de los trabajadores. Y el pequeño beneficio sobre las cosechas, del que gozarían los peones de las fincas. Por último, habló de la exigencia de la escolaridad infantil y de su reciente propuesta de anexar simultáneamente la escuela para adultos.

El hermano Søren la escuchaba conmovido.

—Me has dejado sin palabras, muchacha —declaró con una sonrisa de gran satisfacción—. Hace años que espero un despertar como este. Ahora ya puedo descansar en paz. Se necesitan en Sangendrup personas como tú, que tengan la mente de Cristo y sigan Sus pasos.

—Sus palabras me emocionan y me halagan profundamente. Me siento honrada. ¡Gracias, abuelo Søren!

—Tienes que estar preparada, Sofie. Porque la decisión que has tomado te traerá muchos enemigos. Tendrás conflictos con los agricultores prósperos y acomodados y también con los pequeños propietarios. Se levantarán como lobos rapaces en contra de ti.

—No tengo miedo, hermano Søren, realmente no lo tengo.

—Lo sé, lo sé…, porque los que son guiados por el Espíritu de Dios son los que hacen la voluntad del Señor, independientemente de los vientos contrarios.

—No tengo nada que perder… Todo se lo he entregado al Señor.

—Él te bendecirá, hija mía, Dios te bendecirá.

—Abuelo, tengo que contarle algo más. —Se paró y caminó

inquieta por la sala bajo la mirada serena del anciano–. Me alejo por una temporada de Sangendrup.

–¿Te vas? ¿Cuándo?

–Lo antes posible. En cuestión de horas.

–¿Por qué tan pronto? ¿A dónde vas?

–A Frendensborg. Quiero visitar a mis abuelos.

Él permaneció en silencio, hasta que al final respiró profundo y respondió.

–Haces bien, llevas mucho tiempo sin verlos, sin saber nada de ellos. Además necesitas un descanso antes de comenzar con toda la tarea.

Sofie se sintió aliviada, no iba precisamente a Frendensborg a descansar, sino a perturbar su espíritu indagando acerca de su padre. Alguien tenía que contarle la verdad. Ella tenía derecho a saber.

–Abuelo, he pensado hacer este viaje sola. Me refiero a que Trudy se quedará en Blis al cuidado de Stine y de Juli. Por eso, le pido por favor que tanto usted como la abuela de los Petersen le hagan una visita de vez en cuando. De esa forma, me marcharé más tranquila…

–Entonces, dalo por hecho, querida. ¿Pero no sería mucho mejor que Trudy se quedara en la aldea, con la familia de Nanna o con la señora Larsen? Acá, en el pueblo, todos cuidaríamos de ella y así también podría asistir a la iglesia.

–No había pensado en esa posibilidad, me parece razonable.

–Entonces espero tu visita y te ruego que me mantengas informado. Estaré orando por estos temas, que me imagino deben preocuparte.

–Gracias, abuelo Søren. Aunque siempre he dejado mi carga sobre los hombros del Señor, no le puedo negar que esta decisión no ha sido fácil de tomar. Pero ahora y después de hablarlo con usted, siento mucha paz. Gracias.

El abuelo la despidió con un afecto especial esa mañana. Aquella muchacha era en verdad valiosa y Simón la estaba dejando escapar. La barrera del orgullo iba a ganar, separando a dos personas que se amaban intensamente. «Eso era irónicamente cruel e insensato. Ellos eran dos personas que luchaban por todo en esta vida, menos por su amor», pensó viendo cómo el carro de Sofie se alejaba con lentitud por la calle Johanesgade. Pero ¿qué podía hacer él para evitarlo? ¿Hablar sinceramente con Sofie? Y si lo hacía, ¿estaría dispuesto Simón a romper su compromiso con la hija de ese importante personaje de Copenhague? El abuelo, abrumado, meneó la cabeza... ¡Qué lamentable, sí, qué lamentable!

Sofie regresó a Blis con la firme convicción de arreglar sus cosas para viajar enseguida. Se iba sin tener una fecha de regreso determinada, todo dependía del tiempo que le llevara conseguir la información que iba a buscar.

Las expectativas de este viaje le generaron mucha ansiedad. ¿Con qué se encontraría en Fredensborg? ¿Estarían vivos sus abuelos? ¿Qué sería de sus tías y cómo la recibiría la familia?

Tantos interrogantes la inquietaban hasta quitarle el sueño. ¿Llegaría a descubrir quién era su padre? ¿Y bajo qué circunstancia quedó embarazada su madre? Necesitaba saberlo todo. Lo buscaría por cielo y por tierra si fuera necesario. Pero no iba a regresar sin antes averiguarlo.

Trudy estaba muy entusiasmada con la noticia de pasar una temporada en la casa de su amiga Nanna, pensaba jugar con Jans y con sus nuevos amigos, los hijos del señor Dohm. Todo se encaminaba favorablemente, lo que le hacía pensar que era Dios quien la llevaba a Frendensborg. Sus oraciones fueron escuchadas, el Señor aprobaba su camino. Eso le trajo una profunda serenidad. No había tormenta, ni obstáculos, solo la fuerza de Dios que la empujaba hacia adelante.

Un día antes de partir, tuvo la encantadora visita de Eddelien, se la notaba feliz, renovada. Tenía un aspecto más juvenil.

—Sofie, me enteré por la abuela de los Petersen que

mañana te vas de viaje y no dudé en venir a despedirme para desearte que puedas disfrutar de un tiempo maravilloso. Tú has hecho mucho por mí, nunca me olvidaré de eso.

Sofie se preguntó a qué se refería Eddelien, ¿qué era lo tanto que había hecho por ella? E inmediatamente le vino a la mente el reverendo Jensen.

–¿¡No me digas, Eddelien, que el reverendo Jensen y tú…!? –preguntó sin disimular su sorpresa y alegría.

Ella sonrió con timidez, sentía una dicha que no podía ocultar.

–Bueno…, en fin…, aún nadie lo sabe. La verdad es que estamos conversando y…

–¡Eddelien, qué maravillosa noticia! –Sofie se emocionó y la abrazó con cariño–. Me llevo esta alegría en el corazón…

–Gracias, Sofie. ¡Soy tan feliz! Y creo que es justo que seas tú la primera en saberlo. Pero todavía no queremos que trascienda… Es demasiado precipitado hacerlo.

–¡Ya hablas en plural, Eddelien! ¡Te ves tan enamorada! Disfruta de esta felicidad, Eddelien, disfrútala. Seguro que cuando regrese celebraremos la boda.

–¡Oh, una boda! Aún no. No es momento para pensar en eso… todavía –dijo haciendo un gesto con la mano para ocultar una sonrisa de satisfacción–. Dios te bendiga y te guarde en el camino, mi querida amiga.

Dios había hecho tantas cosas en el último tiempo que hasta se podría pensar que ya nadie necesitaba a Sofie de Sangendrup. Bien podrían quedar todos los asuntos en manos del abuelo Søren, el pastor Jensen, el hermano Fanohe, la señora Larsen y Eddelien como directora de la escuela rural. Incluso Blis estaría bien cuidada por Stine y el señor Pedersen. Si afinaba su oído espiritual, quizá Dios le estuviera dando esas indicaciones: tomar de la mano a Trudy y buscar nuevos horizontes.

En principio, eso era lo que pensaba hacer. Esa tarde elaboró una carta, tipo testamento, para dejarla en manos del hermano Søren, ¿quién sabía lo que le podría suceder en su viaje a Frendensburg? Así que definió varias cuestiones, por si acaso no regresaba: Trudy quedaría bajo la tutela compartida entre el abuelo Søren y la señora Larsen. Sería además la única heredera de Blis y los bienes que allí había. En el más absoluto secreto, le mencionó el lugar donde los Eriksdatter guardaban su fortuna y le pidió al hermano Søren que todo sea administrado e invertido en beneficio de Sangendrup. Leyó varias veces el escrito, para asegurarse de que había contemplado los asuntos más importantes, sin olvidarse de ningún detalle. Metió el papel en un sobre y lo dejó dentro de su bolso de viaje.

Se despidió de Blis, con la reconfortante sensación de que estaba haciendo lo correcto; pero aun así, la situación la apenaba, ella amaba aquel lugar. Miró por última vez hacia el lago y sus ojos llenos de melancolía se enfocaron en el bosque. Entonces, recordó las veces que, acompañada por Simón, caminó por aquellos senderos estrechos… Hasta alejarse tanto que, si no hubiera sido por él, no hubiese sabido cómo regresar.

Siempre supo que podía confiar en Simón, hasta el día en que se marchó. Y aun ese día, esperaba que regresara. Jamás pensó que Simón podría vivir sin ella. Pero sí creyó que ella podría vivir sin Simón. ¡Cuánto se engañó!

Una vez se internó en los oscuros laberintos del bosque. Y desde allí lo llamó, repitiendo desesperada su nombre hasta quedar exhausta. Después apoyó la frente contra la corteza áspera de un árbol y lloró desconsoladamente. Con dolor comprendió que Simón nunca más regresaría.

El tiempo le había jugado una mala pasada, el bosque seguía allí, tan espeso y tan oscuro como siempre, pero su alegría se había esfumado definitivamente con Simón.

Trudy abrió la puerta de golpe y la hizo reaccionar. Sofie tenía la mirada húmeda.

–¿Estás triste, verdad? –corrió hacia ella y la abrazó.

–Tengo muchos motivos para sentirme feliz…

–Pero yo sé que estás triste… –Las palabras de Sofie no

la habían convencido, ella la conocía demasiado como para percibir que algo la afligía.

Sin darse cuenta, había pasado la hora, pero aun así tuvo la oportunidad de despedirse de los trabajadores y de encargarles que cuidasen de Blis. Sintió la tranquilidad de haber calculado matemáticamente todo y estaba satisfecha por eso. De ahora en más, pretendía hacer uso de su mente analítica y exacta, para que nada la tomase desprevenida en la vida. Y hasta el momento los hechos daban cuenta de los óptimos resultados de cultivar esa nueva virtud.

Trudy lloriqueó bastante al desprenderse de sus brazos, pero se conformó rápido al enterarse de que pasaría unos días en la casa de su amiga Nanna y de que la señora Larsen le dejaría la suficiente independencia como para que ella pudiera empezar a tomar decisiones por su propia cuenta, siempre que fueran sensatas y no caprichos de nena malcriada. Costó despedirse de Stine y de Julie, porque ellas no dejaban de lagrimear.

–Tranquilas, mis amadas, que esto no es un funeral –les dijo para despejar tanta tristeza.

Sofie también sentía que dentro de ella algo se moría con aquella despedida. Era una sensación indescriptible, en la que no quería detenerse demasiado, quizá por temor a que la hiciera cambiar de decisión.

Jonas la llevaría hasta la calle Johanesgade y allí la recogería la diligencia que venía del sur. Así que se fueron con el tiempo suficiente como para pasar por la casa del hermano Søren a entregarle el sobre y a recibir sus últimas palabras de bendición y su oportuno consejo.

Una vez más, le pareció que el abuelo la estaba esperando, porque abrió la puerta antes de que ella la golpee y la recibió con una cálida sonrisa.

–¡Ha llegado el día tan esperado, Sofie! –Él siempre la recibía con afecto.

Sofie sintió que se derrumbaba toda su fortaleza interior y aparecía la muchacha débil, carente de cariño, sensible, tímida e insegura que había adentro de ella. Se emocionó, él era como su abuelo, la persona en quien más confiaba en este mundo.

El abuelo se sirvió una taza de café y lo bebió sentado en su viejo sillón, mientras Sofie le hablaba acerca del «supuesto» testamento.

–Sofie, todo esto me parece una labor innecesaria, aunque apruebo la prudencia y me complace ver que eres una mujer inteligente –le dijo valorando su esfuerzo.

–Es que no sé cuándo estaré de regreso, abuelo…, ya que me tomaré el tiempo que sea necesario. Porque en realidad, abuelo, me llevan a Fredensborg otras cuestiones…, muy importantes y privadas…, las que todavía no me atrevo a confesarle.

–Entiendo…, de todos modos, hija mía, todo depende de cómo Dios dirija las cosas.

–Por eso, abuelo, no quiero irme sin recibir su bendición.

–Bien has hecho, hija mía, ve con toda la bendición porque el Señor va delante de ti, abriendo camino para alegrar tu corazón.

–Gracias, abuelo.

Sofie se despidió de él con un beso. Estaba segura de que no regresaría hasta tener resuelto su dilema, iría hasta el final cueste lo que cueste. Por ese motivo, había procurado dejar todo correctamente ordenado.

En ese momento, el anciano se puso de pie y, de improviso, sacó un sobre del bolsillo de su pantalón.

–¡Ah, Sofie! Quisiera pedirte un favor.

–Lo que quiera, abuelo, lo que quiera…

Sofie le echó una mirada el reloj de la sala. Había pasado el tiempo y ya estaba retrasada.

–¿Sabes…?, estuve pensando en que, como tendrás que esperar en Copenhague hasta que salga la diligencia que te lleve a Frendensborg, tendrás tiempo suficiente para entregarle esta carta de mi parte a Simón. ¿Podrías hacerme ese favor, muchacha? Acá te apunté la dirección del Tribunal donde lo podrás encontrar –le dijo señalando con el dedo tembloroso la dirección escrita en el sobre.

Sofie le clavó la mirada llena de desconcierto… Se quedó sin palabras. No podía reaccionar, ni sabía qué responder. Por un lado, no tenía valor para negarse… Pero de ninguna manera pensaba hacerlo. ¡Era una tremenda locura volver a encontrarse con Simón! Esa era una historia cerrada.

El tiempo corría y todavía el sobre estaba en la mano del abuelo.

–No puedo hacer eso, abuelo… No puedo. He decidido no volver a ver a Simón –susurró consternada, le temblaba la voz.

La mirada serena del anciano le traspasó el corazón.

–Abuelo Søren, ¿no estará usted torciendo mi destino?

Él la miró con ternura.

–Si es destino, yo no lo puedo torcer. Pero si es cuestión de libre albedrío –le dijo sosteniendo el sobre delante de sus ojos–. Entonces, la decisión es tuya.

A Sofie se le empañó la mirada, pero permaneció inmutable, en ese momento vivía una lucha interior agobiante. El abuelo volvió a su lugar y se sentó nuevamente en el sillón, pero antes dejó la carta sobre la repisa de piedra que estaba en la parte superior de la chimenea. Los leños crepitaron a la vez que saltaron al aire decenas de partículas incandescentes.

Después de luchar consigo misma con una extenuante fuerza titánica, Sofie dio media vuelta y se marchó sin agregar una palabra. Caminó apresurada, de tanto en tanto se secaba con rabia las lágrimas que le humedecían la cara. Sentía impotencia. Estaba enojada con ella misma (por no poseer la entereza como para resolver una situación tan simple como esa) y con las circunstancias, porque una vez más le jugaban una mala pasada. No quería volver a ver a Simón y ahora el abuelo Søren la había puesto en un aprieto. Pero aun así, no lo haría. No estaba dispuesta a ceder.

De repente, algo la detuvo. Fue como si hubiera chocado

de frente contra un muro invisible que no le permitía avanzar. Una fuerza externa (viva y real) vino sobre ella y la empujó hacia atrás, la impulsó a volver. Entró en la casa del abuelo sin golpear y arrebató la carta que aún seguía sobre la repisa. Dio la vuelta y se fue.

–Espera a que él te dé la respuesta –le pidió el abuelo Søren, que seguía ensimismado en lo que estaba leyendo.

Pero ella estaba tan indignada que no reparó en esas palabras hasta mucho tiempo después, cuando ya la diligencia marchaba en medio de los bosques nevados y las aldeas que iba dejando a su paso.

Sofie cerró los ojos, sabía que no podría dormir, pero lo intentaría, aunque estuviera rodeada por esas cinco personas desconocidas, entre las que había un chiquillo que no dejaba de molestar. Finalmente, el niño se quedó dormido y entonces ella aprovechó para poner en orden sus pensamientos.

Se sentía extenuada, en el silencio de la noche y mientras el resto de los pasajeros descansaban, Sofie cerró los ojos y pensó en un montón de excusas para evitar el desagradable encuentro con Simón Laurlund.

No podía entender por qué el abuelo la había expuesto a una situación como esa. Finalmente, y una vez que se tranquilizó, llegó a la conclusión de que quizá a él no le había quedado otra alternativa y la información que debía traerle era confidencial y muy importante. Confiaba en que, de haber sido posible, el abuelo Søren le hubiera evitado aquel disgusto. Él siempre había sido considerado con ella.

Aun así, Sofie siguió pensando que lo mejor sería encontrar alguna otra forma de entregar el sobre y recibir la respuesta por boca de un tercero. Pero ¿quién le podría hacer ese favor si no conocía a nadie en Copenhague?

Vencida por el sueño, finalmente se quedó dormida.

26

Lo extraordinario está por ocurrir

Había dejado de nevar, pero sentía mucho frío. Se despertó horas más tarde cuando el niño comenzó otra vez a lloriquear.

Imprevistamente, la señora que estaba sentada a su lado tenía toda la intención de hablar hasta que se le acalambrara la lengua.

—¡Me da gusto que haya una dama joven con quién conversar! —dijo buscando una posición más cómoda en el asiento—. Así se nos hará corto el trayecto. ¿No piensas lo mismo, querida?

—Lamento desilusionarla, señora, pero yo no soy la mejor compañía para un viaje —respondió sin intención de ser descortés.

—Ya verás cómo conmigo estarás entretenida —agregó sin dar demasiado crédito a lo que decía, a la vez que le sonreía amablemente—. ¿Conoces Copenhague?

—No. Esta será mi primera vez allí y...

—¿¡Tu primera vez!? ¡No puede ser! ¿Cómo es que nunca has sentido el deseo de conocer Copenhague?

Sofie se encogió de hombros y sonrió, le pareció graciosa la forma de hablar de la señora. Era muy expresiva y vivaz.

—Pero esta vez será diferente. ¿Cómo te llamas?

—Sofie.

—Un gusto, Sofie. Yo soy Agnes Thorvaldsen —se presentó,

pronunciando su nombre con evidente presunción–. Bueno, esta vez, Sofie, yo me encargaré de que conozcas Copenhague.

–Gracias, señora Thorvaldsen, pero es que solo estoy de paso. Mi destino es otro…

–¡Qué pena! –expresó evidentemente desilusionada–. ¿No puedes quedarte unos días para conocer la ciudad y visitar por lo menos el Tívoli? Habrás escuchado hablar del Tívoli, ¿verdad?

–Sí, escuché, señora Thorvaldsen.

–¿Y no sientes curiosidad por conocerlo?

Sofie hizo un gesto de desconcierto; en ese momento, lo que menos le interesaba era pasear por la ciudad de Copenhague.

–¡Pero, Sofie, eso es casi un pecado para una danesa!

Sofie sonrió con sinceridad sin ocultar lo ocurrente que le había resultado ese comentario.

–Seguro que estarás pensando que soy muy exagerada. ¡Pero, hija mía, no sabes lo que te pierdes!

–Me imagino, señora Thorvaldsen, pero seguro que en otro momento tendré oportunidad de hacerlo.

–Bueno, de todos modos, el carrusel de caballos y la montaña rusa es probable que no funcionen en esta época del año. Pero si regresas en primavera…, no dudes en visitarlo.

–Le aseguro que lo haré.

La mujer se movió satisfecha en el asiento.

–Lo que es una verdadera obra de arte es la Estación Central de Copenhague, ahí vas a tener que llegar aunque no quieras –sonrió complacida–. ¿Oíste hablar de la estación?

–Sí, me dijeron que es bellísima.

–Bellísima es poco, es más que bella. Toda construida en madera. ¿Sabes por qué?

Sofie negó con la cabeza.

–¡Pero válgame el cielo! ¿Dónde has estado metida todos estos años? ¿En una cueva? –preguntó de manera graciosa–. Te lo contaré, muchacha. Verás, la estación está ubicada fuera de las murallas de la ciudad y está totalmente construida en madera. Pero todo tiene su razón, Sofie... Te llamabas Sofie, ¿verdad? Bueno, en realidad, se hizo de esa manera porque en caso de que hubiera un ataque extranjero, se le puede prender fuego y el edificio en llamas sería un dique defensivo para impedir el avance del enemigo... ¡Pero Dios no lo permita, mi querida!

La mujer siempre tenía tema para hablar y, aunque la conversación no era nada aburrida, Sofie necesitaba poner su mente en Dios y orar en silencio, porque a medida que se acortaba la distancia para llegar a destino, sentía que se le estrujaba el corazón. Por eso, en un momento en que la señora se distrajo mirando hacia afuera, ella cerró los ojos y simuló dormir.

El resto del viaje le resultó corto. Le impresionó descubrir la gran ciudad de Copenhague y ver que las viejas murallas estaban en gran parte derribadas, para dar paso a construcciones nuevas, seguro con el propósito de albergar a una población que crecía considerablemente.

Como dijo la señora Agnes, el carruaje las dejó a un costado de la Estación Central, en el mismo momento en que arribaba un tren lanzando su humo negruzco al aire y al son de la bocina que anunciaba su llegada. ¡Aquello fue un gran espectáculo!

A pesar de lo deslumbrada que estaba, Sofie tuvo una sensación muy rara... Era su primera vez en Copenhague y, aunque siempre había soñado con estar allí, en ese momento hubiese querido huir. No estaba acostumbrada a ver tanta gente, ni tampoco oír semejante estruendo, propio del movimiento de una gran ciudad. La primera impresión la cohibió. Era abismal el contraste que había entre aquella ciudad y la atmósfera pueblerina de Sangendrup. De pronto, la asaltó un temor extraño y una prisa desmedida por terminar cuanto antes con este asunto de la carta. Sentía que tenía que salir de Copenhague lo más rápido posible.

Se sentía como ahogada y desorientada.

Necesitaba averiguar el horario del próximo viaje a Frendensborg, así que se despidió amablemente de la señora Thorvaldsen, recogió su equipaje y siguió su camino apresurada, evitando las muchas atenciones que la señora Thorvaldsen le prodigaba.

En la calle había vendedores ambulantes, niños y mujeres que pedían, hombres enfermos que se apoyaban en muletas, jóvenes heridos y en algunos casos mutilados, sin brazos, sin piernas, miradas tristes, perdidas en la nada. Eso le destrozó el corazón. Un baño de sangre y de dolor había vestido de luto la ciudad. La muchedumbre se notaba agitada, algunos hombres leían el periódico y conversaban acaloradamente sobre las últimas noticias. En su mayoría, la gente parecía sumida en sus preocupaciones, mientras ella iba, como una autómata, en medio de las secuelas evidentes que había dejado la guerra.

Aun así, la ciudad funcionaba como una gran urbe, fascinante. Todos los halagos expresados por la señora Thorvaldsen parecían pocos comparados con lo que veía. Ahora entendía por qué Simón se había marchado de Sangendrup y no tenía intención de regresar.

Preguntó dónde podía conseguir el pasaje y por fin dio con el lugar.

—Buenos días, señor, ¿a qué hora sale el primer carruaje a Frendensborg?

—Hoy no hay viaje, señorita, la nieve ha bloqueado el camino.

—¿Hoy no…? —Sofie quedó abrumada. Luego de permanecer atónita ante la mirada sombría del hombre, rogó—: Por favor, señor, ¿podría usted indicarme alguna otra forma de llegar? Necesito partir cuanto antes, no me puedo demorar. ¿Y el tren?, ¿habrá posibilidad de que vaya en tren?

—Imposible, ha nevado intensamente esta semana. Le aconsejo que regrese mañana.

–¿Mañana? ¡No! Por favor, señor, tiene que ser hoy...

–Únicamente que vaya volando, señorita –ironizó el hombre, que ya se había puesto molesto–. Y ahora, le ruego que se haga a un costado porque tengo que seguir atendiendo...

Sofie apoyó la espalda contra la pared, dejó la maleta en el suelo y se quedó mirando el piso, abrumada.

–Sofie, ¿qué pasó? –Era otra vez la voz de la señora Thorvaldsen –. ¿En qué te puedo ayudar?

En un primer momento se molestó, no tenía ningún deseo de seguir conversando con ella y menos ahora, que estaba irritada, a punto de estallar.

–Ah, señora Thorvaldsen, es que los caminos están bloqueados... y eso significa que me tengo que quedar... Y yo no sé qué voy a hacer...

–Tranquilízate, muchacha, ya hallaremos una solución. Por lo pronto, no estás sola. Mi hijo me está esperando afuera, por favor, ven con nosotros.

–Oh, gracias, señora Thorvaldsen. Solo necesito instalarme por esta noche en un hotel.

–¿En un hotel? ¡De ninguna manera! –expresó decidida y cargó la maleta de Sofie sin esperar su autorización–. No voy a permitir que una dama como tú pase la noche en un hotel. Te quedarás en mi casa. Y mañana, yo misma te dejaré en este lugar para que tomes el tren.

Sofie accedió porque se sentía desolada y confundida.

El hijo de la señora Thorvaldsen era un caballero elegante y amable que la saludó cordial, a la vez que prestaba atención a todo lo que su madre le informaba, como si ella pudiera ponerlo al tanto de un montón de novedades, tan solo en un segundo.

–Por favor, mamá, respire, no vaya a ser que se ahogue –le dijo de manera cariñosa, a la vez que cargaba las maletas.

–¿Respirar? ¡Ah, sí, tú siempre tan bromista! –rio, dándole un afectuoso golpecito en el brazo–. ¡Perdón! Me olvidé de presentarte a la señorita...

–Sofie.

–Un placer, Sofie. Mi nombre es Bent.

–Ella pasará la noche en casa, hasta que salga su carruaje mañana. ¿Hacia dónde era que ibas, Sofie?

–Al norte, a Frendensborg.

–Ah, sí, a Frendensborg.

El trayecto hacia la casa de la señora Thorvaldsen fue como un paseo, porque la mujer se encargó de hacerle conocer algunos de los sitios más bonitos de la ciudad.

–Mira hacia allá, Sofie –le indicó de forma entusiasta–. ¡Ese es el Tívoli! ¿Qué te parece, Sofie? ¿¡No es maravillo!?

–¡Estoy fascinada! ¡Es bellísimo, señora Thorvaldsen!

–¡Detente, Bent! Quiero que ella vea los jardines. Y todo gracias al ingenio y buen gusto de Georg Carstensen.

–¿Georg Carstensen? ¿No estuvo él en Schleswig durante la guerra?

–¿Y tú cómo lo sabes?

–Me pareció escuchar su nombre….

–Sí, él fue oficial del Ejército danés. Pero ¿sabes?, quedó tan afectado que ahora ya no se sabe si va a continuar con el proyecto. ¡Eso sería muy lamentable!, ¿no te parece?

La mujer continuaba con sus comentarios, a la vez que el carruaje avanzaba en dirección al puerto, en medio de una actividad comercial sorprendentemente agitada, por donde hicieron un rápido paseo en esa fría mañana de enero.

Por un momento, Sofie se olvidó de sus muchos problemas y todos sus temores se esfumaron. Algo abrumadoramente sobrenatural la envolvió de repente.

–No tengo palabras, señora Thorvaldsen. ¡Esto es maravilloso!

–Comprueba con tus propios ojos lo que te digo, mi querida, y sabrás que Copenhague es una de las ciudades más bellas del mundo –aseguró complacida–. Mira hacia allá, ¿ves aquella elevada torre circular de ladrillo rojo?

Sofie dirigió su mirada hacia donde ella le indicaba, mientras el señor Thorvaldsen aminoraba la marcha para que la joven pudiera apreciar la extravagancia de la torre.

–Es el observatorio más antiguo de Europa. En su interior tiene una escalera en espiral de unos doscientos y tantos metros de largo hasta llegar a la cima –le explicó con orgullo–. Si pudieras subir hasta allá, cosa que veo bastante improbable por el apuro con el que andas, tendrías una espectacular vista de la ciudad. Pero claro, ¡tú lo dejarás para tu próxima visita a Copenhague! ¿Verdad?

–Solo Dios puede saber si habrá una próxima visita a Copenhague.

–Entonces te sigo contando, por si acaso no regresas –prosiguió manteniendo el mismo entusiasmo del principio–. Esa torre forma parte de un amplio espacio escolar, en el que hay también una biblioteca universitaria y una iglesia para los estudiantes. Si tuvieras tiempo, con mucho gusto te invitaríamos a recorrerla. ¿Verdad, Bent?

–Usted es la que da las órdenes, mamá –respondió él, con ironía.

Ella meneó la cabeza, minimizando el comentario, porque sabía que Bent era muy astuto para salirse con la suya.

La casa de la señora Thorvaldsen quedaba en la parte más aristócrata de la ciudad y guardaba la fachada de las otras viviendas del lugar. La puerta principal daba a un pequeño vestíbulo con paredes blancas y grandes espejos, en la que había un hermoso arrimo estilo normando. De ahí se pasaba al imponente comedor con doble escalera de mármol blanco, elaborada con adornos de forja artística y remates de latón con cristal, que conducía al piso superior.

El lujoso mobiliario con acabados de inconfundible aire clásico gustaviano, sillas y sofás con combinaciones de madera y lacado e incrustaciones de oro y plata y una delicada lámpara colgante de cristal realzaban de manera notable el ambiente elegante y prestigioso.

El piso era de mármol blanco con tenues vetas grisáceas y las paredes de colores cálidos, blanco y gris perla, le otorgaban al ambiente una brillante luminosidad. Cuadros con marcos labrados y espejos biselados adornaban el recinto. Sofie no podía salir de su asombro.

Desde que entraron, la señora Thorvaldsen no dejó de dar órdenes a las criadas y, en un momento, revolucionó todo. A pesar de eso, se notaba que ellas no trabajaban bajo presión. Y al parecer, la señora Agnes mantenía un trato afable con aquellas muchachas.

Una vez que estuvieron en la planta alta y después de acomodar las maletas de la señora Agnes en su cuarto (una habitación tan hermosa como las demás), le asignó a Sofie uno de los dormitorios contiguos. Era muy refinado, también amueblado en delicado estilo gustaviano. Sofie miraba como eclipsada desde el umbral la suntuosidad del aquel ambiente.

—Señora Agnes... ¡Nunca he visto tanta finura y delicadeza en la habitación de una dama! ¡Es bellísima! –expresó sin animarse a dar un paso hacia adentro.

Ella era una aristócrata, acostumbrada al lujo, a la opulencia y a la ostentación, pero aquello era más de lo que hubiese podido imaginar.

—Pasa, entra. No te quedes parada ahí.

Sofie sintió que entraba a uno de los fantásticos cuentos de los hermanos Grimm. ¡Todo era tan maravilloso como irreal!

La habitación tenía las paredes en color rosa antiguo y, frente a la entrada, había un espejo rococó danés que reflejaba la impecable lámpara gustaviana. El cuarto resplandecía, los muebles de líneas sencillas, en este caso, tenían un laqueado blanquecino. La cama de respaldo capitoné estaba tapizada en terciopelo color manteca. A un costado había una mesita de noche de tres cajones y, sobre ella, una bellísima lámpara en tonos rosados. Contra una de las paredes había una consola de marfil y dos sillas de ratán rayadas en beige y blanco.

El amplio ventanal lucía un delicado cortinado con un

plisado en la parte superior. Y la tela recogida hacia un costado caía hasta el piso en delicados pliegues románticos (lo que resaltaba su elegancia).

–¿De quién es este cuarto de ensueño? –preguntó a la vez que recorría con la mirada embelesada el dormitorio.

–En realidad, Sofie, tú lo vas a estrenar –le respondió la señora Thorvaldsen, a la vez que pasaba revista rápidamente a la alcoba, para comprobar que todo estuviese en orden.

–¿¡Usted me quiere decir que nadie usó antes esta habitación!? Si parece el cuarto de una princesa…

–Esta fue otra de las extravagancias y caprichos de mi hijo.

–Es tan femenino y tan delicado que yo pensé que usted tendría una hija…

–No, querida, no hay mujeres en esta familia, así que tú serás la primera en disfrutarlo.

Sofie consideró que era demasiada la cortesía de la señora, ya que se desvivía por atenderla y hacía todo lo posible para que ella se sintiera cómoda. La trataba con un cariño familiar, como si no fueran dos desconocidas. Sin importarle demasiado lo sorprendida que estaba Sofie con las atenciones que recibía, le seguía contando cosas de Copenhague. Estaba empeñada en que no podía marcharse sin antes visitar el Nyhavn, famoso canal del siglo XVII, y las coloridas fachadas que había al alrededor. Insistía en que debía quedarse por lo menos tres o cuatro días más en la ciudad.

Sofie estaba apabullada por su hospitalidad, nunca esperó encontrarse con una persona como la señora Thorvaldsen y mucho menos recibir todas esas inmerecidas atenciones. Dios le estaba dando una lección práctica acerca de la gracia, ahora la aprehendía verdaderamente: la virtud de recibir todo sin merecer nada. Aquello fue extraordinario, conmovió profundamente su corazón. Esa era la esencia de la fe cristiana, ella lo sabía, pero nunca lo había asimilado hasta ese momento.

De pronto, sintió unos inexplicables deseos de llorar. Jamás le había pasado algo como eso. Casi no podía tragar, las lágrimas le apretaban la garganta. Se le había presentado el amor en su esencia más pura, ¿qué significaba todo aquello? Dios estaba en el medio, eso lo sabía, lo percibía... Pero no llegaba a descifrar el mensaje completo.

Mientras compartían la merienda, Sofie pudo apreciar la distinción de aquella sala. Aunque no era un palacete a la manera de Blis, el lugar tenía otro encanto, exquisito, espléndido en su impecable y delicada forma gustaviana.

—Su casa es imponente, señora Thorvaldsen —le dijo con admiración–. Ha tenido usted muy excelente gusto al decorarla.

—¿Yo? No, querida, todo lo que ves acá no es fruto ni de mi mano ni de mi talento —confesó un tanto vanidosa–. Todo es idea de mi hijo, como así también el dormitorio que hoy vas a estrenar.

—¿Del señor Bent?

—¿Te sorprende? —preguntó ella y se rio. Se dio cuenta de que Sofie sospechaba que Bent no tenía habilidad para eso. Y tenía razón–. No, Bent no. Me refiero a mi otro hijo. Frode, el mayor.

—¿Entonces tiene usted dos hijos?

—Así es, Frode y Bent. Ellos son muy distintos entre sí —comentó mientras bebía con gusto su taza de té–. A Bent ya lo has conocido..., es un buen muchacho, sencillo, cariñoso, siempre me hace compañía. Pero Frode, bueno, él ha vivido situaciones dolorosas. Es una vieja historia, hija mía, pero el problema está en que él la lleva tan viva en su corazón como si no hubieran pasado los años —hablaba, pero parecía que se resistía a recordar. A la vez que recorría con el dedo el borde de la taza, daba la impresión de que quería compartir algunas cosas, pero no todas. Como si guardara un secreto de algo profundamente penoso–. Él es... introvertido, inteligente, solitario, aunque no me puedo quejar, porque es un buen hijo mi Frode. Me quiere, yo sé que él me quiere, solo que ha sufrido, ¿sabes...? Y cuando uno sufre y está lastimado..., a veces, sin querer lastima a otros.

Sofie la escuchaba con atención, la señora Agnes se notaba afectada por el problema de su hijo.

–¿Él es casado?

–Sí, y tiene dos hijos que le dan muchas insatisfacciones. –Meneó la cabeza con pesar–. Esos muchachos son unos irresponsables, despilfarran el dinero. No quieren tomar compromisos y, encima, su madre los consiente. Y eso a Frode lo desquicia, hija mía, lo desquicia –dijo y arqueó las cejas con disgusto–. En fin..., Dios tenga misericordia de este hijo mío.

–¡Cuánto lo siento, señora Agnes! Pobre su hijo Frode –dijo evidentemente afectada por lo que acababa de escuchar–. ¿Se podría hacer algo para ayudarlo?

La señora le sonrió agradecida.

–Él necesita un milagro, querida. Porque solo el Señor conoce esta historia y lo apenado que está su corazón.

–¿Usted se lo ha pedido a Dios?

–Hace más de veinte años que se lo vengo pidiendo...

–¿¡Tantos años!?

–Sí, querida, porque esta historia lleva ya más de veinte años.

–¡Oh, cuánto tiempo! ¿Por qué tardará el Señor en responder? –preguntó Sofie, casi ingenuamente–. Sin duda, esta historia puede cambiar en un abrir y cerrar de ojos. Tenemos que confiar...

La señora Agnes suspiró confortada.

–¿Sabes?, ¡me hace muy bien conversar contigo! Ha sido maravilloso que nos hayamos conocido. ¿No te parece, Sofie?

Solo Dios sabía por qué se encontraba ella en la casa de la señora Thorvaldsen.

–En verdad, son misteriosos los caminos del Señor... –reconoció sin discernir la profundidad de lo que estaba pasando–. Salí en busca de mi historia y, en el camino, me crucé milagrosamente con usted…

Ella sonrió complacida.

De repente, Sofie recordó la carta que tenía que entregar y se puso rápido de pie.

–¡Discúlpeme, señora Agnes! Pero tengo que entregar esta carta cuanto antes. –Sacó el sobre y se lo mostró–. ¿Conoce esta dirección? ¿Queda muy lejos de aquí?

–No. No es tan lejos.

–¿Podré llegar caminando?

–Perfectamente. Ven que te indico el camino –le dijo a la vez que se dirigían hacia la puerta de salida–. Si prestas atención, no te podrás perder. Caminas derecho cuatro calles hacia abajo, ahí doblas a tu izquierda y sigues en esa dirección tres calles más. Ahí está el edificio que buscas. Te será muy fácil encontrarlo.

–Gracias, señora Agnes. ¡Lamento tanto interrumpir la conversación! Pero trataré de regresar lo antes posible, así continuamos hablando…

–Te espero para la cena, Sofie.

–Solo tengo que entregar esta carta y esperar la respuesta. Eso no me llevará demasiado tiempo –hablaba y sentía un nudo en el estómago–. Ore por mí, señora Agnes, por favor, necesito su oración.

La mujer la miró preocupada, Sofie parecía nerviosa y asustada.

–¿Qué puede afligirte tanto?

–Es que yo también necesito un milagro, señora Agnes, como su hijo Frode –dijo y, con una sonrisa lánguida, le besó la mejilla y se alejó.

Ya había oscurecido, pero la gente continuaba metida en los comercios. Caminó rápido por las callecitas angostas y los coloridos edificios de dos y tres plantas con techo a dos aguas. La señora Agnes tenía razón: ¡qué bello que era Copenhague!

De haberlo podido hacer, se hubiese tomado el tiempo para entrar en los negocios y andar sin rumbo fijo por aquellas calles pintorescas. Pero tenía apuro por entregar la carta. ¡No veía la hora de terminar con ese asunto cuanto antes! Sobre todo ahora que había empezado a sentir un malestar agudo en el estómago.

Caía una nevisca que le enfriaba el rostro y los pies. Por fin llegó. Como le había dicho la señora Thorvaldsen, le resultó fácil encontrarlo. El Tribunal era un edificio imponente, en el frente tenía seis columnas y una escalera que daba directo a las dos puertas principales.

Le pareció increíble que ella pudiera estar parada allí. Aquello era completamente irreal. Sin duda, esta era otra de sus delirantes fantasías.

Se detuvo unos instantes antes de avanzar, desde ese lugar leyó como una autómata la inscripción que estaba en la parte superior de la fachada: «Con la ley se construirá el país». Arriba, las puertas oscuras la esperaban desafiantes. Solo de verlas le temblaron las piernas y una sensación como de un rayo incandescente que le quemaba la piel le corrió por la espina dorsal. Sintió miedo, frío y un sudor helado que le cortó la respiración. No quería entrar. Y no podía avanzar. Había perdido su capacidad de movimiento y permanecía paralizada. La poca gente que pasaba la miró extrañada. Ella se parecía más a una estatua que a un ser humano con vida, sobre todo por estar parada rígida, a la intemperie, soportando la llovizna helada que la humedecía por completo.

Estaba pálida y tiritaba de frío. No iba a subir, no lo haría, ni por el abuelo Søren, ni por nadie que se lo pidiera, ni siquiera lo haría por Dios. No estaba dispuesta a exponerse a aquel encuentro. Sentía que iba a salir herida y que no valía la pena hacerlo. Algo así no provenía de Dios, no estaba en Su propósito. Viéndolo de ese modo: ¿qué hacía todavía parada ahí? Se iría. Pero no se iba.

Pasados unos minutos, reaccionó. Si estaba decidida a seguir adelante, lo mejor sería que lo hiciera rápido. Subió las escaleras temblando e ingresó en el salón. Había allí una mujer que ya no parecía tan joven, de aspecto serio y semblante sombrío, que le preguntó qué necesitaba. Vestía de gris, usaba gafas y llevaba el cabello recogido hacia atrás, se parecía más a una institutriz de un cuento tenebroso que a una secretaria. Era una persona educada, pero nada cortés.

–¿Se encuentra el abogado Laurlund? –preguntó una vez que logró recobrar el dominio de sí misma–. He traído un sobre para él.

–¿De parte de quién?

–Dígale simplemente que es de parte del abuelo Søren.

–Si usted lo desea, yo misma puedo entregárselo. Me comprometo a dejarlo en sus manos –le dijo sin amabilidad.

–No dude que lo haría con mucho gusto si pudiera, pero necesito irme con la respuesta del abogado.

–En ese caso, tendrá que esperar, porque en este momento el señor Laurlund está ocupado –respondió, examinándola con antipatía–. Tome asiento, por favor.

El lugar era opaco, algunas paredes estaban revestidas de madera y otras presentaban un revoque gris. Sofie se sentó en uno de los sillones que había en el reciento, que era amplio y estaba bastante desolado a esa hora de la tarde. Aunque sabía que allí no la podían reconocer, de todos modos hubiese preferido que nadie la viera. Pensaba que aquello sería solo un trámite breve, pero se estaba retrasando más de lo que esperaba. Seguro que la señora Agnes estaría intranquila con su demora. Y ella también ya se había puesto nerviosa.

Se paró y se sentó, por lo menos, una decena de veces. Caminó por el corredor hasta que la mujer de la entrada la miró con fastidio e hizo un gesto de desagrado porque ella parecía demasiado inquieta. Se estaba haciendo tarde y era evidente que se sentía intranquila. ¿Por qué el abuelo Søren habría tenido la mala idea de mandarla con ese sobre? Todo se estaba complicando demasiado.

–¿Tardará mucho en desocuparse el abogado? –preguntó

impaciente, al considerar que ya llevaba mucho tiempo esperando.

–¿Usted vio salir a alguien de ese despacho? –le preguntó a modo de respuesta, indicándole con la mirada una de las puertas.

–No.

–Entonces, es que todavía no se desocupó –respondió de mala gana la mujer.

Estaba a punto de rendirse y dejar el sobre en manos de aquella desagradable mujer, cuando de repente se abrió la puerta y apareció una joven bella y refinada. Vestía de morado y llevaba un sombrero pequeño, de ala corta con adornos en plumas. Esbelta y elegante. Sofie entendió que se trataba de una joven distinguida.

Mantenía la puerta entornada mientras la persona que estaba adentro todavía hablaba con ella. Luego, la joven se despidió de manera coqueta y cariñosa:

–Entonces, se hará como tú digas, querido...

Y luego de entornar la puerta con delicadeza, se puso los guantes, se abrochó el abrigo y, sin mirar hacia donde estaba Sofie, se acercó a la secretaria. De tanto en tanto, la mujer miraba a Sofie sobre el hombro de la joven, para cerciorarse de que no las escuchaba. Y de hecho, hablaban en voz tan baja que, si no hubiera sido por el profundo silencio del lugar, jamás hubiese podido oír ni una palabra de lo que decían:

–¿Y? ¿Lo convenciste?

–Todavía no, pero... –hablaba demasiado bajo como para que Sofie la pudiera escuchar.

–Hum..., mira que él es una pers... decidi...

–Déjalo por mi..., verás si no... cambia de opinión..., estrategias femen...

–Me cuesta creer..., pero tratándose de ti...

–Encantos... e influen... –La bella dama vestida de morado era la que hablaba más bajo, se hacía difícil comprender lo que decía.

–Sí, los tienes, pero él no me pare... hom... de caer en tus encan... Y tus influencias jamás... interesa... demasia...

–No me subestimes...

Sofie quedó impresionada por aquella conversación, que no era más que un cuchicheo apenas audible. Era evidente que la bella prometida de Simón tramaba algo en complicidad con la otra. «Si se trataba del destino, el suyo era demasiado cruel. Aquella joven corría con ventaja, obviamente era una mujer hermosa, astuta e inteligente», pensó viéndola dirigirse con elegancia hacia la salida.

A simple vista, las dos eran diametralmente opuestas. Sintió que le ardía la cara y que se le congelaba la sangre. Si ella era la prometida de Simón, lo mejor sería mantener fríamente la distancia y cumplir rápido con el encargo.

Unos minutos después de que la joven se marchara, la secretaria la miró con desconfianza y la autorizó a pasar.

Sofie caminó lentamente hacia el despacho y entró por la puerta que había quedado apenas entreabierta. El lugar era grande y tan sombrío como el resto del edificio. Había allí, además del escritorio, un mueble de madera oscura con puertas de vidrio color ámbar, tres sillones tapizados en marrón y una lámpara que en ese momento estaba encendida.

Simón estaba de pie. Se lo veía ensimismado en unos papeles que había sobre el escritorio. Todavía no se había percatado de que había ingresado alguien a la sala. La iluminación era escasa, pero eso era lo de menos, porque sus ojos se enfocaron solo en él.

Sofie permaneció en la penumbra. La luz de la lámpara que estaba sobre el escritorio acentuaba algunos de sus rasgos. Llevaba el cabello más largo que otras veces, eso le afinaba ligeramente el rostro, el que en ese momento lucía demasiado serio, aunque conservaba el aire juvenil que a ella tanto le gustaba. De lejos, tuvo la leve sensación de que se había convertido en otro hombre, tan distinto al muchacho de Sangendrup. También le pareció más delgado que la última vez que lo vio. De pronto comprendió que Simón podría ser un desconocido para ella, habían pasado tantas cosas... Ahora él era un profesional, una persona de prestigio. Esa era la realidad y la verdad era que tampoco le sería fácil enfrentarse a él.

Desde niña había soñado con Simón. No concibió nunca la idea de otro hombre a su lado. Sería él o ninguno. Así que, después de lo que había visto, tendría que aceptar su soltería. En ese momento, hubiese querido subirse a una montaña muy alta y gritar hasta que le estallaran los pulmones de dolor, de rabia, de impotencia y de amor. Pero sabía que todos esos sentimientos tendrían que morir apenas ella abriera su boca. Debía fingir y lo haría.

Él seguía leyendo los papeles, parecía concentrado. Ella lo miraba embelesada. Pretendía fijar esa imagen en su retina para traerla a su memoria siempre que quisiera, como si fuera un retrato. De repente, todo dejó de existir, el mundo se puso patas arriba y su ser entero estalló en mil pedazos, como si fuera un cristal, cuando él la miró.

–Usted me bus... caba...

Él quedó abstraído, como si hubiera visto una visión. No podía siquiera parpadear.

–¿Sofie? –dijo sin saber claramente si era una pregunta o una exclamación–. ¿Sofie de Sangendrup? –preguntó en voz baja, turbado. Le costaba reaccionar.

Ella se adelantó lentamente, como si le dolieran las pisadas.

–Buenas tardes, abogado Laurlund –expresó con frialdad y extendió la mano para saludarlo.

De manera brusca, se quebró el ensueño.

–¿Abogado Laurlund? –preguntó aturdido–. ¿Es que ya no soy Simón para ti?

Ella obvió deliberadamente su pregunta y evitó responderle.

–Abogado, le pido disculpas por la interrupción, sé que usted es un hombre ocupado y que, sin duda, le debo estar robando su precioso tiempo. Pero el abuelo Søren me pidió que le entregue esta carta....

—¿Viniste a Copenhague solo para traerme una carta?

—No. Estoy de paso por acá. Mañana salgo para Frendensborg.

—¿Frendensborg? ¡Ah, cierto, me olvidaba que Sangendrup es muy poca cosa para ti! —Hería—. ¿O acaso estás recorriendo las cortes buscando un esposo acorde con tu...?

Ella tragó saliva. No le iba a dar demasiadas explicaciones.

—Ese no es un tema que a usted le interese —lo interrumpió cortante y le entregó el sobre.

—Tienes razón, no me interesa. Porque, además, eso sería una verdadera estupidez —hablaba como quien reprime una vieja emoción que todavía está a flor de piel . Hace muchos años tuviste la sensatez... o la osadía de hacérmelo saber. ¿Te acuerdas de eso, Sofie de Sangendrup?

Ella tenía un nudo en la garganta. No podía hablar y ya no podía contener las lágrimas.

—Te estoy preguntando si te acuerdas de eso —le repitió con voz seca, como si contuviera una rabia profunda.

—Sí.

—Gracias por hacérmelo saber, así no he perdido tiempo tratando de cortejarte.

—Solo le pido que lea la carta y me dé la respuesta que tengo que llevarle al abuelo Søren. Estoy apurada.

—¿Apurada? Hoy me vas a escuchar, Sofie de Sangendrup, porque será la única y la última vez que estemos tan cerca y tan solos como ahora.

No podía seguir tratándolo como si fuera un extraño, eso sonaba muy ridículo.

—Sácate todo el odio, Simón, tienes mi permiso.

—No necesito tu permiso. Ahora somos iguales. Podemos hablar desde la misma posición, desde el mismo rango.

—Tú no eres un noble.

—¿Ah, no? Pero pronto lo seré.

—Cuando te cases con ella….

—Sí, Sofie de Sangendrup, cuando me case con ella.

—¿Te vendiste?

—¿Venderme? ¿Te parece imposible que una dama de la nobleza se enamore de mí, simplemente porque tú nunca lo hubieras hecho? Eres cruel, Sofie, muy cruel.

—Perdóname, Simón…

En ese «perdón» iban todos los perdones que le debía (pero él tenía demasiada furia como para percibir el mensaje).

—¿Acaso tú no vas a comprar el amor de alguien también?

—Nunca haría eso.

—¿Entonces para qué andas recorriendo los palacios y las mansiones de personajes ilustres e importantes? Dinero no te hace falta y el resto lo tienes todo… Solo necesitas un hombre que te ame. ¡Ah, no, discúlpame! Un hombre no, un aristócrata —enfatizó mordaz.

—Alguien con los pies en la tierra y la cabeza en el cielo, eso es lo que necesito.

—Entonces tendrá que ser demasiado alto —dijo con un sarcasmo impropio de él—. ¡Has subido tus expectativas, Sofie! Te advierto que no te será fácil de encontrar, esos especímenes están en extinción. Pero allá tú…, al fin de cuentas es tu vida… y yo no tengo por qué inmiscuirme en ella.

—Voy a Frendensborg a ver a mis abuelos. Nada más que a eso.

Se hizo un silencio, que se prolongó varios minutos.

—Parece mentira, Sofie de Sangendrup en mi despacho en Copenhague —repuso él con ironía, casi con satisfacción, como si le costara creerlo—. ¿Eres consciente de que una vez que cruces esa puerta para irte quizá nunca más nos volveremos a ver? ¿Pensaste en eso, Sofie?

Ella estaba tan consciente de eso como él. Se moría de dolor…, sus palabras le hacían mucho daño.

—Sí, lo sé… Pero he aprendido a aceptar lo que no se

puede cambiar. –Sentía que se le partía el corazón–. Por favor, Simón, lee la carta y dime qué respuesta le llevo al abuelo.

–¿Te quieres ir?

–Sí.

Mentía, porque en realidad quería que ese momento se prolongue eternamente. Pero aquello era una agonía. Las cosas se habían dado muy distintas a lo que hubiese deseado. No quería dejar caer una lágrima delante de él, pero fue imposible. Con rabia se secó el rostro.

–Supongo, entonces, que debo agradecer a Dios por darme la oportunidad de mantener esta conversación. ¡Noches enteras he pensado en este momento! Claro que hubiese preferido que fuera otra la situación –dijo con la voz apagada.

Sofie le dio la espalda. No quería llorar, pero no podía. Las lágrimas no le pedían permiso para salir, simplemente lo hacían.

–Tu silencio me apura a terminar con este asunto, así que no te haré perder más tiempo. No tiene sentido demorarte.

Ella escuchó el ruido del papel, señal de que había roto el sobre.

Pasaron unos minutos. Había demasiado silencio en el lugar. Un silencio agobiante, prolongado. No se escuchaba el más mínimo signo de que hubiera alguien con vida dentro del recinto. Ella aún estaba de espaldas, intentaba reponerse y marcharse cuanto antes, aun sabiendo que, al salir, quizá nunca más la vida los volvería a reunir.

Sofie no entendía por qué se demoraba tanto en responderle. No quería imaginar lo que él estaba pensando en ese instante. Se preguntó si sentiría lo mismo que ella, tampoco sabría definir si ese encuentro le producía dolor o satisfacción. ¿La estaría observando o todavía seguía leyendo? Tenía los nervios crispados, se sentía al borde de un colapso y se esforzaba por evitar hacer el ridículo delante de él. Hasta que finalmente le escuchó la voz.

—Dile al abuelo Søren… —hablaba de una manera distinta a la de unos minutos antes— que estoy profundamente enamorado de esa mujer. Y que haré todo lo posible para que ella sea feliz.

Sofie creyó que se iba a desmayar, aquella confesión era lo último que esperaba oír esa tarde. Si alguien la quiso matar, no encontró una forma más cruel para llevarlo a cabo. Permanecía ahí, como petrificada, es que cualquier movimiento que hiciera, por insignificante que fuera, la iba a delatar. Ella se estaba muriendo. Dios lo sabía. Una y otra vez se pasó la mano discretamente por la cara para secarse las lágrimas, esperaba recuperar un poco de fuerzas para poder salir. Ya tenía la respuesta que el abuelo esperaba.

—Solo hay algo que no le puedo responder al abuelo Søren —dijo Simón con un extraño timbre de voz. Hablaba pausado, como si quisiera extender el tiempo—. Pero quizá tú sí lo puedas hacer.

Era indudable que ella no podía articular ni una palabra. Quería irse. A esta altura de las circunstancias, ya no le importaba nada. ¡Que la viera como la viera!, con la cara llena de lágrimas y los ojos enrojecidos, ¿a quién le podría interesar?

Giró y se chocó con él. Nunca lo había tenido tan cerca, nunca. Su mirada estaba llena de ternura.

—Léela —le dijo poniendo el papel delante de sus ojos.

Sofie miró el escrito, eran apenas dos líneas. Las leyó en silencio.

Hijo:

Sofie te ama, pero ¿tú la amas a ella?

Si es así, no la dejes ir. Cásate con Sofie.

Tu abuelo que te quiere, Søren.

Estaban demasiado cerca, ella lloraba y reía al mismo tiempo. Él la miraba con amor. Sus ojos parecían más transparentes que nunca.

—Sofie, yo ya di mi respuesta. Ahora necesito escuchar la tuya.

Ella lo miró extasiada, siempre lo había amado, desde el primer día que lo vio, cuando era apenas una chiquilla vanidosa.

–Tú sabes que siempre te he querido, Simón –susurró de una manera apacible.

Ya no hacían falta más palabras. Él la abrazó muy fuerte y la besó dulcemente.

Aquello fue maravilloso, el cielo descendió con cientos de estrellas que llenaron de luz aquel lúgubre lugar y el ambiente se inundó de una imperceptible melodía celestial. Era el paraíso, pero ellos estaban vivos y con una eternidad por delante.

Alguien dio unos golpecitos a la puerta e imprevistamente la abrió. Era la mujer descortés que atendía en la entrada. Cuando vio que estaban tan cerca el uno del otro, quedó desconcertada.

–Ehhh…, discúlpeme, abogado. No pensé que podía inte… rrumpir… –Se sintió incómoda con el atrevimiento de entrar sin esperar la autorización–. Solo quería avisarle que en media hora tiene una entrevista con el señor Klüver.

–Suspenda todos los compromisos que tengo de aquí a un mes, Henriette, por favor.

–¿Todos, señor?

–Todos.

La mujer lo miró desencajada, como si fuera a sufrir un síncope.

–¿Todos…? ¿También… el de… su com… pro…?

–Todos, Henriette, también ese –la interrumpió Simón.

Ella se marchó perturbada. Simón miró a Sofie y suspiró aliviado, se sentía plenamente feliz.

–Tú eres todo lo que quiero –dijo y la abrazó con ternura–. Siempre lo fuiste, Sofie.

–Te quiero, Simón. Siempre, siempre, siempre te he querido –confesó suavemente Sofie–. Me has hecho la mujer más dichosa de Dinamarca, del mundo, de la Tierra, del universo…

Ellos disfrutaron plenamente de esa anhelada declaración de amor. Y solos, en aquella oficina iluminada por la luz incandescente de los leños que crepitaron de golpe, hablaron de cientos de cosas y recordaron muchos momentos del pasado antes de salir de la oficina, felices y enamorados. Ya nada los iba a separar. Nada.

La mujer de la entrada los miraba desconcertada por encima de sus gafas. ¡Aquello era inaudito! ¡Simón no sería capaz de dejar a su prometida! ¡Eso sería una tremenda comidilla de chismes en Copenhague! Y ella no veía la hora de salir a ventilarlos. «Después de todo, la engreída novia de Simón recibía su merecido», se dijo con envidia y satisfacción.

Estaban todavía en el corredor cuando Simón distinguió a un caballero que caminaba hacia la calle.

–¡Profesor Thorvaldsen! –lo llamó alzando la voz–. ¡Profesor Thorvaldsen!

El hombre se detuvo y giró la vista hacia él.

–¡Simón! –exclamó con sincera satisfacción al verlo.

–Ven –le dijo a Sofie y la llevó hacia donde estaba el hombre–. Ven, que te quiero presentar a uno de los jueces más ilustres de la nación.

Ellos se abrazaron afectuosamente, como si fueran buenos amigos.

–¡Profesor, qué gusto me da volverlo a ver! ¡Siempre recuerdo los debates que manteníamos hasta altas horas de la noche y que edificaron tanto mi vida estudiantil! –Simón se expresaba con admiración.

–Los recuerdo, Simón, los recuerdo. Y me comprometo, ahora que estaré un poco más desocupado, a reanudarlos. ¿Qué te parece?

–¡Eso será grandioso, profesor! –exclamó Simón y entonces percibió que todavía no los había presentado–. Ah, disculpen, los quiero presentar. Él es mi gran profesor y juez de la nación, el señor Frode Thorvaldsen. Y ella es mi prometida, la señorita Sofie Bjerg Eriksdatter.

—Es un honor para mí conocerlo, profesor —lo saludó Sofie con timidez y cortesía.

«¿Así que él era el otro hijo de la señora Agnes? ¡Qué extraños son los caminos del Señor!», pensó Sofie reconociendo que aquel caballero le había impactado muy bien.

Él tardó unos segundos en reaccionar y, una vez que lo hizo, la miró de una manera especial. Simón lo observó y pareció confundido por esa actitud. Lo desconcertó. El profesor siempre había sido cortés y educado. Sofie pensó que, si el señor Thorvaldsen conocía a la otra novia de Simón, se podría haber sentido incómodo con la nueva presentación. Lo cierto era que algo estaba ocurriendo.

—Señor Thorvaldsen, le parecerá extraño saber que estoy hospedada en la casa de su madre. La señora Agnes me invitó —le dijo como para cortar la tensión que inexplicablemente se había producido—. Aunque será solo por esta noche, porque mañana me marcho a Frendensborg —lo dijo y miró a Simón como pidiéndole permiso para hacerlo.

—Tú eres libre, Sofie…

—¿A Fredensborg? —preguntó el señor Thorvaldsen, como si eso lo hubiera impresionado todavía más.

—Sí. Es que tenía la intención de visitar a mis abuelos…, pero me parece que lo dejaré para más adelante —añadió y le sonrió a Simón—. Quizá ahora lo más acertado sea que regresemos a Sangendrup. Tenemos que llevarle la respuesta al abuelo Søren. ¿No te parece, Simón?

Él sonrió feliz.

—¿Tú eres la hija de Marianne Bjerg Eriksdatter? —La pregunta sonó apagada, como si temiera la respuesta.

—Sí, señor, ese era el nombre de mi madre. ¿Usted la conoció?

—Sí, la conocí… ¿Y tus hermanos?

—No tengo hermanos, señor. Soy hija única.

Él quedó callado y pensativo (como si hubiera sufrido una emoción muy fuerte).

—No me siento bien —susurró el hombre con voz sofocada. Súbitamente, se puso pálido y mostró un evidente malestar—. Por favor, Simón, ayúdame a llegar hasta el sillón y alcánzame un vaso de agua.

Simón hizo como él le pidió y la secretaria corrió a buscar el agua. Mientras tanto, Sofie permanecía a su lado. Lo había tomado de la mano y trataba de tranquilizarlo.

—No se aflija, señor Thorvaldsen, seguro que será una indisposición pasajera. Hay ocasiones en que las bajas temperaturas afectan imprevistamente la salud —le hablaba con afecto, porque tratándose del hijo de la señora Agnes ella también sentía algo especial por él.

El señor Thorvaldsen no le quitaba la mirada de encima. Parecía impactado al ver el rostro, las facciones y la belleza pura, casi angelical de aquella joven.

Ellos le hicieron compañía hasta que a él se recuperó de aquel imprevisto malestar. Recién cuando les aseguró que se sentía mejor, se despidieron de él.

¡Por fin caminaban juntos dentro de una nebulosa repleta de estrellas! Sofie lo miraba enamorada y, de tanto en tanto, le acariciaba la cara, como si tuviera temor de que aquello no fuera real. Simón tenía la sensación de caminar a diez centímetros del suelo: ella era su tesoro, la mujer de su vida, toda su historia se podía resumir en tres palabras: «Amo a Sofie».

La señora Agnes la recibió con una notable preocupación.

—¿Por qué te has demorado tanto, muchacha? Estaba muy preocupada... Nunca has estado en Copenhague y temí que podrías haberte perdido —dijo y reconoció a Simón—. ¿Tú eres el alumno de Frode, el joven a quien él aprecia tanto? ¿Pero ustedes se conocen? —preguntó extrañada.

No hicieron falta demasiadas palabras para que la señora Agnes se diera cuenta de que ellos estaban muy enamorados. Eso se notaba a simple vista. Así que, mientras esperaban que se sirviera la cena, escuchó partes de aquella larga y maravillosa historia de amor. Ella también estaba conmovida.

–¡Es que me encantan las historias románticas! ¡Y esta, muchachos, me ha tocado el corazón! –les dijo disfrutándola con ellos, como si también fuera parte de esa vivencia.

Apenas se habían sentado a cenar, cuando imprevistamente se presentó Frode.

–¡Hijo! –exclamó sorprendida la señora Agnes–. ¿Ha ocurrido algo grave?

–No. ¿Es que tiene que pasar algo grave para que la visite? –preguntó besando las mejillas de la anciana, que lo miraba con orgullo–. ¿Me invita a cenar, mamá?

–¡Por supuesto! Siempre tienes tu lugar en esta mesa. – Aquella actitud de Frode no era nada habitual. Ella estaba intrigada. Seguro que había ocurrido algo de lo que todavía no estaba enterada. Pero por el aspecto de Frode no se trataba de algo malo, sino todo lo contrario, hasta él parecía complacido y dichoso.

Unos minutos después, se sumó también Bent. Juntos, disfrutaron de una velada encantadora, hablaron de Sangendrup, de la guerra, de leyes, del futuro de Dinamarca y de otras tantas cosas más…

–Parece que, desde que Sofie llegó a esta casa, hubiera entrado un ángel de Dios, porque hacía mucho tiempo que no pasábamos un momento tan agradable. ¿Verdad, Frode? –preguntó la señora Agnes y miró a su hijo gozosa.

–Mamá –le dijo él en voz baja, dirigiéndose solo a ella, a la vez que acariciaba suavemente la mano de su anciana madre–, es que la joven que está sentada en la mesa y comparte esta cena con nosotros es la hija de Marianne Bjerg Eriksdatter.

Ella enmudeció, sus ojos celestes permanecieron fijos, por unos segundos, en los de su hijo. Ellos se entendieron solo con una mirada. Fue suficiente. Imperceptiblemente, los ojos de la señora Agnes se humedecieron y movió los labios como empezando a balbucear…

–No es el momento, mamá. –La detuvo Frode en voz

baja y le palmeó con suavidad la mano sin dejar de mirarla. Ellos sabían de qué se trataba todo aquello.

Los leños estallaron e hicieron resplandecer el fuego de la chimenea. Un haz de luz fulgurante atravesó el cristal de la ventana y un candor celestial se instaló silenciosamente en el medio. Pero eso nadie lo notó. Ellos siguieron conversando y disfrutaron de aquella velada, sin percibir todavía que, a partir de ese momento, ninguna de sus vidas volvería a ser igual.

Si esta historia fue escrita en el cielo y Dios fue el director y el guionista, ¿quién lo puede decir? Lo cierto es que, cuando se confía en el Señor, las historias siempre tienen un final feliz, porque sabemos…

«… que Dios dispone todas las cosas
para el bien de quienes lo aman».[1]

[1] Romanos 8:18

Bibliografía histórica disponible en:
www.Facebook/1864live

Incluye:
Diario personal de Agnes Gad: Hija de un pastor protestante, Jørgen Gad , vivió en la rectoría de Gauerslund en Børkop cerca de Vejle . Desde el estallido de la guerra el 1º de febrero de 1864 hasta noviembre de ese año, ella escribió en su diario íntimo acerca de su experiencia personal durante la guerra. Y aporta noticias recibidas, a través de periódicos o rumores, acerca de todo lo que estaba sucediendo en Børkop. También comentó sobre cómo era la vida cotidiana. Su diario se coloca en 1864live en cooperación con Børkop Lokalarkiv donde se encuentra y danmarkshistorien.dk la revista, publicada en la web.

Peter Petersen Laue era un soldado durante la guerra en 1864 y escribió el diario personal de sus experiencias. Estos relatos han sido transmitidos por: (1864live). Las dos primeras páginas del informe de Peter Petersen Laue, en la primera línea dice: "Lo que yo mismo he experimentado en la guerra entre Alemania y Dinamarca en 1864 . escrito a lápiz todos los días de la guerra... Disponible en: *www. facebook.com/1864live*

Noticias de un periódico de la época,
"FÆDRELANDET".
(La Patria)

BJERG, María M. "Entre Sofie y Tovelille",
Editorial Biblos, Colección La Argentina Rural, 1ra edición Bs.As, 2001.

Cartas de Tomás Moro a su hija Margarita:
http://www.corazones.org/santos/tomas_moro.htm